전쟁의 신 3

IKUSAGAMI [JIN]

Original Japanese edition published by KODANSHA LTD.
Korean translation rights arranged with KODANSHA LTD.
through COMPANY B.A

이쿠사가미

전쟁의 신

3 | 人 인 |

이마무라 쇼코 지음
이형진 옮김
이시다 스이 일러스트

하빌리스

목차

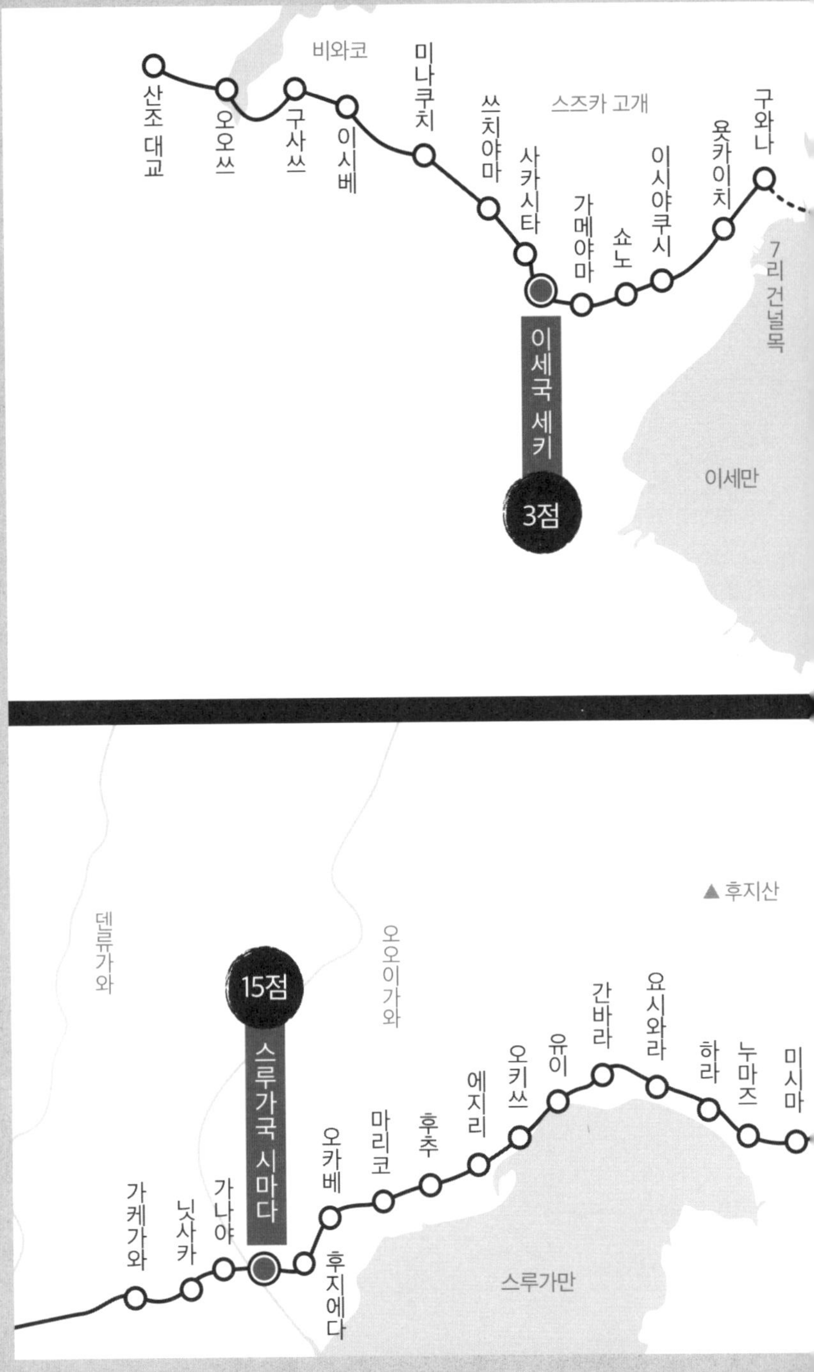

비와코
산조 대교
오오쓰
구사쓰
이시베
미나쿠치
쓰치야마
스즈카 고개
사카시타
이세국 세키
3점
가메야마
쇼노
이시야쿠시
욧카이치
구와나
7리 건널목
이세만

덴류가와
15점
스루가국 시마다
오오이가와
가케가와
닛사카
가나야
후지에다
오카베
마리코
후추
에지리
오키쓰
유이
간바라
요시와라
하라
누마즈
미시마
▲ 후지산
스루가만

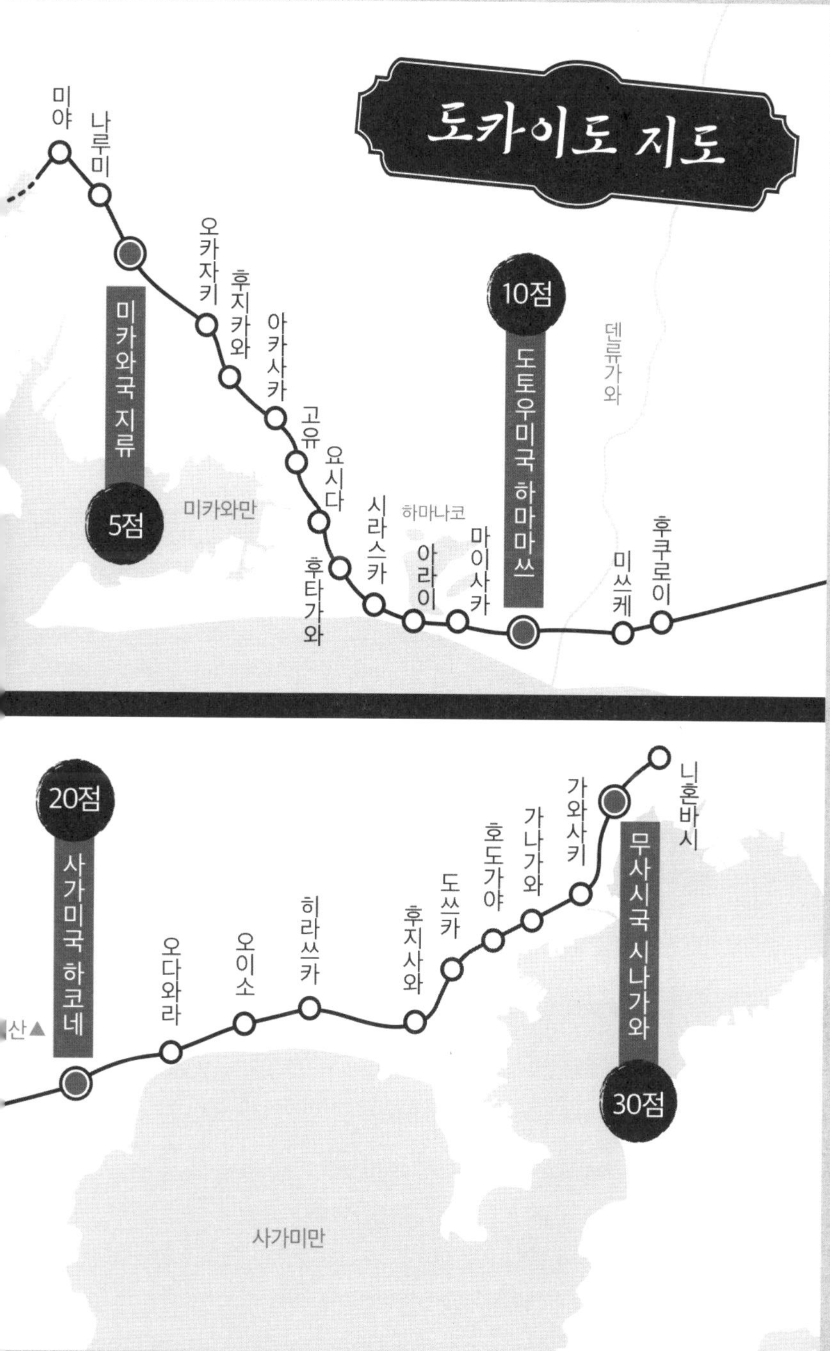

도카이도 지도
미야
나루미
미카와국 지류
5점
미카와만
오카자키
후지카와
아카사카
고유
요시다
후타가와
시라스카
하마나코
아라이
마이사카
10점
도토우미국 하마마쓰
덴류가와
미쓰케
후쿠로이
20점
사가미국 하코네
산
오다와라
오이소
히라쓰카
후지사와
도쓰카
호도가야
가나가와
가와사키
니혼바시
무사시국 시나가와
30점
사가미만

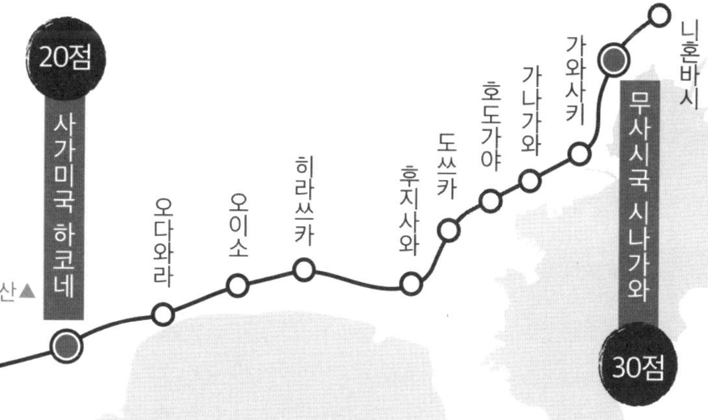

고독(蠱毒) 참가자 명부

번호	이름	본거지(거주지)
1	지쿠마루 스즈스케	오이타
2	산조 오토야	교토
3	가니에 진	아이치
4	안도 진베	교토
5	오리모 빈쿠로	가나가와
6	시라사키 가쓰에몬	후쿠이
7	다나카 지로(아다시노 시쿠라)	히로시마
8	미스구와스케	와카야마
9	누노무라 이토쿠	도야마
10	소가메 아타카	에히메
11	이카리 다케토라	도쿄
12	오사메 간주로	효고
13	나카니시 규마	교토
14	이누즈카 쇼하치	아이치
15	오와세 마고타로	미에
16	노노구치 시치로베	교토

남자 283명

여자 9명

번호	이름	본거지(거주지)
17	스이즈 나기	야마구치
18	야마시타 온토	오사카
19	기쿠오미 우쿄	교토
20	오쿠하라 고노모	나가노
21	이와사카 에모리	오사카
22	소노다 몬야	나가사키
23	이즈오 다쿠로	나라
24	나카기리 요마	오카야마
25	야마모토 단게	지바
26	에비하라 오나리	미야기
27	마쓰도 유헤이	야마나시
28	가키하나 엔주로	오사카
29	안라쿠 야지로	가고시마
30	반바 다이고로	와카야마
31	안카이 니시키	미야기
32	다케시게 마쓰루	야마구치

※본거지는 현재의 지명

33	야마자키로이치로	후쿠오카
34	오사카베 유켄	시즈오카
35	사이스 가즈히사	이바라키
36	기세 아쓰노조	시가
37	기시나 산페이타	가나가와
38	이이다 시치쿠로	도쿄
39	야리미즈 기이치로	야마가타
40	오카조에 기미노리	미에
41	이가키 난도	효고
42	오오보라 기요쓰구	기후
43	호시바 긴지로	이시카와
44	다쿠와 쇼료	시마네
45	무쿠히라 료시로	교토
46	지카이시 고세이	가가와
47	쓰루시게 유키	오이타
48	호조인 엔슌	나라
49	누마타 다이스케	군마
50	가마카리 요이치	오사카
51	소와 고하치	와카야마

52	보타니세이고로	교토
53	구스메고야	고치
54	가이바라 고헤이	히로시마
55	구와코 묘베이	군마
56	무소 린노스케	후쿠이
57	오제키 우시로	아이치
58	아이노 다다시	지바
59	야마시마 누키마사	도치기
60	고쿠료 메구미	시가
61	히코타 쇼지	도쿄
62	오가타 겐신	구마모토
63	사사키 요이치	아이치
64	무기쿠라 이쓰키	도쿄
65	호야 와시치로	도쿠시마
66	간지야 부코쓰	후쿠오카
67	기다 겐자에몬	오사카
68	호리고메 단로쿠	미야기
69	쇼쓰 후미오	후쿠이
70	야기사와 슌	야마가타

71	이와시나 만키치	시즈오카
72	우라쿠보 다이조	나라
73	후나사키 에이지	도야마
74	도다테 신스케	이와테
75	나카키타 도오루	미에
76	이토 쇼헤이	교토
77	우메키타 고시쓰	가고시마
78	구레바야시 고하치로	시즈오카
79	히시야마 잇사쓰	도쿄
80	스에사와 군페이	가가와
81	이소에 지넨	돗토리
82	가고타니 가쓰미	효고
83	구리사카 지에몬	오카야마
84	고마 겐지	도치기
85	다카미즈 사부로자	도쿄
86	오카히사 진쿠로	도쿠시마
87	스즈에 구로우즈	도쿠시마
88	아마리 기스케	나가노
89	나와타 로고	야마구치

90	군지 미야비	이바라키
91	오시베 우나이	효고
92	길버트 카펠 콜맨	영국
93	진나이 로쿠조	사가
94	사소 안마	가나가와
95	사쿠라이 료타로	나라
96	안도 가즈토모	기후
97	구모카와 마사스케	오사카
98	사이 로노스케	미야기
99	쓰게 교진	도쿄
100	햐쿠타케 마사미쓰	사가
101	아키요시 다이	후쿠이
102	사바토 센토쿠	미에
103	카키미 묘지	아이치
104	이부스키 쇼덴	가고시마
105	가바 게이사부로	기후
106	사토 도우지	도쿄
107	다치카와 고에몬	이시카와
108	사가 슈지로	가나가와

109	오비쓰 진키치	사이타마
110	고에즈카 한베	효고
111	아키쓰 가에데	후쿠시마
112	고가 간스케	후쿠오카
113	기무라 다몬	이바라키
114	에비스 나오토	히로시마
115	시이노 시게마사	가나가와
116	나리도미 잇파	사가
117	시부키 고우	니가타
118	도자와 시즈마	아키타
119	가미벳푸 로스케	가고시마
120	가쓰키 후타바	교토
121	사카바 유즈루	군마
122	구쓰나 소이치로	에히메
123	구마베 진마루	구마모토
124	후뉴 아키라	야마가타
125	다마무라 안게쓰	후쿠이
126	야마다 스케자에몬	사이타마
127	에베 분나이	오사카

128	고키타 시도	오사카
129	가라시마 쇼지	아오모리
130	가모시타란	도쿄
131	아소 다카오미	구마모토
132	사카마 기지마쓰	가나가와
133	가토리 게이슈	지바
134	도쿠도메미쓰키	가고시마
135	갓토 유메노스케	고치
136	와카미쓰 지렌보	아오모리
137	기리나카 모토나리	도쿠시마
138	시카타 간사쿠	교토
139	루치엔	중국
140	가야바 우타	미야기
141	스네야 야스노부	사이타마
142	오카베 겐토사이(환도재)	교토
143	나카미치 마사야스	시즈오카
144	아비루 긴	나가사키
145	오니시 간칸사이	나라
146	우타가와 도모노리	도쿄

147	고샤 와비이치	오사카
148	히로자네 주나이	야마구치
149	아부카와 진나이	아키타
150	도쿠라 겐타	야마나시
151	도쿠라 쇼지	야마나시
152	도쿠라 산조	야마나시
153	아이쇼 스스무	니가타
154	아리시마 류겐	가고시마
155	노지 슌스케	후쿠이
156	사코 세이키	와카야마
157	가쓰라야마 요타로	미에
158	가라스노 지로	오사카
159	사이 케이	효고
160	도도로키 주자에몬	시즈오카
161	사오모토 가이치로	와카야마
162	고사쿠 가이	도쿄
163	사오모토 유지로	와카야마
164	이하시 스스무	지바
165	이소기미 신게이	아이치

166	사쓰카와 교우	시즈오카
167	구사야마 우키치	가나가와
168	기누가사 이로하	오사카
169	이치쿠라야 겐타	군마
170	마고사키 가마타로	이시카와
171	조난도노	야마가타
172	마쓰미야 이치로	사이타마
173	이마미조 나오야	나가노
174	데쓰오 료잔	교토
175	오리카사 도지	후쿠이
176	기리가야 도켄	가나가와
177	모모타니 조안	히로시마
178	로준	오키나와
179	시치리 호시로	시가
180	요네바야시 도모미	이시카와
181	사이오 반자쿠	돗토리
182	시바타 쇼자부로	도야마
183	고리야마 조스케	가고시마
184	가코 스구루	아이치

185	186	187	188	189	190	191	192	193	194	195	196	197	198	199	200	201	202	203
사요 벤신	이시이 오토사부로	오나리 쇼조	무라노 교지	고쿠료 슌야	나기라 바스케	누쿠시나 구메사쿠	루이케 고로	가미조 다쓰키치	우네 지카라	다카하시 쓰미오	가가야 쇼키치	가사기 기미마루	나카히라 유타카	기온 산스케	요시다 나오토	요시다 쇼지	사카마키 덴나이	사사누마 이사쿠
효고	기후	히로시마	도쿄	시가	시마네	야마구치	홋카이도	나가노	히로시마	도쿄	아키타	오이타	고치	도쿄	오사카	오사카	니가타	도치기

204	205	206	207	208	209	210	211	212	213	214	215	216	217	218	219	220	221	222
가자미 기메토	고노이 마고스케	우가키 반카	우마 센타	사메지마 에이쿠로	니시카타 류사이	오시다 히코	오카바야시 가쓰히사	세노오 오쿠야	이케마쓰 고겐타	아카호시 덴스케	미후티	야마구치 나미에	모로오카 데쓰고로	나쓰하라 이즈루	미야코다 도키노스케	오마에 덴이치	간메라 다케루	덴묘 도야
이바라키	후쿠시마	오카야마	시즈오카	가고시마	니가타	사이타마	고치	오카야마	후쿠오카	구마모토	타이완	도쿄	도쿄	시가	돗토리	미야기	미야기	교토

223	224	225	226	227	228	229	230	231	232	233	234	235	236	237	238	239	240	241
오마에 덴지	구로키 다신	이시비키 겐쿠로	가시와세 라이조	다타라 겐지	가가미 군고	이마이 아타케	아카야마 소테키	가와모토 도라마쓰	유리 오토조	사이쿠사 지즈루	오시타니 규도	마고메 소하치	스기모토 고이치	와키야마 조에몬	이케지리 고마요	이소와 고도	가네코 와시로	후타보시 게이지
미야기	미야기	이바라키	도치기	가가와	기후	가나가와	에히메	에히메	교토	나가사키	시가	이시카와	오사카	사가	교토	미에	사이타마	효고

242	243	244	245	246	247	248	249	250	251	252	253	254	255	256	257	258	259	260
구보데라 사토루	갓토 하지메	마쓰유키 세이노조	가미료 가마사부로	모리시게 지로자에몬	모리시게 기치노스케	기다 마히토	마쓰모토 기쿠지로	오키스기 뵤야	지켄 하야토	고바야시 다이스케	간도리 주조	이데 하야타로	아가타 겐자부로	요시자토 사나이	인도 무니	사카이 미치노스케	산가 요시이에	요코모리 우추
가나가와	아이치	사가	야마구치	야마구치	야마구치	효고	도쿄	도치기	지바	지바	아이치	교토	시즈오카	구마모토	구마모토	오사카	도야마	야마나시

번호	이름	지역
261	세키네소시치로	사이타마
262	세마 사토	군마
263	메카타다쓰오	시가
264	사사 주베	도쿄
265	구로미가이에몬	돗토리
266	에노키조노 기요시	가고시마
267	아오가 고분코	사이타마
268	요리미쓰 세이이	고치
269	사야마 신지로	도쿄
270	아사나가 다카아키	나가사키
271	우베 스테스케	이와테
272	가누카 마키타	이와테
273	시오지 구라카모	와카야마
274	사사고 효스케	지바
275	유후 기요타카	오이타
276	구시마 쇼겐	아키타
277	가무이코차	홋카이도
278	요코미조 와타루	가나가와
279	이누부시 아산보	도쿠시마

번호	이름	지역
280	다케바히라쿠	에히메
281	무라타 조지	오사카
282	우지이야소하치	도쿄
283	시바이케 모모타로	오사카
284	고가미가즈	에히메
285	우시지마 간고타로	후쿠오카
286	야오이도모스케	나라
287	오유 다쓰고로	아오모리
288	야스쓰구미타케	오키나와
289	가미카도 도이쓰	시마네
290	아쿠네구니미쓰	가고시마
291	미네 간야	나가사키
292	게아게 진로쿠	미야기

제 1 장

고독 증자(蒸煮)

1

슈지로는 눈을 번쩍 뜨고 몸을 일으켰다. 그러자 온몸에 격렬한 통증이 일어, 작은 신음을 발하며 얼굴을 찡그렸다.

“여기는…?”

한순간, 여기가 어디인지 알 수 없었다. 아니, 그게 아니다. 막부 말기의 교토, 시노와 처음 만난 그날로 착각해버린 것이다.

“슈지로 씨가!”

후타바가 눈물이 그렁그렁해서 환희의 목소리를 냈다. 그리고 바로 가까이에는 안도로 가슴을 쓸어내리는 신지로. 그 반대편에 장지문 옆 벽에 기댄 이로하의 모습도 보인다. 나는 지금 도쿄로 가는 도중. 서로 목숨을 빼앗는 고독의 한복판에 있는 것이다.

“이 정도로 죽을 인간이 아니라고 했잖아.”

이로하는 퉁명스럽게 내뱉었으나, 입가의 한 부분이 살짝 움푹 패인다. 이것은 이로하가 안도할 때의 버릇이라는 것을 알고 있다.

“나는… 잠들었었나?”

“기억 안 나?”

후타바는 또 불안한 얼굴이 되어 묻는다.

“신지로와 함께 가케가와로 향한 부분까지는.”

하마마쓰 우체국에서 격렬한 공방전 끝에 탈출하여, 세 번 더 가면 나오는 가케가와 역참을 향했었다. 그러나 가도로 가면 너무 눈에 띄기 때문에, 북쪽으로 빙 돌아서 가기로 했던 것이다. 석양이 비추는 덴류가와를 건너, 주변이 어두워질 무렵에 후쿠로이 북쪽을 통과했다. 거기까지는 간신히 기억나지만, 그 이후는 애매했다.

"슈지로 씨는 어깨를 들썩이며 숨을 몰아쉬었고, 이름을 불러도 대답도 거의 없어서…."

신지로가 회상한다. 하마마쓰 우체국을 빠져나올 때부터 숨결은 거칠었지만, 시간이 지날수록 더 심해졌다고 한다.

슈지로도 그것은 기억한다. 상당한 양의 피를 흘렸다는 것, 더욱이 교하치류의 비술을 풀 가동하여 혹사시켜서, 도중부터 몸이 납덩어리처럼 무거워졌다.

그래도 조금이라도 하마마쓰를 벗어나, 한시라도 빨리 가케가와에서 후타바 팀과 합류해야만 했다. 슈지로는 열심히 발을 앞으로 옮겼으나, 그쯤에서 한계를 맞이했던 모양이다.

"신지로 씨가."

후타바는 가케가와에 도착했을 때 일을 이야기했다. 해(亥)시, 즉, 오후 10시를 지난 무렵이었다.

–이로하 씨. 도착했습니다.

이로하는 녹존으로 목소리를 포착하고 마중하러 달려나갔다. 거기에는 슈지로를 부축한, 피로에 지친 신지로의 모습이 있었다고 한다.

"1리는 족히 되었을 텐데. 용케 운반했네…."

"아뇨. 의식은 없었지만, 발은 계속 앞으로 내디뎌서 놀랐습니다. 그래서 간신히 올 수 있었어요."

"덕분에 살았다."

진심으로 하는 말이다. 하마마쓰 우체국에서도 그랬다. 신지로가 없었으면, 나는 여기까지 오지 못했을 것이다.

"몸이 녹슨 것으로 보이지는 않았는데."

이로하는 시선을 피하면서 말했다.

"초반에는 둔해졌던 것이 확실하다. 많이 회복했다고 생각했는데…."

"그 정도라는 거네."

이로하는 한숨 섞인 말을 흘렸다.

"그래, 강하다."

간지야 부코쓰. 하마마쓰 우체국에서 빠져나온 후에 자기 몸을 확인했지만, 총에 맞은 상처는 하나도 없었다. 가벼운 화상 외에는, 상처 전부가 부코쓰에게 당한 것이었다.

실력이 백중이었다는 것, 부코쓰가 의안이라는 것, 그것을 제거하자 어째서인지 더 강해져서 압도당했다는 것. 슈지로는 모든 것을 간략하게 이야기했다.

"불길에 휩싸여 죽었을 가능성은?"

"몰라. 하지만… 그 남자가 그 정도로 죽을 것 같지는 않아."

"골치 아프네. 당신이 이길 수 없으면 나도 이길 수 없어."

"그렇겠지."

과신, 허세, 낙관은 금물. 냉정하게 적의 강함을 측량하라. 스승에게 어릴 때부터 배웠다. 지금 단계에서 형제들의 실력은 시쿠라, 슈지로, 이로하 순이다.

"엮이지 않도록 하자."

그와 이로하 둘이서 덤비면 부코쓰를 해치울 수 있을지도 모른다. 그러나 확실하다고는 말할 수 없다. 또 싸워야만 한다면 도쿄에서 시쿠라와 합류한 후가 바람직하다.

"지금은… 몇 시쯤이야?"

그렇다면 더욱, 빨리 여기를 떠야 한다. 장지문에 어슴푸레하게 푸른 빛이 보여, 날이 밝았다는 것만은 분명했다.

"이 여인숙, 드물게도 시계가 있습니다. 보고 오겠습니다."

신지로는 몸을 일으켰다. 시계는 고가여서 도쿄에서도 아직 많이 보급되지 않았다. 여인숙은 시간을 신경 쓰는 자가 많기 때문인지, 요즘에는 간혹 놓아두는 곳도 늘었다.

"지금은 5시 전이네요."

신지로가 금방 돌아와서 알려줬다.

"당장 출발하자."

슈지로는 일어섰다.

하마마쓰에서 오는 추격자를 신경 쓰는 것뿐만이 아니다. 오쿠보 도시미치가 생명의 위협을 받고 있는 것이다. 시쿠라가 갔지만, 한시라도 빨리 도쿄에 가는 것이 좋다.

그뿐 아니라 신지로는 아직 흑패를 소지한 상태라서, 참가자에게 우리의 위치는 드러난다. 그 상황에서 벗어나기 위해서는, 시마다 역참까지 가야만 한다. 게다가 그때도 제일 마지막이면 실격이 되어버리는 것이다.

덧붙여 또 한 가지. 시라스가 역참과 아라이 역참 사이에서 만났던 서양인 길버트는,

–5월 20일까지는 요코하마를 빠져나가는 게 좋아.

라고 말했다. 그날, 영국에서 여러 명의 요인이 요코하마 항으로 들어온다. 따라서 경비가 삼엄해지고, 무기를 소지하고 통과하는 것은 지극히 어려워지기 때문이다.

오늘은 5월 13일. 아직 여유는 있지만 그것은 보통 여행일 경우. 고독 한복판이라는 것을 생각하면 결코 느긋하게 굴 수는 없다.

"이미 준비는 되었어."

이로하가 전투용 토시에 손가락을 끼우며 말했다.

"네가 있어줘서 다행이다."

만약 어제 적의 습격이 있었다면 틀림없이 후타바는 목숨을 잃었을 것이다. 아니, 이 가케가와에조차 도착하지 못했겠지. 이로하는 그의 감사 인사에는 아무런 대답도 하지 않고,

"…빨리 해."

라고 애교 없이 재촉했다.

가케가와의 여인숙을 나선 것은 5시 20분이 지나서의 일. 아직 밤

의 여운으로 풍경은 푸른 빛에 덮여 있고, 길가에도 거의 오가는 사람들은 없었다.

"슈지로 씨, 괜찮아…?"

역참을 나갈 무렵, 후타바가 불안한 듯이 물었다.

"걱정할 것 없어. 푹 잤다."

슈지로는 미소로 대답했다. 고독이 시작된 이후로 깊이 잠든 적은 한 번도 없었다. 어제는 오래 잔 덕분에 몸에 힘이 돌아온 것을 실감하고 있었다.

"상처는…."

"꿰맸어."

"신지로 씨가?"

후타바는 놀란 표정이었다.

"아아…, 말 안 했던가? 슈지로 씨가 직접…."

신지로는 얼굴을 찡그렸다. 어제, 덴류가와에 접어들기 직전, 다시 몸의 상처를 확인했다. 딱 한 군데, 뼈에는 닿지 않았지만, 꽤 깊은 상처가 있어, 달빛 아래서 스스로 봉합했던 것이다.

"용케 도구를 갖고 있었네."

이로하가 감탄한 것처럼 말했다.

"필요해질지도 모르니까. 보신 때는 계속 지니고 다녔다. 그것도…."

아내인 시노가 그러라고 권해줬으니까. 보신 전쟁에서는 몇 번이나 쓸모가 있었던 것이다. 이번에도 최악의 사태를 상정하고 짐 속에 넣어뒀었다.

–시노와 도야의 상태는 어떤지?

그 생각을 하지 않은 때는 없다. 분명 자기도 힘들면서, 지금의 나를 본다면 자기 일은 내팽개치고 걱정해 주겠지. 겨우 요까짓 일로 쓰러질 수는 없는 것이다.

“걱정 없어.”

슈지로는 후타바에게 말하고는, 백금을 녹인 것처럼 하얗게 물들어 가는 동쪽 하늘을 향해 다시 한번 같은 말을 작게 중얼거렸다.

다음 시마다 역참까지의 거리는 3리 43정. 서두르지 않아도 정오까지는 도착하겠지만, 한 가지 큰 문제가 있었다. 시마다를 통과하기 위한,

–점수가 부족하다.

라는 것이다. 하마마쓰 역참을 통과한 시점에서는, 슈지로, 후타바, 교진, 신지로 네 명이 61점을 보유했었다. 그러나 시쿠라를 도쿄까지 보내기 위해 19점을 넘겨줬다. 그로 인해 남은 것은 42점.

더욱이 교진은 적의 본거지가 있을 것으로 짐작되는 후지산 기슭으로 향했다. 후지산에 가려면 시마다 역참을 넘어가야 한다. 목에 건 목패를 포함해서 15점이 필요했다. 그래서 남은 것은 27점. 시마다 역참을 통과하기 위해서는 한 사람당 15점이 필요하니, 지금 이대로는 18점이 부족하다.

목패가 부족한 것은 이로하도 마찬가지. 이로하는 12점으로 하마마쓰를 빠져나왔기 때문에, 3점이 부족하다. 즉, 네 명이서 시마다까지 21점이나 더 모아야 하는 것이다.

"이제 시마다까지는 멀지 않았어."

가케가와 역참에서 시마다 역참까지는 불과 3리 남짓. 그 사이에는 닛사카 역참과 가나야 역참 두 곳뿐. 여기까지 왔다는 것은, 기본적으로는 모두 10점을 갖고 있다는 뜻이다. 그래도 그 짧은 동안에 두 명 이상에게서 목패를 빼앗아야 하는 것이다. 걸어가면서 의논하는 와중에,

"흑패를 나누는 건, 확인하기 전인가?"

라고, 후타바가 중얼거리듯 말했다.

"앗…."

신지로는 살짝 놀란 소리를 냈고, 이로하는 한숨을 쉬며 앞머리를 쓸어올렸다.

"확실히. 그것에 따라 더 까다로워질 수도 있다."

슈지로는 작게 혀를 찼다. 후타바가 말할 때까지 알아차리지 못했다. 신지로가 목에 건 '흑패'는 19점분이며, 시마다 역참까지는 나눌 수가 없다. 이것이 시마다 역참에서 목패를 검사하기 전인지 후인지에 따라 이야기는 크게 달라진다.

전자라면, 먼저 계산했던 것처럼 21점이면 된다. 그러나 후자라면 신지로 몫의 남는 분을 나눌 수가 없기 때문에 4점이 더 필요해져, 합

계 25점이 필요하다는 뜻이다.

불과 4점 차이지만, 이것은 의외로 크다. 21점이라면, 운 좋게 10점 이상을 지닌 자가 한 명 포함되어 있으면, 두 명을 해치우면 시마다를 돌파할 수 있다. 25점이라면 둘로는 부족할 가능성이 매우 높아진다.

"세 명이네."

어릴 때부터 항상 최악의 사태를 상정하도록 배워왔기에, 이로하는 즉각 마음을 다졌다.

가케가와 역참에서 1리 19정 떨어진 닛사카 역참으로 들어섰다. 닛사카는 본진 하나, 부본진 하나, 여관 33채, 800명이 좀 안 되는 사람들이 사는 작은 역참마을이다. 그 때문에 길을 오가는 사람들도 결코 많지는 않았고, 산스케처럼 기척을 죽이는데 어지간히 뛰어나지 않는 한, 숙련자가 가까이에 있으면 알아차리기 마련이다.

"그러나… 전혀 기척이 없군. 어때?"

지금은 녹존을 구사하고 있어, 슈지로보다도 훨씬 기척을 살피는데 능숙한 이로하에게 물었다.

"아니, 없어."

주변의 목소리를 들어본 바로는, 살벌한 대화는 전혀 없다. 2인조 이상이 아니라 단독 행동하는 사람을 살펴봐도, 역시 의심 가는 자는 없다고 한다. 지금까지는 역참에 도착할 때마다 고독 참가자로 짐작되는 자를 발견했고, 그 사이에도 몇 번 습격을 당했다. 여기에 와서 갑자기 뚝 끊어진 사실을 수상쩍게 여기는 와중에, 슈지로의 뇌리를 어떤 생각이 스치고 지나갔다.

"그런가… 도대체 지금 몇 명이 남은 거지?"

"그렇군요. 잠깐 생각해 보겠습니다."

신지로는 장사가 서툰 아버지를 도우며 분투했었기 때문에, 계산에는 자신이 있는 모양이다. 미간에 손가락을 대며 말을 이었다.

"먼저 덴류지에서 참가자는 292명이었습니다. 하마마쓰를 빠져나가려면 최소한 10점이 필요합니다."

"즉, 29명이라는 건가?"

지금까지는 생각할 여유도 없었지만, 생각했던 것 이상으로 줄었다는 사실에 놀랐다.

"아뇨, 더 적을 겁니다. 시쿠라 씨는 이미 30점. 교진 씨도 15점을 갖고 있어요."

즉, 29명 중에서 두 명, 292점 중 45점은 이미 거기에서 사라졌다는 뜻이다. 신지로는 말을 이었다.

"거기에서 이로하 씨 몫도 포함해서 우리가 갖고 있는 39점도 빼면, 남은 건 208점이 됩니다."

"즉, 우리 말고 20명…."

"그 인수가 최대입니다. 10점 이상을 가진 자도 반드시 있어요. 심지어 곧 시마다 역참이니 더욱 그렇지요. 실제로는 17, 18명. 그보다 적을지도 모릅니다."

만약 18명이라고 치면, 별도 행동을 하는 시쿠라와 교진을 포함해도, 고독 참가자는 이제 24명밖에 남지 않았다는 것이다.

고독이 시작된 초반에는 눈을 감고 있어도 참가자를 마주쳤다. 오히려 회피하는 게 어려웠을 정도. 이것이 우선 고독 제1의 국면.

거기서부터 숫자가 줄어들어, 강자에 대항하기 위해 무리를 짓고, 협력과 배신이 난무하는 것이 제2의 국면. 그리고 지금, 숫자가 30명 이내로 접어듦으로써,

–참가자와 조우하는 것이 곤란.

이라는, 제3의 국면에 들어선 모양이다.

"못 만날 만도 했네."

이 닛사카도 포함해서 아직 25개의 역참이 남아 있다. 그 안에서 스물 몇 명. 게다가 우리처럼 아직도 무리를 짜고 움직이는 자가 있다면, 더욱 만날 확률은 낮아진다. 여기서부터는 패를 모으기 위해, 오히려 우리 쪽에서 참가자를 찾아다녀야 한다.

"정말로 18명이라면, 우리가 싸울 수 있는 건 15명이 된다."

이로하가 조용히 덧붙였다.

"아, 그러네."

우선 진로쿠와는 싸울 일은 없다.

더욱이 현시점에서 오히려 마주쳐서는 안 될 자가 두 명 있다. 한 명은 간지야 부코쓰. 현재 생사는 불명이지만, 살아 있다면 엮이지 않기로 정한 참이다.

그리고 또 한 명이 오카베 환도재. 그 이유는 명쾌. 시쿠라가 있어도

열세를 면치 못했다. 지금의 일행으로는 이길 가능성이 한 줌도 없기 때문이다. 이 세 명을 제외하면, 노릴 수 있는 것은 15명밖에 없다.

“다른 사람도 마찬가지일지도….”

후타바가 다시금 입을 열었다. 우리와 마찬가지로 패가 부족한데도, 참가자와 마주치지 못한 자가 있다는 것. 충분히 생각할 수 있는 일이다.

“안 좋네.”

“응.”

슈지로가 중얼거리자, 곧바로 이로하가 동조했다.

“무슨 뜻이야?”

후타바가 의아한 듯이 두 명을 번갈아 봤다. 패가 부족한 채로 도착해버린 자가 속출한다. 그중에는 도중에 목패 획득을 포기하고, 뒤에 오는 자를 기다리는 자도 있을 것이다. 그래서 시마다 역참에는 남은 고독 참가자들로 가득 차게 된다는 것이다.

“시마다에서 살육전이 시작된다.”

슈지로는 낮게 말했다. 후타바는 뺨이 굳었고, 신지로는 경악한 표정이었다.

고독이 시작되고 덴류지 이후로 가장 큰 난전이 될 것이다. 게다가 그때는 약자에게서 한 개라도 목패를 빼앗으면 경내에서 나갈 수 있었지만, 이번에는 여기까지 살아남은 숙련자들뿐. 충분히 끓여 익을 대로 익은 고독이라는 양상을 띠게 될 것이다.

"그것을 알게 된 지금, 생각해야 할 것은 두 가지. 하나는 시마다 역참에 가능한 한 빨리 도착하는 것."

늦어지면 늦어질수록 덫을 놓는 자도 늘어날 것이고, 사전에 패거리를 만들어버릴 위험성도 크다. 더욱이 부코쓰나 환도재가 목패가 부족할 경우, 놈들이 도착하기 전에 패를 모아서 시마다를 빠져나가고 싶다.

"또 한 가지는?"

이로하는 냉정한 말투로 물었다.

"시마다에 가기 전에 패를 얻는다."

가장 좋은 것은 시마다에 도착한 시점에서 4인분인 60점을 확보하는 것. 바로 목패를 검사받고, 곧 아수라장이 될 역참을 빠져나갈 수 있다.

"운에 맡기자는 건가?"

"아니, 너희는 해변을 따라서 가. 나는 일부러 천천히 혼자 간다."

도카이도를 벗어나면 적을 만날 확률도 낮아진다. 그리고 나는 시간을 들여 이대로 가는 것이다.

"과연. 진로쿠와도 만날 수 있을지도 모르니까."

"그래, 그것도 노리는 바다."

고독에 참가한 마지막 형제, 게아게 진로쿠의 동향은 아직 모른다. 만약 합류해서 협력할 수 있다면 이만큼 든든한 남자는 없다.

"위험합니다!"

신지로가 황급히 말렸다. 단독행동을 하게 되면 위험이 따른다. 그리고 신지로가 권총을 손에 넣었다고는 해도, 세 명 중에서 숙련자는 이로하뿐이 되어버리는 것이다.

"어떻게 생각해?"

슈지로는 이로하에게 물었다. 이로하는 또 한숨을 한번 내쉬더니,

"그것이 최선이잖아."

라고 대답했다. 후타바와 신지로를 지키려면, 가장 경계해야 할 것은 기습이다. 그러나 녹존이 있는 한은 기습을 막을 수 있다. 이로하도 그것을 이해하고 있다.

"두 사람을 부탁한다."

"몇 시?"

슈지로의 말에는 대답하지 않고, 이로하는 짧게 물었다. 몇 시에 시마다 역참에서 합류하느냐는 의미다.

"오후 4시까지는 시마다 역참에 들어간다. 그 시간이 지나면, 그런 뜻이다."

그 시각까지 들어가지 않는다면, 나는 죽은 거라고 생각하라는 뜻이다.

"알겠어."

후타바를 지키는 일에 거부감을 보이지 않을까 생각했으나, 이로하는 순순히 승낙해 줬다. 시마다 역참에서의 난전을 회피할 수 있다면, 해볼 만한 가치는 있다고 생각한다는 증거겠지.

"나중에 만나자."

걱정스럽게 몇 번이나 돌아보는 후타바에게 슈지로는 미소 지으며 손을 들어 보였다.

*

간메라 다케루는 대청 위를 응시하면서 희미한 웃음을 지었다. 엔주라고 한 남자가 말한 내용은 황당한 것이었으며, 주위 사람들은 명백하게 동요하고 있다. 그러나 다케루는 이런 사태까지도 상정했기 때문이다.

다케루가 고향인 오비에서 호코쿠 신문이라는 것을 입수한 것은, 지금으로부터 약 두 달 전인 3월 초순이었다. 먼저 생각한 것은 누군가의 장난이라는 것. 그런 것치고는 질이 좋은 종이를 사용했고, 잉크도 제대로였다. 무엇보다 상당한 부수가 나돌았다. 장난치고는 지나치게 공을 들였다.

다음으로 머리를 스친 것은, 누군가가 사족을 모아 반란을 기획하려는 것. 바로 작년에 세이난 전쟁이 일어났었다. 이 미야자키현에서도 전투는 있었고, 구 오비번 사람들도 오비대라는 부대를 조직하여 반란에 가담했다. 그러나 반란을 기획한 것이라면 비밀리에 움직일 테니 이렇게 요란한 짓을 할 의미가 없다.

−진짜인지도 몰라.

다케루는 서서히 그렇게 생각하기 시작했다. 반신반의하긴 했다. 그러나 10만 엔이라는 큰돈이라면 걸어볼 가치는 있다. 인생을 되돌리기에는 충분한 금액이다.

안세이(安政) 원년(1854년)에 다케루는 간메라 집안의 적자로 태어났다. 간메라가는 대대로 우마마와리(馬廻. 주군의 호위나 전령 등 친위대 같은 역할)를 맡아왔고, 녹봉은 100석. 전체 5만 1천석인 오비번에서는 상급 사족 집안이다.

오비번의 번 학교인 신토쿠도(振德堂)에서는 문무를 다 가르친다. 다케루는 일곱 살이 되었을 무렵부터 다니기 시작했는데 금방 두각을 나타내,

–간메라의 아이는 신동이야.

라고, 일족 전체에 소문이 퍼졌다. 다케루도 그리 나쁜 기분은 아니었고, 또래들을 거느리고 다니며 의기양양했던 것은 분명했다. 그러나 그것은 길게 이어지지는 않았다. 다케루가 신토쿠도에 다니기 시작한 지 3년 후, 학문으로 그를 넘어선 자가 출현한 것이다.

이름은 주타로라고 한다. 고작 18석을 받는 하급 무사 집안인 고무라 가문의 장남이다. 주타로는 한 살 연하. 다케루가 들어간 다음 해에 입학했는데, 처음에는 수업을 따라가지 못했고, 다케루도 관심조차 두지 않았다. 그러나 주타로는 도대체 뭘 어떻게 했는지, 2년 만에 쑥쑥 힘을 키워 다케루를 단숨에 추월해 버린 것이다.

그 이후로는 다케루도 한층 더 학문에 매진했으나, 도로 따라잡기

는 고사하고, 그 차이는 점점 더 벌어지기만 했다. 주타로의 기세는 멈추지 않았고, 성적 우수자만 받을 수 있는 학비 면제, 기숙사 입실도 미리 할 수 있도록 인정받았으며, 오비번 유수의 학자인 오구라 쇼헤이도,

－주타로는 언젠가 천하에 그 이름을 날릴 것이다.

라며 최대한의 찬사를 보내는 지경. 반면에 다케루는 처음에만 반짝했다는 등, 위에는 더 위가 있다는 등 뒷담화를 듣게 되었다.

점점 어지럽게 돌아가는 세상에서는 학문보다 오히려 검술이 필수. 다케루는 그렇게 자기 자신에게 이르고 검술 연마에 몰두했다.

원래 재능은 있었던 것이다. 검술로는 동문의 추격을 허용치 않았고, 주타로 역시 전혀 상대가 되지 못했다. 그러나 주타로는 몇 번을 쓰러뜨려도 포기하지 않고 도전해 온다. 그런 주타로가 짜증나서 다케루는 시퍼런 멍이 들 정도로 두들겨 팼다.

이윽고 전쟁이 시작되었다. 오비번은 강대한 사쓰마번과 접해 있고, 그 동향에 따라 움직일 수밖에 없다. 다케루는 보신 전쟁 무렵에는 15세. 일단, 전쟁에는 나갔지만, 오비번 그 자체가 후방지원을 맡았기 때문에, 갈고닦은 검술을 쓸 기회도 찾아오지 않았다.

메이지 4년(1871년), 폐번치현(1871년에 있었던 번을 폐지하고 부(府)와 현(縣)으로 지방행정을 일원화한 메이지 정부의 중앙집권 개혁)으로 오비번은 오비현이 된다. 그리고 같은 해 미야코노조(都城)현으로 흡수된다. 메이지 6년(1873년), 그 미야코노조현도 미미쓰현과 합병되어 미야기현으로.

그리고 메이지 9년(1876년)에 미야기현은 가고시마현에 편입되었다. 마침내 명실공히 사쓰마에 흡수된 모양새였다.

그런 사정도 있어서 메이지 10년(1877년)에 세이난 전쟁에도 가담하게 되었다. 주타로를 절찬했던 그 오구라 쇼헤이가 한 부대를 이끌고 분투했으나, 결국 할복하고 말았다.

엄청난 기세로 변해가는 메이지라는 시대. 다케루는 어땠었는가? 한마디로 말하자면,

–아무것도 변하지 않은 채.

였다. 아니, 오히려 나빠졌다. 오비현 공무원을 구 번사 중에서 선발하게 되었을 때, 유부녀에게 손을 댄 일이 운 나쁘게 발각되어 채용되지 못했다. 삼백석인 가노가(家老家)와의 혼담도 깨졌다. 부모로부터도 절연당하고 남동생이 가문을 이었다.

집에서는 골칫거리를 치우기 위한 돈을 던져줬을 뿐. 그것을 자본으로 장사를 시작했지만, 잘되지 않았다. 이윽고 다케루는 유일하게 자신 있는 검술에 의존하여, 사설 경호원 같은 일을 하게 된다. 그야말로 설상가상이었다.

한편 그 주타로는 어떻게 되었나? 메이지 3년(1870년)에 학문을 인정받아 상경. 대학 난코(南校), 지금의 도쿄 대학에 입학. 차석의 성적을 내고, 지금은 미국 하버드 대학으로 유학 갔다. 귀국하면 정부의 요직 후보로 꼽히고 있고, 사람들은 오비의 자랑이라고 입이 마르도록 칭찬했다.

"이럴 리가 없어…."

다케루는 몇 번이나 중얼거렸다. 어디에서 이렇게까지 차이가 벌어진 걸까? 내가 사쓰마 출신이었다면. 조금만 더 일찍 태어났다면. 그 유부녀가 날 유혹했기 때문이야. 적어도 발각되지만 않았다면. 그저 불장난일 뿐이었으니 구 번사 패거리도 눈감아줄 수도 있지 않았을까–. 다케루는 자기의 불운을 계속해서 저주하면서 살아왔다.

그러나 여기에서 행운이 찾아왔다. 일발역전. 10만 엔이나 있으면 평생 놀고먹으며 지낼 수 있다.

–바보 놈들.

다케루는 주위 사람들을 둘러봤다. 하나같이 멍청한 얼굴로 넋을 놓고 있다. 나는 이 자들과 다르다. 10만 엔이 진짜라면, 그에 상응한 위험이 있을 거라고 상정하고 대비를 하고 왔다.

다케루가 헛기침을 한번 하자, 가까이 있던 세 명이 살짝 고개를 끄덕였다. 한 명은 신토쿠도 동문으로, 이 또한 불운을 도맡은 구로키 다신. 그리고 경호원 동료인 오마에 덴이치와 덴지 형제. 그들에게 호코쿠 신문을 보여주고 같이 가자고 권했던 것이다.

엔주가 말하는 이 유희. 얼마 안 가 무리가 생겨나겠지. 그러나 처음부터 4인조는 드물 것이 틀림없다. 이 시점에서는 상당히 유리하게 진행할 수 있다.

–근본이 다르단 말이야.

다케루는 코웃음을 치며 눈짓했다. 조금 전에 목패를 나눠줬다. 오마에 덴이치가 220번, 다케루가 221번, 오마에 덴지가 223번, 구로키 다신이 224번.

그 사이에 있는 222번은, 그들이 한패인 줄도 모르고 그들 사이에 멍하니 서 있던 남자. 개시와 동시에 먼저 이자부터 해치우자는 신호를 보낸 것이다.

이 남자, 꽤 젊다. 보신 전쟁 때는 어린아이였을 테니, 실전 경험은 없다고 봐도 틀림없을 것이다. 아마도 어디 도장에서 검을 좀 만져본 정도인 놈이겠지. 아니, 도장에서의 경험도 거의 없을 것이다. 그 증거로 얄미울 정도로 청량한 얼굴에는 상처 하나 없었다. 공포로 넋을 놓고 있는 건지, 인형을 방불케 할 정도로 허한 눈을 하고 있다.

"자, 시작합시다. 그럼, 여러분, 도쿄에서… 아니, 그날 사라진 에도에서 기다리겠습니다!"

엔주가 두 손을 들고 개시를 고한 그 직후,

"해치워!"

라고, 다케루는 동료에게 명령하며 자기도 발도했다.

"헛…?"

다케루는 괴상한 목소리를 내며 굳었다. 무슨 일이 일어난 건지 이해력이 따라가지 못했다. 덴이치와 덴지의 머리가 구르다가 맞부딪쳐, 형제끼리 서로 마주 보는 것처럼 멈췄다. 구로키는 칼을 뽑으려던 오른팔이 잘려나갔고, 절규할 틈도 없이 바로 머리가 깨져 터진 석류 같은 꼴이었다.

"어, 어, 어…? 뭐가－"

그 이상 말도 나오지 않았다. 풍경이 일그러졌나 싶더니, 다음 순간에는 땅이 보였다. 사태를 파악하고자 필사적으로 안구를 움직인다. 거기에는 익숙한 자기 두 다리가 있었다.

줄곧 알고 있었다. 나는 내 재능을 과신하고 우쭐댔고, 주타로는 열심히 노력했다. 그 차이인 것이라고. 그러니 지금부터 되돌린다. 그래야 했는데－.

"이거?"

얼음처럼 차가운 목소리와 함께, 자기 목패를 줍는 아름다운 손이 보였다. 그것을 마지막으로 암흑이 닥쳐와 시야를 메웠다.

*

하루에 한 번, 정오에 열리는 회의 자리에서 가와지 도시요시는 입을 열자마자,

"내일이다."

라고, 선언했다. 방 안에 각각의 감탄의 목소리가 가득 찼다. 미쓰비시의 사카키바라, 스미토모의 모로사와, 미쓰이의 진보, 야스다의 지카야마. 각기 재벌의 장래를 짊어질 것으로 촉망받는 유망주들이다. 이번 고독 계획에 필요한 경비는 이 재벌들이 내고 있다. 그렇기는 해도, 재벌의 사주들은 이 사실을 모른다. 만에 하나 실패했을 때 기업

에 누를 끼치지 않기 위한 것이다. 즉, 그때는 모든 책임을 그들이 다 짊어진다. 그들은 실각하는 정도가 아니라, 과장이 아니라 목숨조차 위험해질 수 있다.

반면에 성공했을 때는, 그들뿐만이 아니라 자손 대대로 재벌 지위가 확보되겠지. 그중에는 이번 일을 시작으로, 다른 재벌을 매수하여 경영을 지배할 꿍꿍이를 가진 야심가까지 있다. 그런 중요한 도박이기 때문에, 그들이 몸을 앞으로 숙이며 몰입하는 것도 납득할 수 있었다.

지카야마는 감탄을 흘리며 말했다.

"남은 건 마에지마로군요. 그 행적은?"

"하마마쓰 우체국을 벗어난 것은 분명하지만, 그 뒤의 행적은 여전히 묘연합니다."

내가 노골적으로 씁쓸한 표정을 지어서인지, 이 질문에는 옆에 서 있던 비서장 히라기시가 대답했다.

하마마쓰 우체국에서 일망타진할 예정이었다. 그러나 이것에 관해서는 저쪽이 위였다고 말할 수밖에 없겠다. 아니, 우리가 너무 만만히 보고 있었다.

군에 더해, 발도 경관까지 보냈다. 그중에는 검격대회에서 3위, 4위 입상자인 호쿠소와 우테나, 즉, 아즈마 로쿠이치와 고센 유마도 포함되었다. 더욱이 그 간지야 부코쓰까지 회유해서 던져뒀으니, 반드시 몰살시킬 수 있다고 생각했었다.

그러나 결과는, 군 경관 전체에서 다수의 사망자와 부상자가 나왔고, 마에지마 일행은 놓쳐버리고 말았다. 살아남은 자의 증언에 따르면, 아즈마와 고센은 속수무책으로 당했다고 한다. 간지야 부코쓰도 행방불명. 하마마쓰 우체국이 불탄 자리에 시체가 없었으니 탈출한 모양이다. 그런 흉악한 놈이니, 지금은 마음을 다시 다잡고 고독을 즐기고 있을 테지.

"오쿠보만 없으면, 마에지마 따위는 별것 아니야."

어차피 오쿠보에게 붙어 다니는 놈이다. 이 사실을 다른 정치가에게 말한다고 해도 아무도 믿지 않을 것이다. 오쿠보가 죽은 것 때문에 정신착란을 일으켜, 음모론에 빠졌다고밖에는 생각하지 않겠지. 실제로 일을 진행하는 나 자신조차도, 아직까지도 고독은 황당무계한 일이라고 생각되는 것이다.

"어려운 국면을 극복했으니, 드디어 고독의 진가가 나타나겠군요."

사카키바라는 성급하게 희희낙락 말했다. 마에지마는 고독을 개최한 이유를, 불평 사족, 특히 암살에 능한 달인을 일망타진하기 위해서라고 생각할 터. 확실히 그것도 이유 중의 하나이기는 했다.

그러나 놈들을 매장하는 것뿐이라면, 군을 꼬드겨 동원하여, 덴류지에 모였을 때 일제사격으로 전부 죽여버렸으면 끝날 일이다. 고독의 진짜 목적은 다른 데에 있다.

"딱 어울리는 자들만 남았습니다. 한번 보시겠습니까?"

히라기시가 묻자, 네 명은 하나같이 야비한 웃음을 띠고 고개를 끄덕였다. 출신, 나이, 성격은 달라도 이런 점만큼은 똑같다는 것이 우습다.

"마에지마의 편을 든 자들과 행방불명된 간지야 부코쓰도 포함해, 현재 남아 있는 것은 23명. 여기 있습니다."

히라기시는 남은 사람 명부를 모두에게 나눠줬고, 네 명은 얼굴을 처박듯이 하고 보기 시작했다.

1번 지쿠마루 스즈스케

7번 아다시노 시쿠라

11번 이카리 다케토라

24번 나카기리 요마

48번 호조인 엔슌

66번 간지야 부코쓰

84번 고마 겐지

92번 길버트 카펠 콜맨

99번 쓰게 교진

108번 사가 슈지로

111번 아키쓰 가에데

120번 가쓰키 후타바

139번 루치엔

142번 오카베 겐토사이(환도재)

160번 도도로키 주자에몬

168번 기누가사 이로하

186번 이시이 오토사부로

215번 眠

222번 덴묘 도야

251번 지켄 하야토

269번 사야마 신지로

277번 가무이코차

292번 게아게 진로쿠

"고마 겐지…, 우쓰노미야의 곰 말인가?!"

제일 먼저 입을 연 것은 사카키바라였다.

"아십니까?"

히라기시는 바늘 같은 눈을 더욱 가늘게 떴다.

"나는 오야마번 출신. 시모쓰케… 도치기현에서는 모르는 자는 없을 정도의 호걸이다."

구 우쓰노미야번사이며 신장 6척 5촌의 거한이라고 한다. 우쓰노미야 전쟁에서는 총알을 몸에 맞으면서도 큰 망치를 휘두르며 분투해서 그런 별명이 붙었다고 한다.

"지쿠마루… 지쿠마루… 들어본 적이 있어."

모로사와가 기억을 더듬는 것처럼 미간을 손가락으로 두드렸다.

“오이타 유슈칸(有終館) 출신. 자객 가와카미 겐사이의 최후이자 최강의 제자라고 불리던 자입니다.”

“그렇다. 경계해야 할 자의 이름이라서 봤다.”

가와지가 조금 설명해주라고 눈짓을 하자, 히라기시는 그 뜻을 헤아리고 이야기하기 시작했다.

“그 밖에도 나카기리 요마는 전 오카야마번사로 조쿠유신류(直猶心流)를 일으킨 시조인 이노우에 유신사이의 직속 제자. 사슬낫을 마치 살아 있는 생물처럼 다뤄 지금까지 강적을 물리쳐왔다는 보고를 받았습니다.”

히라기시는 헛기침하며 더욱 말을 이었다.

“호조인 엔슌은 사찰 야마토코후쿠지의 승려로, 그 유명한 인슌의 재래라고까지 듣던 창잡이. 지켄 하야토는 전 구루리번사이며, 지키신카게류 검술과 부에류 포술을 함께 이어받은 야타건식을 구사합니다.”

“야타건식…?”

지카야마가 의아한 듯 중얼거렸다.

“오스만 제국이 사용하던 총검입니다. 막말에도 사용하던 번이 있었다고 하는군요.”

히라기시는 정중하게 대답하고 다음 인물로 옮겼다.

“이시이 오토사부로는 전 구조하치만번사로, 그 료소타이(凌霜隊)의 부대장을 지냈던 남자입니다.”

"생각났다! 무사시라고 불렸던 남자다!"

진보가 느닷없이 목소리를 높였다.

"맞습니다. 현재도 이도류로 여기까지 살아남았습니다."

히라기시는 고개를 끄덕이고 말을 이었다.

"이 도도로키 주자에몬은 전 막신으로 덴슈타이(傳習隊)입니다. 검 실력은 상당하며, 당시부터 두려움의 대상이었습니다. 우에노 전쟁에서 포격을 당해 청력을 잃었다고 합니다. 그런데도 여기까지 와 있으니 놀랍습니다."

"이 이카리 다케토라는… 그 이카리조의?"

사카키바라는 다시금 눈에 들어온 이름을 입에 올렸다.

"그렇습니다. 도쿄에서 지금 가장 공포의 대상인 노름패의 우두머리입니다. 돈만 내면 반드시 죽여준다. 여러분 중에도 이용한 분이 계시지 않을지?"

히라기시가 입꼬리를 올리며 물었다. 자기가 직접 의뢰한 일은 없다고 해도, 짚이는 데가 있는 건지 시선을 피하는 자도 있다.

"그러나 이중에서 노름꾼이라니, 좀 뒤떨어지는 느낌이군… 먼저 사라지겠지."

진보는 그렇게 예상했으나, 히라기시는 고개를 가로저었다.

"이카리 다케토라. 129번 가라시마 쇼지를 해치웠습니다."

"그 신센구미(新選組) 말인가…? 초반에는 맹위를 떨쳤었잖나?"

가라시마 쇼지는 신센구미 생존자다. 게이오(慶應) 원년(1865년) 4

월 모집을 통해 들어가, 순식간에 148명 중 32석. 2번조 오장을 맡을 정도의 실력이었다. 고독 전반에는 구사쓰 역참에서 기습을 반격하여 격퇴하고, 미나쿠치 역참을 지난 근처에서 세 명을 동시에 해치웠고, 이시야쿠시 역참에서는 맹자를 해치웠다. 제일 먼저 도쿄까지 남을 것이라고 화제에 올랐었다. 그러나 고유 역참을 지날 무렵에 이카리와 대치. 얼굴 원형을 찾아보기 힘들 정도로 무참하게 난자당해 죽었다고 한다.

"무서운 남자다…. 그렇다 해도, 잘도 조사했군."

진보는 혀를 내두른다.

"조사에 통달한 자는 밑에 많이 두고 있으니까요. 그래도 파악하지 못한 자도 언뜻언뜻 보입니다. 특히 외국인 등은 내력을 잘 알 수 없습니다."

길버트는 영국인, 루치엔은 청국인이라는 것밖에 모른다. 외국은 아니지만, 가무이코차도 아이누 민족이라는 것 말고는 알려진 게 없다고 한다.

"그리고 분명 또 한 사람."

히라기시는 가장 가까이에 있는 지카야마의 명부를 가리켰다.

"이것은… 뭐라고 읽는 걸까요? 네무, 네무리…? 민입니까?"

"미후티라고 부르는 것 같습니다."

眠. 덴류지에서 자기 이름으로 그 한 글자를 적었다고 한다. 이 자에게 붙은 시키미가 말하기를, 일본어를 말하지도 않고 알아듣지도 못하는 것 같다고 한다. 그런데 엄청나게 강하다. 어쩌다가 대치한 것이 맹자들뿐이었는데, 그 모두를 쉽사리 해치웠다고 한다. 그리고 가장 놀랄 만한 일은,

"손을 대지 않고 죽인 적이 있다고."

"말도 안 돼. 요괴도 아니고."

"글쎄요…. 과연 뭘까요?"

히라기시가 슬며시 웃음을 띠자, 지카야마는 오한이 이는 것처럼 몸을 부르르 떨었다.

"여자도 있나?"

사카키바라는 혀를 차며 화제를 바꾸었다. 이 남자, 지금까지도 여자를 깔보는 언동이 많았고, 지금도 그것이 겉으로 드러난다.

"네. 먼저, 예의 사가 슈지로와 함께 있는 가쓰키 후타바. 사가의 여동생이라는 기누가사 이로하. 더욱이 아키쓰 가에데. 이쪽은 언월도를 쓰는 아이즈의 –"

"가이칸(會奸)의 여자인가?"

사카키바라는 과장되게 코웃음을 쳤다. 막부 말기에 조슈번을 중심으로 아이즈번을 그런 멸칭으로 불렀었다. 이것은 또 하나의 다른 명칭과 함께 부르는 일이 많다. 그것은 바로 가와지의 출신지인 사쓰마를 가리키는 사쓰조쿠(薩賊會奸. 사쓰마를 도적, 아이즈를 간신으로 간주하는, 막부 말기 조슈번의 적개심을 나타내는 말. 1864년 조슈번이 교토에서 거병하여, 사쓰마번과 아이즈번 등과 격렬하게 싸우다가 패배한 사건인 '금문의 변'에서 유래). 빈

틈없는 모로사와는 그 사실을 연상시키지 않으려는 것이겠지. 황급히 말을 끊고 끼어들었다.

"여자는 세 명이라는 거로군요."

"아뇨…. 또 한 명."

"뭐라고요…? 그래 보이는 이름은 보이지 않는데요."

"방금 전에 말씀드렸습니다. 미후티는 여자입니다."

불과 조금 전에, 얼마나 강하고, 얼마나 기괴한지를 이야기했다. 그것이 여자였다는 사실에 모두가 충격을 받고 숨을 들이켰다. 아니, 그 여자뿐만이 아니다. 고독에서 여기까지 남아 있다는 것은, 크건 작건 괴물에 가까운 자들뿐. 그것을 통감한 것이리라.

"그 밖에도 이 오카베 -"

히라기시가 이야기를 계속하려고 했던 그때였다. 문이 힘차게 열리더니 남자가 뛰어 들어왔다. 이 사람도 비서 중 한 명으로 쓰네오카라는 자였다.

"뭔가?"

히라기시가 안광을 날카롭게 빛내며 노려보았다.

"큰일 났습니다."

쓰네오카의 목소리는 떨리고, 얼굴도 창백했다.

"말해."

네 명 앞이기 때문에 주저하고 있어서, 가와지는 짧게 재촉했다.

"누군가가… 이곳을 향해 오고 있습니다."

쓰네오카의 보고에 네 명이 술렁거리는 가운데, 가와지는 눈썹 하나 까딱하지 않고 물었다.

"어디까지 왔나?"

이 양관은 후지산 기슭의 수해 속에 있다. 뒤쪽은 후지산이 지키고, 수해에는 많은 사람들을 배치해서 반원 상태로 경계선을 깔았다. 양관에 가까운 곳부터 갑, 을, 병, 정, 4중으로 엄중하게 경계하고 있다.

"현재, 병을 돌파하고… 을까지…."

"그럼 틀림없군."

실수로 잘못 발을 들여놓을 만한 토지가 아니다. 적이라는 것은 의심할 여지가 없다.

"엔주는 어떻게 하고 있나?"

가와지는 쥐어짜 내는 목소리로 물었다. 엔주는 고독 참가자에게 붙인 감시자로, 그들이

–목편(木偏).

이라고 부르는 자들을 전부 관리하고 있다. 덴류지에서 참가자에게 규칙을 설명하고 고독 개시의 포문을 연 것 또한 엔주다. 그 엔주는 지금 이 양관에서 대기하며, 전보로 각지의 목편과 연락을 취하면서, 호위의 총괄 역할도 맡고 있다.

"전선에 나가 지휘를 하겠다고."

"그 정도인가?"

엔주가 그렇게 해야 할 정도로 사태는 긴박하다. 이쯤 되면 상대는

군대가 틀림없다. 마에지마의 요구로 움직인 것이겠지. 그러나 의아한 것은 총성 하나 들리지 않는다는 점이다.

검에 뛰어난 자를 선발한 것인가? 아니, 그것 또한 생각하기 힘들다. 군은 평민 출신자가 대부분이고, 검을 다루는 게 능숙한 사족은 경시국에 모여 있다. 남은 가능성으로서는, 압도적인 인원으로 쳐들어왔다는 것 정도다.

"숫자는?"

가와지는 낮게 물었다.

"그것이… 엔주가 말하기로는 분명…."

쓰네오카가 머뭇거려, 가와지는 다리를 문지르면서 재촉했다.

"빨리 말해."

"한 명이 아닐까 하고…."

"뭐라고?"

가와지는 자기도 모르게 책상에 손을 짚고 일어섰다. 히라기시도 믿을 수 없다는 듯한 표정. 다른 네 명에 이르러서는 경악하여 입을 열지 못했다. 한동안 방 안에 정적이 감돌다가, 간신히 어떤 소리가 귓가에 닿았다. 단말마로 짐작되는 비명이다.

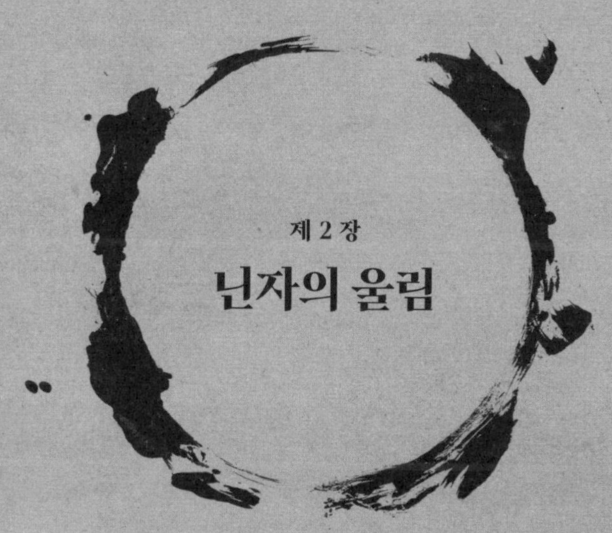

제 2 장

닌자의 울림

*

–이가인.

먼 옛날, 오다 노부나가가 혼노지(本能寺)에서 비명횡사했을 때, 신군 이에야스 공은 이가로를 빠져나가 영지까지 도망쳤다. 그때 호위를 맡은 것이 이가의 닌자. 이에야스는 그 공로를 인정해, 가신이 되기를 바라는 자는 곁에 두고, 또한 이가에 남는 자에게는 상을 주었다. 가신이 된 자의 자손을, 막부가 열린 후에 그렇게 부르게 되었다.

"닌자는 천리를 달려 수리검을 던진다!"

태평성대, 많은 이야기꾼들이 그렇게 이야기했다. 그중에는 물 위를 달린다는 등, 불을 뿜는다는 등 화려한 해석을 펼치는 자도 있었다.

처음에는 서민들도 그것을 믿었으나, 서서히 실태를 분명히 밝히는 학자도 나타나, 닌자의 기술은 수수한 것이라는 사실이 알려졌다. 무엇보다 실제로 관여해 본 적이 있다면,

–아아, 그건 아니지.

라고, 모두가 이해하는 것이다.

이가인은 4조 있는 백인조 중 하나로 편성되었다. 역할은 에도성 3대문의 경비. 고우카조, 네고로조, 니주고키조인 다른 백인조와 교대로 근무한다. 각 조의 요리키(与力. 부교 밑에서 경찰, 행정 업무를 담당한 하급 관리를 지휘하던 사람) 80석, 도신(同心. 에도 막부의 하급 관리)이 30석과 2인

분의 생활비가 지급되는 정도다. 고우카, 네고로는 그나마 대물림되지만, 이가는 상속되지 않는 신분. 조 저택 뜰에 밭을 일구고 부업을 하지 않으면 살아갈 수 없을 정도. 초라한 기모노, 일반인들과 다름없는 몸가짐, 빈곤에서 벗어나지 못한 듯한 풍채, 무엇을 봐도 이야기 속에 나오는 닌자와는 너무나 동떨어졌기 때문이다.

분명히 그렇다. 단, 80%만. 나머지 20%가 채 안 되는 이들은, 뒤에서는 정말로,

– 고기온미쓰(公儀隱密. 에도 막부의 명령을 받아, 은밀히 정보 수집 등의 임무를 수행하는 자들)의 역할을 맡고 있는 것이었다.

그런 이가도신 일가인 쓰게 가문에서 교진은 태어났다.

"너… 누군가한테 배웠니?"

교진이 다섯 살 무렵, 처음으로 눈앞에서 센켄(銑鋧. 수리검의 일종)을 던졌을 때, 아버지는 놀라 얼굴을 가까이서 들여다보았다. 다섯 발 던졌는데 전부 표적 중심에 명중했기 때문이다.

"놀았던 것뿐인데요."

엄마는 두 살 때 병으로 죽었다. 아버지는 평범한 닌자였으나, 온미쓰는 늘 일손이 부족했기 때문에 항상 여기저기로 출장을 다녔다. 교진은 남녀 한 명씩 있던 부교닌(奉行人. 헤이안 시대부터 에도 시대까지 무가(武家)의 행정, 관리를 담당하는 사람)이 돌봐줬다. 너무 지루해서 돌을 던지며 놀았던 적은 있으나, 그것이 수련이 된 줄은 생각지도 못했다.

"솔개가 매를 낳은 건지도 모르겠구나."

그 후, 온갖 닌자 기술을 가르치던 중에 아버지는 걸핏하면 말했었다. 아무래도 천부적인 재능을 갖고 태어난 모양이다.

쓰게가의 문을 두드리는 자가 있던 것은 그다음 해였다.

"지, 진정입니까?"

아버지는 믿을 수 없다는 듯이 눈을 깜빡였다.

요리키 중에도 닌자는 있다. 모모치가, 사카이리가, 오토와가, 이 세 가문뿐. 역대 당주는 두드러진 닌자이며, 각 가문에 비술, 비전 같은 것을 보유한다.

그리고 그 세대에서 가장 우수한 자가 지휘를 맡는다. 막부의 역할상으로는 그 위에 조두가 있지만, 온미쓰로서의 이가인의 소료(惣領), 즉, 수장이 되는 것이다.

당대 수장을 맡은 것은 오토와가. 그 당주는,

– 오토와 겐파치.

라고 한다. 그 겐파치가 찾아와,

"네 아들을 내 제자로 삼고 싶다."

라고 말한 것이다.

각 가문이 지닌 비술을 유출하지 않기 위해, 요리키가 도신 중에서 직접 제자를 취하는 일은 전혀 없었다. 있을 수 있는 상황이라면, 양자로 삼는 것뿐. 아버지도 처음에는 양자 이야기인가 했으나, 겐파치는 그게 아니라며 고개를 저었다. 그래서 놀란 것이다.

"다시 한번 묻겠습니다. 진정 양자가 아니어도 괜찮으신 겁니까…?"

아버지는 조심스럽게 물었다. 오토와가는 다른 두 가문에 비해 압도적으로 양자가 많았다. 겐파치는 선대의 친아들이지만, 오토와가 역대의 반 이상이 양자. 이것은 오토와가의 비술이, 타고난 소질에 크게 영향을 받기 때문이라고 한다.

"괜찮다."

겐파치는 이유를 아무것도 말하지 않고, 교진 본인에게 물었다.

"교진, 어떠냐?"

"부탁드립니다."

교진은 즉답했다. 동경하던 수장의 제자가 된다는 것이 기뻤다. 이유는 단지 그것뿐인지도 모른다.

"좋아, 그럼 오늘부터 내 제자다."

겐파치는 정간한 얼굴에 미소를 지었다. 그 웃음은 그림자로 살아가는 닌자라고는 생각할 수 없을 정도로 상쾌하여 푸른 하늘을 방불케 했다는 것을, 교진은 지금도 또렷하게 기억한다.

겐파치의 저택에서 어떤 소녀를 보게 된 것은, 수행에 들어가 1년 지났을 무렵이었다. 교진이 신경 쓰는 것을 알아차렸는지,

"오오, 가르쳐주지 않았었군. 이가인의 딸이다. 우리 집안에서 거두게 되었다."

라고, 겐파치는 소녀를 가까이 오게 하여 소개했다. 성은 사와무라, 이름은 히나라고 한다. 나이는 교진보다 한 살 아래인 여섯 살이라고

했다.

"사와무라… 라고요?"

교진은 의아했다. 이가조에 속한 모든 집안을 외우고 있지만, 그중에 사와무라라는 성을 가진 이는 없기 때문이다.

"양인이다."

겐파치가 덧붙여서 납득했다. 닌자는 양인(陽忍)과 음인(陰忍), 둘로 크게 나뉜다. 양인은 다른 지역에 행정관, 상인, 장인, 의사, 혹은 무사로서 파견되어 막부에 정보를 알려준다. 때로는 부모에게서 자식으로, 손자로, 몇 대에 걸쳐 역할을 물려받는 경우도 있다.

표면적인 직업이 있기 때문에 '양(陽)'이 된다. 반면에 음인은 첩보, 파괴, 때로는 암살을 맡았고, 뛰어난 닌자 기술을 체득할 필요가 있다. 어둠에서 어둠으로 숨어들어 암약하기 때문에 '음(陰)'이란 글자가 붙는다. 에도의 이가조는 전부 이쪽. 즉, 교진도 음인이 되는 것이다.

"사와무라 진자부로 님을 알지?"

"그 아메리카 배의…."

양인 중에서도 뛰어난 기술을 가진 자가 없는 것은 아니다. 그중 가장 최고로 꼽히는 자가 바로 사와무라 진자부로다. 아득한 선조 때 사와무라가는 이가에 남아, 도도가에 무소쿠닌(無足人)이라는, 반은 농부, 반은 사족 대우로 속해 있었다. 그러나 이는 위장이며, 실은 막부의 밀정 노릇을 했던 것이다.

가에이(嘉永) 6년(1853년), 우라가만에 네 척의 아메리카 군함이 내

항했다. 이른바 흑선이었다. 막부는 우왕좌왕하다가 이가조에게 어떤 임무를 내렸다.

–흑선을 탐색해라.

라는 것이었다. 매우 급한 지시였는데, 겐파치를 포함한 이가조 닌자는 모두 다른 임무를 수행하고 있었다. 그래서 선택된 것이 양인이었는데, 바로 음인조차도 훨씬 능가하는 실력자였던 진자부로였던 것이다.

진자부로는 일생일대의 역할이라며 분기했고, 아메리카 군함에 숨어들었다. 그리고 중요 기밀로 보이는 두 통의 문서를 의기양양하게 갖고 돌아온 것이다.

그러나 비극이 일어났다. 아니, 희극이라며 웃는 자도 있었다. 진자부로가 갖고 돌아온 문서 내용을 번역해 보니, 한 통은, '소리가 나지 않는 강은 수심이 깊다'라는 속담 같은 것. 나머지 한 통에 이르러서는, '영국 여자는 잠자리를 잘하고, 프랑스 여자는 요리를 잘하고, 네덜란드 여자는 집안일을 잘한다'라는 허튼소리 같은 문장이었던 것이다.

진자부로는 그 사실을 알고 얼굴이 붉어지고, 어깨를 축 떨어뜨리며 고개를 숙이고, 더욱이 치욕에 몸을 떨 정도였다고 한다. 에도의 이가조로부터는, 양인 따위를 쓰니까 그런 거라며 비난의 폭풍이 일었다. 너그러운 교진의 아버지조차도,

"사와무라 탓에."

라며 이를 갈던 모습을 봤다.

이에 대해 전국에 퍼져 있던 양인들은, 누가 했어도 같은 결과가 되었을 거라면서 옹호하며 반발. 2백 수십 년의 태평성대 중 처음으로 음인과 양인이 대립하는 구도가 되어버렸다. 더욱이 고우카조와 네고로조는, 이가인도 밑바닥까지 추락했다며 무시했고, 서로 책임 전가가 더욱 격화. 겐파치는 사태를 엄중히 보고 수습하러 나섰다.

"그때는 이미 사와무라 님은 행방을 감춘 후였다."

진자부로는 행방불명. 동시에 십여 명의 양인의 소식이 끊겼다는 것을 알았다. 이것을 계기로 사태는 급속하게 진정되어갔다.

"그 사와무라 님의 딸이다."

진자부로는 임무가 실패로 끝난 후, 마치 사람이 변해버린 것 같았다. 눈 주위는 푹 꺼지고, 눈 밑에는 검은 그림자가 생기고, 그 모습은 유령을 방불케 했다. 원래 자존심이 강한 남자였는지, 수치심에 죽지는 않을지 걱정될 정도로 생활도 황폐해졌다.

–어떻게든 설욕한다.

라고, 몇 번이나 혼잣말을 중얼거리고, 이윽고 딸에게도 행선지를 고하지 않고 모습을 감췄다. 아내는 몇 년 전에 죽어 단 하나뿐인 가족인 딸이다. 그 딸조차 안중에 없을 정도로 진자부로는 제정신이 아니었던 모양이다. 그로부터 얼마 안 되어 겐파치는,

"내가 거두겠다."

라며, 다른 요리키의 반대를 무릅쓰고 그 딸을 데려왔다.

"수치 따위…."

교진은 이야기를 듣고 자기도 모르게 쓴웃음을 지었다. 닌자는 도구와 마찬가지. 감정은 죽여라. 남들 눈을 신경 쓰는 것은 가장 어리석은 짓. 일곱 살의 교진조차도 배워 알고 있는 일이다.

"우리는 닌자의 기술을 계승해 왔다. 그러나 우리도 모르는 사이에 무사가 되어버린 것이겠지."

다른 지역에 잠복해서, 명령이 없으면 그대로 진짜 모습을 숨긴 채로 살다 죽어가는 양인에게, 무사처럼 긍지라는 정체 모를 것이 의지가 되어 있던 건지도 모른다.

"교진, 히나를 부탁한다."

겐파치는 그렇게 말을 맺었다. 그로부터 교진은 히나를 항상 신경 써줬다. 동정이 아니다. 스승이 명했기 때문이다. 교진은 몇 번이나 말을 걸었지만, 히나는 고개를 끄덕이거나, 고개를 가로젓거나 할 뿐. 처음에는 말을 못 하는 것 아닐까 생각했으나, 그것은 아니고,

"네."

라고, 짧은 말로는 대답한다. 교진도,

–뭐, 됐어.

라고, 깊게는 생각하지 않았다. 겐파치는 그림자 역할을 갖지 않은 '표면적인 이가조'의 딸과 똑같은 생활을 하도록 해줬다. 오전에는 글공부를 했고, 오후에는 집안일을 거들었다.

*

히나가 오토와가에 오고 나서 1년 정도 지난 어느 날. 히나가 붓글씨 연습을 하러 가서 돌아오지 않는다는 말을 듣고, 교진은 혀를 차며 마중하러 나갔다.

교진이 거기에서 본 것은, 여러 명의 아이들에게 둘러싸인 히나의 모습. 남자아이가 넷, 여자아이가 둘. 하나같이 그보다 연상. 이미 닌자 기술을 배우기 시작한 '뒤쪽 이가조'의 아이들이다.

네 아버지 탓에 이가조가 멸시당한다며, 히나에게 용서 없이 비난을 퍼부었다. 그러나 히나는 한 마디도 대꾸하지 못했다. 그저 고개를 숙이고 있을 뿐. 마침내 무슨 말이든 해보라며 남자아이 한 명이 주먹을 치켜들었다. 그때 교진은 달려가 그의 손목을 움켜쥐고 말았다.

"야, 그만해."

"아…, 쓰게의… 이 녀석은 우리가-"

"닥쳐. 한 번만 더 이 녀석을 건드리면 죽을 줄 알아."

모두의 안색이 단숨에 창백하게 변하더니 꽁무니를 빼고 도망쳐버렸다.

"가자."

다치지 않았는지 확인하고는, 교진은 짧게 말하고 걷기 시작했다. 히나도 터벅터벅 뒤를 따라온다.

"도움을 청하면 돼."

교진은 놓치지 않고 찾아냈지만, 사람들 눈에 띄기 힘든 옆길이었다. 그렇기는 해도, 소리를 지르면 누군가 바로 도와주러 왔을 것이다.

"그렇게 나랑 말하는 게 싫어?"

히나가 아무 말도 하지 않아서 교진은 혀를 찼다.

"아, 아니구먼! 실은―"

"어?"

교진은 발을 멈추고 돌아봤다. 히나는 퍼뜩 놀라 자기 입을 막고 고개를 숙인다. 귓불이 살짝 발그스레 물들어 있었다.

"가미가타 사투리라서?"

"네…. 다들…."

히나가 말하기를, '표면적인 이가조'의 자녀가 다니는 붓글씨 도장에서 심하게 무시당했다고 한다. 평범한 무사 집안 아이의 말투가 아니라고.

"이놈이고 저놈이고 참. 우리는 무사가 아니야."

"그래도… 아버님이 그 말투는 쓰지 말라고."

진자부로는 역시 극도로 치욕을 겁내는 성격이었던 것이리라. 에도에 나왔을 때 히나에게, 가미가타 사투리로 말하지 말라, 그게 힘들다면 차라리 입을 다물라고 명령했다고 한다.

"신경 쓰지 마."

잊어버려. 그렇게 말을 이으려고 했으나, 교진은 그 말을 도로 삼켰다. 자기 집안이 막부의 닌자였다는 사실을 알고, 갑자기 에도로 가게 되고, 아버지는 임무 실패로 변해버렸다. 급기야는 아버지가 실종되고 낯선 집에 맡겨졌다. 그 일들이 불과 몇 년 사이에 일어난 것이다. 히나가 자기 처지를 받아들이지 못하는 것도, 아버지를 잊지 못하는 것도 당연하겠지.

"그래도… 가미가타 사투리는… 내 혼자 쓰니께."

히나는 고개를 숙이고 가녀린 목소리를 냈다.

"참말로 답답한 놈이구먼."

"어… 혹시 너도 가미가타…?"

"아니구먼. 내는 어디 사투리건 다 말할 수 있도록 배운 것뿐이구먼."

이가는 야마시로나 야마토와 말이 비슷하고, 오히려 이세 쪽과는 다르다. 교진은 이가 사투리인 가미가타 방언으로 곧바로 대답했다.

"대단해…."

"쓰는 사람이 둘이면 신경 안 써도 되는겨?"

교진은 머리를 긁적이면서 물었다. 히나는 앗, 하고 작은 소리를 내며 굳었다. 그 눈에 눈물이 차오르더니, 튀어 오르는 것처럼 힘차게 고개를 끄덕이자 사방으로 흩어진다.

"얼른 돌아가자고. 내는 낮부터 수행이구먼."

둘이 나란히 걸어가기 시작하자 곧바로 히나가 눈을 치켜뜨며 물었다.

"…항상 하는 수리검?"

"바보, 목소리가 커. 센켄이구먼."

"그거 한번 쓰고 버리는겨?"

"그럼 일일이 다시 줍겠나?"

"얼만디?"

"몰러. 100문 정도 하겄지."

"아깝구먼. 한번 던질 때마다 소바 여섯 그릇이잖여. 차라리 소바를 던지는 게 낫지 않을까?"

"소바를 던지는 놈이 워디 있어? 그보다 니, 실은 엄청 잘 떠드는구먼."

히나가 키득키득 웃는 것을 옆눈으로 보면서, 교진은 숨을 훗, 하고 내쉬었다. 에도 마을에서 무사의 아이가 어울리지 않는 가미가타 사투리를 쓰는 것을 듣고 쳐다보는 자도 있었지만, 집에 도착할 때까지 두 사람의 대화가 끊어지는 일은 없었다.

게이오 원년(1865년) 봄, 커다란 전환기가 찾아왔다. 스승인 오토와 겐파치가 불러,

"이것으로 수행을 마친다."

라고, 선언한 것이다. 교진은 당황해서 이유를 물었다.

"임무다."

겐파치는 많은 것을 말하지 않았다. 임무에 관해서는 아무에게도 말하지 않는 것이 관습이다. 그것은 어쩔 수 없다. 단, 지금까지도 임

무 때문에 겐파치가 에도를 떠나 있는 일은 있었던 것이다.

"설마…?"

"있을 수 있는 일이다."

겐파치는 부정하지 않았다. 이번 임무에서는, 살아 돌아오는 것은 바랄 수 없을지도 모른다는 뜻이다. 이가조 온미쓰의 총령으로서, 지금을 살아가는 자들 중에서뿐만이 아니라, 100년에 한 명 나올까 말까 한 실력이라는 말까지 들은 닌자. 그 오토와 겐파치조차도 무사히 돌아오지 못할 것을 각오하는 임무란 건 도대체 얼마나 대단한 것인지 상상도 할 수 없었다.

"돌아올 생각이기는 하다. 만에 하나의 경우를 생각해서 그러는 거다. 다행히 너는 이미 어엿한 닌자다."

겐파치는 나중 일도 전부 다 가르쳐줬고, 당장이라도 막부의 명을 받아 활동할 수 있다고 단언했다.

"아니오, 아메노도코타치노가미(天之常立神)가 아직."

교진은 목소리를 깔았다. 그것은 오토와가에서 대대로 이어 내려오는 기술. 작년에 겐파치에게서 전수받았으나, 제대로 구사할 수 없었다. 이것만큼은 겐파치가 보는 앞이 아니면 수행조차 할 수 없는 것이다.

"아메노도코타치노가미는 금기술로 정한다."

"무슨… 그러면 기술이 대가 끊겨버립니다!"

"끊겨도 된다."

"제가 모자라기 때문입니까…?"

교진은 아랫입술을 찢어질 듯이 깨물었다.

"아니, 너는 나보다 뛰어나다. 그건 틀림없어."

겐파치가 그 나이였을 때보다 교진은 모든 면에 있어서 우월하다고 한다. 겐파치는 입에 발린 칭찬 같은 것을 하는 사람은 아니니 진실이겠지. 그렇다면 어째서, 아메노도코타치노가미만은 습득할 수 없는 것일까? 겐파치는 불과 한 달 만에 습득했다고 들었는데.

"그것만은 태어날 때부터의 상성이란 게 있다. 따라서 오토와가는 적합한 자를 찾아내어 대대로 양자를 들여 전수해 왔다."

"저는…."

"맞지 않는다."

겐파치는 가차 없이 단언했다.

"스승님은 맞는다고 생각하셨으니까… 저를 제자로 삼아주신 것이 아닙니까?"

"아니, 그게 아니다. 그저 너를 가르치고 싶었기 때문이다. 수련 끝에 습득한 내 기술 전부를. 그것은 달라. 게다가… 어차피 다음 세상에 우리가 있을 자리는 없다."

"모두가 무사가 된다는 말씀입니까?"

"그것도 아니다. 언젠가 너도 알게 된다."

"그럼, 무엇 때문에 기술을 익히는 겁니까?"

"윗전을 위해서가 아니어도 좋다. 네가 진정으로 지키고 싶다고 생각하는 것을 위해 사용한다면. 이것이 스승으로서 최후의 가르침이다."

겐파치는 처음 만났을 때와 같은 환한 웃음을 보였다. 그리고 얼마 후에 겐파치는 떠났고, 두 번 다시 돌아오는 일은 없었다.

*

게이오 4년(1868년) 3월, 교진은 에도를 향해 도카이도 미야 역참의 번화가를 가로지르는 것처럼 달리고 있었다. 겐파치가 떠나고 얼마 안 되어 15세 때 막부로부터 밀명을 받은 이후로 지금까지 19번의 임무를 수행했다. 그 장소 대부분이 교토. 모든 번의 동향을 살피는 임무가 많았지만, 때로는 불량 로시를 남모르게 어둠 속에 매장하는 일도 있었다.

줄곧 교토에 있는 것은 아니다. 임무를 마치고 보고를 위해 에도로 돌아가는 일도 많았다. 그리고 또 명령이 떨어지면 에도를 출발한다. 요 2년 남짓한 기간 동안에 도카이도를 열 번은 왕복한 셈이 된다.

교진은 에도로 돌아갈 때면 오토와가의 문을 두드렸다. 겐파치는 길을 떠나기 전에 가독 자리를 조카에게 물려줬으나, 히나를 정중하게 대우하라고 엄명했었다. 그 때문에 히나는 아무런 불편 없는 생활을 할 수 있었다. 교진이 새로운 명령을 받들 때마다.

"이번에는 위험하지 않은겨?"

라고, 불안한 듯이 물었다. 위험하지 않은 임무 같은 건 없다. 그래도 교진은,

"그려, 걱정할 것 없구먼."

이라고, 언제나 가벼운 말투로 대답하게 되었다.

언제부터일까? 미래를 생각하게 된 것은-. 오토와가로부터 겐파치가 남긴 편지를 받게 된 것은, 교진이 처음 막부의 명령을 받았을 때의 일이었다.

이것을 읽고 있다는 것은, 내가 돌아오지 않았다는 뜻. 처음 임무에 임할 때의 마음가짐 등, 스승으로서의 말이 적혀 있었다.

그리고 마지막에, 히나는 너에게 호감을 품고 있다. 만약,

-너도 같은 마음이라면, 부탁한다.

라고, 말을 맺은 것을 읽었을 때부터겠지. 히나도 겐파치에게서 뭔가를 들었는지, 서로 말은 하지 않았지만, 자연히, 저절로, 동란이 수습된다면, 함께 하게 될 것이라고 생각했던 것 같다.

그 시기는 이미 코앞까지 와 있다. 그것은 삿초(薩長. 사쓰마(지금의 가고시마 서부 지방)와 나가토(지금의 야마구치 서북부 지방)를 합쳐서 부르는 말)의 파멸이라는 형태가 아니라, 막부의 붕괴라는 형태로. 교진은 어렴풋이 예감하고 있긴 했으나, 도바 후시미 전투에서 패하고 쇼군이 오사카성을 버리고 도망쳤을 때 확신했다. 이제 막부가 다시 일어설 일은 없을 거라고.

교토에 있던 그에게 귀환 명령이 떨어진 것은 그로부터 한 달 후의

일. 막부 내각은 물론이고, 이가조 같은 말단에 이르기까지 대혼란에 빠졌다는 증거였다. 수장이 그에게 내린 명령은,

–에도의 결전에 참여하여 화려하게 스러지라.

라는 것이었다.

"한심하구먼."

교진은 내뱉었다. 히나가 없을 때도 항상 가미가타 사투리다. 교토에 잠복하는 시기가 길었기 때문이 아니다. 앞으로도 이 말투를 쓰겠다고 약속한 것이다. 게다가 이렇게 가미가타 사투리를 쓰고 있으면, 떨어져 있어도 이어져 있는 것 같은 느낌이 드는 것이다.

"워째서인겨?"

혼잣말을 중얼거리면서 도카이도를 간다. 그래서는 마치 무사 같잖아. 우리는 닌자다. 마지막 순간까지 목숨을 아끼고 임무를 완수하려고 해야 한다. 오랜 옛날, 전장에 보내지는 일은 더러 있었던 모양이지만, 첩보, 교란, 파괴, 암살 등 그림자 역할이 본분이며, 무사처럼 빛이 닿는 장소에서 싸우는 것이 아니다.

이가조는 도쿠가와 쇼군 가문에 은혜는 입었지만, 몇 대에 걸친 임무 수행으로 보답해 왔다. 전쟁에는 대충 참전했다가 이탈하면 된다. 전쟁은 곧 끝난다. 그때는–. 이라고, 히나에게 고백하려고 에도로 돌아갔지만, 교진은 오토와가를 방문했다가 경악했다.

반달 정도 전, 그때까지 행방을 알 수 없었던 사와무라 진자부로가 갑자기 찾아와 히나와 면회하고 싶다고 말했다고 한다. 오토와가는

선대 겐파치의 명에 따라 거절. 그러나 그로부터 얼마 안 있어, 히나가 장을 보러 외출했다가 돌아오지 않았다는 것이다.

분명 진자부로가 접촉했다. 아니, 히나 쪽에서 그 기회를 만든 건지도 모른다. 무슨 말을 듣고 스스로 따라간 건가? 아니면 강제로 끌려간 건가?

지금은 막부의 명령이 빈번한 상황이고, 오토와가도 수색에 많은 사람을 할당할 수 없었다. 그래도 할 수 있는 한 열심히 찾고 있으나, 그 행적은 묘연하다고 한다.

"제가 찾겠습니다."

교진은 오토와가에 고하고, 그날부터 혈안이 되어 히나를 찾기 시작했다. 그러나 단서조차 전혀 잡을 수 없었다. 아무리 닌자라도, 에도에서 사람 한 명 찾아내는 것은 쉽지 않았다. 신정부군이 가까이 오고 있어 혼란스러운 에도 시내라면 더욱 그렇다.

초조해하면서 수색을 이어가는 와중에 마침내 신정부군이 들이닥쳤다. 4월 11일, 에도성은 교섭에 의해 무혈 개성. 상상했던 것보다 훨씬 더 김빠지는 막부의 종언이었다.

그러나 아직 에도에서 전쟁이 일어날 위험이 사라진 것은 아니었다. 쇼기타이(彰義隊. 보신 전쟁 때 신정부군과 싸운 구 막부군 쪽 무사단. 우에노 전쟁에서 괴멸된다)가 남아 있기 때문이다. 쇼군 경호, 에도시 단속을 위해 결성된 이 부대는, 에도성을 넘긴 후에 해산명령이 떨어졌음에도 그것을 거부했다.

지금은 구 막신, 모든 번의 병사들도 속속 합류해서 3천이 넘을 정도. 친왕을 옹립해서 우에노 간에이지(寬永寺)에서 농성을 벌이며, 신정부군과 일촉즉발의 상황을 만들어냈다.

5월 14일, 그 창의대 안에,

– 백여 명의 양인의 모습이 있다.

라는 정보가 들어왔다. 음인은 막부의 명령에 따라 항복할 자세를 취하고 있다. 그중에는 창의대와 함께해야 한다고 주장하는 자도 있었지만, 오토와가도 포함한 3가의 요리키가 같이 일갈하자, 멋대로 구는 자는 나오지 않았다.

반면에 양인은 그것을 못마땅해하여 창의대에 가담했다는 것이다. 이 2백여 년 동안, 음인이야말로 닌자의 꽃이며 양인은 제일 뒤떨어지는 존재라고 여겨졌다. 흑선 탐색 임무가 들어와 마침내 사람들을 깜짝 놀라게 하겠다고 벼르고 있었다. 그러나 성대하게 실패함으로써 양인들은 강한 울분을 품고 있었던 것이다. 지금, 이 순간, 최대의 닌자로서 전쟁에 참가함으로써, 음인들에게 그들을 다시 보게 해주겠다는 마음도 있었을 것이다.

"있겠구먼…."

그 정도 숫자의 양인이 모여 있으면, 반드시 그 남자도 그 안에 있을 거라고 확신했다. 그리고 분명 히나의 단서를 쥐고 있다. 아니, 오히려 실종의 원인이겠지.

교진은 곧바로 우에노로 향했다. 신정부군은 내일이라도 우에노를 공격할 태세를 갖췄고, 이미 시간도 남아 있지 않았다. 창의대는 간첩이 숨어드는 것을 경계하고 있다. 교진도 창의대에 지원하는 일개 병졸로서 그 안에 들어간 것이다.

교진의 예상은 근사하게 적중했다. 발견한 것은 히나의 친부,

–사와무라 진자부로.

였다. 눈가는 움푹 꺼지고, 뺨은 해쓱하고, 유령 같은 얼굴이었다. 항상 십여 명의 양인과 함께 있다. 전부 해치울 수 없는 것은 아니지만, 너무 눈에 띈다. 당장이라도 심문하고 싶은 충동을 열심히 억누르고, 교진은 그때를 기다렸다.

5월 15일, 신정부군이 우에노에 총공격을 감행했다. 에도로서는 최후, 도쿄로서는 최초. 훗날 우에노 전쟁이라 불리게 된 전투다.

싸움이 시작되고 바로 교진은 자기 위치를 포기. 포탄을 뚫고 양인들이 모인 부대로 달려갔다.

창의대는 비처럼 퍼붓는 총알에 겁을 먹었고, 신정부군은 이때다 싶어 돌진을 시작했다. 교진이 양인들이 있는 전장에 도착한 것은 바로 그 순간이었다.

주저 없이 난전 한복판으로 뛰어들었다. 그에게는 창의대도, 신정부군도 상관없었다. 그러나 신정부군에게 그는 창의대로 보인다. 총구를 향하고, 칼을 치켜들고 달려온다.

"거치적거린당께, 비켜."

단도로 목을 베고, 간단히 심장을 꿰뚫고, 센켄을 날려 목을 찢는다. 이윽고 피 묻은 칼을 휘두르던 사와무라 진자부로의 등 뒤까지 도달하자, 목에 팔을 감고 낮게 속삭였다.

"이리 와."

목에 칼을 들이댔다. 그래도 사와무라는 몸부림치려고 했지만, 복부에 무릎 차기를 먹여 얌전하게 만들었다. 교진은 전장 구석까지 끌고 가서,

"히나는?"

이라고, 노기를 띠고 물었다.

"오토와 사람인가?"

"빨리 말해."

"쓰게 교진…."

썩어도 닌자. 가미가타 사투리를 쓰는 이가인이 히나와 친하게 지낸다고, 사전에 조사해서 알아낸 것이겠지. 사와무라는 그의 얼굴을 보지도 않고 알아맞혔다.

"마지막으로 묻는 거구먼. 히나는 –"

말하려고 했을 때, 신정부군의 병사가 다가왔다. 양손이 막혀 있다. 목깃에 숨겨놓은 가느다란 센켄을 입으로 뽑아 혀, 입술, 목을 동시에 써서 미간에 날려버리고,

"워딨어?"

라고, 심문을 계속했다. 사와무라는 넋이 나간 것 같았으나, 교진이

팔에 힘을 주자 제정신으로 돌아왔다.

"…팔았다."

"하…."

한순간, 의미를 알 수 없었다. 간신히 이해가 따라가자, 구역질이 날 정도로 끔찍해서, 교진은 단도를 쥔 손을 격렬하게 떨었다.

"어쩔 수 없었단 말이다!"

사와무라는 제정신이 아닌 것처럼, 정신없이 혀를 놀렸다.

자기들이야말로 참된 닌자라는 것을 보여주기 위해, 양인들끼리 토론해서 창의대에 들어가기로 정했다. 그러나 예상보다 훨씬 더 많이 모여서, 부대가 준비한 무기는 금방 동났다. 양인들의 표면적인 얼굴은 고작해야 향사(토착 무사). 농민, 상인, 장인으로 위장하고 살던 자들뿐. 무기는 정식 무사에게 나눠주는 게 다였고, 양인들에게는 분배되지 않았다고 한다.

화승총조차 조달할 수 없었고, 초라한 칼, 넝마 같은 보호구를 장비하고 움직이는 수밖에 없었다. 그래서는 제대로 일할 수 없다. 화려하게 전사하는 것조차 불가능하다. 우리는 역시 아무것도 아닌 존재로서 죽어가는 수밖에 없는 건가? 라며 통곡하던 와중에, 양인 한 명의 아내가,

－우리도 같이 싸우겠습니다.

라고 말문을 열었다. 자신들을 팔아 돈을 마련하라고 했다. 이에 다른 처자들도 속속 뒤를 따랐다.

"그것은 아름다운 광경이었다."

사와무라는 미담처럼 희희낙락 이야기했지만, 교진은 넋이 나가버렸다. 귀는 그 목소리를 듣고 있지만, 머리가 따라가지 못했다.

그러나 사와무라에게는 아내는 없다. 그만 혼자 남겨졌다. 그것은 바람직한 상황이 아니었다. 흑선의 실수를 만회해야 한다. 딸도 진작에 버렸다. 딸, 딸, 딸. 아니야, 오토와가에 있다는 것은 알고 있다. 히나는 그의 설득에 망설이긴 했으나, 사와무라가 거듭 애원하자,

-네. 알겠습니다.

라며, 승낙했다고 한다. 히나도 포함해서 얼굴이 반반한 여자는 모두 뚜쟁이에게 팔렸다. 사와무라는 어쩔 수 없었다며, 이것이 바로 닌자 가족의 각오라며 자랑스러워했고, 뿌듯하게 주장하듯이 외쳤다.

"최후의 닌자는 바로 이 몸이시다. 음인 놈들, 약 오를 거다-."

"그런 건 상관없어."

교진은 냉정하게 말을 내뱉고 그의 등을 밀쳤다. 사와무라가 두세 걸음 비틀거렸다. 거기에 총알이 몇 발 날아와, 그중 하나가 사와무라의 정수리를 관통하고 피를 뿌렸다.

"실력 있는 자들은 이쪽으로 와줘! 엄청난 자객이 있다!"

"무리다!"

다른 장소를 지키던 창의대가 응원을 청하며 달려왔지만, 자기들도 힘들다고 금방 거부당한다. 상황은 상당히 버거울 테지만, 술에 취한 것 같은 얼굴이 기분 나쁘다.

정말로 아무래도 상관없다. 너무나 부질없다. 긍지라는 말 따위를 내뱉는 닌자들도, 이렇게 뭐에 씌운 것처럼 서로를 죽이는 무사들도. 교진은 몸을 돌리고는, 피바람을 일으키면서 나무들 사이로 날아들었다.

*

메이지 10년(1877년) 가을, 교진은 예전에 신바시에서 살았던 자들을 찾아다녔다.

"요즘 어떠신지?"

라는 질문을 계속했다. 5년 전인 메이지 5년(1872년), 요코하마와 신바시 사이에 일본 첫 철도가 개통. 그에 따라 신바시에 살던 사람들은 강제 퇴거를 당한 것이다.

그들의 대답은 크게 둘로 나뉜다. 공동주택 등에 방을 한 칸 세 들어 살던 자는, 경우에 따라서는 직업까지 바꿔야 했고, 대체로 생활은 더 빠듯해졌다. 반면에 토지를 갖고 있던 자는, 거액의 퇴거료를 받아 더욱 풍요로워진 지경. 이런 사연은 여기저기에서 질리도록 들려온다. 메이지가 되어 격차는 더욱 커졌다.

어째서 이런 일을 물어보고 다니는가 하면, 철도 개통의 영향을 받은 사람들의 그 후 이야기를 추적하라고, 위에서 명령이 내려온 것이다. 교진은 도쿄 니치니치 신문기자가 되었다.

우에노 전쟁 후, 세상이 정신없이 변해가는 가운데에서도 교진은 히나를 계속 찾아다녔다. 메이지를 맞이하고 나서 지금도 그것은 변함없다.

그렇기는 해도, 계속 찾아다니는 것도 우선 먹고 살 수 있어야 할 수 있다. 쓰게가가 모아뒀던 저축은 고작 2년 만에 바닥났고, 기와판(목판 대신에 마른 진흙 판에 글자나 그림을 새겨 구워서 인쇄하던 판)을 팔아 푼돈을 벌어 간신히 연명해 가며, 빠듯한 시간을 쪼개어 히나의 행방을 쫓았다.

그런 때 도쿄 니치니치 신문이 창간된다. 철도 개통과 같은 해인 메이지 5년의 일이다. 세 명의 창업자 중 한 명인 오치아이 이쿠지로라는 남자가,

"너라면 두 손 들고 환영하니 와서 일해."

라고, 권해온 것이다. 이 오치아이 이쿠지로는 표면적인 얼굴은 풍속화 화가였으나, 실은 에도시에 잠입해 활동하던 양인 닌자였다. 양인이라고는 해도 에도에 살았었기 때문에, 오히려 음인에 가까운 가치관을 갖고 있었고, 창의대에 입대하는 무리를 보면서,

"아둔해."

라고 냉정하게 말할 뿐, 자신은 서둘러 새로운 세상을 살아갈 계획을 짜고 있었다. 그것이 신문사 설립이었다는 것이다.

이쿠지로는 교진의 사정도 알고 있다. 신문기자가 되면, 일을 하면서도 사람을 찾을 수 있다며 권해준 것이다. 따라서 교진은 이런 취재

를 마칠 때면 마지막에 반드시,

"이런 여자 못 봤습니까?"

라며, 이쿠지로가 그린 정교한 그림을 보여주며 히나를 계속 찾았다.

그러나 전혀 찾을 수 없었다. 그래도 닌자 출신. 그렇다면 쉽게 찾을 수 있지 않은가? 그런 것은 환상이다. 설사 그렇다고 해도, 그것은 막부가 오랜 기간에 걸쳐 구축한 첩보망의 힘이 있었기 때문. 일개 전 닌자의 힘 같은 것은 한계가 있다. 심지어 지금은 일찍이 없었을 만큼 사람들의 이동이 많은 시대. 큰 사막에서, 게다가 모래가 움직이며 돌아다니는 가운데서, 단 한 알의 쌀알을 찾는 것과 같다. 히나는 에도와 함께 안개처럼 사라져 이 도쿄에는 없는 것 아닐까? 포기하려 한 적도 있었다. 그래도 교진은 지금도,

"이 사람 모릅니까?"

라고, 계속 묻고 있다. 요 9년 동안 그 질문에 대답은 부정뿐. 그러나 철도 취재도 막바지에 접어든 지금, 마침내 처음으로,

"…아는지도."

라고 대답한 여자가 나타났다.

"참말입니까?!"

교진이 잡아먹을 듯이 다그치자, 여자는 자신감을 잃은 것처럼 동공이 흔들렸다.

"아닌지도… 그래도, 닮은 것 같아서."

"아니어도 괜찮구먼. 가르쳐주셔."

교진이 간절히 애원하자, 여자는 더듬더듬 짚이는 바를 이야기하기 시작했다.

히나는 가르쳐준 곳에 있었다. 그러나 만날 수 있는 것은 3일 후. 당장 찾아가지 않았던 것이 아니다. 3일 후에밖에 만날 수가 없었던 것이다.

그 장소는 도쿄. 등잔 밑이 어둡다더니. 여기만큼은 가까이 접근하지 않으면 알 수가 없다. 꽃의 감옥이라고도 불리는 곳,

– 요시와라(吉原. 에도 시대에 만들어진, 공인 매춘 업소가 모여 있는 유곽 지역).

였다. 교진이 화려한 장지문을 열자, 거기에는 화사한 기모노를 입은 여자가 한 명. 이쪽에 등을 돌리고 앉아 있었지만, 얼굴을 보지 않아도 확실히 알 수 있었다.

"히나…."

교진이 부르자 여자는, 아니, 히나는 퍼뜩 놀라 몸을 돌렸다.

"…교진… 씨?"

히나는 가녀린 목소리로 불안한 듯이 물었고, 교진은 웃음을 지어 보이며 천천히 고개를 끄덕였다.

"응, 맞구먼."

그 한마디에, 히나의 눈에 순식간에 눈물이 차올랐다. 재회했기 때

문에 감정이 바뀐 것이 아니었다. 이 9년 동안, 철없던 시절에 나눴던 약속을 그가 계속 지켜왔다는 것이 전해진 것이다.

"내는… 변해버렸는디."

히나는 오열을 참는 것처럼 입을 다물었다. 지금은 그 옛날과 같은 가미가타 사투리. 그러나 평소에는 완전히 유곽식 말투를 쓰는 모양이다.

"그런가. 그래도 잘하는구먼."

"당연하구먼."

히나는 손가락으로 눈물을 닦으며 입가를 살짝 올렸다.

"돌아갈까?"

저녁이 되어 아이를 마중 나온 것처럼, 교진은 가벼운 말투로 말하며 몸을 돌렸다. 그러나 금방 깨달았다. 히나는 걸음을 옮기긴 고사하고, 일어설 기척도 없다.

"안 되나…?"

교진은 짜증 날 정도로 깨끗한 다다미 위에서 걸음을 멈췄다.

"아녀. 그래도… 못 가는구먼."

"어느 쪽이여?"

교진은 쓴웃음 지으며 돌아본다. 히나는 고개를 약간 숙이고 말했다.

"아직 빚이 남았구먼…."

"그런 건 떼먹어도 돼."

"쫓아올 거구먼."

유곽 주인은 야쿠자를 써서라도 쫓아오겠지. 그런 것은 유신이 되어서도 아무것도 변하지 않았다.

"몇십 명이든, 몇백 명이든, 베어버린다."

"아니구먼…. 나는 아버님 몫만이 아니라, 모두의 몫도 갚고 있구먼."

이상하다고 생각했다. 이미 9년이 지난 것이다. 주인이 웬만큼 악랄하고 인색하지 않은 한, 진작에 다 갚았어도 이상할 것 없다. 그러나 다른 양인 백여 명의 팔린 가족 몫까지 히나가 갚고 있다는 것이었다.

"워째서여…?"

교진은 머리를 쓸어올렸다.

"아버님이 말을 꺼냈으니까."

"그럴 줄 알았구먼."

교진은 중얼거리듯 말했다. 누가 창의대에 들어가자고 주장했는가? 히나의 아버지, 사와무라 진자부로가 아닌가 하고 추측했었는데, 역시 맞았던 모양이다.

진짜 닌자로서. 막부의 은혜에 보답하기 위해. 그런 명분을 늘어놓았겠지만, 진자부로의 본심은, 자기 수치를 설욕하고 싶었으니까. 단지 그것만을 위해, 백여 명의 양인을 선동해서 말려들게 했다. 더욱이 관계없는 그들 가족에게까지 희생을 강요했다. 그것을 히나도 알고 있다.

"앞으로 29명. 간신히 여기까지 왔어."

"속죄인가?"

"아니, 지금도 싸우고 있어."

히나는 씩씩하게 단언했다.

오로지 혼자서 계속 싸워온 것이다. 지금 자기가 억지로 데리고 가봤자, 히나를 진정한 의미로 구해내는 것이 되지 않는다는 것을 깨달았다.

"얼마여?"

"1만 엔은 남았을 터…."

히나가 빚을 진 액수를 애매하게 기억하는 것이 아니다. 정말로 모르는 것이다. 메이지에 들어서고 나서는, 무서운 속도로 돈 가치가 올라가고 있다. 유신의 엔(円), 전(錢) 통화로 빌렸다면, 아무리 물가가 올라도 상관없다. 그러나 그들이 빌린 것은, 금이 이용된 냥(兩)이었다. 즉, 이것은 금으로 빌렸다고 간주하여, 폭등과 함께 빚의 액수도 커진 것이다. 이 또한 메이지가 초래한 폐해 중 하나다.

"어떻게든 마련한다."

"안 돼."

히나는 고개를 가로저었다. 순사의 첫 월급이 4엔. 목공의 일당이 약 40전. 교진이 도쿄 니치니치 신문에서 받는 급료는 비교적 높은 편이지만, 그래도 월급 12엔. 아무것도 먹지 않고 일만 한다고 해도, 다

갚으려면 약 70년이나 걸린다는 계산이 나온다. 오늘 여기에 오는 데만 해도, 얼마 안 되는 저금을 전부 다 쏟아부었다.

큰 가게에서 훔치거나, 혹은 은행을 털거나. 1만 엔이나 되는 큰돈을 장만하려고 마음먹으면, 그것 이외의 방법 같은 건 없다. 히나는 그것을 알아차리고 말린 것이다.

"교진은 행복하게 살아."

히나는 의연하게 웃음 지어 보였다. 헤어진 후에 수많은 밤을 보냈지만, 그래도 히나는 아무것도 변하지 않았다. 교진은 아랫입술을 찢어질 듯이 깨물더니,

"기다려. 나도 싸운다."

라는 말을 남기고, 분 냄새가 떠도는 방을 나갔다.

말은 그렇게 했으나, 1만 엔을 마련하는 것은 보통 일이 아니다. 게다가 정당한 수단을 취한다면, 방법이 전혀 없다고 단언해도 좋다. 신문사 사주 중 한 명이기도 한 이쿠지로에게 체면 불고하고 상담을 청하자,

"태정대신의 월급도 800엔이다."

라며, 경악했다. 도쿄 니치니치 신문사에는 애초에 1만 엔이 없고, 만약 있다고 해도 자기 독단으로 빌려줄 수는 없다. 정말로 미안하다고 사과해 줬으나, 실은 사과할 필요는 전혀 없는 일이다. 그저 내가 힘이 없을 뿐. 메이지가 되어 필요한 것은 돈을 만들어내는 기술이고, 닌자의 기술 따위는 아무런 쓸모도 없는 것이다.

교진은 돈을 마련하기 위해 뛰어다녔다. 먹을 것을 줄여서 1전, 일당 노동에 나가서 1엔, 가재도구 전부를 전당포에 맡기고 10엔, 쓰게 가의 손바닥만 한 토지를 넘겨서 100엔. 그러나 턱없이 부족하다.

히나에게는 회사가 빌려준 거라고 거짓말하고, 역시 은행을 터는 수밖에 없겠다. 교진이 각오를 다지려고 했던 때,

"어이. 이것 좀 봐."

라고, 이쿠지로가 신문 한 부를 가져왔다.

"호코쿠 신문… 10만 엔이라고?"

교진은 기사를 잡아먹을 듯이 노려봤다.

"그러나 십중팔구 거짓 정보겠지."

요사이 도쿄 니치니치 신문 말고도 많은 신문사가 탄생했고, 그중에는 거짓 정보만 늘어놓는 질 나쁜 것도 존재한다. 이것도 그런 종류일 가능성이 매우 높다. 이쿠지로도 그것을 알긴 하지만, 아무래도 마음에 걸려서 갖고 와줬다는 것이다.

"만에 하나의 가능성이라도 충분하구먼."

교진은 조용히 말하더니, 신문을 품속에 쑤셔 넣었다.

1

울창하다는 말이 이토록 어울리는 장소도 없을 것이다. 나이 많은 오래된 나무들이 사람을 거부하는 것처럼 한없이 가지를 뻗치고 있다. 태양은 지금은 중천에 있을 텐데도, 나뭇가지와 잎사귀가 몇 겹으로 머리 위를 가려 틈새로 흘러나오는 빛조차도 거의 없다.

쓰게 교진은 한줄기 봄바람처럼 그 안을 달려갔다. 그 혼자만이 아니다. 나란히 달리며 수해를 질주하는 그림자가 1, 2, 3, 4－. 숫자를 세자면 한이 없다. 상당한 숫자다.

"멈춰라!!"

나무 위에서 남자가 포효했다. 교진은 앞을 응시한 채로, 목소리가 나는 쪽을 향해 팔을 휘둘렀다. 절규가 수해에 메아리치고, 고깃덩어리가 땅에 떨어지는 둔탁한 소리가 울린다. 멍청하다. 큰 소리를 내다니, 노려주십쇼－ 라는 것과 마찬가지다.

그 직후, 눈앞의 바위 그늘에서 불쑥 사람 형체가 갑자기 나타났다.

"엉성해."

교진은 솟구치는 선혈을 남기고 돌진한다. 몸을 틀어 일격을 피하면서, 쿠나이로 목을 찢어버린 것이다. 숨어 있던 본인으로서는 불의의 기습을 당했다고 생각하겠지만, 나란히 달리는 자들의 시선으로 눈치는 채고 있었다. 이 자들의 정체는,

– 시노비(닌자).

라고 불리는 자. 엄밀히는 전 닌자다. 단, 이제 완전히 무사가, 아니, 경찰관이 되어버려 실력이 녹슨 자도 있는 것 같다.

덴류지에서 설명을 들었을 때부터, 주최 측에 닌자 출신이 섞여 있다는 것을 알아차렸다. 당장 움직일 수 있게 하기 위한 손가락의 미동, 몸을 돌릴 때 비트는 듯한 발꿈치 움직임, 같은 출신이라서 알 수 있는 사소한 거동으로.

그렇기는 해도, 확실하다고는 할 수 없다. 하나같이 얼굴을 천으로 가리고 있고, 닌자들을 전부 다 아는 것은 아니다. 같은 이가조만 해도 모두와는 면식이 없고, 고우카조, 네고로조, 니주고키조에 이르러서는, 이가조에게 그 인원수조차 비밀로 하고 있었다.

교진은 확증을 얻고자, 산속으로 파고들어가 감시자를 떨궈버리려고 했다. 쉽사리 떨궈낼 수가 있었기 때문에, 우선 주최자 모두가 닌자 출신은 아니라는 것을 알았다.

“멈춰라. 쓰게 교진.”

납을 바닥에 떨어뜨리는 것 같은 묵직한 목소리. 교진은 다시금 센켄을 날렸으나, 뭔가에 튕겨 나가는 것 같은 높은 소리가 울린다.

“길을 벗어나면 실격이라는 말은 못 들었는디.”

“그따위 수작을….”

목소리는 왼쪽에서 들렸다. 그러나 기척은 뒤. 교진은 돌아보면서 센켄을 날렸다. 역시 목소리만 남기고 뒤로 이동했고, 남자는 발을 멈추지 않은 채로 몸을 쭉 뻗어 피했다.

중간에 바뀐 두 번째 감시자, 하코였다. 이것은 몸놀림으로 금방 알았다. 틀림없는 닌자. 그것도 상당한 실력자다.

그리고 닌자답지 않은 자기 현시욕이 있다는 것도 추측할 수 있었다. 일부러 이름을 '하코'(柙. 향나무)로 한 것이 그것을 현저하게 반영한다. 나무 목(木) 변에 고우카(甲賀)의 고우(甲). 음인 중 수적으로나 질적으로 이가조와 쌍벽을 이룬다.

- 고우카조.

출신자겠지. 대부분은 몸이 둔해진 것이 분명하지만, 그중에는 메이지가 된 이후에도 수련을 계속한 것으로 보이는 자도 있다. 이 하코가 바로 그랬다.

하코는 칼을 뽑아 돌진해 왔고, 교진은 뒷걸음질로 달리면서 단도로 응전했다. 하얀 날이 몇 번인가 자잘하게 맞부딪치고, 금속을 흩뿌리는 것 같은 소리가 숲에 울렸다.

"고우카는 겨우 그 정도인가?"

교진이 내뱉자, 하코의 얼굴이 곧바로 분노로 물들었다. 역시 닌자치고는 이상할 정도로 자존심이 강한 남자 같다.

하코가 으르렁대며 팔을 휘두른 찰나, 교진은 배때기를 향해 단도를 내질렀다. 이것은 몸을 틀어 피했으나, 곧바로 반대쪽 주먹으로 턱을 때리고, 가슴에 힘껏 발차기를 날렸다. 교진은 그 반동을 이용해, 다시 몸을 앞으로 돌리고 달려갔다.

후지산 남쪽 기슭의 아무것도 없어야 할 숲. 마에지마 히소카 등 우체국 측은 거기서부터 전보가 빈번하게 발송된다는 것을 밝혀냈고, 여기가 고독 주최자의 본거지라고 추측했다. 누군가가 그곳을 치자는 계획을 세웠을 때, 슈지로의 자원을 가로막고,

–나가 제일 유리하구먼.

이라며, 교진은 자기가 맡았다. 수해라는 장소의 성질상, 수비는 분명 그와 같은 닌자 출신이 담당하리라 생각했기 때문이다. 그것은 근사하게 적중했다는 것이다.

"썩어날 정도로 많구먼."

교진은 모깃소리만 한 작은 목소리를 흘렸다. 이 정도 숫자를 갑자기 모았다고는 생각하기 힘들다. 경찰은 밀정 일에 도움이 된다는 등의 이유로 일찍부터 모아놓았던 것이겠지. 지금, 이 순간에도 나란히 달리는 그림자가 여럿. 갈수록 숫자가 늘어나는 것을 보니, 이 앞에 본거지가 있다고 확신했다.

"병(丙)도 빠져 나간다! 엔주 님께 전해라!"

앞쪽을 가로막고 있는 적이 네 명. 그중 한 명이 비통한 목소리로 외쳤다.

"있구먼."

교진은 조용히 기염을 토했다. 지금 그 한마디만으로도 많은 것을 알 수 있었다. 적은 수비 포진에 갑, 을, 병이라는 명칭을 붙였다. 병을 빠져나갔다는 것은, 그가 을의 경계선에 들어섰다는 뜻이고, 이제 목

적지에 상당히 접근했다는 것을 의미한다.

그리고 또 하나. 덴류지에서 참가자에게 설명했던 기분 나쁜 남자, 엔주도 이 앞에 있다. 그자도 닌자 출신이 아닐지 생각한다. 게다가 상당히 상위급. 이가조로 말하자면, 오토와가 같은 요리키, 조닌(상급 닌자) 가문 사람 아닐까 하고.

"여기서 막는다!"

앞쪽의 적이 태세를 갖추고 일제히 투척을 시작했다.

"어디 해보셔."

센켄, 십자검, 삼광검, 팔방검. 수리검 형상까지는 또렷하게 보인다. 오늘은 무척 몸 상태가 좋다. 교진은 전부 다 피하고 더욱 속도를 높이며, 그도 센켄을 쳐들었다.

네 명이 좌우로 휙 갈라진 순간, 교진도 공이 튕기는 것처럼 비스듬히 날았다. 단검으로 목을 – 치는 척하다가, 배를 재빨리 두 번 찌르고, 더욱이 다른 손으로 던진 센켄으로 최후의 한 사람을 해치운다.

쓰러지는 적의 목에서 센켄을 잽싸게 빼내고는, 교진은 고목의 줄기를 박차고 비약한다. 그 직후, 방금 발로 찬 나무에, 딱따구리가 부리로 쪼는 것 같은 경쾌한 소리가 울렸다. 나란히 달리던 무리가 던진 수리검이 박힌 것이다.

"도구가 적다! 다 쓰게 만들어!"

내가 사용한 센켄을 회수했기 때문에 그렇게 보이는 것이다. 적 한 명이 동료에게 외쳤다.

"아까워서 그런 것뿐이구먼. 소바 여섯 그릇이여."

교진은 나뭇가지를 잡고 가속도를 이용해 하늘로 날아올랐다. 거꾸로 선 자세로 센켄을 던지고, 허공에서 몸을 돌려 착지. 귓가에 생생한 비명을 들으면서 곧바로 다시 달려갔다.

좌우에 한 명씩 육박. 오른손에 단검, 왼손에는 쿠나이, 고속으로 공격을 주고받으며, 땅 위로 드러난 나무뿌리가 잔뜩 있는 땅을 질주한다.

"이 녀석 강한-"

오른쪽 남자, 끝까지 말하게 두지 않고 팔꿈치로 날려버렸다. 왼쪽 남자는 포효하며 맹공을 감행했지만, 가차 없이 그 두 배로 연속 공격하는 교진 앞에 맥없이 땅에 침몰했다.

"당연하지."

"그 쓰게 교진이다."

이어서 덤벼든 세 사람. 그중에 주의를 환기한 두 사람은,

"이가인가?"

라며, 교진을 간파했다. 고우카조, 네고로조에도 그의 이름만큼은 알려졌다. 그러나 이 말투는 과거의 동료. 게다가 먼저 입을 연 쪽의 목소리가 귀에 익었다.

"나카세 주조인가?"

체격이 좋은 남자, 아니, 주조는 혀를 차며 칼을 잘게 움직였다. 세 명의 칼날이 달라붙는 것을, 교진은 두 손으로 교묘하게 피하면서, 더

욱이 발을 선풍처럼 가속한다.

"빨라 – "

이가가 아닌 자가 놀란 목소리를 냈다.

"오토와 겐파치의 유일한 제자다. 아메노도코타치노가미가 온다."

나카세가 아닌 또 한 명의 이가조 출신이 더욱이 경계를 재촉한다.

"누구를 함부로 막 불러제껴?"

교진은 반사적으로 발을 멈추고, 구르는 것처럼 접근해 허벅지를 베었다. 끅 하고 신음을 낸 것이 남자의 마지막 목소리가 되었다. 교진은 쿠나이를 목에서부터 턱을 향해 쑤셔 넣었다.

쿠나이가 빠지지 않는다는 것을 순식간에 판단하자, 또 곧바로 질주한다. 이 정도로 다수를 상대할 경우에는 항상 달리고 있지 않으면 이쪽이 당한다.

– 쓸모가 없구먼.

교진은 마음속으로 내뱉었다. 오토와의 비술 말이다. 비술이라는 것치고는 다른 조에게도 알려진 이유는, 오토와가의 선대가 타인 앞에서 마구 썼기 때문에. 알고 있어도 따라 할 수 없고, 알고 있어도 막을 수 없다. 그것이 아메노도코타치노가미다.

이 비술을 완전히 습득하기도 전에, 오토와 겐파치는 그 앞에서 사라졌다. 제대로 쓸 수 있었다면, 이렇게까지 고생하지는 않았을 것이다.

2

"일제히 덤벼라."

낮게 잘 울리는 목소리가 등을 넘어간다. 하코다. 다시금 바로 뒤까지 쫓아와 있다.

나무들 틈새에서 수리검이 비처럼 쏟아졌다. 교진이 그 전부를 피했을 때, 팔에 무거운 것이 감겼다. 나카세가 던진 쇄분동이었다.

"또냐?"

교진의 최대 약점은 팔 힘이 별로 없다는 것. 나카세의 괴력에 몸이 하늘로 붕 떠올랐다. 나카세는 사슬을 곧바로 놓더니, 두 손으로 뒤에서부터 끌어안는 것처럼 조였다. 교진은 격렬하게 몸부림쳤지만, 자물쇠로 채워놓은 것처럼 꿈쩍도 하지 않는다.

"같이 해라."

나카세는 망설임 없이 말한다. 상대는 하코. 칼을 들고 불과 5미터 앞까지 다가와 있다.

"닌자 따위 이제 끝난 것이다."

빠져나갈 수 없어도 팔 안에서 돌 수는 있다. 교진은 몸을 수축해서 힘차게 선회했다. 마주 본 모양새가 되어 흠칫 놀라는 나카세에게 교진은 낮게 말했다.

"지껄이지 마. 멍청아."

나카세가 무겁게 절규했다. 목깃에 넣어둔 바늘 수리검을 입으로 불어, 그 눈을 향해 쏜 것이다. 나카세의 팔이 느슨해졌을 때를 놓치지 않고 빠져나와, 목을 밑에서부터 세로로 베어버렸다. 진한 녹색 사이로 붉은색이 춤추는 가운데, 교진은 단검을 겨누고 하코를 기다렸다.

“너를 죽여도 실격은 아니지?”

“맘대로 지껄여.”

하얀 날의 난무가 격돌하여 높은 소리를 흩뿌린다. 아까는 격정에 파고들었으나, 이번에는 도발에는 넘어오지 않는다. 엄청 손이 많이 간다. 고우카조, 같은 세대, 이 실력, 짐작 가는 것은 한 사람밖에 없고,

“다라오 조지.”

라고, 칼날과 함께 이름을 던져줬다.

“인제야 알았나?”

하코, 다라오 조지는 약 올리는 것처럼 코웃음을 쳤다. 고우카조 요리키인 다라오 가문. 당주 다라오 지카게의 이복동생은 여섯 살에 센켄술을, 여덟 살에 훔치는 기술을 배우고, 열두 살에 첫 임무로 암살을 실행했다. 다라오가는 이 천재를 얻음으로써 다른 요리키보다도 월등한 공적을 올렸다. 그 천재의 이름이 바로 다라오 조지다. 당시 이가조에서 기린아로 불리던 교진과 곧잘 비교되었으나, 결국 둘이 만나는 일은 없이 메이지를 맞게 되었다.

“누가 위인지 판가름낸다.”

조지는 으르렁대는 것처럼 말하며 칼을 휘둘렀다.

"참말로 별 상관없구먼."

교진은 내뱉고 단검을 쳐냈다.

실력이 백중세라서 결정타가 없다. 센켄을 쏘고, 칼날을 맞부딪치고, 나무 사이로 몸을 숨기고, 나무뿌리를 뛰어넘고, 덤불을 뚫고 두 개의 그림자가 돌진한다. 다른 자는 이미 쫓아갈 수 없다. 대기하던 자도 그들이 너무 빨라서 아무것도 못 하고 손을 놓고 있었다.

5백 미터 정도나 계속 달렸을 때, 겹친 나뭇가지 너머에 건물이 보였다. 이런 장소에 어울리지 않는 거창한 서양식 저택이었다.

"…질긴 놈."

싸우면서 여기까지 달려왔는데도, 조지에게 피로의 기색은 일절 보이지 않는다. 단지 약간 초조한 기색은 느껴졌다. 여기가 고독의 본거지가 틀림없다.

조지를 해치우려면 여기다. 도구가 적기 때문에 아껴뒀었지만, 여기에서 전부 다 사용하더라도 해치워야겠다고 결심한 그때,

"하코, 이제 그만해라."

라고, 목소리가 내려왔다. 저택 지붕에 사람 그림자가 있었다. 처음에는 한 명이었으나, 속속 늘어나 눈 깜짝할 사이에 열몇 명이 되었다.

"엔주…."

교진은 중얼거렸다. 질척한 논바닥을 방불케 하는 미끈거리는 목소

리도 그때와 똑같다.

"이 남자는 해치워야 합니다!"

조지가 호소했으나, 엔주는 고개를 가로저었다.

"이제 그만하라고 말했다."

"내는 상관없는디?"

교진은 두 팔을 벌리고 비웃듯이 웃었다. 조지뿐만이 아니다. 지붕 위의 자들도 꽤 만만치 않다. 솔직히 나 혼자서는 승산이 낮다. 그래도 동요를 불러일으켜 조금이라도 정보를 끌어내고 싶다고 생각했다.

"역시 – "

"조지."

엔주가 엄하게 부르자, 조지는 이를 악물었다.

이 대화로 번뜩 생각난 것이 있었다. 다라오 조지는 매우 뛰어난 닌자지만, 그 누구의 지시도 받지 않고, 마음에 들지 않으면 고우카조의 동문조차도 죽였다고 한다. 그 때문에 항상 혼자서 움직였다고 들었다. 그러나 유일한 예외가 있었다.

"니, 다라오 지카게였나?"

교진은 엔주를 향해 한쪽 입꼬리만 올려 웃었다. 다라오가 당주인 배다른 형, 지카게가 하는 말만은 엄수한다는 이야기였다. 따라서 다라오가는 동란 중에 막부의 지지를 받았던 것이다.

"쓰게 교진 님, 고독을 계속 이어가 주십시오."

엔주는 이쪽의 질문에는 대답하지 않고, 정중한 말투로 말했다.

“실격이 아닌겨?”

“네, 길을 벗어나서는 안 된다는 규정은 없으므로. 관문만 통과하신다면.”

“너그럽기도 해라.”

“그러나 규정을 위반했을 때는 각오해 주십시오.”

“뭐가 목적인겨?”

“이 더럽게 재미없는 시대… 그저 즐기고 싶은 것뿐. 그거면 되지 않습니까?”

엔주는 입가에 히죽 웃음을 띠고,

“하코, 이대로 쓰게 님께 붙어. 공격하는 것은 용서하지 않겠다.”

라고 명했다. 조지는 가늘게 숨을 내쉬고 고개를 끄덕이더니, 몸을 돌려 숲속으로 몸을 감췄다.

“그럼, 남은 시간도 좋은 여행을.”

엔주는 몸을 돌려 다른 자들과 함께 지붕 너머로 사라졌다.

교진은 함정을 경계하면서 저택 안으로 발을 들였다. 실내장식과 가구는 새것이었다. 오래 되어봤자 몇 년밖에 지나지 않은 것 같다. 저택 안에는 이미 인기척은 없고, 서류 같은 것도 전혀 남아 있지 않았다.

어째서 엔주가 유유히 모습을 보였던 것인가? 조지에게 물러나라고 명령한 것인가? 흑막들을 이미 대피시켰고, 그들이 멀리 떨어질 때까지 시간을 번 것뿐이었던 것이리라.

그렇기는 해도, 조금 전까지 있던 것은 확실. 저택 안에서 가장 호화로운 방. 거기에 놓여 있던 의자에는 아직 사람의 온기가 남아 있었다. 구석구석 방 안을 둘러보고 있노라니, 연지색 양탄자 위에 뭔가가 굴러다니는 것을 발견했다.

"이것은…."

단추였다. 도망갈 때 어지간히 동요했었나? 떨어진 것을 깨닫지 못했을 테지. 양복을 입은 자가 있었다는 것인데, 그보다도 중대한 단서가 있었다. 단추에는 가문(家紋)이 새겨져 있는 것이다.

"오류 아닌겨?"

몇 개의 고리가 엮인 문양은 가문의 문양으로서 결코 드물지는 않다. 그러나 고리가 다섯 개인 가문은 많지 않았고, 제일 먼저 짐작 가는 집안이 있다. 재벌가 중 하나인 야스다가다. 재벌이 엮였다면, 고독의 풍부한 자금 사정도 납득이 간다.

그러나 한발 늦어서 더 이상의 단서는 없었다. 놈들은 어디로 도망간 건가? 아니, 그리 멀지 않은 곳으로 갈 생각이었겠지. 슬슬 도착한 자가 있어도 이상할 것 없다. 그 땅, 도쿄를 향해, 교진은 후지산을 등지고 걷기 시작했다.

제 3 장

패를 구하는 자

1

슈지로는 걷는 속도를 늦추고 주의 깊게 주변을 살피면서 간다. 모두에게는 걱정할 것 없다고 말했지만, 상처는 욱신거렸다.

고개도 절반에 접어들었을 때 찻집이 하나 보였다. 슈지로는 나무 그늘에 재빨리 모습을 숨겼다. 찻집 앞에 여러 명의 경관의 모습이 보였기 때문이다. 먼저 머리를 스친 것은,

–검문인가?

라는 것. 하마마쓰 우체국의 소동으로 인해 시즈오카현 전역에 경계선이 깔렸다는 것이다. 그러나 도카이도를 네 명이 함께 걸어갔을 때 경관과 마주친 적은 없었다. 게다가 아무래도 상태가 이상하다. 한동안 숨을 죽이고 지켜보고 있노라니, 경관이 찻집 사람에게 사정 청취를 하는 것 같다는 사실을 알았다.

4각 반 정도 기다리고 있자니, 경관들은 찻집 사람에게 꾸벅 인사하고 이쪽을 향하여 걸음을 옮겼다. 슈지로는 몸을 숨겼다가 경관들이 지나가자 다시 길로 나와 찻집 쪽으로 걸어갔다.

"차를."

슈지로는 휴식을 취하는 나그네를 가장하여 연배가 있는 남자에게 주문했다.

"아아…. 네, 네. 잠시 기다려주세요."

경관이 막 떠난 참이라 진정이 되지 않는 기색이었으나, 남자는 금방 안쪽으로 들어가서 차를 내왔다.

"주인장, 이 가게는 고이즈미야라고 하오?"

가게 앞에 쳐진 발에 '고이즈미야'라고 적혀 있는 것을 보고, 슈지로는 말을 붙일 거리로 삼았다.

"네…."

남자는 부정하지 않는 것을 보니 찻집 주인인 모양이다. 역시 어딘가 안절부절못하는 모습이다.

"여기에서 오래 장사했소?"

"호레키(寶曆) 원년부터니까, 벌써 120년 이상 되었네요."

"그건 대단하군. 그 정도로 오래 하다 보면 여러 가지 일이 있었겠지요?"

"그야… 뭐."

"아까도 경관과 지나쳤는데, 무슨 일이 있었던 건가?"

"여러 가지 일이 있었다지만, 이런 일은 처음이랍니다."

주인은 오히려 누군가에게 말해서 마음을 진정시키고 싶었던 건지, 경관이 왔던 이유를 이야기하기 시작했다.

아직 주변이 어두웠을 무렵, 이 찻집 앞에서 소동이 일어났다. 주인은 덧문을 살짝 열고 바깥 상황을 살폈는데, 남자 두 명이 대치하고 있었다고 한다. 한 명은 일본도, 또 한 명은 손도끼 같은 것을 들고 있었다.

"한 명은 남방진(南蠻人. 남쪽의 오랑캐라는 뜻으로 에도 시대 주로 스페인, 포루투갈 등 서양 이민족을 부르던 말)이었지요."

주인은 자기 머리를 가리키면서 말했다. 손도끼의 남자는 희미한 달빛 아래서도 빛나 보일 정도의 황금색 머리카락이었다고 한다.

– 길버트인가?

서양인 참가자는 그 남자 말고는 모르지만, 손도끼를 무기로 쓴다는 건 맞다. 십중팔구, 틀림없을 것이다.

"그건 문외한인 제가 봐도 엄청났습니다."

주인은 당시의 상황을 이야기했다. 불과 1, 2분 사이의 일이었다고 하는데, 마치 폭풍 같은 응수는 그 시간의 열 배로 느껴졌다고 한다.

"그래서… 누가?"

"도끼분이 이겼습니다."

주인의 말에서 약간의 안타까움이 느껴졌다. 같은 일본인이라서 느끼는 감정이겠지. 더욱이 메이지 시대도 올해로 11년을 맞이해 급속하게 서양화가 진행되고 있는 지금, 무사의 세상을 그리워하는 자가 늘고 있다. 그 또한 원인인지도 모른다.

"그래서 경찰에 알린 것입니다. 하지만…."

주인은 이른 아침부터 부교닌을 경찰서로 보냈다. 잠시 뒤에 경찰관이 찾아와 시신을 수습했다고 한다. 그러나 그 후에 또 경찰관이 찾아와, 시신을 수습해 간 적이 없다고 말했다. 그 때문에 주인이 시신을 숨긴 것이 아닌지 의심을 받았다고 한다.

"기묘한 일이로군."

슈지로는 능청스럽게 대답했으나, 상황은 명백했다. 처음에 찾아온 자들이 고독 패거리. 그 뒤에 온 것이 진짜 시즈오카현청 제4과라는 뜻이겠지.

"하지만, 용케도 침착하게 보고 있었구려."

통상은 공포심에 몸을 숨길 법하다. 이 찻집도 고독의 기지 중 하나이고, 주인도 관여하고 있는 것 아닌가? 라는 생각이 머리를 스쳤다.

"실은 저번 날에도 있었답니다…."

주인은 깊이 한숨을 내쉬었다. 지금으로부터 2일 전 저녁, 이 찻집에서 난투극이 벌어졌다. 거기 소파에 앉아 있던 남자에게, 갑자기 키가 큰 남자가 칼을 들고 덤벼들었다고 한다. 게다가 앉아 있던 남자는 마침 음식값을 계산하던 와중. 주인은 비명과 함께 얼굴을 돌렸다.

이것은 피할 수 있을 리가 없다. 눈앞의 남자는 피투성이가 되어 있을 터. 주인이 조심스럽게 눈을 살짝 떠보니, 남자는 어떻게 한 건지 앉은 채로 발도해서 일격을 막아냈고,

–나에게 기습공격은 통하지 않아.

라며, 송곳니를 드러내 보였다고 한다. 키 큰 남자는 그 후에도 여러 번 베려고 들었으나, 남자는 앉은 채로 전부 막아냈다. 마치 요술을 보는 것 같아서, 주인은 정신이 멍해졌다.

남자는 천천히 일어나더니, 키 큰 남자의 허벅지, 팔, 종아리를 순서대로 살짝 베었다. 키 큰 남자가 아픔에 몸부림칠 때 제압하고, 밧줄

을 갖고 오라고 해서 묶었다고 한다.

"그분은 저에게 몇 번이나 사과하신 후에 경찰에게 통보하라는 말을 남기고 가나야 쪽으로."

주인은 그 말대로 했으나, 경찰이 달려왔을 때는 묶여 있던 남자는 입에 거품을 물고 숨이 끊어진 상태였다고 한다. 이런 일이 있은 지 얼마 안 되었기 때문에, 주인도 사건에 관여한 것이 아닌지 의심받아 심문이 길어졌다고 한다.

"이분입니다."

여기에도 용모파기를 돌린 모양으로, 주인은 작은 목소리로 종이를 내밀었다.

"단, 저는 아무래도 나쁜 사람이라고는 생각할 수 없어서…."

"그러네. 악인은 아니야."

자기도 모르게 입에서 튀어나왔다. 이틀 전, 이 찻집에서 습격당한 것은 게아게 진로쿠였다.

"아시는 분인가요?"

"옛 지인이오. 하나만 더 물어도 되겠소? 묶어놓은 자에게서 목패 같은 것을 빼앗아가지 않았소?"

"아아, 분명히. 기억납니다."

주인은 손뼉을 치며 고개를 끄덕였다. 묶어놓은 남자의 몸을 뒤져 하얀 목패 하나, 그리고 목에 걸고 있던 목패도 뜯어갔다고 한다.

―11점인가.

3점은 붉은색, 5점은 푸른색, 10점은 흰색 패라고 정리할 수 있다고, 쓰루바미가 말했었다. 즉, 진로쿠가 빼앗은 것은 11점이라는 뜻이다.

"신세 졌소."

슈지로는 돈을 놓고 일어섰다.

"이건 많습니다."

"받아두시오."

"그럼, 이것을."

주인은 황급히 대나무껍질 꾸러미를 건네준다.

"이것은… 사탕인가?"

"네. 육아 사탕이라고 하는데, 이곳 명물입니다."

이 지역에 전해지는 모자의 옛날이야기가 있는데, 거기에서 비롯된 명물이라고 한다.

"그러고 보니, 그분도 사가셨습니다."

"그 녀석은 단 것을 좋아하니까."

형제 중에서 단 것을 좋아하는 것은 슈지로와 진로쿠. 벌꿀을 앞다투어 먹었던 일이 떠올랐다. 슈지로는 사탕 꾸러미를 품속에 넣고는, 진로쿠의 그림자를 쫓아가는 듯이 다시금 걷기 시작했다.

*

오오이가와를 보는 것은 처음이었다. 소문으로는 들었지만,

–이것은 쉽게는 건널 수 없겠어.

라고, 금방 느꼈다. 엄밀히 말하자면, 건너는 것은 가능하다. 어깨에 태우거나, 가마에 태워 나그네를 건너게 해주는 일도 있다고 한다. 단, 그것은 수량이 적은 시기에 한해서. 삼일 정도 비가 계속 내린, 지금 같은 수심에는 금방 떠내려가겠지.

그렇다면, 남은 수단은 배를 이용하는 것. 그러나 이것도 간단하지가 않다. 강폭이 넓어서 얼핏 보기에는 잔잔한 물결로 보이지만, 실제로는 물살이 상당히 빠르다.

더욱이 매우 예상하기 힘든 흐름이 있어, 초심자가 배를 다뤄봤자 자기도 모르는 사이에 떠내려가 버리는 것이 고작이다. 즉, 숙련자인 사공에게 부탁하는 것밖에는, 이 난관은 지금은 건널 수 없다는 뜻이다.

사오모토 가이치로가 넘실대는 오오이가와의 수면을 바라보고 있노라니, 등 뒤에서 말을 거는 이가 있었다.

"역시 물살이 급하군."

"돌아왔어?"

가이치로가 뒤를 돌아본다. 다가오는 것은 유지로. 성은 같은 사오모토. 세 살 아래인 동생이다.

그들은 형제가 함께 이 고독에 참가했고, 여기까지 힘을 합쳐 극복해온 것이었다.

"그거야? 허름하네."

유지로는 눈 위에 손을 대고 햇빛을 가리면서, 강에 떠 있는 한 척의 작은 배를 쳐다봤다.

"문제는 없어."

보기에는 낡았지만, 아직 충분히 쓸 수 있는 물건이라는 것은 분명했다.

"그럼, 준비는 다 된 거로군."

유지로는 하얀 이빨을 보이며 웃었다.

여기까지 결코 편한 여정은 아니었다. 형제가 함께 아사야마 이치덴류(一傳流)를 승계받을 만한 실력은 있다. 여행 전반에는 그나마 여유가 있었으나, 인원수가 줄어듦에 따라 상황은 힘겨워지기만 했다. 여기까지 살아남은 자는 모두 괴물 같은 자들뿐.

조금 전의 후쿠로이 역참을 지난 부근에서, 덴류지에서도 봤던 서양인과 조우했으나, 둘이서 덤벼도 고전을 면치 못하다가 결국 도망치고 말았다. 이미 그들로서는 이길 수 없을 것 같은 자들뿐이다.

그러나 포기하지는 않았다. 우리가 가장 잘하는 것은 검술이 아니라, 다른 기술이기 때문이다. 그 기술을 구사하면 이길 수 있다고 확신한 것이다.

그렇기는 해도, 그 기술을 마음껏 쓸 수 있는 땅은 제한되어 있고,

도카이도 안에서는 몇 군데인지를 세어보기만 했다. 고로 우리는 가능한 한 다른 자들보다 앞서가서, 유리한 장소에서 뒤에 오는 자를 기다리는 전술을 채택했다. 이 오오이가와도 그중 하나. 아니, 앞으로도 이곳만큼 좋은 장소는 없다. 따라서, 여기에서 도쿄로 들어갈 수 있을 만큼 목패를 모을 예정이다.

"허나, 여기라면… 우리를 이길 수 있는 놈은 없어."

석양을 받아 붉은빛이 번져가는 강 수면을 응시하면서, 가이치로는 분명히 단언했다.

*

가이치로와 유지로는 기슈 도쿠가와가의 하급 무사인 사오모토 집안의 장남, 차남으로 태어났다. 형제가 둘 다 무예, 학문 모두 우수했으나, 가장 뛰어난 것은 물에 관한 기술. 즉, 조타술(배 조종) 및 영술(수영)이었다.

미즈게이(水藝. 물 곡예. 물을 가지고 하는 곡예나 기술) 사범가에게 고이케류를 배웠고,

-사오모토 형제는 쌍둥이 물고기 같다.

라는 말을 들을 정도였다.

그렇기는 해도 어차피 하급 무사. 아무리 기술이 뛰어나다고 해도 출세는 바랄 수 없었다. 그래야 마땅했는데, 공교롭게도 외국 배가 빈

번하게 일본에 나타나게 된 시대였다. 기슈번도 독자적으로 군함을 제조했고 승무원 육성에 힘을 기울이기 시작했다. 그때,

"물에 관련된 일이라면, 이 형제를 능가할 자는 없습니다."

라며, 형제를 적극적으로 추천해준 사람이 있었다. 두 사람의 스승이고 기슈번 미즈게이 사범이며, 고이케류 미즈게이술 7대 당주인 고이케 다카노부였다.

그것을 계기로 사오모토 형제도 순식간에 출세했다. 처음에는 5석 집안이었으나, 최종적으로는 15석이 되었다. 동생 유지로도 분가를 허락받아 별도로 10석. 수부들을 통괄하면서 기슈번의 배를 사용해 수련을 계속했다. 그러나 기슈번은 결과적으로 신정부군에게 항복함으로써, 형제가 배를 이용해서 전장으로 가는 일은 없었다.

그후, 기슈번은 와카야마현이 되었고, 두 사람 다 공무원으로 채용된다. 가이치로는 아내를 얻고, 재작년에는 바라 마지않던 아들도 태어났다. 유지로도 올 연말에는 혼인하기로 되어 있다. 형제는, 그리고 사오모토가는, 순풍에 돛단 듯이 메이지라는 시대를 맞이할 수 있었다. 구 하급 무사들이 대부분이 낙오되는 가운데도 이렇게 공무원으로 남은 것도, 동란 때 출세했기 때문에. 모든 것은 스승인 고이케 다카노부가 이끌어준 덕분이었다.

그러나 정작 고이케가는 어떻게 되었는가 하면, 매우 힘겨운 상황에 처했다. 와카야마현이 된 후에 미즈게이 사범가는 수련장을 운영

하게 되었다. 형제 말고도 뛰어난 제자를 몇 명이나 배출했으나, 그것과는 대조적으로 서서히 경영이 악화된 것이다.

메이지가 되고 나서도 경찰 내에서는 검술이 성행했고, 아직 출세의 발판이 되고 있었다. 그에 비해, 물 기술로 입신출세하는 것은 힘들다. 군함은 시간이 지날수록 복잡한 구조가 되었고, 더욱 전문적인 지식이 필요해졌다. 그저 떠다닐 뿐인, 작은 배를 조종할 수 있다는 것만으로는 쓸모가 없게 되어버렸다. 메이지라는 시대에서 물 기술은 그리 도움되지 않는 기술이라는 인식으로 변해가고 있는 것이다.

그 때문에 제자들 중에서는 궁핍한 자가 속출했다. 다카노부는 매우 정이 깊고, 그러한 제자들을 돕는 데 인색하지 않았다. 이것도 고이케가의 재정을 악화시키는 이유가 되었다.

"뭐가 쓸모없는 기술이라는 거야."

유지로는 이 이야기가 나올 때마다 울분을 터뜨렸다.

"그러게, 물 기술은 목숨을 지켜준다."

가이치로도 동감이었다. 본래 인간은 물속에서 살아갈 수 없다. 그러나 물만큼 인간의 삶과 밀접한 것도 없고, 크건 작건 계속 관여하게 되어 있다.

그중에서도 헤엄칠 수 있다는 것이 얼마나 자기 몸을 지키는 일이 되는지. 검술이 대인 호신술이라면, 영술은 대자연 호신술. 언젠가는 그 중요성을 깨닫는 시대가 찾아올 것이다. 크게 은혜를 입은 고이케류 기술이 소멸할 수도 있다, 형제는 전전긍긍하며 하루하루를 보냈다.

호코쿠 신문이라는 것이 갑자기 유포된 것은, 그럴 때였다.

"형님! 이것 좀 봐!"

이것이 진짜라면 고이케류를 구할 수가 있다. 더욱이 미즈게이가 재평가받게 되는 것이 10년 후, 아니, 30년 후라고 해도, 그때까지 버티기에 충분한 금액이다.

그뿐만이 아니다. 메이지에 들어선 후에는, 물 기술은 쓸모없다며 온갖 모욕을 당했다. 그것이 틀렸다는 것을 알려줄 수가 있다. 검에도, 총에도 절대 뒤지지 않는 기술이라고—. 거짓일까? 진짜일까? 우선, 가보지 않으면 아무것도 시작되지 않는다. 뺨에 홍조가 도는 유지로를 쳐다보면서,

"갈까?"

라고, 가이치로는 교토에 가기로 결심했다.

*

이렇게 해서 형제는 고독에 참가했고, 이 오오이가와까지 도달했다. 현재 둘이서 보유한 점수는 20. 바로 앞에 있는 시마다 역참을 통과하려면 30점이 필요하다. 그러나 여기에서 더 가면 오오이가와만큼 '물'이 있는 장소는 없다. 30점이 아니라 둘이서 도쿄에 들어갈 수 있는 60점까지 여기서 벌어두고 싶었다. 가이치로가 세운 계획은,

－사공으로 위장해서 참가자를 배에 태운다.

라는 것이었다. 그러기 위해서는 우선 배를 장만해야 한다. 그래서 강을 건너게 해주는 가마꾼에게 거래를 제안해서, 쓰지 않는 낡은 배를 싼값에 구입한 것이다.

"오늘 건너는 배편은 이미 끝났다고 해."

유지로는 주위를 둘러봤다. 조금 전에 가마꾼은 일을 마치고 역참으로 돌아갔다.

계절에 따라 달라지긴 하지만, 저녁 무렵부터는 강을 건너지 않는다. 오늘은 신시(申時) 후반, 즉, 오후 5시가 최후의 도하였다. 이렇게 일찌감치 마침으로써, 나그네를 여관에 묵게 하고, 역참에서 돈을 쓰게 한다는 노림수도 있는 것이다.

꼭 서둘러 가야 한다면, 자력으로 어떻게 해볼 수밖에 없다. 구체적으로는 자기 발로 건너가거나, 혹은 헤엄쳐서 건너거나. 물 높이가 높아진 지금은 양쪽 다 무리라고 해도 좋다. 남은 것은 통상 금액의 두 배 정도를 지불하고 무허가 배편을 이용하는 것. 가이치로가 위장하려는 것은 이것이다.

"누군가 올 것 같아?"

가이치로는 눈을 가늘게 떴다. 이 계책에는 한가지 중대한 결점이 있다. 그것은 타는 사람이 참가자인지 아닌지는, 운에 크게 좌우된다는 것.

"애초에 구분하는 것이 어려우니까."

유지로는 정수리를 긁적였다. 아까 역참을 둘러보러 갔었는데, 결국 참가자로 짐작되는 자는 찾을 수 없었다는 것이다.

"느긋하게 기회를 기다리는 수밖에 없겠지. 정석대로 가서 이길 수 있는 자들이 아니야."

가이치로는 낮게 중얼거렸다. 유지로가 조바심내는 것은 이해한다. 애초에 계책에 빠질 만한 자가 나타날지 어떨지도 모르는 것이다. 고독 개시 때처럼 3백 명 정도 있으면 확률은 높았겠지만, 지금은 분명 30명 정도밖에 남지 않았을 것이다. 확률도 상당히 낮아졌다.

그러나 그래도 이 계획에 걸어보는 수밖에 없다. 그 남은 30 정도의 참가자는, 둘이서 같이 덤벼도 이기지 못할 자들뿐이다.

"느긋하게 굴다가는 흑패가 되어버릴 텐데?"

유지로가 불안감을 토로했다. 어제 오후에 그들에게 붙은 감시자인 니레에게서 흑패에 관해서 들었다. 다음으로 흑패가 결정되는 것은 이 앞의 시마다. 가능한 한 피하고 싶은 것은 분명하다.

"허나, 뒤에 아무도 없다면, 그 시점에서 우리는 끝이야."

"그도 그런가."

"낚시나 마찬가지야."

"맞아. 조바심내면 지는 거다."

이 오오이가와가 명운을 가를 것이라고 처음부터 생각하고 왔다. 따라서 가능한 한 빨리 이곳에 도착하도록 했었다. 분명 한없이 선두에 가까울 터. 물고기는 아직 30마리. 낚싯바늘에 초조함이 전해지지 않도록, 그저 오로지 그때를 기다리는 것뿐이다.

그로부터 이틀이 경과했으나 물고기는 낚이지 않았다. 낮에 강나루에서 참가자를 목격했다. 구와나 역참에서 봤던 자들이다. 아직 어린 여자애여서 가이치로도 분명히 기억한다. 그때는 남자 두 명과 함께 있었으나, 갈라선 것인지 둘 다 모습이 보이지 않았다.

다른 젊은 남녀 두 명과 3인조가 되었다. 새로 들어온 남자는 처음 본다. 그러나 니레한테서 들은 인상과 흡사하다. 분명 흑패 보유자다.

한편, 여자는 덴류지에서 바로 가까이에 있었으니 목패 번호도 꽤 가까울 것이다. 개시 직후에 건장한 남자를 쉽사리 잠재웠기 때문에 기억한다.

"건너가 버리네."

가이치로는 강 수면을 어루만지고 지나가는 바람에 한숨을 실어 보냈다. 흑패 보유자를 놓치는 것은 아까웠다. 그러나 이것만큼은 어쩔 수가 없다.

"우선은 한 명이라도 걸리면 돼. 아직 뒤에 더 있어."

이번에는 유지로가 격려할 차례였다. 하마마쓰를 통과했다는 것은, 적어도 10점은 갖고 있다는 뜻이다. 여기에서 잔뜩 벌어두고 싶지만, 최악의 경우라도 한 명에게서만 빼앗으면 다음인 시마다는 통과할 수 있다. 유지로는 배에 올라타는 일행을 바라보면서,

"게다가… 저런 여자애도 죽이는 건가?"

라고 힘없이 물었다.

"그야 뭐."

가이치로는 애매하게 대답했다.

그날 저녁, 마지막 배가 출발할 때 일이다.

"젠장."

유지로는 진절머리난다는 듯이 허벅지를 주먹으로 쳤다. 그날, 마지막 배편의 출발 직전에 참가자 한 명이 시간 아슬아슬하게 올라탄 것이었다. 이것도 덴류지에서 봤던 남자. 활을 등에 지고 낯선 문양의 머리띠를 했다. 분명 아이누 민족이겠지. 낚싯바늘 바로 옆까지 왔었는데 놓쳐버린 것이나 마찬가지다.

"진정해."

가이치로는 조용히 말했다. 그것은 유지로가 아니라 자기 자신을 향한 것이었는지도 모른다. 확실히 초조해지기 시작했다. 도대체 앞으로 몇 명 남은 건가? 만약 이것이 마지막 참가자였다면 어쩌지? 아니, 그럴 리는 없어. 아직 너무 일러. 지금은 인내할 때다. 반 각 정도 지나 풍경에 희미하게 푸른 빛이 돌기 시작했을 때, 유지로가 목소리를 깔고 불렀다.

"형님."

"왔나?"

"본 적이 있어…. 구사쓰 역참의 그 남자야."

유지로는 기억을 돌이켜봤다. 고독 개시부터 얼마 지나지 않은 무렵에 저 남자가 구사쓰 역참에 들어가는 것을 형제는 봤다. 어떻게 참가자라는 것을 알았나 하면, 3인조가 그 뒤를 미행하고 있었고, 그중 한 명을 덴류지에서 봤으니까. 상대의 실력을 모르는 이상, 육지에서 숫자가 더 많은 상대에게 도전하는 것은 좋은 방법이 아니라고 생각하고, 나무 그늘에 숨어서 그들이 지나가기를 기다린 것이다.

"그 3인조를 반격으로 해치웠다는 건가?"

"떨궈버린 것뿐인지도 모르지만. 어느 쪽이든 여기까지 남았으니까, 나름대로 만만치 않다는 건 틀림없겠지."

"해치운다."

가이치로는 결단을 내렸다. 방심은 조금도 하지 않는다. 물가에서는 누구에게도 뒤지지 않는다고 자부한 것뿐이다. 유지로는 힘주어 고개를 끄덕이고 나서 자기 위치로 향했다.

"이보시오."

멍하니 강 수면을 바라보는 남자를, 가이치로는 다가가면서 불렀다. 남자는 천천히 이쪽으로 고개를 돌렸다. 그 동작은 차분하다기보다는 느릿하다는 쪽이 적당하다. 상당히 젊다. 그리고 여자로 착각할 정도로 아름다운 얼굴이었다.

"괜찮으신지요?"

가이치로는 일정한 거리를 유지한 채로 부드럽게 말을 걸었다. 그러나 경계하는 건지, 남자는 역시 아무 말이 없었다. 그냥 어린아이처럼, 자기 코앞에 손가락을 살짝 갖다 댄다.

"그렇습니다, 손님 말이에요. 오늘 배는 전부 다 끝났습니다. 강을 건널 수는 없답니다."

가이치로가 상황을 설명하자, 남자는 갸우뚱 고개를 틀었다. 다음 순간, 남자가 망설임 없이 강에 발을 들여놓았기 때문에 가이치로는 말문이 막혔다.

"지금의 오오이가와는 발이 닿지 않아요! 헤엄쳐서 건너는 것도 무리라고요!"

모처럼의 먹잇감을 놓치지 않겠다는 마음도 있지만, 이것은 그야말로 본심에서 나온 조언. 물에 빠져 목패까지 같이 떠내려가 버려서는 의미가 없다. 남자는 이쪽의 말에는 귀를 기울이지 않고, 허리까지 물이 오는 곳까지 걸어 들어갔으나, 거기에서 갑자기 발을 멈추고 되돌아왔다. 실제로 들어가 보고 그제야 이 물살 속을 헤엄치는 것은 무리라고 판단한 것이겠지.

"그렇게 흠뻑 젖어서… 뭔지 몰라도 급하신 모양인데, 제가 배를 내어드리지요."

원래는 좀 더 말을 많이 해서 믿게 만들 생각이었으나, 남자가 강에 들어가는 바람에 위화감 없이 본론을 꺼낼 수가 있었다.

"응."

남자는 그제야 입을 열었다. 이 또한 어딘지 어린아이 같은 대답이었다.

"어쩔 수 없는 사정이 있겠지요. 요금은 저쪽 기슭에서. 그저 성의

껏 주시면 됩니다."

남자가 품에 손을 넣으려고 했을 때, 가이치로는 애써 상냥하게, 의심받지 않도록 말했다. 자기 배 쪽으로 불러 같이 올라탔다. 맥빠질 정도로 모든 일이 잘 풀린다. 틀림없이 참가자다. 조금 전에 남자가 품을 뒤질 때 목의 목패가 분명히 보였다. 조심성도 없는데 용케 여기까지 살아남았다고 오히려 감탄했다.

"어디로 가시는 겁니까?"

가이치로는 노를 저으면서 돌아봤다. 남자가 의심하는 기색은 보이지 않는다. 오늘은 둥근 달. 해가 다 저물기도 전에 벌써 얼굴을 내밀었다. 뭐가 재미 있는지, 남자는 그 달을 멍하니 바라보면서,

"도쿄."

라고, 짧게 대답했다.

"아직 긴 여행이 남았군요. 손님은 어디 출신이신지?"

"에도…, 교토인가?"

거짓말을 하려는 것이었다면 좀 더 잘 대답했을 것이다. 그렇다면, 자기 출신지를 헷갈릴 정도로 본격적으로 희한한 남자라는 것이다.

"그렇군요, 그래요."

그래도 가이치로는 아무것도 모르는 척을 하며 가볍게 맞장구를 쳤다. 이미 강의 반 정도까지 왔다. 초심자라면 여기에서 습격하는 것이 좋다고 생각하겠지만, 아직 이르다. 이 앞, 강의 3분의 2 정도까지 갔을 때가 가장 흐름이 복잡해진다. 거기에서 해치울 계획이었다.

조금씩 시마다 역참 쪽 기슭에 다가간다. 이제 곧. 앞으로 1촌. 가이치로가 쥔 노에 무게감이 실렸다. 복잡한 유역에 들어선 증거다. 발밑에 깔아놓은 거적을 발가락으로 젖혔다. 숨겨뒀던 검을 한 손으로 잡으면서, 가이치로는 천천히 돌아보았다.

상상력이 빈약한 우둔한 자인가? 혹은 교만함인가? 남자는 뱃전에 기댄 채로 흘낏 쳐다볼 뿐, 다시 둥근 달로 시선을 되돌렸다.

"목패를 넘겨라. 그러면 목숨은 빼앗지 않겠다."

"뭐야. 그런 거였어?"

남자는 중얼거리고는 일어섰다. 가이치로는 그때를 노려 노로 강 수면을 때렸고, 물거품이 허공으로 날아오른다. 남자가 고개를 튼 그 순간, 배가 기우뚱 심하게 기울었다.

배 위에는 가이치로의 모습밖에 없다. 그러나 실은 유지로도 계속 같이 있었다. 물속, 뱃머리 밑에 계속 달라붙어 있던 것이다. 가이치로가 배 위에서 노를 저을 때, 유지로의 얼굴이 수면 위로 나와, 계속 눈짓으로 신호를 주고받았다. 형제가 노리는 것은 매우 단순했다.

-물에 빠뜨린다.

라는 것이다.

가이치로는 배가 기울어지는 것에 맞춰 노를 휘둘렀지만, 남자도 과연 여기까지 남았을 만했다. 반사적으로 버들잎처럼 몸을 뒤로 젖혀 피했다.

"해치워!"

외친 그때, 남자의 기모노를 움켜쥐고 끌어당기려고, 물속에서 유지로의 손이 불쑥 튀어나왔다. 그러나 이 또한 반사적으로 발을 뒤로 빼서 피한다.

"뒤집는다!"

이래도 빠지지 않으면 다음 수. 배를 전복시킨다는 것. 유지로가 배 가장자리를 두 손으로 움켜쥐고 흔들었다. 오른쪽으로, 왼쪽으로, 배가 격렬하게 흔들려 물보라가 피어오르는 가운데, 가이치로도 흔들림을 크게 하기 위해서 발을 움직이고 동시에 한 손에 잡은 노로 찔러 떨어뜨리려고 했다.

"거치적거려."

남자가 중얼거림과 동시, 눈앞에 섬광이 일었다. 한순간, 너무나 빨라서 무슨 일이 일어난 건지 알 수 없었다. 마치 동백꽃이 힘을 다해 떨어지는 것처럼, 노 끝이 툭 떨어진다. 남자가 허리의 칼을 빼 휘둘러 노를 잘라버린 것이다.

"유지로!"

가이치로가 제정신을 차리고 외쳤다. 흠칫 얼굴이 굳어버린 유지로를 향해, 남자의 칼이 기이한 곡선을 그리며 다가간다. 격렬한 물을 베는 소리, 날카로운 비말이 피어올랐다.

"좋았어."

가이치로는 작게 안도의 목소리를 흘렸다. 수면에는 유지로의 모습은 없었다. 칼날이 쏟아져 내리기 직전에 물속으로 잠수해서 피한 것이다.

"그대로 뒤집어버려!"

물속에서도 들을 수 있을 정도로 큰 목소리로 가이치로는 외쳤다. 배 밑바닥을 흔들라는 의미. 배 가장자리를 쥐는 것보다 시간은 걸리지만, 유지로는 충분히 그것을 할 수 있을 정도로 숨을 오래 멈추고 있을 수 있다. 이거라면 남자의 검의 위협에 노출되는 일은 없다.

그 사이에 가이치로는 짧아진 노와 칼을 빼낸 칼집을 버리고,

"우리가 이겼다."

라며, 칼을 겨누며 허리를 낮췄다.

이쪽에서부터 공격하지는 않는다. 공격해봤자 이 남자의 검술은 당할 수 없다. 그러나 익숙한 물 위. 방어에 철저하면 수십 초는 버틸 자신은 있다.

한편, 배의 흔들림은 이미 커져 앞으로 몇 초면 전복된다. 물속에 빠지면 다 된 거나 다름없다. 둘이 같이 달라붙어서 질식시키는 것뿐이다.

"멈춰."

마치 어린아이가 개미들의 행렬을 가로막는 것 같은 모습. 남자는 말하자마자 칼을 거꾸로 고쳐 잡더니 발밑을 향해 똑바로 찔렀다.

"뭐…?"

경악했다. 검신 중간까지, 마치 두부처럼 배 밑바닥의 나무판을 뚫고 들어갔다. 흔들림의 가속이 멈췄다. 오히려 서서히 약해진다.

"유지로!!"

가이치로는 비통한 목소리로 외쳤다.

"박혔네."

남자는 희미한 웃음을 띠면서, 칼을 위아래로 쓱쓱 움직였다. 포악할 정도로 천진한 얼굴을 보고, 단숨에 온몸에 소름이 돋았다.

어디에 찔렸나? 머리인가, 목인가, 배인가, 팔인가. 급소가 아니라면 아직 살릴 수 있다.

가이치로는 칼을 버리고 어두운 수면을 향해 도약했다. 동생을, 유지로를 구해낸다. 그 일념에서다. 유지로를 끌어안고서도 헤엄칠 수 있다. 일단, 퇴각하는 수밖에 없다. 만약 남자가 쫓아온다고 해도, 물속에서라면 반드시 빠져 죽게 할 수 있다.

허공에서 춤추는 사이에, 가이치로의 등에 무시무시한 충격이 일었다. 다음 순간, 벼락을 맞은 것처럼 뱃전에 부딪혔다.

"무… 슨…."

남자가 어느새 거리를 좁혀, 칼로 쳐서 떨어뜨린 것이었다. 발 디딜 곳이 마땅치 않은 작은 배 위에서 이 속도, 어른을 파리처럼 쳐서 떨어뜨리는 힘, 도저히 인간이라고는 생각할 수 없다.

가이치로는 이불을 말리는 것처럼 뱃전에 기대 널브러졌다. 남자는 멱살을 잡고 배 안으로 쓱 당겨 돌려놓는다.

"위험해. 놓칠 뻔했다."

"괴물… 놈…."

가이치로는 벌렁 드러누워 중얼거렸다. 내려다보는 남자의 두 눈은 칠흑의 구멍 같았다. 우리와는 다르다. 사람이 아닌 다른 생물인 것처럼 보였다.

"패, 패, 목패. 이건가?"

남자가 가이치로의 몸을 더듬어 전대를 발견했다. 절대로 빼놓을 수 없는, 목에 걸린 패를 제외하고, 나머지는 배 위에 있는 그가 맡아두고 있었다. 끈이 달린 작은 전대가 두 개. 각각 9점씩 들어 있다. 남자는 거기에 더해 가이치로의 목에서도 끈을 잘라 목패를 챙겼다.

"가진다."

남자는 전대와 목패를 움켜쥐고 들어 올려 보이며 가이치로를 향해 살짝 웃음 지었다. 19점의 목패를 빼앗겼다. 아니, 형제가 지금까지 해온 사투의 나날을 박탈당했다.

"젠장…."

적어도 칼 한번 휘둘러주고 싶지만, 등뼈가 부러진 건지, 오른쪽 반신에 전혀 힘이 들어가지 않는다. 왼손으로 자기 종아리를 치는 정도밖에 할 수 없다는 사실에, 분함이 치밀어올랐다.

그때였다. 남자의 손에 매달린 두 개의 전대. 목패 끈이 갑자기 동시에 끊어진 것이다. 가이치로는 흐릿한 시야 속에서 분명하게 봤다. 저것은 화살이다. 누군가가 남자를 노리고 쏜 것이다.

"크앗!"

가이치로는 최후의 힘을 쥐어 짜내어, 얼굴 쪽으로 떨어지는 전대와 목패를 왼손으로 쳐냈다. 우리 형제가 계속 함께해온 물에게, 반격을 맡기고－.

물이 집어삼키는 상냥한 소리가 귓가에 울린다.

“앗!”

남자는 역시 어린아이 같은 놀란 소리를 냈다.

“…약오르지?”

물살이 빠른 데다가 이렇게 어둡다. 남자는 이미 놓친 모양이다. 게다가 물의 흐름이 복잡한 이 지점부터는 절대 헤엄쳐서 맞은편 기슭으로 건너갈 수는 없다. 발버둥을 치는 동안에 밀려 되돌아올 뿐이다.

설령 전대를 발견해서 다시 이 나룻배로 돌아온다고 해도, 저어야 할 노는 없고, 배 밑바닥에는 구멍이 뚫려 가라앉고 있다. 전부 다 남자가 초래한 일이다.

등에 물이 닿는 것을 느꼈다. 나룻배가 가라앉는 것이다. 처음 헤엄쳤던 날의 일, 스승의 엄격한 수련, 형제끼리 경쟁하던 나날. 물과 함께 살아온 기억에 잠기면서, 가이치로는 부드러운 차가움에 몸을 맡기고 눈을 감았다.

2

"그렇게… 된 거다."

슈지로는 시마다 역참의 여인숙 '하나부사'에서 모두와 합류하여, 찻집에서 들은 이야기를 자세히 말했다.

"진로쿠, 좀 멈추라고."

이로하가 앞머리를 쓸어올리면서 중얼거렸다. 찻집에서 11점을 얻었다면, 한발 먼저 이 시마다 역참을 빠져나갔다고 봐야 할 것이다.

"섣불리 찾아다니다가 엇갈리는 것을 걱정하는 거겠지."

"그럼 차라리 도쿄에서… 라는 거로군."

"그래, 우리가 반드시 도착할 거라고 믿고 말이지."

슈지로가 말하자, 이로하는 살짝 코웃음을 쳤다.

"우리는 아무와도 만나지 못했어요."

후타바는 상황을 이야기했다. 역시 여기까지 오면 참가자와 마주치는 것이 어려워진다.

"배에서는 아무 일도 없었나?"

슈지로는 물었다. 시마다 역참 서쪽에는 오오이가와가 흐르고, 그때그때 수심에 따라 사공에게 지불하는 운임이 달라진다. 또 어깨에 타거나 가마, 배 등 그 수단에 따라 가격이 다르다. 어깨에 타거나 가마에 타면 세 명이 각각 따로 건너야 하므로, 가장 가격은 높지만,

함께 탈 수 있는 배를 이용하라고 말했었다. 그렇기는 해도, 배 위에서 습격당하면 더욱 위험하다는 것은 7리 건널목 때 이미 경험한 바 있다.

"아무 일도 없었음. 슈지로 씨는?"

"나는 가마로. 오늘은 이제 동쪽에서부터 건너는 건 없다고 한다."

서쪽에서 오는 나그네는 초저녁까지 시마다 역참으로 운반해주지만, 동쪽에서 건너는 편은 그보다 이른 시간에 끊긴다. 이렇게 함으로써 시마다 역참에 머무는 자가 늘어나고, 여관을 비롯한 모든 장사가 원활히 돌아간다. 그런 이유도 있어서, 시마다 역참은 도카이도에서도 손꼽힐 정도로 숙박객이 많은 역참이 되었다.

"한 가지, 좋은 소식이."

후타바는 모양 좋은 눈썹을 활짝 폈다.

"바꿨나?"

"네."

후타바는 볼을 붉히며 고개를 끄덕였다. 시마다 역참에 들어와서 곧바로 후타바는 자기 담당인 쓰루바미를 찾았다. 쓰루바미는 슈지로의 담당이기도 하다. 그래서 슈지로 쪽에 붙어 있나 했는데, 그리 시간이 지나지 않아 모습을 보였다고 한다.

"나를 따라오지는 않은 건가…?"

"다른 사람이 간 모양이야."

후타바도 똑같은 의문을 쓰루바미에게 던지자,

-그쪽이 전문인 자도 있어서. 게다가 이제야 인원이 남아돌기 시작했습니다.

라고 쓰루바미는 대답했다고 한다. 첫 마디의 의미는 고독에는 감시에 능한 자가 있다는 것. 그다음 내용은 더욱 명확한데, 이미 260명 이상이 탈락한 지금, 주최 측에도 인원에 여유가 생겼다는 뜻이다. 주최 측에 대한 대강의 윤곽이 보였다.

"역시…."

슈지로는 중얼거렸다. 쓰루바미는 대답하지 않아도 되었을 터. 역시 후타바에게는 규정에서 어긋나지 않는 범위 안에서이긴 해도 관대하다는 느낌이 든다.

"뭐?"

"아니야. 계속 이야기해봐."

쓰루바미도 또한 고독을 이루는 한 사람. 후타바가 방심하게 만들 수는 없어 슈지로는 이야기를 재촉했다.

"신지로 씨."

후타바가 부르자, 신지로는 하얀 이를 보이며 목패 다발을 보였다. 19점인 흑패를 나눴다는 것. 앞으로 동료들간에 1점씩 주고받는 일이 있을 거라고 상정하고, 3점인 붉은 목패를 세 개, 나머지 10점은 전부 1점짜리 목패로 바꿨다고 한다.

"즉, 앞으로 21점이라는 거로군."

흑패를 나눌 수 없을 경우, 25점을 확보해야만 했다. 최악의 사태만큼은 면했다는 뜻이다.

"이 시마다 역참을 마지막으로 통과하는 사람이, 다음은 하코네까지 흑패를 지니게 되는 모양입니다."

"한참 더 계속되겠군."

"다음번에는 사양하고 싶습니다."

신지로는 씁쓸하게 중얼거렸다.

"한 명이 21점을 가진 자가 있으면 좋지만, 그것은 우선 있을 수 없는 일이겠지."

21점이나 가졌다면, 이 시마다뿐만 아니라, 다음 하코네까지 통과할 수 있다. 적어도 두 명, 많으면 세 명에게서 패를 빼앗을 필요가 있다. 신지로는 머릿속으로 주판을 튕기면서 이야기하기 시작했다.

"길버트, 진로쿠 씨는 이제 더 앞서가고 있겠죠? 둘 다 20점 이상 보유했다고 생각할 수 있습니다. 따라서 우리 패를 제외하면, 이제 판에는 168점밖에 없다는 뜻이."

"즉, 최대 16명인가?"

"실제로는 10명 남짓 정도지 싶습니다."

신지로는 심각한 얼굴로 계산을 말했다.

"이로하, 어때?"

슈지로는 이제 시간이 되었다 싶어 물었다. 이 역참에 있는 참가자 말이다. 이로하가 산스케에게서 물려받은 녹존이라면, 동료끼리 나누는 대화, 무예에 능통한 자 특유의 숨소리로 대충 숫자를 파악할 수 있다.

"우리가 역참에 들어섰을 때 이미 세 명. 지금까지 여섯 명. 그래 보이는 자가 있어."

이로하는 담담히 말했다. 후타바와 신지로는 듣지 못한 모양이다. 얼굴을 서로 마주 보더니 빰이 긴장한다.

"역시 모이고 있는 건가?"

"녹존으로도 전부를 다 파악할 수 있는 건 아니야. 게다가 더 늘어날 거라고 봐."

"이미?"

"아니, 그건 아니야."

슈지로의 짧은 물음에, 이로하는 즉각 단언했다. 사람들의 이목을 피하려고 해도, 싸움이 일어나면 녹존이라면 알아낸다. 지금 현재, 참가자들끼리의 싸움은 일어나지 않았다고 한다.

시마다 역참의 주택 수는 약 1500채. 거주자는 약 7천 명에 이른다. 여관의 숫자는 48개이며, 더욱이 경찰서에서도 가깝다. 분명 모든 참가자가 같은 생각을 할 것이다.

"밤에 움직이겠군."

슈지로가 중얼거리자, 이로하도 동조했다.

"일제히."

지금 단계에서 적어도 아홉 명. 앞으로 더 늘어날 것이라 예상된다. 해가 질 때, 그자들이 덴류지 때처럼 일제히 움직이기 시작한다. 게다가 그때는 어중이떠중이도 섞여 있었으나, 여기까지 도달한 것은 달인들뿐. 우리처럼 이미 무리를 짠 자도 있을지도 모른다. 부코쓰 같은 악랄한 놈이라면, 역참 주민이나 손님들도 개의치 않는다. 여기는 악귀가 날뛰는 역참으로 변하겠지.

"전략을 세우는 게 좋을 것 같다."

"공격과 수비를 나눌 수밖에 없겠어."

후타바와 신지로를 지키는 것을 우선시한다면, 슈지로도 이로하도 여기에 머무는 것이 좋다. 그러나 아무도 공격해오지 않는다면 패를 얻지 못하고 아침을 맞이하게 되어버린다. 즉, 한 명은 여관에 남아 두 사람을 호위하고, 다른 한 명이 밖으로 나가 패를 획득한다는 뜻이다.

"저도… 나가겠습니다."

신지로가 자기 자신을 고무하듯이 말했다. 하마마쓰 우체국에서도 그랬던 것처럼, 신지로에게는 자기도 도움이 되고 싶다는 변화가 보였다.

"아니, 너는 남아."

"하지만 –"

"밖에서 마구 쏠 생각? 당신 무기는 최후의 최후까지는 쓸 수 없어."

"아…."

이로하의 말에, 신지로는 처음으로 깨달은 것 같았다. 신지로가 총에 상당히 해박하고, 다루는 것도 능숙하다는 것은 의외였다. 지금은 하마마쓰 우체국에서 우루마 류조의 총 'S&W(스미스&웨슨) 모델3'를 챙겨와 전력이 되고 있다. 그렇기는 해도, 권총을 한밤중의 역참에서 쏘면 여기에 있다고 선언하는 것이나 마찬가지. 이 장소에 적이 쳐들어오고, 더 이상은 호위도 할 수 없을 것 같을 때, 즉, 최후의 수단으로서밖에 쓸 수 없는 것이다.

"그럼 누가…?"

후타바는 불안한 듯이 물었다.

"때와 상황에 따라 교대하는 게 좋겠지. 먼저 내가 간다."

"그러네."

녹존은 다가오는 적을 알아차릴 수 있는 것. 문곡은 좁은 실내에서의 싸움에 유리하다는 점에서도 우선 이 포진이 좋을 것이다.

"패를 나눠두자."

슈지로는 제안했다. 한 명이 갖는 것보다 나누는 편이 무난하다. 후타바에게 15점, 신지로에게 11점, 이로하에게 12점. 공격하러 나가는 슈지로는 목에 건 1점뿐이다.

"이 틈에 쉬어."

패를 다 나눴을 때, 슈지로는 재촉했다. 오늘 밤은 한숨도 못 잘 가능성이 크다. 슈지로와 이로하가 교대로 불침번을 서면서 모두 몸을 쉬게 해두고 밤이 찾아오기를 기다렸다.

―남은 인원, 23명.

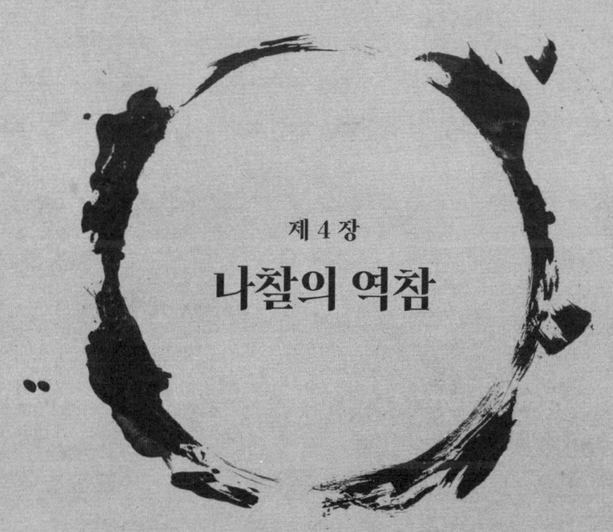

제 4 장

나찰의 역참

시마다 역참에는 술집도 몇 개인가 있어, 해가 저문 후에도 한동안은 사람들 목소리로 떠들썩했다. 이윽고 그것도 가라앉고, 서서히 정적이 퍼져간다. 완전히 인기척도 끊어진 것은 해시(亥時) 후반. 오후 11시를 지난 무렵이었다. 그 30분 전에는 후타바와 신지로를 흔들어 깨워, 언제 그때가 닥쳐도 괜찮게끔 대비하게 했다.

그리고 1시간 정도가 지났다. 5월 14일로 날짜가 바뀐 셈이 된다. 12시를 넘어가면 새로운 날이 된다는 이 사고방식은 메이지가 되고 난 후에 생긴 것이다. 그 이전에는 동이 트는 때를 하루의 시작으로 봤었다. 메이지가 되어 이렇게 모든 것이 엄밀해지고, 모든 일에 느긋함이 사라져가고 있다.

그러나 아직 움직임은 없다. 여관 직원이 자기 전에 아래층에서 향을 피웠는지, 아련하기는 했으나 기분 좋은 달콤함이 코를 간지럽힌다. 그 향이 정신을 느슨하게 만든 건지, 후타바가 다시 꾸벅꾸벅 졸기 시작했다. 가혹한 여행에 지친 것은 알지만, 오늘만큼은 눈을 뜨고 있어야 한다.

"후타바, 힘내."

라고, 슈지로는 말을 걸어 격려했다.

"네…, 미안해요…."

후타바는 눈을 손으로 비볐지만, 반쯤 감긴 눈꺼풀이 올라가지 않는다. 그래서 깨달았다. 방금 전까지는 대화하고 있었는데, 신지로까지 고개를 숙이고 숨소리를 내기 시작했다.

"신지로, 일어나–"

깨우려고 일어났을 때, 슈지로는 이변을 깨달았다.

"이미 공격해 왔어."

이로하가 꺼림칙하다는 듯이 말한 것은 그것과 동시. 사스가(刺刀)를 재빨리 뽑더니, 자기 팔을 주저 없이 벤다. 상처는 깊지 않지만, 피가 흘러나와 다다미 바닥에 떨어졌다.

"설마 이렇게 나올 줄은…."

슈지로는 할 말을 잃고 아랫입술을 깨물었다. 다소 감각이 둔하다. 이것은 틀림없이,

–독.

공격이다.

"분명 죽을 만한 것은 아니야."

이로하는 손가락을 오므렸다 폈다 하면서 말했다. 독 중에는 냄새를 맡기만 해도 졸도하는 것도 있다. 그런 종류의 것은 아니다.

"너, 몇 번이었지?"

"7번. 진로쿠를 제외하고는 모두에게 패배. 그쪽은 4번이지?"

교하치류 수행 중 하나로, 독에 대한 내성을 기르는 것이 있다. 초목이나 생물의 독을 희석한 것을 섭취하는데, 서서히 농도를 높여 몸

을 길들이는, 그야말로 목숨을 건 수행이다. 어느 정도의 내성은 생기지만, 여기에는 타고난 체질의 영향이 큰 모양으로, 상당히 개인차가 난다. 형제 중에서는 산스케, 잇칸, 시쿠라, 슈지로, 시치야, 후고로, 이로하, 진로쿠 순으로 독에 대한 내성이 높았다. 그 순서를 말하는 것이다.

"어느 틈에 바로 밑에까지…."

향이라고 생각했던 이 냄새가 독 연기. 1층에서 태웠다면, 어느 틈엔가 적이 아래층을 점거했다는 뜻이 된다.

"아니, 소리가 전혀 없었어. 아래층에는 사람은 들어오지 않았어."

"그렇다면 여관 관계자로 위장한 건가?"

"그것도 아니야. 잠자는 숨소리가 들려."

"그렇다면 설마…?"

"응, 역참 전체에 퍼뜨린 거야."

이로하는 창문 쪽을 보고 내뱉었다.

"그런 일이 가능한 건가?"

역참에 있는 수천 명을 말려들게 했다는 것에도 놀랐지만, 그보다 그토록 광범위하게 효과를 발하는 독이 있다는 사실에 경악했다.

"상상할 수도 없을 만큼 정신 나간 놈이 있다는 뜻. 게다가 역참 전체에 뿌리는 거니까 잠드는 독을 사용한 거야."

관계없는 자를 죽이지 않기 위해서인가? 혹은 맹독을 광범위에 뿌리면, 술자의 목숨도 잃을 수 있기 때문인가? 아무튼 어떤 이유가 있어서, 잠만 드는 정도의 독을 사용했다는 것이다.

“이것을.”

“음.”

이로하는 이불을 찢어 천을 만들어 건넸다. 기분상 정도의 효과밖에 없을지도 모르지만, 입가를 덮기 위한 것이다.

“일어나.”

이로하는 신지로의 뺨을 철썩 때렸다. 신지로가 퍼뜩 눈을 떴고, 알려준 대로 천을 입가에 둘렀지만, 비몽사몽인 상태였다. 후타바는 의식을 유지하고는 있지만, 몸이 축 늘어졌다. 슈지로는 후타바에게도 천을 감아주면서,

“죽는 독은 아니야. 가급적 숨을 얕게 쉬어.”

라고 말했다.

“응….”

후타바는 힘없는 목소리로 대답했다.

“다음이 있나?”

“충분히 있을 수 있어.”

이로하도 최악의 사태를 상정했다. 지금은 이 정도지만, 다음번에는 맹독을 뿌리지 않는다는 법은 없다. 그렇게 되면 전멸이다. 그것을 막기 위해서는, 술자를 베는 수밖에 없다. 게다가 한시라도 빨리. 후타바와 신지로를 여기 놓아두고라도, 둘이서 공격하는 것이 최선이 되었다.

"신지로, 우리는 가야 한다."

"…네, 네."

의식이 몽롱한 것이겠지. 신지로는 공허하게 대답했다. 슈지로는 검을 칼집에서 빼더니, 신지로의 엄지손가락에 칼날을 대고 눌렀다.

"아얏–"

"정신 차려. 너만 믿는다."

"네, 네!"

신지로의 눈에 생기가 돌아왔다. 슈지로가 간결하게 정황을 고하는 사이에, 신지로는 피에 젖은 손으로 권총에 총알을 넣기 시작했다.

"상처를 파헤쳐서 의식을 유지해. 저기 장지문이나, 혹은 창문으로, 그리고 말없이 들어오는 자는 가차 없이 쏴라."

"알겠습니다."

신지로가 고개를 끄덕이는 것을 확인하고, 슈지로는 창문을 열고 바깥의 상황을 살폈다. 북진을 이용해서 주위를 둘러봤지만, 사람의 모습은 없다. 슈지로가 지붕으로 올라가 손짓을 하자, 이로하도 뒤를 따라왔다.

2

"소리는?"

역참 전체가 잠든 것처럼 조용했지만, 슈지로도 몇 명인가가 움직이는 기척을 느꼈다.

"8, 9, 10… 아니, 더 있어. 독을 퍼뜨린 자와 한패는 아니야. 오히려 놈을 찾고 있어."

독을 퍼뜨린 것이 한 명인지, 패거리인지, 지금 단계에서는 판별할 수 없다. 그러나 우리와 마찬가지로 독의 존재를 알아차리고 술자를 찾는 자가 있는 모양이다.

"바람 방향은 서에서 동. 최악의 장소로군."

슈지로는 낮게 중얼거렸다. 이 여인숙은 시마다 역참에서 가장 동쪽에 있다. 술자가 가장 서쪽에서 독을 뿌렸을 경우, 약 10정이나 거리가 떨어진 셈이 된다.

이것이 반대였다면, 후타바와 신지로를 서쪽으로, 즉, 왔던 길로 되돌아가 대피하게 했을 것이다. 그러나 이래서는 동쪽으로밖에 도망칠 수 없어, 시마다 역참을 빠져나가게 되어버린다. 패가 부족하기 때문에 고독 주최자가 봐줄 리는 없다. 술자는 그것도 계산에 넣고 서쪽에서 뿌린 건지도 모른다.

"우선은 접근해야 뭐든 되겠지. 가자."

지붕을 따라가기에는 시간이 너무 걸린다. 눈에 띌 것을 각오하고 지붕에서 뛰어내려, 조용해진 역참을 서쪽을 향해 달리기 시작했다.

"시작했다. 좌 전방 200미터."

누군가가 싸우기 시작했다고 한다. 슈지로에게도 쇠붙이가 맞부딪치는 소리가 희미하게 들렸다.

"위인가? 아래인가?"

"아래."

"아니로군."

"그러네."

달리면서 짤막한 대화를 나눈다. 독 술자라면 이런 어중간한 위치가 아니라, 더 서쪽에서 공격하려고 할 터. 더욱이 보다 멀리 퍼뜨리려고 한다면, 분명 지상이 아니라 지붕 위에 자리 잡겠지.

"다른 자다."

우리와 마찬가지로 독이라는 것을 알아차리고, 그 근본을 때려잡으려고 움직이는 자도 있다. 그러던 도중에 다른 참가자와 마주쳐 싸움이 시작된 것이겠지.

"지금은 힘을 합치라고."

이로하는 짜증 난다는 듯이 중얼거렸고, 슈지로는 입을 꾹 다물었다. 본래 이로하는 이런 여동생이었다. 그것을 변하게 만든 것은 계승전, 그 후에 살아온 메이지 시대, 그리고 슈지로였다. 아주 잠깐이지만, 옛날의 이로하의 모습을 본 것 같아,

"…후타바 덕분이로군."

이라고 슈지로는 중얼거렸다. 이로하는 살짝 코웃음을 칠 뿐 대답하지 않았다.

"어려운 상황이겠지."

슈지로는 말을 이었다. 여기까지 살아남은 자라면, 당연하지만, 속이고 기습하는 것도 경계하고 있을 것이다. 만약 협력을 요청해도 완전히 믿지 못하고, 결과적으로 칼을 맞대게 되는 것이다. 후타바 같은 자가 있을 거라고는 생각도 하지 않겠지.

"오른쪽… 있어."

이로하가 작은 목소리로 중얼거렸다. 다음 순간, 골목의 어둠 속에서 칼날이 튀어나왔다. 슈지로는 칼로 쳐내고, 모래 먼지를 피워올리며 선회해서 상대한다.

남자. 젊다. 나이는 25, 26세 정도일까? 양복바지에 셔츠, 양복과 기모노를 섞어 입은 절충식의 희한한 차림. 무엇보다 그 무기가 특이한데-. 거기까지 생각했을 때, 약간 뒤에서 달리던 이로하의 소협차가 남자를 덮쳤다.

"칫, 2인조인가?"

남자는 내뱉듯이 말하더니 이로하의 공격을 튕겨냈다. 이로하가 문곡으로 궤도를 꺾었는데도 해치우지 못한 것은, 남자의 무기에 익숙하지 않기 때문이겠지.

지금까지 수적으로 불리한 경우뿐이었는데, 이번에는 처음으로 우리가 우세하다. 이 남자도 또한 열세를 헤쳐나와 여기까지 온 것이리라. 겁먹지 않고 맞선다.

“뒈져라.”

찌르기, 찌르기, 찌르기. 슈지로를 향해 내지르는가 했는데, 이번에는 이로하에게. 상당한 속도였고, 각각의 궤도가 미묘하게 다르다. 이로하가 몸을 쭉 뻗어 피했을 때, 이번에는 나무 막대기가 턱을 노린다. 남자의 무기, 이것은 총검이다.

“해치울게.”

“아니, 독이 먼저다.”

이로하와 슈지로의 의견이 갈라짐으로써, 아주 짧은 순간이기는 하지만, 망설임이 생겨났다. 남자는 그 빈틈을 놓치지 않고, 다시금 골목 안으로 돌아가는 것처럼 도망쳤다.

독의 근원도 찾아서 제거해야 하지만, 패를 모아야만 하는 것도 분명. 이로하가 그 뒤를 쫓으려고 했다.

“무슨-”

이로하가 경악한 것은, 슈지로가 반사적으로 손을 뻗어 목깃을 움켜잡고 뒤로 잡아당겼기 때문이었다. 다음 순간, 굉음이 울려 퍼져 정적을 박살 냈다. 도망가는 척한 것은 함정. 남자가 골목 안에서 몸을 돌려, 이로하를 향해 총을 쏜 것이다. 남자는 어둠 속에 초연을 남긴 채, 이번에는 진짜로 도망갔다.

“미안. 보신 전쟁 때 저걸 했던 자가 있어서 나도 모르게.”

"아니야…. 고마워."

"가자."

언제 맹독으로 바뀔지 모른다. 역시 먼저 독을 막는 것이 최우선이다. 서쪽을 향하여 다시금 계속 달렸다.

"있네."

"보인다."

1정 정도 앞에 사람 윤곽이 보였다. 그 숫자는 여섯 명. 대치하는 것 같기도 하고, 같이 싸우는 것 같기도 하고, 고착 상태인 것은 확실한 모양이다.

"어서 덤벼라!"

그중 한 명이 부추긴다. 아까 그 권총 사내도 젊다고 느꼈지만, 이번엔 그보다도 훨씬 더 젊다. 보기에 17, 18세. 그 나이대의 대부분이 그렇듯이 잔기리(상투를 틀지 않고 가지런히 잘라서 산발한 머리 스타일) 머리다.

"이시이, 넘어가지 마. 지쿠마루 스즈스케다."

"…이 녀석이?"

이 2인조는 한패라고 봐도 좋다. 이시이라 불린 남자는 대검과 협차를 빼 들었다. 드물게 이도류다. 그의 이름을 부른 또 한 명의 무기는 더 희귀한 사슬낫이다.

슈지로와 이로하는 달리는 속도를 늦추지 않고 집단을 향해 갔다. 그것을 알아차린 한 명이,

"앗-"

하고, 목소리를 냈다. 이 남자를 안다. 후지카와 앞에서 습격해 왔던 3인조 중 한 명, 창잡이 승려 엔슌이다.

그와 마주 서 있는 자도 기다란 무기를 쓰는 자. 이 또한 이름을 안다. 아키쓰 가에데, 전 아이즈번 부녀대의 언월도잡이 여자다.

슈지로는 고착 상황으로부터 5미터 정도 앞에서 발을 멈췄다.

"당신은…."

엔슌의 얼굴이 굳었다. 그때 기습공격을 감행하고, 더욱이 사카마키와 둘이서 덤벼들었는데도 슈지로를 당해내지 못했었다. 1대 1로는 절대 이길 수 없다는 것은 확실. 그런 상대가 또다시 나타났으니, 겁을 먹는 것도 무리는 아니겠지.

"사가 님."

한편, 가에데는 차분하게 이름을 불렀다. 언월도를 겨누는 그 모습에는 한 치의 빈틈도 없다.

"아키쓰 님, 이것은…?"

"보시는 대로입니다."

서로를 견제하느라 움직이지 못하고 있다는 것이다. 지금 우리가 달려온 것으로 인해 길항 상태가 무너질지, 아니면 더욱 고착될지.

"두 명, 아는 사람이라는 거네."

이로하는 짧은 문답만으로 대충 추측할 수 있었던 모양이다.

"아니, 셋이다."

"고쿠슈, 살아 있었나?"

슈지로가 대답하자, 곧바로 입을 연 것은 사슬낫의 남자,

"…나카기리 요마."

였다. 요마와는 고독에서 처음 만난 것이 아니다. 그보다 훨씬 전, 슈지로가 자객 고쿠슈로 불리던 시대의 지인이었다.

보신 전쟁 때, 실력 있는 모든 번의 가문 무사와 로닌(浪人. 떠돌이 무사)이 모여 검술 부대가 만들어졌다. 12조로 나눠 각각에 십이지(띠)의 이름이 붙어, 전부 합쳐서 12지대라 불렸었다.

슈지로는 그중 '술(戌 개)' 부대에 배속되었고, 거기에서 요마와 같이 지냈던 것이다.

"아는 사이인가…? 이건 좋지 않네."

마지막 한 명이 눈썹이 아래로 처지더니 중얼거렸다. 나이는 슈지로와 같은 27, 28세 정도일까? 검은 바탕에 연지색 용 문양이 그려진 약식 기모노 같은 것을 입었고, 구슬 장식이 있는 두꺼운 허리띠를 둘렀다. 머리카락은 뒤로 하나로 땋았다. 상당히 독특한 풍모였다. 키는 5척 7촌 정도로 큰 것은 아니지만, 무서울 정도로 다부진 체격이라는 것을 알 수 있다.

슈지로가 그보다 더 주의를 기울인 것은, 이 남자의 무기는 무엇인지 그것이었다. 칼, 사슬낫, 창, 언월도, 모두가 각자의 무기를 들었지만, 이 남자만은 유일하게 아무것도 손에 들지 않은 것이다.

"어이, 일단 멈추자고."

남자는 제안했으나, 아무도 대답하지 않고 자세를 풀지도 않는다.

"우선은 저쪽을 어떻게든 해야 하잖아?"

씁쓸한 웃음을 지으며 말을 잇더니, 남자는 턱을 위로 올려 살짝 흔들었다.

슈지로는 눈으로, 이로하는 귀로, 조금 전부터 알아차렸었다. 길항하여 움직이지 못하는 여섯 명 외에, 일곱 명째가 존재한다는 것을. 서쪽으로 반정 정도 떨어진 지붕 위에 서 있는 자가 있다. 그자가 바로 독의 원흉이라고 봐도 틀림없을 것이다.

"저 남자를…."

남자가 말을 이으려고 했을 때, 슈지로는 그 말을 끊는 것처럼 중얼거렸다.

"여자겠지."

오늘 밤은 달이 거의 꽉 찬 둥근 달이고 강한 빛을 내뿜고 있다. 북진도 어둠 속에서는 과연 쓸모가 없지만, 빛만 있으면 보통 사람보다 멀리 볼 수 있다.

이목구비가 일단 여자. 상당히 아름다운 부류다. 무엇보다 키가 꽤 작다. 5척은 확실히 안 된다. 4척 7촌 정도가 아닐까? 그런 점을 봐도 거의 틀림없을 것이다.

"오호. 나와 같다는 건 알았지만… 설마 여자일 줄은. 눈이 좋군."

일촉즉발 상황인데도 이 남자는 마치 여유라는 듯이 잘도 나불거렸다. 아까부터 마음에 걸렸던 것은, 말투에 독특한 억양이 있다는 점. 이런 억양을 가진 자를 전에도 만난 적이 있고, 그렇다면 이 낯선 차림도 납득이 간다.

"청국인이다."

슈지로는 이로하에게 속삭였으나, 남자는 귀도 좋은지 반응했다.

"정취에다안(正确答案. 정답). 이름은 루치엔(陸乾)… 당신들식으로 발음하면 리쿠켄인가?"

루치엔이라고 이름을 댄 남자는 날카롭고 용맹해 보이는 얼굴을 살짝 풀며 웃었다. 서양인까지 참가했으니, 청국인이 있다고 해도 신기할 것 없다. 루치엔이 '나와 같다'고 말한 의미는, 그 독의 근원인 여자 역시 이국인이라고 생각한다는 것이겠지.

"언제까지 입만 놀릴 작정이야? 덤벼. 자, 어서."

지쿠마루 스즈스케라 불린 젊은이가 진저리난다는 듯이 부추긴다.

"독이 노리는 바로군."

이시이라 불린 남자는, 새끼손가락부터 순서대로 조이는 것처럼 쌍칼을 고쳐잡았다. 이 독, 통증을 느끼거나 계속 움직임으로써 잠들지 않을 수는 있지만, 약간의 감각 둔화는 있다.

"자, 어떻게 할까…."

요마가 힐끔 이쪽을 본다. 옛 지인이라고 무조건 우리 편이라고 판단할 정도로 요마는 어리숙한 사내가 아니고, 고독의 무서움도 통감하고 있는 것이리라.

–움직일 수 없겠군.

슈지로도 또한 동감. 우리가 공간에 들어옴으로써 길항이 무너지는 일은 없었다. 다음에 예기치 못했던 일이 일어나면, 비로소 그 자리의 정(靜)이 폭발하면서 한꺼번에 동(動)이 되겠지.

“또….”

슈지로는 속삭였다. 아니, 목소리라고도 부를 수 없다. 연꽃잎이 벌어지는 것만 한 크기였다. 녹존을 지닌 이로하라면 이것으로 충분하다. 아니, 그가 말할 필요조차 없이 발소리로 이미 알아차렸을 터. 길가 너머에서 기척이 있었다. 게다가, 남북의 양방향 도로 각각에서부터. 연계한 건지, 혹은 따로 움직이는 것인지, 더욱이 네 명의 적이 다가온다.

“미부.”

이로하가 정정했다. 이것은 형제만이 아는 암호. 미부 후고로는 다섯 번째 형제. 즉, 이로하는,

–네 명이 아니라 다섯 명.

이라고 말하고 싶은 것이다. 아직 근처에서 숨을 죽이고 있다는 것. 그 호흡을 이로하의 귀가 포착한 것이다.

“뻐, 환이 아니야.”

이로하는 덧붙였다. 이것도 암호. 산스케는 녹존으로 발소리, 호흡 등을 기억하고 판별할 수도 있었다. 지금 이로하도 그 정도로 구사할 수 있게 되었을 것이다. 간지야 부코쓰, 오카베 환도재가 아니다. 이것만으로도 정보로서는 아주 충분했다.

이 자리에 우리를 포함해서 여덟 명. 서쪽 지붕에 독의 근원이 한 명. 남북의 길가에서 접근해 오는 자가 네 명. 어쩌면, 이로하만이 알아차린 자가 또 한 명. 합쳐서 14명. 남은 참가자의 반수 이상이 한곳에 집결한 셈이 된다. 그리고 분명 이것으로 이 고착 상태가 안개처럼 흩어지게 되겠지.

"온다."

이로하가 말한 다음 순간, 야수 같은 포효가 들렸다. 남쪽 골목에서부터 맹렬하게 이쪽으로 달려오는 자가 있었다. 사람인지 곰인지 헷갈릴 정도의 거한이다.

"저것은…."

설마 이 남자도 고독에 있을 줄이야. 슈지로가 말을 마치는 것보다도 빨리,

"고마 겐지!!"

라고, 요마가 놀란 소리를 질렀다. 구 우쓰노미야번사로 키는 7척 가까운 거구, 사람이 아닌 것 같은 힘, 마치 전국시대 두루마기에서 빠져나온 것 같은 호걸이다.

보신 전쟁의 우쓰노미야 공방전에서는 사자분신으로 날뛰었고, 관

군으로부터 '우쓰노미야의 곰'이라고 불리며 두려움의 대상이었다. 그때, 슈지로와 요마가 소속된 '술(戌)' 부대도 투입되었던 것이다. 슈지로가 열몇 번을 베어 피를 흘리게 했지만, 고마는 움츠러들지 않고 계속 응전했다. 그 직후, 관군의 대공세가 시작되어 승부가 판가름 나는 일은 없었다.

"고쿠슈, 너도 있었나!!"

고마도 그를 알아보고, 기쁜 듯이 빳빳한 수염이 찌그러졌다.

"골치 아픈 사내다-"

이로하에게 주의를 촉구하려던 때, 북진의 넓은 시야가 그림자를 포착했다. 달빛을 받아 허공에서 춤추는 남자. 북쪽에 있는 집 지붕에서 뛰어내린 것이다.

"이카리 다케토라인가."

지쿠마루 스즈스케는 그 사람과도 면식이 있는 모양으로, 께름칙하다는 듯이 혀를 끌끌 찼다.

도쿄에서는 모르는 사람은 없지 않을까? 막부 말기부터 메이지 사이의 혼란을 틈타 젊은 나이에 출세한 노름꾼의 대두목이다. 수백 명의 부하들을 거느릴 수 있는 이유는, 그가 무서울 정도로 싸움을 잘하기 때문. 사람을 죽이는 것을 아무렇지 않게 여기는 잔학한 남자라고 들었다.

"죽어라!!"

이카리가 노리는 것은 엔슌. 빈틈을 노린 통렬한 날아차기를, 창

자루로 간신히 막아냈으나, 엔슌은 뒤로 두세 걸음 물러나며 휘청거렸다.

"고쿠슈, 고마를 부탁한다!"

요마는 자기도 모르게 말이 튀어나온 것처럼 외쳤다. 요마의 사슬낫은 고마의 무기와는 아주 상성이 좋지 않다. 고마는 괴력 때문에 칼이나 창이 금방 부러져버린다. 따라서 사용하는 것은 여자 머리 크기만 한 쇳덩어리가 달린 큰 망치. 지금도 옆구리에 끼고 있는 그것이다.

"이로하-"

둘이서 즉각 해치운다. 그렇게 생각하고 부르려고 했으나, 이로하도 또 다른 적을 기다리고 있었다. 어느 집 문이 열려 있다. 뒷문으로 들어가 집 안을 가로질러 나온 것이겠지. 나이는 50은 넘어 보이는 초로의 사내였다.

"도도로키 주자에몬이다!"

자기가 아군이라는 것을 나타내기 위해서인지, 이것도 요마가 재빨리 가르쳐줬다.

이 또한 이름만은 들어본 적이 있었다. 막부 직할인 덴슈타이(傳習隊. 에도 막부 말기(1868년)에 설립된 일본 최초의 근대식 정예 군대)에 일도류의 달인이 있다고 그 당시 상당히 소문이 널리 퍼졌었다. 그것이 바로 도도로키 주자에몬이다.

주자에몬은 창의대에 들어가 우에노 전쟁에서 분투했다. 그러나 사가번의 암스트롱포(1855년 영국의 윌리엄 조지 암스트롱이 개발한 후장식 강선포)가 작렬하여 청력을 잃었다고 한다. 하지만, 신기한 일이 일어났다. 청력을 잃은 후에 주자에몬의 검은 한층 더 날카로워져, 아무도 당해 낼 수가 없을 정도가 되었던 것이다.

부코쓰가 의안을 빼기만 해도 강해진 것처럼, 사람에게는, 무도의 세계에는, 설명할 수 없는 일이 있는 모양이다. 아이즈 전쟁 이후로는 전혀 소문이 들리지 않았다. 죽었다고 생각했었으나, 이 남자도 또한 신시대에 숨을 죽이고 살고 있었다는 것이다.

"여자라고 만만히 봤지."

이로하가 내뱉은 말에,

"미안하군. 귀가 안 들린다. 얕본 것이 아니야."

주자에몬은 마치 담소라도 나누는 것 같았고, 말뿐이 아니라 하얀 칼날도 나눈다.

"고쿠슈!"

그것과 거의 동시, 고마가 엄청난 속도로 큰 망치를 내리쳤다. 막아 낼 수는 없다. 막을 수 있을 리가 없다. 슈지로는 몸을 뒤로 빼서 피했다. 벼락이 떨어진 것처럼 땅이 파헤쳐지고, 눈앞에 모래 먼지가 흩어졌다.

피어오르는 흙먼지 너머로 지쿠마루가 칼을 빼는 것이 보였다. 빠르다. 북진의 눈으로도 쫓아가는 것이 고작. 줄곧 부추겨서 공격하게 만들려고 했던 것은, 지쿠마루의 특기가 이아이 발도(칼을 찬 상태에서 재빨리 뽑으면서 동시에 공격하는 것)였기 때문이라는 것을 깨달았다.

지쿠마루의 칼날 앞은 이시이. 두 자루의 칼을 몸쪽으로 당겨 방어하려고 했지만 늦었다. 칼끝만이 닿아서 간신히 궤도를 빗나가게 했으나, 칼끝이 어깨를 스쳐 피가 솟구쳤다.

그 피바람을 뺨에 맞으면서, 요마가 지쿠마루를 향해 분동을 내던지려고 한 찰나, 초승달이 떨어져 내린 것 같은 빛이 덮쳤다.

가에데의 언월도였다. 요마는 왼손의 낫으로 막았으나, 언월도는 작은 곡선을 그리며 곧바로 종아리로 달려든다. 발 쪽을 노리는 무술은 적기 때문에, 대응하기 어려워하는 자는 극단적으로 많다. 요마도 그랬던 모양으로, 얼굴이 굳더니, 아슬아슬한 타이밍에 점프해서 피했다.

그러나 그 요마는 허공에서 튕겨 나가는 것처럼 날아갔다. 루치엔이다. 어느 틈엔가 달려갔던 것이다. 무기를 들지 않았던 이유도 판명되었다. 아니, 이미 들고 있었던 것이다. 루치엔의 무기는 주먹. 요마의 배때기에 총알처럼 철권을 꽂았다.

루치엔은 그 사이에도 발을 멈추지 않는다. 바람처럼 달려가, 단도를 휘두르는 이카리에게 육박한다. 이카리가 흠칫 놀라 단도로 찌르려 했지만, 루치엔은 목을 흔들어 피하고는, 두 주먹을 폭풍처럼 날렸다. 더욱이 무릎을 명치에, 팔꿈치를 턱에, 선회해서 관자놀이를 발로 차버렸다.

이것들은 불과 몇 초 동안에 벌어진 일. 아까까지의 고착 상태가 거짓이었던 것 같은 격투였다. 달빛 아래 역참에서 칼날 소리가 난무했다.

루치엔이 이카리를 쫓아가 패를 빼앗으려고 했다. 그때, 이카리의 맹공에서 해방된 엔슌이 루치엔을 향해,

"오우!"

하고, 창을 내질렀으나, 루치엔은 몸을 틀어 피했다. 엔슌은 더욱 장맛비처럼 찔러대지만, 루치엔은 마치 허공에서 날리는 종잇장처럼 피하고,

"당신, 이름은? 일본인은 대결할 때 이름을 말하잖아?"

라고 여유만만하게 묻는 지경.

"호조인 엔슌. 간다 – "

그 순간, 루치엔은 뻗어온 창을 와락 움켜잡더니, 회오리바람처럼 발 걸기를 날렸다. 엔슌은 허공으로 떠올랐고, 창은 루치엔의 손으로 이동했다.

"니 타이루어(你太弱. 너는 너무 약해)."

루치엔은 한어(漢語)로 뭔가 중얼거리더니, 발 걸기를 날린 그 기세를 그대로 실어 팽이처럼 몸을 돌려, 허공에 떠 있는 엔슌의 몸을 깊숙이 찢었다.

"이름, 뭐였더라? 어렵잖아?"

루치엔이 가벼운 태도로 중얼거렸을 때, 엔슌은 신음을 발하는 일도 없이 땅에 떨어졌다.

"이쪽도 강해…."

이로하가 얼굴을 찡그렸다. 꽹과리를 연타하는 것 같은 높은 소리가 울린다. 소협차와 사스가, 이도류 문곡. 그러나 주자에몬은 흐르는 물을 연상시키며, 낭비 없이 태도를 다룬다. 이쪽도 실력이 백중지세다.

"한눈을 팔다니, 우습게 봤군!"

고마 겐지의 큰 망치가 계속 공격해 온다. 이토록 무거운 무기인데도 맹렬한 속도로, 바람을 가르고 웅웅 울음소리를 낸다.

"눈을 떼지는 않았다."

슈지로는 무곡으로 두 다리를 율동시켜, 겐지의 근육이 불끈불끈한 오른쪽 허벅지를 베었다. 그러나 감촉이 약하다. 우쓰노미야 전쟁에서 고전했던 이유도 이거였다. 분명 타고난 것이겠지. 상식을 벗어난 근육의 단단함. 피는 분명히 흐르지만, 뼈는 고사하고 살조차도 깊이 벨 수가 없다.

"아무렇지도 않아. 얼마든지 베어봐!"

큰 망치로 충돌. 검으로 막으면서 뒤로 뛰어 그 기세를 피했으나, 제대로 맞았으면 갈비뼈까지 박살 났을 것이다. 이쪽은 몇 번이나 베어야 하는 데 비해, 상대방의 무기는 단 한 번이라도 맞으면 필살이다.

"베지 말라고 해도 벤다."

양쪽 어깨, 오른팔, 왼쪽 종아리, 네 군데에 차례로 충격을 줬지만, 상처는 역시 깊지 않다. 겐지는 몸의 중앙선, 급소가 모여 있는 정중

선만은 견고하게 지키는 것이다.

"이시이!"

요마는 괴로운 표정으로 이시이의 이름을 부른다. 루치엔의 일격으로 갈비뼈가 부러진 것이겠지. 그래도 일어서서 손에서 쇄분동을 분사했다. 용처럼 꿈틀대며 비상하여 언월도 손잡이에 감긴다. 가에데는 힘차게 잡아당겼으나, 요마에게 힘으로는 당해내지 못해, 사슬이 팽팽하게 당겨진다.

"좋았어!"

이시이는 그 빈틈을 놓치지 않고 칼 두 자루를 휘두르며 덤벼들려고 했다. 그 순간,

"쉿."

하고, 숨소리가 들렸나 싶더니, 가에데와 요마의 몸이 휘청 흔들리고, 서로 안쪽으로 한 걸음씩 비틀거리며 디뎠다. 또 루치엔. 팽팽한 사슬을 밑에서부터 힘껏 차올린 것이다. 루치엔은 몸을 틀어 가에데에게 통렬한 발차기를 날리더니, 그대로 자세를 낮춰 느슨해진 사슬 밑으로 빠져나간다. 그 사이에 엔슌에게서 빼앗은 창을 물레방아처럼 돌리며, 그 가속도를 실어 요마의 몸에 통렬한 찌르기를 내질렀다.

"크흑-"

요마는 사슬로 간신히 쳐냈으나, 옆구리를 베여 무거운 신음을 발했다.

"이놈이!"

이시이가 칼로 등을 노리고 덤벼들었지만, 루치엔은 창을 뒤로 돌려서 막아내고, 더욱이 창 자루로 협차를 튕겨내는 것이 아닌가. 루치엔은 권법뿐만이 아니라, 창을 다루는 솜씨도 달인급이었다.

"각오."

가에데였다. 사슬을 다 풀어낸 언월도가 루치엔을 덮친다. 루치엔은 이시이에게 추가 공격을 포기하고, 창으로 언월도를 쳐냈다. 긴 무기 두 자루의 잔상이 양쪽을 막처럼 휘감는다.

요마, 이시이도 자세를 다시 바로잡고 루치엔에게. 결과적으로 3대 1의 구도가 되었으나, 루치엔은 모든 공격을 다 튕겨내면서,

"하하하. 뒤가 비었는데?"

라며, 메마른 웃음소리를 날렸다. 그 직후, 절규가 메아리쳤다. 이시이의 목소리였다. 지쿠마루가 등 뒤로 쓱 다가가더니 신의 속도로 발도와 동시에 휘두른 것이었다.

"꽃이 피었도다."

지쿠마루가 피바람 속에서 중얼거린 것과, 찰칵 소리를 내며 칼을 칼집에 넣은 것은 동시. 이시이는 하얗게 눈을 까뒤집고 털썩 쓰러졌다.

"네 이놈!!"

요마가 분노의 얼굴로 외쳤다.

"서로 싸우지 말고 셋이 한꺼번에 덤비지 그래?"

루치엔은 재촉했으나, 지쿠마루는 무시하고 이시이의 몸을 뒤진다.

거기에 루치엔의 창. 지쿠마루는 고개를 갸웃거리는 것처럼 하며 피했지만, 뺨을 스쳐 피의 선이 떠오른다.

"3점뿐인가?"

다른 목패를 찾기는 고사하고, 목에 건 패조차 챙길 시간이 없다는 것을 깨달았는지, 지쿠마루는 붉은 목패 하나를 쥐고 달아났다.

"괴물 놈…."

한편 슈지로는 이미 12번을 베었으나, 하나같이 급소를 노리지 못했고, 겐지의 움직임은 둔해지긴 고사하고 더욱 맹렬해졌다.

"고쿠슈, 목을 노려라."

겐지는 껄껄 호쾌하게 웃는다. 목구멍에는 근육이 거의 없다. 그야말로 약점일 테지. 그러나 거기를 노릴 때, 겐지는 큰 망치로 그의 머리를 박살 낼 심산이다.

"명치도 괜찮겠군."

"괜찮을지도. 허나, 그러면 너도 끝난다."

겐지가 복근에 힘을 주면 칼이 빠지지 않는다. 그렇게 되면 역시 몸에 철퇴를 맞아 서로 치명타가 된다. 과거에 대치했을 때도 생각했던 일이다.

"고마…, 너는 왜 고독에 왔지?"

"돌아가고 싶었을 뿐이다."

겐지가 새로운 시대를 어떻게 살아왔는가? 그 한마디에 모든 것이 집약된 것처럼 느껴졌다.

"나는 돌아가고 싶지 않아."

"뭐야? 설마 손을 잡자고 꼬드기는 건가?"

겐지의 관자놀이에 파란 힘줄이 떠오른다. 화를 내는 이유 또한 알 것 같았다. 아까처럼 희희낙락한 얼굴은, 메이지 시대에서는 단 한 번도 보인 적이 없었을 테지.

"설마."

슈지로는 그 말만 하고 앞으로 내디뎠다. 돌아갈 생각은 없다. 누가 뭐라고 해도 그 무렵과는 다르다. 지킬 것을 위해서 싸우는 것이다.

겐지는 만족스럽게 웃으며 큰 망치를 옆구리에서부터 내지른다. 과거도, 오늘도 포함해서 지금까지 중 가장 빠르다. 마치 큰 회오리바람이 갑자기 일어난 것처럼.

모래를 휘감아 올리며 발부터 미끄러진다. 코끝을 선풍이 매만지고, 앞머리 끝이 희미한 소리를 내며 날아간다. 겐지는 회전 도중에 옆구리를 벌린다. 약동을 가로에서 세로로 바꾸고, 벼락처럼 큰 망치가 떨어져 내린다. 눈을 깜빡이며, 슈지로는 두 다리를 흐르는 듯이 움직여, 겐지를 중심으로 원을 그리는 것처럼 등 뒤로 돌아갔다. 일어서면서, 동시에 오른팔을 휘두르면서－.

"…근사하군."

큰 망치로 땅바닥을 친 자세 그대로, 겐지는 쓸쓸함이 묻어 있는 목소리로 중얼거렸다. 정수리에서는 폭포처럼 피가 흘러나왔다.

"목패는 허리 주머니에… 합쳐서 14점… 가져가라."

신음 사이사이로, 겐지는 말을 이었다.

"작별이다."

겐지를 향한 것인지, 아니면 자기가 살아온 시대를 향해서인지, 슈지로는 조용히 이별을 고했다. 겐지는 한숨을 내쉬더니,

"그래."

라고, 대답한 것이 마지막이 되었다. 그 커다란 등에서 영혼이 떨어져 나간다. 큰 망치를 내리친 자세 그대로. 마치 자신을 묘비로 세운 것처럼, 겐지는 쓰러지는 일은 없었다. 슈지로는 허리의 주머니와 목에 건 목패를 챙기고는, 아직도 이어지는 난투 한복판으로 향했다. 이로하와 주자에몬의 공방전을 옆눈으로 보면서.

이로하는 이미 30번도 넘는 공격을 했으나, 주자에몬은 번번이 빗나가게 하거나, 혹은 튕겨냈다. 상당히 눈이 좋다.

"포기해."

이로하는 공격의 속도를 더욱 높였다. 주자에몬은 보기에 60대에 접어든 나이다. 맹공을 계속하다 보면, 언젠가는 지칠 거라고 생각한 것이다.

"그것은 무리한 부탁이네."

일그러진 궤도의 참격을 쳐내며 주자에몬은 쉰 목소리로 대답했다.

귀가 들리지 않는다는 것은 아무래도 사실인 모양이다. 청력을 잃은 대신에 눈이 잘 보이게 된 것이겠지. 가까이에 있으면 입술 움직임

으로 말을 읽어내는 것 같다.

주자에몬은 방어만 하는 것은 아니었다. 때때로 하얀 날의 틈새를 실로 꿰는 것 같은 공격을 한다. 지금도 불과 1촌, 아니 1센티미터의 공간을 향해, 역풍에 날카롭게 베어올렸다. 그것과 동시, 주자에몬이,

"조용히 해줘…."

라고, 중얼거렸다. 아슬아슬하게, 이로하는 사스가의 칼자루를 손가락으로 굴리는 것처럼 움직여 쳐낸다.

"노망났나?"

이쪽은 아무 말도 하지 않았는데, 조용히 해달라는 건 뭔가? 칼날이 자아내는 소리를 말하는 건가? 아니, 애초에 주자에몬은 청력을 잃은 것 아닌가?

"미안하네. 자네한테 말한 게 아니야."

"그만 은퇴하시지. 손주 한두 명 있어도 이상할 것 없는 나이잖아?"

이 대화 도중에도 몇 합. 피차 손을 멈추는 일 없이 격렬한 응수가 이어졌다.

"세 명이라네."

주자에몬은 참격을 흘리는 것처럼 막아내면서, 왠지 덧없는 쓴웃음을 지었다.

"그렇다면 더욱. 이런 곳에 어슬렁어슬렁 기어 나오지 마."

고독에 나올 정도다. 불우한 신시대를 보내고 있을 거라고 생각했었다. 야유한 것이었는데, 이 남자는 나름대로 행복한 생활을 해온 것

아닌가?

"그렇군…. 그래도 말일세. 요 10년 동안 줄곧 죽은 동료가 말을 걸어오는 거야. 돌아와달라고 말이지."

손자 이야기에 대답했을 때와는 다른 사람처럼, 주자에몬의 얼굴에 깊은 그늘이 드리운다. 아까 중얼거린 것도 그 망령에게 한 말. 온종일 그 목소리에 시달려왔다는 것을 알 수 있었다.

"그놈들이 여자를 노리래?"

"아니, 강한 자를."

주자에몬의 한마디에 폭발한 것처럼, 이로하는 더욱 두 손의 움직임이 빨라졌다. 1, 2, 3, 4, 5 –. 주자에몬의 칼에 여덟 번째 공격이 튕겨 나가고, 손바닥에서 소협차가 날아가 버렸다. 주자에몬은 그 빈틈을 놓치지 않고, 일절의 낭비 없는 움직임으로 거꾸로 비스듬히 베기를 휘둘렀다.

"문곡…."

이로하가 중얼거림과 동시, 주자에몬의 옆구리에 몸을 날리며 동시에 사스가를 쑤셔 박았다.

"이건 뭐… 대단하군."

주자에몬은 입술을 떨었다. 문곡은 손가락의 비술. 빈틈없이 정밀한 움직임으로 칼날의 궤도를 구부러뜨린다. 그것은 자기 것에만 국한된 것은 아니다. 소협차는 날려간 것이 아니라 자기 의지로 버린 것이었다. 그리고 주자에몬이 휘두른 칼의 시노기(鎬. 칼날과 칼등 사이의 볼

록한 부분)를 손가락으로 만져, 태도의 흐름을 살짝 꺾어버린 것이다.

이로하가 사스가를 쓱 빼내자, 주자에몬은 뒤로 비틀비틀 물러나더니, 벽에 등이 미끄러지는 것처럼 주저앉았다. 그 입가에서 피가 흘러나왔다.

"끝낼까?"

"아니…, 잠시만 더 푸념을 듣겠네. 내버려둬도 돼."

"알겠다."

"가져가."

주자에몬은 목의 목패를 잡아 뜯어내더니, 품에서 꺼낸 작은 보자기에 싼 것과 함께 던졌다.

"그러지."

이로하가 떠나려고 하자, 주자에몬은 쿨럭 피를 토하면서 말했다.

"한 가지만. 자네 눈의 움직임을 보고 있었네. 나랑 반대… 어떻게 한 건지는 모르지만, 후천적으로 귀가 좋아진 거지? 아직도 눈에 의지하는 습관이 남아 있어."

"그렇군."

"살아남거라."

주자에몬은 마치 손주에게 말하는 것처럼, 너그러운 할아버지처럼 자애 가득한 웃음을 보였다.

4

밤하늘을 바람이 유유히 지나간다.

가에데는 숨을 몰아쉬며 언월도를 휘둘렀다. 그러나 루치엔은 창을 몸에 가까이 대고 교묘하게 계속 막아내고 있다. 3 대 1이어도 해치우지 못했으니까, 가에데 혼자서는 상당히 불리하다.

엔슌은 배를 베인 상처가 깊어 신음할 뿐. 이카리는 마구 두들겨 맞아 벌렁 드러누운 채 기절한 상태. 요마는 깊은 상처를 입었으면서도 분동을 던지며 다시금 싸움에 합류했다.

"이제 그만하자고."

루치엔은 질렸다는 듯이 말하며 피한다.

"걸려들었다."

요마가 슬며시 웃는다. 그 직후, 후두둑 하고 사슬 소리가 울려 퍼지고, 분동이 원호를 그리며 되돌아와 창에 감겼다. 요마는 사슬을 획 잡아당기며, 반대로 본체는 낫을 들고 돌진했다. 이 일련의 흐름은 필살. 요마는 이것으로 수많은 달인을 해치웠던 것이다.

그러나 루치엔은 지금까지 만났던 어떤 적과도 다른 움직임을 보였다.

"소용없어."

장난스럽게 큰소리치더니, 창을 놓고 자기도 몸으로 돌진한 것이다. 분동과 창이 허공에서 춤추는 가운데, 루치엔의 손날이 몸에 박힌다. 목구멍, 겨드랑이, 단전, 세 군데. 요마는 우웩, 하고 침을 흩날린다. 루치엔은 영차, 가벼운 기합 소리를 발하며 요마의 팔을 비틀어 낫을 강탈했다.

"에잇!"

창을 놓은 호기를 놓치지 않고, 가에데가 언월도로 날카로운 찌르기를 내질렀다.

"크어시(可惜. 아쉽네). 이것도 쓸 수 있나?"

왼손의 낫으로 검신을 낚아채는 것처럼 휘둘렀을 때, 오른손을 몸쪽으로 쓱 당겼다. 주인이 바뀐 분동이 통렬하게 덮친다. 가에데는 뒤로 쓰러지는 것처럼 몸을 젖혀 아슬아슬하게 피했으나,

"도대체 정체가…?"

라며, 눈을 크게 뜨고 경악했다. 권법뿐만이 아니라, 창 솜씨도 일류라는 것만으로도 놀랄 일인데, 더욱이 사슬낫까지 능숙하게 다루니 무리도 아니다.

아무튼 요마가 무기까지 빼앗김으로써, 다시금 가에데 혼자서 상대해야만 하게 되었다. 그러나 루치엔은 가에데와 요마에게 양손의 손바닥을 내보이며,

"그러니까 그만하자고. 제아무리 나라도 독에는 이길 수 없으니까."

라며 태평한 말투로 말을 막았다.

"아까부터 지붕 위의 여자를 보고 있는데, 뭔가 위험해 보이는 짓을 –"

루치엔이 계속 설득하려던 그때, 그의 등 뒤에서 그림자가 불쑥 일어섰다. 대도박꾼 이카리 다케토라였다. 이미 깨어났던 건지, 아니면 기절한 것도 위장이었는지, 루치엔이 가까이 오기를 기다린 모양이다. 루치엔도 과연 이것은 예상치 못했는지, 이카리가 뻗은 두 팔이 그의 목에 감겼다.

"네 이놈, 죽어라."

이카리는 분노한 얼굴로 팔에 힘을 준다. 이대로 목을 졸라 죽일 셈이다.

"오오…, 빠져나갈 수가 없네."

목을 졸리고 있음에도 불구하고, 루치엔의 목소리는 짓눌리지 않았다. 반사적으로 사슬을 놓고, 자기 주먹을 목 앞에 쑤셔 넣은 것이다.

"재빠른 놈. 팔도 같이 부러뜨려주마."

"상당한 괴력이네. 게다가 용케도 일어났어. 하룻밤은 잘 줄 알았는데."

"경험치가 다르니까."

"아아, 두들겨 맞을수록 강해진다는 거네."

루치엔이 감탄의 목소리를 냈을 때, 가에데가 언월도를 들이댔지만,

"어이, 여자! 방해하지 마! 이놈은 내가 죽인다!"

라고, 이카리는 이빨을 드러내며 짖었다.

"아…."

루치엔은 구속당한 채로 중얼거렸다.

"그 수에는 안 넘어가."

"아니라니까. 봐, 지붕 위의 여자!"

루치엔은 남은 한 손으로 지붕을 가리켰다. 난투에 가담하는 일 없이, 지붕 위에서 꼼짝도 하지 않았던 키 작은 여자. 이 타이밍에 새로운 거동을 보였다.

여자의 눈앞에 단지 같은 것이 놓여 있다. 분명 향로 종류. 그리 크지도 않은데도, 거기에서부터 뭉게뭉게 연기가 분출되는 것이었다.

"저거, 분명히 위험한 거라고! 뭔가 노랗고!"

루치엔은 팔을 버둥거리며 호소했다. 잠드는 독은 달콤한 냄새는 났었으나 무색투명. 혹은 한없이 색이 옅은 연기였다. 반면, 루치엔이 말한 것처럼 이번 연기는 상당히 짙고, 보기에도 흉흉한 색이었다.

"상관없어!"

이카리는 눈꼬리를 치켜올리며 외쳤다.

"상관 있을 텐데."

루치엔은 비웃듯이 말하더니, 이카리의 손가락에 손을 댔다. 어떤 방법을 써서 팔을 뿌리칠 생각이겠지. 그러나 루치엔의 뺨이 확 긴장하더니 손을 멈췄다.

별들을 뒤흔드는 것 같은 굉음이 울려 퍼졌다. 총성이다. 어딘가에서부터 루치엔을 저격한 것이다. 그러나 총성과 겹친 신음은 루치엔의 것이 아니라, 이카리의 걸걸한 그것. 루치엔은 누군가가 노린다는 것을 알아차리고, 이카리의 안면에 뒤통수 박치기를 날린 것이었다.

"이크… 어디야?"

루치엔은 중얼거리면서, 이카리의 손가락을 꺾어 더욱 신음 소리를 만들어내고는, 팔에서 슬쩍 빠져나갔다. 슈지로가 겐지를 쓰러뜨리고 달려간 것은 그때였다. 위치를 찾으려고 하자마자,

"아가씨!"

라고, 주자에몬이 쉰 목소리로 외쳤다. 이미 이로하에게 패해 죽음을 기다릴 뿐. 남은 힘을 다 쥐어짜 낸 것처럼, 덜덜 떨리는 손으로 북쪽 지붕을 가리키고 있다.

고오 하고 낮은 소리가 울려 퍼지고, 주자에몬의 등 뒤에 있는 벽에 핏줄기가 흩어진다. 발사된 총알이 미간을 파헤친 것이다. 주자에몬에게 위치가 발각되었다는 것을 알아차리고, 사수가 그를 먼저 해치우려고 한 것이었다.

"아까 그놈이다!"

이로하가 몸을 낮추면서 말했다. 아까 그들을 습격해 왔던 총검의 남자 말이다. 북쪽 건물 지붕에 엎드려 이쪽으로 총구를 향하고 있었다.

"지켄 하야토! 전 구루리번사로 직심영류 검술과 무위류 포술을 구사합니다!"

정체를 간파한 것은 가에데. 여기에 오는 도중에 싸웠던 건가? 자세히 아는 것을 보면 협력해서 싸웠던 건지도 모른다. 조준당하지 않도록 위치를 옮기면서 외쳤다.

"상당히 빠르다."

슈지로는 다음 사격에 대비하여 신경을 날카롭게 세우면서 말했다.

아까의 교전 때 지켄이라 불렸던 남자가 손에 든 총을 봤는데, 후장식(後裝式. 총신 뒷부분에 있는 폐쇄기를 열어 탄약을 장전하는 방식) 스나이더 총이었다. 전장식(前裝式. 총포구, 즉 화기 앞쪽을 통해 총알을 넣는 방식. 후장식에 밀려 도태되어, 현대에는 거의 쓰이지 않는다) 구식 총과 비교하면 장전은 압도적으로 빠르다. 그러나 요즘은 상당히 줄어들었다고는 들었으나, 그 당시에는 열 번 중 두세 번은 불발이 된다는 것. 화약 조정으로 강약도 조절할 수 없다는 결점도 있다. 따라서 저격에는 쓰기 힘들다고, 숙련자 중에서는 싫어하는 자도 있었고, 보신 전쟁에서는 여전히 구식 총이 많이 사용되었다.

"네 이놈!"

루치엔이 간파한 대로, 이카리는 튼튼한 체구와 기골의 소유자. 코에서 피가 솟아 나오는데도, 손가락이 부러진 주먹을 휘두르며 덤벼든다.

"날 붙잡고 있을 때가 아니잖아."

초조한 것 같은 목소리치고는, 루치엔은 빈틈이 전혀 없었다. 이카리의 주먹을 피하면서도, 지붕 위의 지켄 하야토와 독 여인까지 신경

쓰는 것을 알 수 있었다.

"영차."

이카리가 헛손질했던 팔을 쉽사리 움켜잡고, 뺨을 향해 강렬한 손바닥 치기를 날렸다. 자연히 이카리의 몸은 팽이처럼 회전했고, 이번에는 루치엔이 뒤를 차지하는 자세가 되었다. 다시금 총성이 울려 퍼진 것은 그 직후, 아니, 거의 동시였다.

"우억…."

발사된 총알이 가슴팍에 명중하여, 이카리는 무거운 신음을 토해냈다.

"역시 나인가?"

루치엔은 씁쓸하게 중얼거렸다. 지켄이 다음 총알을 쏜 타이밍에 맞춰서 이카리를 방패로 쓴 것이었다.

스나이더 총을 사용하면 초심자라도 30초에 한 발, 숙련자라면 15초에 한 발. 지켄은 정말 사격에 자신이 있는 모양으로, 속사에 특화되었기 때문에 이것을 선택했다고 봐도 틀림없을 것이다. 그 간격은 대충 5초. 보통 사람과는 격이 다른 고속 장전이다.

지켄은 물 흐르듯 막힘없는 손길로 총알을 장전하고, 3, 4, 5번 연속으로 사격을 계속한다. 훗날의 위협을 배제할 절호의 기회라고 생각한 것이겠지. 역시 노리는 것은 루치엔이다.

그러나 루치엔은 서서히 걸음을 옮긴다. 이카리를 계속 벽으로 이용하면서. 두 번은 신음을 발했으나, 세 번째는 그것도 멎었다. 이카리의 정수리를 관통한 것이다.

“어이, 이쪽은 그만 쏴! 날아다니는 도구를 갖고 있다면, 저쪽을 노려줘.”

힘없이 고개를 숙인 이카리의 그늘에서부터 얼굴을 내밀고, 루치엔은 지켄을 향하여 호소했다. 이 정도의 상황에 처했으면서도, 이 청국인에게서는 아직 비통함은 느껴지지 않았고, 가벼운 말투 탓에 왠지 우스꽝스럽게 보이기까지 했다.

이카리의 시체가 있는 한, 해치울 수 없다고 판단한 것이겠지. 지켄은 질색하는 듯한 얼굴로 총구를 움직였다.

“이로하!”

이로하는 주자에몬에게로 시선을 보내면서도, 지켄을 주의하지 않았던 것은 아니다. 슈지로가 불렀을 때는 이미 몸을 옆으로 미끄러뜨려 사선을 벗어났고, 그대로 골목으로 뛰어들었다. 슈지로, 가에데 또한 각각 다른 골목으로 몸을 숨겼다.

남은 것은 요마. 근처에 쌓여 있는 나무통 뒤에 숨었으나,

“끅.”

하고, 고통에 얼굴을 찡그린다. 아주 작은 틈새로 총알을 통과시켜, 요마의 어깨에 명중시킨 것이다.

“엎드려!”

슈지로가 외치고, 요마는 몸을 굽혔다. 그러나 나무통 하나가 날아가 나무통 산더미의 일부가 무너진다. 요마의 몸을 노출시키려고 하

는 것이다. 총알을 아낌없이 쓰는 것을 보면, 상당한 비축량도 있는 모양이다.

"에잇-! 눈치챘나!"

루치엔이 분하다는 듯이 외쳤다. 요마를 노리는 동안, 루치엔은 또 슬금슬금 다가가기 시작했으나, 지켄은 그쪽을 향해서도 견제의 한 발을 쏜 것이다.

다시금 나무통에 맞는다. 아까보다도 무너짐은 적지만, 한 줄만 더 없어지면, 지켄은 요마의 몸을 포착하겠지.

"요마, 뛰어!"

슈지로는 재촉했으나, 요마는 아랫입술을 깨물 뿐 움직이지 않는다. 골목까지는 멀다. 10미터는 된다. 이미 깊은 상처를 입어서 제때 도착할 수 없다는 뜻이다.

지켄이 다음 총알을 쏘고, 나무통이 건조한 소리를 내며 무너진 그 때, 슈지로는 요마가 있는 곳을 향해 달려갔다.

"고쿠슈, 나는-"

"됐으니까, 이리 와."

요마의 허리띠를 잡고는 똑바로 골목으로 향한다. 장전을 마칠 때까지 약 5초. 다시금 총성이 포효한 것은, 요마를 골목으로 밀어 넣은 순간이었다. 슈지로가 머리를 튕기듯이 흔들어, 총알은 나무 벽에 박히고 미세한 연기가 피어올랐다. 지켄은 눈을 크게 뜨고, 루치엔 또한,

"오오…."

라고, 감탄의 목소리를 흘렸다. 북진의 안력으로 총구 방향, 손가락이 움직인 순간을 파악하면, 이 거리라면 피할 자신이 있었다. 슈지로도 또한 골목으로 뛰어 들어가자, 요마는 벽에 기대어,

"오랜만이네."

라며, 숨을 헉헉거리면서 웃었다.

"그래."

슈지로는 길가의 상황을 살피면서 대답했다. 지켄은 다시금 루치엔을 조준하고 있으나, 총알을 쏘는 일은 없다. 다시 고착 상태다.

"너까지 있을 줄은 몰랐다."

"나 말고도 있는 건가?"

슈지로는 물었다. 그 밖에도 공통된 지인이 고독에 참가했다는 말투였다.

"에마 센타, 기억해?"

"잠자리 센타 말이군."

도토우미국 칸누시(神主. 신사의 신관 우두머리)의 아들. 당시 신관을 중심으로 결성된 엔슈 호코쿠타이(報國隊)의 일원으로, 그 실력을 인정받아 '술' 부대에 발탁되었다. 슈지로보다 한 살 연하로, 부대 안에서는 최연소. 어떤 어려운 상황에서도 물러서는 일 없이 똑바로 돌진해서, 앞으로밖에 갈 수 없는 잠자리 같다고 놀림받던 것을 기억한다.

"너를 잘 따랐으니까. 만났다면 꽤 기뻐했겠지. 후타가와 역참까지는 왔었는데."

"그런가."

두 사람이 어떻게 해서 고독에 임하여 여기까지 온 건지. 센타가 어떤 최후를 맞았는지. 자세한 이야기를 듣지 않아도 대충 상상은 간다.

"술뿐만이 아니라, 신 부대 사람도 봤다. 게다가 골치 아픈 놈이다."

"부코쓰지?"

간지야 부코쓰도 12지대 중 하나인 '신(申. 원숭이)' 소속이었다. 전쟁 종반에 부코쓰는 거기에서 아군을 난자하고 행방을 감췄던 것이다.

"알고 있었나? 설마 마주친 것은?"

"두 번."

"역시 너는 격이 달라. 게다가… 변했네."

"그 무렵보다 눈이 좋아졌다."

잇칸에게서 북진을 물려받은 것은 보신 전쟁 후. 아무리 사수가 한 명이라고는 해도, 그 무렵이었다면 이런 곡예 같은 행동은 어려웠겠지.

"아니, 그게 아니야. 설마 구해주러 올 거라고는 생각하지 않았어."

요마는 마른기침을 한번 하고 고개를 가로저었다. 작전 때문에 협력은 해도, 자기 목숨은 자기가 지킨다. 그때는 위험을 무릅쓰면서까지 남을 돕지는 않았었다.

"사람은 변하는 거다."

시노를 만나고, 도야가 태어나고, 나는 그 무렵과 달라졌다. 사람은 누군가의 힘으로 변한다. 고독에서 후타바를 만남으로써 그것을 새삼 강하게 실감하고 있다.

“확실히.”

요마는 거친 숨을 몰아쉬며 살짝 고개를 끄덕였다.

“왜, 되돌아왔지?”

“아이가 관리의 마차에 치여 걸을 수 없게 되었어…. 게다가 나는 결핵으로 얼마 못 산다. 최소한 처자식이 불편 없이 살아갈 수 있을 만한 돈을 구하기 위해서다.”

요마는 먼 곳을 보면서 말을 이었다.

“10만 엔이 정말인 것을 알고 환희했다. 웬만한 자들에게는 지지 않을 자신이 있었으니까. 하지만 내가 어리석었다는 것을 금방 깨달았어.”

요마는 깊은 한숨을 내쉬었다. 루치엔에게 당한 것 말고도, 잘 보니 몸 여기저기에 크고 작은 상처가 있다. 여기까지 오는 동안 상당한 고전을 면치 못했었다는 것을 알 수 있었다.

“그 몸으로는 힘들겠지.”

“아니, 결핵이 아니었어도 마찬가지야. 부코쓰를 비롯해 하나같이 괴물 같은 놈들뿐. 이런 자들이 아직 많이 남아 있었을 줄이야….”

희미한 구름이 바람에 날려가, 달빛이 비치며 주위가 밝아졌다. 병과 상처에 더해, 여기까지 오는 동안 축적된 피로. 요마는 진흙 같은 낯빛이었다.

“쉬고 있어. 내가 막는다.”

상황을 타파해야 한다. 슈지로가 골목에서 나가려고 하자, 요마는 잠긴 목소리로 말렸다.

"기다려. 총은 나중으로 돌려."

"그렇군."

슈지로가 납득함과 동시에 루치엔이 부르는 소리가 들렸다.

"어이, 거기 총. 이 독은 위험할 것 같은데."

요마가 말하고 싶은 일도 또한 그것이다. 슈지로와 이로하는 독에 대한 내성이 있는 만큼, 아직 몸에 이변은 느끼지 않았지만, 요마와 다른 이들은 이미 느끼는 모양이다.

"결핵으로 약해진 만큼, 나에게는 빨리 퍼지는 것이겠지."

"어떤 독이야?"

"손발에 마비가 와."

요마의 말에 따르면, 역시 절명하는 독은 아니다. 그런 독은 바람 한 줄기로 인해 술자까지 죽음에 이르기 때문에 상당히 다루기가 까다로울 것이다. 그렇기는 해도, 아까보다도 강한 독을 뿌린 모양이다.

"왜, 처음부터 이 독을 뿌리지 않았을까…?"

역참의 관계없는 사람들을 죽이고 싶지 않다고 생각했다고 해도, 죽지 않는 거라면 처음부터 이 독을 뿌려도 됐을 것이다.

"분명 범위 때문이겠지."

요마는 번 학교에서 공부할 때, 본초학자(本草學者. 질병 치료에 쓰이는 약초를 연구하는 사람)로부터 들은 적이 있다고 말했다. 초목 중에는 태우면 독성 연기가 나오는 것이 있다. 그중에는 공기와 섞임으로써 급속하게 독성을 잃는 것도 있다고. 분명 최초의 독은 약하지만 광범위하게 듣고, 지금 독은 강하지만 좁은 범위밖에 영향을 끼치지 못하는 것 아닐까? 라고.

"그렇군. 이해했다. 그러나…."

"그래, 비장의 한 수로 쓰려고 강한 독을 계속 감추고 다녔는지도 모르지. 어느 쪽이든, 몸이 마비되면 손쓸 수가 없어."

"확실히 먼저 독을 처리해야겠군."

빠짐없이 듣고 있던 모양이다. 슈지로가 길가를 살펴보니, 맞은편 골목에 몸을 숨긴 이로하가 또다시 얼굴을 보였다.

"내가 정면으로 간다. 우회해서 가줘."

둘이서 저 독 여인을 해치운다. 슈지로가 속삭이자, 이로하는 고개를 끄덕여 보였다. 슈지로가 밖으로 나가려고 한 그때였다.

"뭐야?"

루치엔이 고개를 갸웃거렸다. 지붕 위의 지켄이 루치엔을, 아니, 그가 방패로 삼은 이카리를 가리킨 후, 손짓을 해 보인 것이다.

"맨입으로는 움직이지 않겠다는 거로군. 욕심 많은 놈이네."

루치엔이 어이없다는 듯이 중얼거리고는, 이카리의 시체에서 목패를 뜯어내 지켄을 향하여 내던졌다.

지켄은 한 손으로 목패를 받더니, 다시금 총구에 불을 뿜었다. 노리는 것은 슈지로도, 이로하도, 또한 루치엔도 아니었다. 보수를 받고 만족했는지, 지켄은 독 여인을 향하여 발포한 것이었다.

5

"성가실 것 같군."

슈지로는 이로하를 향하여 속삭였다.

새로운 독을 뿌릴 때 말고는, 여자는 거의 움직이지 않고 우뚝 서서 이쪽의 난투를 지켜볼 뿐이었다. 거기에 불의의 총격. 그러나 여자에게는 일절 방심은 없었다. 지켄이 총구를 향한 순간, 튀어 오르는 것처럼 옆으로 뛰었다. 게다가 상당한 속도. 독을 쓰는 것을 보면 무술은 특기가 아닌가 생각했으나, 저것은 보통 움직임이 아니다.

지켄의 총이 또다시 포효했다. 여자는 일체의 낭비를 없애고자 하는 것처럼, 가벼운 발걸음으로 딱 두 걸음 움직여 피했다.

"간다."

이로하가 골목 안으로 사라지는 것을 지켜보고 슈지로는 길가로 뛰어나갔다. 지켄이 여자를 해치우려고 하는 지금이 접근할 좋은 기회다.

지켄은 힐끗 이쪽을 봤다. 그러나 계속해서 여자를 향하여 사격을 이어간다.

"가는 건가?"

앞에서 이카리의 시체를 붙잡고 있는 루치엔이 말을 걸어왔다.

"방해할 생각이라면 – "

"안 해. 나도 간다."

루치엔은 말을 끊듯이 대답했다.

"저도 가겠습니다."

골목에서 얼굴을 내민 것은 가에데. 원래 흰 피부가 더 두드러져 보인 것은 푸른 달빛 탓일까? 아니면, 그쪽도 독의 영향이 나타나기 시작했기 때문일까? 어느 쪽이건, 막아야만 한다는 것은 이해한 모양이다.

"당신은 밑에 있어 줘."

가에데를 처음 본 것은 고유의 소나무 가로수길. 언월도를 들고 달려왔을 때였다. 따라서 그 다리 힘은 알고 있다. 보통 사람보다는 빠르지만, 슈지로나 이로하보다는 확실히 한 단계 처진다. 심지어 지붕에 기어 올라가기에는, 가에데의 언월도라는 무기는 불리하다. 독 여인이 지상으로 도망치려고 할 때를 대비하여 밑에서 기다리고 있는 편이 좋을 것이다.

"알겠습니다."

가에데도 그의 생각을 이해한 모양으로, 끝까지 반대하려고 하지 않고 순순히 응했다.

"자, 갈까."

루치엔은 이카리의 시체에서 손을 놓고 슈지로보다 앞서 뛰어나갔다. 자연스럽게 루치엔, 슈지로, 그리고 좀 더 늦게 가에데, 라는 모양새가 되었다.

"한 번만 더 나를 쏘면 죽인다."

루치엔은 달리면서 지켄에게 손바닥을 향했다. 아직 말투는 가벼웠지만, 그 밑바닥에서 위엄이 느껴졌다. 거짓말이 아니다. 다음번에 또 노린다면, 루치엔은 확실히 표적을 지켄으로 바꾸겠지. 그 뜻이 전해진 건지, 독의 위협을 제거하는 것을 우선시해야 한다고 생각했기 때문인지, 지켄은 역시 여자를 향하여 발포를 계속했다.

"루치엔이다."

민첩한 질주. 여자가 서 있는 건물까지 이제 약 30미터. 루치엔은 돌아보지도 않고 이름을 댔다.

"들었다."

"당신 이름은?"

"사가 슈지로."

"고쿠슈가 아니네."

"옛날 이름이다."

"흠. 그럼, 슈지로 씨. 지금은 힘을 합치겠다는 뜻으로 봐도 될까?"

재빨리 오가는 대화 후에 루치엔은 갑자기 물었다.

"그렇다."

"동료 여자아이한테도 전해주면…."

“이로하는 이 대화도 듣고 있다.”

“놀랍네. 순풍 귀(바람에 실려 오는 사방의 소리를 모두 들을 수 있는 신통한 귀. 중국 전통 설화에 나온다)인가?”

루치엔이 혀를 내둘렀을 때, 이제 15미터도 안 남았는데도 여자는 움직이지 않는다. 이쪽이 어떻게 나오는지 파악하려고 하는 것처럼.

“나는 서. 슈지로 씨는 동. 이로하 씨는 남에서부터. 들릴까?”

루치엔은 모습을 감춘 이로하를 향하여 물었다.

여자가 서 있는 곳은 역참 제일 서쪽에서 큰길을 사이에 끼고 남쪽으로, 요정으로 보이는 건물 지붕. 세 방향에서 공격해서 해치운다. 여자가 북쪽, 즉, 길가로 내려가 도망치면, 지켄의 총격의 표적이 된다. 사실 지켄이 여자를 계속 노린다면 말이지만. 그렇기는 해도, 현시점에서는 제일 좋은 방책. 루치엔은 무술뿐만이 아니라 병법에도 정통한 것 같고 똑똑하다.

“알겠다.”

슈지로의 대답을 끝까지 듣고 나서,

“워먼쪼우바(我们走吧. 같이 가자).”

라며, 루치엔은 두 발의 속도를 높였다. 내려다보는 여자의 눈앞을 달려 지나친다. 독으로부터 도망치기 위해 역참에서 벗어나려는 것처럼. 그러나 루치엔은 대지를 발꿈치로 짓밟는 것처럼 급정지하더니, 그 기세 그대로 달빛에 항거하는 것처럼 날아올라 산자(서까래 위에 가로로 엮어 올리는 얇은 나무판)에 손을 걸쳤다.

그때 슈지로는 골목 안으로. 점프하는 것처럼 양쪽 벽을 번갈아 차면서 위로. 이제 곧 지붕으로 올라갈 수 있을 때,

"움직였다!"

라는 루치엔의 목소리가 들리고, 머리 위를 작은 그림자가 가로질렀다. 세 지점으로 몸을 지탱하면서, 한 손으로 밑에서부터 공격했지만, 아슬아슬하게 닿지 않는다. 슈지로가 다 올라감과 동시에 루치엔도 또한 여자를 쫓아 건물 사이를 뛰어넘었다.

"생각했던 그 이상이다!"

"그래!"

슈지로도 여자를 쫓는다. 루치엔의 얼굴에 처음으로 초조한 빛이 떠올랐다. 상상 이상의 속도. 아까 총격 때 보였던 움직임조차도 그저 한 부분일 뿐이었다는 뜻. 여자는 움직일 수 없었던 것이 아니다. 아슬아슬한 타이밍으로 유인할 때까지 움직이지 않았던 것이다.

"온다-"

굉음이 슈지로의 목소리를 지워버렸다. 지켄의 저격이다. 그러나 여자는 불안정한 지붕 위를 발을 미끄러뜨리는 것처럼 해서 피하고, 바람이 소용돌이치는 것처럼 일어나서 달려갔다.

"어이, 어이…."

루치엔은 아연실색하여 중얼거렸다. 여자가 더욱 가속한 것이다. 부코쓰, 환도재, 웬만한 강적보다도. 시쿠라, 이로하, 교하치류의 형제들보다도. 무곡을 사용하는 슈지로보다도.

"…너무 빨라."

그랬던 것이다. 상식을 초월하여 인간의 영역을 벗어난 속도인 것이다.

"아마도, 약 때문일 거다."

루치엔은 그렇게 추측했다. 신체 능력을 일시적으로 향상시켜주는 약을 사용했다. 독에 정통한 이 여자라면 가능한 일이다. 아니, 그게 아니라면 설명이 되지 않는 속도였다.

"간신히 쫓아오고는 있나?"

길에는 언월도를 들고 달리는 가에데. 하카마 옷깃이 스치는 기분 좋은 소리를 낸다. 지붕에 비하면 발밑이 안정된 상태지만, 쫓아가는 것이 고작인 기색이었다.

슈지로가 가에데의 상황을 살피는 가운데, 루치엔은 이를 악물면서 말했다.

"총을 치워버릴 생각이다."

제일 먼저 해치워야 한다고 판단한 것이겠지. 지켄을 향하고 있다. 여자는 건물에서 건물로 이동한다. 나비를 방불케 하는 가벼운 도약이다. 여자의 발이 지붕에 착지한다. 그 순간, 종아리를 향해 갑자기 하얀 날이 덤벼들었다.

이로하였다. 도주했다는 말을 듣자마자, 되돌아와 앞질러 가 있던 모양이다. 산자를 한 손으로 움켜잡고 몸을 띄우면서, 다리 쪽을 향해 기습을 감행한 것이었다.

그러나 여자의 발은 그래도 슬쩍 빠져나간다. 게다가 속도는 전혀 늦춰지지 않았고, 지붕의 기와를 덜그럭덜그럭 기분 좋게 울리면서 질주를 계속했다.

"도대체 뭐야? 이 녀석!"

이로하도 지붕 위로 올라가면서 외쳤다. 호흡소리까지도 완전히 지워버린 것이다. 공격을 당하는 그 순간까지 여자도 이로하의 존재를 알아차리지 못했을 터. 공격을 눈 가장자리로 포착하고 나서 곧바로 발을 당겨 피했다. 그 반응속도 또한 심상치 않다.

이로하도 다시 가담하여, 급조된 동맹자 네 명이 사냥개처럼 따라붙는다. 그러나 여자와의 거리는 좁아지긴커녕, 서서히 더 벌어졌다.

"이봐, 너!"

조금이라도 주의를 끌려고 한 것이겠지. 루치엔이 외쳤으나, 여자는 돌아보지 않고 외투를 펄럭이며 또다시 사격을 피한다. 루치엔은 무슨 생각을 했는지, 이번에는,

"니(你. 이봐)!"

라고, 한어로 짐작되는 단어를 외쳤다. 여기에는 반응이 있었다. 여자가 흘낏 쳐다본 것이다. 갈색 피부에 청보석 같은 남색 눈동자. 역시 매우 단정한 이목구비이며, 뭐라 형용할 수 없는 운치조차 느껴지는 것 같았다.

"요우이거밍즈(有一個名字. 이름이 있는데)…."

여자는 뭔가 대답한다. 구슬을 굴리는 것 같은 낭랑한 목소리였다.

"역시 그런가."

루치엔이 코를 울리며 웃었다.

"저자도 청국인인가?"

슈지로는 혼잣말을 한 것이었으나,

"청국인 말고도 한어를 쓰는 자는 있으니까. 일본인이 아니라는 것은 확실하지만."

라고, 루치엔이 대답했다. 여전히 잘 나불거린다. 그러나 아까까지는 여유가 넘쳤으나, 지금은 긴박한 표정으로 변했다. 조금 더 거리가 벌어진다.

"부쉬파오(不許跑. 도망치지 마). 과이우(怪物. 괴물)."

대답이 돌아왔기 때문에, 루치엔은 더욱 조롱하는 듯한 태도로 부추겼다.

여자는 다음 지붕으로 가볍게 건너뛰었다. 그 와중에, 바람 위를 가면서 또렷하게 대답했다.

"워더밍즈스(我的名字是. 내 이름은)… 미후티(眠)."

"쩐더지아더(眞的假的. 설마 사실이야)? 왜 여기에…?"

루치엔은 눈빛이 바뀌며 놀랐다.

"뭔데?!"

이로하도 공처럼 점프하면서 허공에서 물었다.

"타이완의 전설이다!"

루치엔도 또한 하늘을 날면서 외쳤다.

"도대체 뭐야…?"

슈지로는 착지와 동시에 신음했다. 타이완은 안다. 류큐보다 훨씬 더 남서쪽에 있는 섬이다. 여자는 그곳 출신이라는 건가?

"4년 전, 타이완에 있을 때 들었다."

루치엔은 숨을 몰아쉬면서 빠른 말로 이야기했다. 타이완에는 정부는 없고, 16개의 부족이 각각의 토지에서 살고 있을 뿐. 그중 15개의 부족이 입을 모아 이야기했었다.

–산에 신이 산다.

라고. 그 신은 열 개 이상의 부족이 같은 기도를 할 때만 인간 세상에 나타나 그 소원을 이뤄준다고 한다. 그러나 열 개의 부족이 공통된 소원을 비는 일은 좀처럼 없어, 마을 장로들조차 그 모습을 본 적은 없다고 한다. 지난번에 모습을 보였던 것은 2백 년 전이라고도, 3백 년 전이라고도 하며, 전설의 영역을 벗어나지 않는다.

단지 전해지기로는, 신은 여자 모습이며, 사람보다도 키가 작고, 갈색 피부에 눈은 맑고 푸른 청보석 빛. 그리고 누구에게도 지지 않는 독보적인 강함을 자랑한다고 한다. 그 신의 이름이,

"미후티(眠)다."

루치엔은 헐떡거리며 말했다. 또 건물 틈새를 날았다. 달빛을 한 몸에 받으며 하늘에서 헤엄치는 모습은 용맹하고, 아름답고, 신성함마저 느껴졌다.

제 5 장

남북의 신

*

아뮤는 이제 열 살. 나이 차이가 많이 나는 오빠도 있지만 남동생도, 여동생도 있다. 이제는 누나이고 언니인 것이다. 걸핏하면 울어서는 안 된다. 그래도 긴장을 풀면 눈물이 나온다. 집으로 돌아가기 전까지는 울음을 그치려고, 일부러 천천히 걷고 있다.

"봤단 말이야."

꽤 길어진 그림자를 향해, 아뮤는 중얼거렸다.

오늘 부모님이 땔감용 나뭇가지를 모아오라고 시켰다. 아뮤는 땔감 모으기를 잘했으니까. 동생들은 물론, 오빠나 부모님한테도 뒤지지 않는다. 이쪽에 있을 것 같다, 저쪽에 쌓여 있을 것 같다, 그런 걸 왠지 알아버린다. 그래서 2년 전부터는 이 일은 완전히 아뮤가 하는 일이 되었다. 그 일을 하던 도중에 보고 만 것이다.

오래전부터 파이완족(排湾族)에는 산속에 여신이 산다고 전해진다. 아득한 옛날, 선조에게 농경을 가르쳐준 것도 이 여신이며, 지금도 일 년에 한 번은 제사도 지낸다. 높은 사람들 말로는, 이 땅에는 파이완족 말고도 몇 개의 부족이 있으며, 그들 대부분이 이 여신께 제사를 올리는 모양이다. 즉, 모든 부족 공통의 여신이라는 것이다.

아뮤가 봤다는 것은 그 여신이다. 열 살인 자기와도 크게 다를 것 없는 키, 젖은 것 같은 까만 머리카락, 바다를 방불케 하는 푸른 빛이 도는 눈동자, 커다란 천을 두른 것 같은 차림, 모든 것이 들었던 전설

그대로였다.

그것도 오늘이 처음이 아니다. 첫 번째는 뱀 둥지라고 불리는 동굴 근처에서. 이때는 혼자였다. 놀라 멍하니 서 있는 아뮤를 힐끗 보더니, 여신은 놀랄 만한 도약으로 바위 밭을 올라가, 나무들 틈새로 사라졌다.

두 번째는 새의 눈물이라는 이름이 붙은 가느다란 폭포 옆에서. 물을 끼얹고 있었다. 이때는 놀랍게도 세 명. 먼저, 여신이 한 명이 아니었다는 사실에 놀랐다. 그중 한 명은 지난번의 그 여신이었으며, 놀랍게도 그들에게,

"비가 온다. 지금 당장 돌아가."

라며 걱정해 줬다. 아뮤는 열심히 고개를 끄덕이고 순순히 돌아갔다. 다른 두 명이 그 여신에게 공손하게 대하는 것을 보아, 그 여신이 가장 지위가 높은가보다고 막연하게나마 생각했었다.

그리고 세 번째가 이번. 울창한 숲속에 작은 모습이 보였다.

"여신님!"

무엄한 짓이라는 것은 알면서도, 아뮤는 자기도 모르게 외치고 말았다. 실은 첫 번째도, 두 번째도, 여신님을 봤다는 걸 모두에게 말했었다.

그러나 특정 절차를 통하지 않으면, 여신은 결코 모습을 보여주지 않는다는 전승이 있다. 그 탓에 아이들은 아뮤를 거짓말쟁이라고 불렀고, 어른들은 불경스럽다고 심하게 꾸짖었다. 가족들까지, 경망스

러운 말을 하지 말라며 믿어주지 않았다. 아뷰는 분하고 또 분해서, 이번에 자기도 모르게 말을 걸고 만 것이다.

여신님은 돌아보더니, 느긋한 발걸음으로 다가와서,

"특이한 아이로군."

이라며, 구슬처럼 아름다운 목소리로 말했다. 여신님 말로는, 멀리 떨어져 있어도 인기척을 느끼기 때문에, 이렇게 마주치지 않도록 해 왔다는 것이다. 그러나 아뷰에게는 약간의 신비한 힘이 있어서, 여신님도 알아차리지 못하는 사이에 가까이 접근하게 된다. 그래서 이렇게 세 번이나 만날 수 있었다는 것이다.

"정말로… 여신님이세요?"

아뷰는 더듬더듬 물었다.

"그렇단다."

"저는…."

모두에게 거짓말쟁이 취급을 당한 것, 야단맞은 것, 가족들조차 믿어주지 않았다는 것. 그중에는 어차피 지어낸 이야기이며 여신 같은 건 없다고 주장하는 자도 있었다는 것. 아뷰는 그것이 분해서 견딜 수 없다는 것을, 봇물이 터진 듯 쏟아내고 말았다.

"그걸로 된 거야."

여신님은 자애 넘치는 웃음을 보였다. 자신들은 오랜 옛날부터 깊은 산속에서 살았고, 절대로 사람들의 마을에 모습을 보이지 않는다. 단지, 이 섬 사람들이 정말 곤란할 때만, 산에서 내려가 모습을 드러내고 소원을 들어준다는 약속을 오래전에 했었다. 지금 모습을 보이지 않는 것은, 지어낸 이야기라고 여겨지는 것은, 이 섬이 평안하다는 증거. 그러니 그것으로 된 거라고, 상냥하게 말해줬다.

"그래도…."

아뷰는 계속 말하려고 했으나, 여신님은 가만히 머리를 쓰다듬어주면서,

"이제 가거라."

라며, 부드럽게 미소 지었다.

아뷰는 마을로 돌아와 곧바로, 역시 여신님은 있었다고, 엄청나게 예쁘다고, 이번에는 이야기까지 해줬다고 들뜬 목소리로 말했다. 그러나 역시 반응은 마찬가지. 허풍이 더 심해졌다고 야유받았고, 어른들은 그만 좀 하라며 심하게 화를 냈다.

그래서 지금, 아뷰는 어깨를 축 늘어뜨리고 집으로 가고 있는 것이다. 젊어진 나뭇가지들이 서로 쓸리며 메마른 소리를 낸다. 그 소리 사이로, 코를 훌쩍이는 소리가 섞이고, 아뷰는 터벅터벅 집을 향해 걸어갔다.

*

마을이 떠들썩해진 것은 20일 후의 일이다. 어린아이인 아뷰조차 큰일이 났다는 것을 알았다. 아빠도, 엄마도, 경험이 없었다. 아니, 마

을 노인들도 이런 일은 처음이라고. 파이완족이 생겨난 이래 유례없는 위기라고 했다.

일의 발단은 3년도 더 전으로 거슬러 올라간다. 그러나 아뷰는 아무것도 몰랐다. 아뷰뿐만이 아니라 마을의 그 누구도 알지 못했다.

파이완족에게는 엄격한 신분제도가 있다. 이것은 다른 부족에는 없는 모양으로, 어쩌면 파이완족뿐인지도 모른다고 한다. 계급은 두목, 귀족, 용사, 평민. 크게 넷으로 나뉘며, 아뷰네는 평민이다. 따라서 아무것도 듣지 못했고, 알고 있던 것은 두목과 일부 귀족뿐이라고 한다.

3년 전, 배 한 척이 표류해왔다. 그들은 류큐라는 나라의 백성. 숫자는 66인이었다고 한다. 두목들은 그들을 붙잡아 심문했으나, 말이 통하지 않기 때문에 어찌할 도리가 없었다. 그런 가운데, 류큐 사람들은 탈주를 꾀했다. 두목들은 이것을 이유로 적이라고 판단하고, 쫓아가서 다시 붙잡아 차례로 목을 베어버린 것이다. 잔혹한지도 모르지만, 이것은 당연한 일이라고도 할 수 있다. 켕기는 것이 있으니까, 적이니까 도망치는 것이다. 파이완족에서는 예로부터 그렇게 가르쳐왔으니까.

그러나 이것이 끝이 아니었다. 적이 보복하러 온 것이다. 게다가 어째서인지, 류큐가 아니라, 일본이라 불리는 나라가―.

그것은 엄청난 숫자가 밀어닥친 모양이다. 게다가 쇠로 만든 배를 타고, 하나같이 벼락을 토해내는 통을 들고. 두목들은 바로 모여서 회의를 열고,

–고향을 지키기 위해 싸운다.

라는 결단을 내렸다. 귀족, 용사 계급은 물론이고, 평민 중에서 건장한 자는 전부 모이라는 명령이었다.

아뷰의 아빠, 오빠도 또한 출전하게 되었다. 아빠는 명백하게 긴장했으나, 오빠는 평소와 다름없는 태도로,

“걱정할 필요 없어.”

라며 아뷰를 향해 웃어주었다.

그것이 오빠의 마지막 말이 되었다. 파이완족은 결집해서 맞섰으나, 눈 깜짝할 사이에 괴멸했다. 일본의 강력한 무기 앞에서는 전혀 상대가 되지 않았던 것이다. 많은 사람이 죽고, 그 몇 배나 되는 자들이 다쳤다. 아빠도 빈사 상태로 마을 사람들에게 실려 왔다. 아빠의 말에 따르면, 오빠는 온몸이 벌집처럼 뚫려 죽었다고 한다.

파이완족은 멸망을 각오했으나, 일본군은 무슨 연유인지 금방은 공격해 오지 않았다. 해안 가까이에 주둔하며, 거기서부터 몇 개의 집단으로 나뉘어, 파이완족 이외의 부족도 공격하기 시작한 것이다. 일본은 파이완족과 그 이외의 부족을 구별하지 못한다. 혹은,

–모두를 제압한다.

라고 정한 건지도 모른다. 푸유마족, 타이야르족, 야미족, 사오족, 루카이족, 아눈족 등 많은 부족이 저항을 했다. 파이완족을 탓하는 일은 없었다. 일본은 그저 계기를 찾고 있었던 것뿐이고, 언젠가는 침략해 올 심산이었다는 것을 알아차린 것이다.

그러나 결과는 모든 부족의 참패. 일본한테는 이기지 못하고 수많은 피가 흘렀다.

그러고 얼마 후, 일본 사람들은 일부를 남기고 떠났다. 병으로 쓰러진 자가 많았기 때문인지, 아니면 다른 이유인지는 모른다. 나중에 알게 된 일인데, 애초에 일본은 파이완족에 대한 공격 그 자체가 목적이 아니었다고 한다. 청국, 류큐를 둘러싼 여러 가지 사정에 의해, 공격하는 것이 이익으로 연결되기 때문이었다고 한다.

그러나 일부 사람을 남겼다는 것은, 언젠가는 이 땅을 빼앗을 의지를 갖고 있다는 뜻이다. 각 부족의 장로들이 모여 금후의 대책을 논의했다. 강대한 전력을 보유한 일본에, 섬 부족들만으로는 절대로 이길 수 없다는 것을 깨달았다.

거기에서 생각한 것은 청국에 도움을 청한다는 것. 그러나 이 계획은 결실을 맺는 일은 없었다. 청국도 일본과의 일에 개입하고 싶지는 않은 모양이었다. 애초에 류큐인을 처형한 책임을, 일본은 청국에 추궁했다고 한다. 그러나 청국은,

–그 섬에 사는 것은 화외(化外. 문명권 바깥. 즉 법률, 도덕, 문명의 영향력이 미치지 않는 지역)의 자.

라며, 청국의 통치가 닿지 않는 섬이라고 대답했다는 것이다.

이미 할 수 있는 일이 없었다. 남은 것은 신에게 비는 것밖에 없다. 거기에 이르렀을 때, 한 장로가 갑자기 입을 열었다.

"…여신께 도움을 청하는 것은 어떤가?"

많은 장로들이 한숨을 내쉬었다고 한다. 요 수백 년 동안 여신을 봤다는 자는 없었다. 그저 전설일 뿐이라고, 장로들조차도 생각했던 것이다. 그렇기는 해도, 달리 방법도 떠오르지 않는 것이다. 슬픔과 불안에 휩싸인 모두의 마음을 진정시키기 위해, 그저 심적 위안이라도 된다면 – 하고, 장로들은 오래전부터 전해 내려오는 절차대로 제사를 올리기로 했다.

전설에서는, 제사 후 다음 보름달이 뜨는 날, '백보사(百步蛇)의 들판'이라 불리는 땅에 여신은 강림한다. 그때는 될 수 있는 한 많은 사람들로 제단을 둘러싸고 기다려야 한다. 각 부족에서는 사람들이 파견되었고, 가장 들판에 가까운 파이완족에서는 대부분의 사람들이 가게 되었다. 아뷰 또한 그중 한 명이었다.

그을린 듯한 아름다운 태양이 서쪽으로 떨어지고, 푸른 빛이 다가올 무렵에 백 개의 화톳불이 지펴진다. 이렇게 하고 기다리고 있으면, 여신이 소원을 들어주러 나타난다는 전승이다.

둥근 달이 서서히 하늘로 떠오른다. 그러나 아무리 기다려도 여신의 모습은 보이지 않는다. 점차 포기의 한숨이 그 자리를 지배해갔고, 어차피 전승일 뿐이라고 중얼거리는 자도, 미신에 매달릴 틈이 있으면 다시 한번 청국에 부탁해 봐야 한다고 호소하는 자도 있었다.

부족의 장로들이 모두를 진정시키려고 한 그때,

"앗."

하고, 한 명이 놀란 목소리를 냈다. 산에서부터 사람의 실루엣이 이쪽으로 다가오고 있는 것이었다. 모두 숨 쉬는 것조차 잊어버린 것처럼 지켜보는 가운데, 아뷰만은 눈물을 참고 아랫입술을 깨물었다. 아뷰만은 의심하지 않았다. 왜냐하면, 여신은 분명히 있으니까.

갑자기 사람들 무리가 갈라졌다. 그 가운데로 여신은 걸음을 옮겼다. 모두가 기도를 올린다. 그 목소리는 거대한 하나의 물결이 되어, 마치 섬 자체가 기도하는 것 같았다. 장로들은 고개를 깊이 조아리고 소원을 말했다. 이 섬을 일본으로부터 구해달라고.

"그 나라의 수장을 잠재우겠습니다."

여신은 맑은 목소리로 말했다. 일본의 수장에게 영원한 잠을 내려주겠다. 그것으로 섬을 포기하지 않으면, 다음 수장을. 또 다음 수장을. 몇 번이라도 잠재운다. 그러니 이곳에서 손을 떼라고 교섭하면 된다고.

다시금 일제히 사람들이 고개를 숙였다. 아뷰는 완전히 사로잡힌 듯 보고 있던 탓에, 사람들 중에 단 혼자만이 고개를 들고 있었다. 여신은 아뷰의 존재를 알아차리고,

"걱정할 것 없다."

라며, 그날과 똑같은 부드러운 미소를 보였다. 달빛을 받은 그 모습은 역시 아름다웠다. 지나치게 아름다워서, 자기도 모르게 눈을 가늘게 뜨게 되고, 그대로 잠이 들 것 같을 정도로. 이름은 미후티(眠). 이 섬에 오래전부터 전해 내려오는 여신이다.

1

역시 너무 빠르다. 발소리조차도 남기지 않는 것처럼 질주한다. 발이 허공에 떠 있는 것 같은 착각조차 들 정도다.

"제기랄!"

한순간의 정적을 깨고, 큰소리로 욕설을 내뱉은 것은 지켄. 여자는 이미 20미터 앞까지 다가와 있다. 지켄은 몸을 돌려 도망치는 것을 택했다.

"기다리라고! 네가 도망치면 위험해!"

루치엔은 황급히 손을 뻗어 말렸다.

독의 효과도 나타나기 시작했다. 슈지로도 이미 손끝이 저리기 시작한 것을 느꼈다. 루치엔도 괴로운 표정. 감각을 유지하기 위해 손가락을 항상 오므렸다 폈다 하면서 달리고 있다.

이 여자가 정말로 '미후티'라 불리는 타이완의 전설의 여신인지는 모른다. 그러나 이 자리에 있는 누구보다도 민첩하다는 것만큼은 분명. 이 자리의 그 누구도 따라잡지 못한다.

체력이 바닥나는 것을 기다리는 수밖에 없지만, 만약 그것도 저쪽이 더 위라면 이미 끝일 뿐. 해치우기 위해서는 원거리 공격, 즉, 지켄의 존재가 불가결한 것이다.

"계속 쏴!"

슈지로는 외쳤다. 지금은 협력해야 한다. 그러나 지켄은 귀를 기울이지 않고 지붕에서 뛰어내려 도망쳤다. 이렇게 되면 미후티는 어떻게 할까?

"쫓아가라."

루치엔은 낮은 목소리로 말했다.

그것이 최선이다. 미후티는 움직이기 시작하고 나서는 독을 뿌리지 않는다. 그러나 낮은 곳으로 이동하면, 다시 독을 뿌려도 퍼지는 범위는 좁아진다. 게다가 미후티는,

– 그리 강하지 않다.

라고, 생각한다. 아니, 엄밀히 말하자면 미후티는 강하다. 그러니까 이토록 고전하고 있는 것이다.

그러나 이렇게 독을 이용한 전술을 취하는 것, 특기인 빠른 발과 가벼운 몸놀림으로 거리를 벌리려고 하는 것을 봐서, 접근전은 자신이 없는 것 아닐까?

그러니 더욱 미후티를 따라잡아 접근전이 되면, 지켄의 총검 실력이라면 이길 가능성이 크다. 이기지 못하더라도 시간을 벌 수 있으면, 쫓아가서 일제히 공격할 수가 있다. 따라서, 미후티가 지켄을 쫓아가길 바랐다. 루치엔의 그 일념이 자기도 모르게 입에서 흘러나왔다는 것이다.

"좋았어."

슈지로는 내쉬는 숨결에 덧붙이는 것처럼 중얼거렸다. 미후티가 다

리를 교차시켜 진로를 약간 꺾었다. 지켄을 쫓아갈 생각이다.

"온다."

이로하가 날카롭게 말했다. 도대체, 뭐가 오는 건가? 갑자기 하늘을 선회하는 그림자로 인해, 그 답은 1초도 채 지나지 않아 판명되었다.

도망칠 생각이었지만, 혼란이 다가오자, 생각을 바꾼 것이겠지. 아까 뛰어넘어온 건물들 틈새. 그중에서도 제일 좁은 부분을 발견해서, 등과 두 다리로 몸을 받치고, 사냥감을 엿보는 늑대처럼 대기하고 있었던 것이다.

밑에서부터 처마 끝을 잡고 발로 벽을 박차고는 지붕 위로 날아오른다. 지쿠마루 스즈스케, 이아이발도의 묘수. 하늘에 몸이 떠 있을 때부터 그 손은 이미 칼자루를 잡고 있었다.

"죽어라."

지쿠마루의 중얼거림이 먼저인가, 지붕이 울리는 것이 먼저인가, 혹은 어둠 속에서 빛이 번쩍인 것이 먼저인가. 거의 동시였을 것이다. 지쿠마루의 허리춤에서 빠져나온 칼이 날카로운 송곳니처럼 미후티를 덮쳤다.

"뭐…?"

지쿠마루의 놀란 목소리. 높고 시끄러운 소리, 이것도 또한 동시. 지쿠마루의 칼날과 미후티의 목, 그사이에 파고든 것은, 본 적도 없는 초승달 같은 형태의 검. 미후티가 막아낸 것이다.

"칫."

미후티의 차가운 시선에 압박당한 것처럼, 지쿠마루는 뒤로 점프하며 칼을 당긴다. 이아이발도에 능한 자는, 뽑은 후에 약체화하는 일이 종종 있다. 그러나 지쿠마루는 칼집에 넣는 것도 기이할 정도로 빠른 속도. 다음 순간에는 이미 칼이 칼집으로 들어가고 있었다.

그러나 칼이 근처까지 들어가는 일은 없었다. 검신이 반 정도까지 들어갔을 때, 미후티가 용수철처럼 뛰어올라 지쿠마루에게 접근한 것이다.

지쿠마루는 장도를 포기하고 협차에 손을 뻗었다. 그래도 미후티가 빠르다. 휘어진 검이 목덜미를 찢고 선혈을 뿌렸다.

"끅…."

흐르는 피를 쓸어모으는 것 같은 동작을 하며, 지쿠마루는 기와 위에 털썩 무릎을 꿇었다. 다음 순간, 미후티의 검이 다시금 일그러진 곡선을 그린다. 목에 건 목패의 끈을 끊은 것이다. 번호는 '1'. 상당한 자신감을 갖고 의기양양하게 참가했다는 것을 알 수 있었다.

더욱이 품에서 목패를 꺼낸다. 또렷하게 보였다. 흰색과 붉은색, 전부 합쳐서 14점. 미후티가 목패를 빼앗은 직후, 지쿠마루의 무릎은 이미 힘을 잃고 엎어지는 자세로 쓰러졌다. 그 기세 그대로 지붕의 기왓장 위를 미끄러진다. 지쿠마루는 희미한 목소리로,

"스… 승님…."

이라고 중얼거리며 칼집에서 뺀 칼과 함께 아래로 떨어졌다. 지쿠마루가 땅에 침몰하는 둔탁한 소리와 동시, 미후티는 검에서 뚝뚝 떨

어지는 피를 허망한 듯 털어냈다.

"이 녀석."

루치엔은 짜증스럽게 내뱉었다.

"강하다."

"상당히…."

슈지로의 말을 보충하는 것처럼, 이로하는 밉살스럽다는 듯이 말했다.

근접전으로 몰아붙이면 편하게 쓰러뜨릴 수 있을 거라고, 모두가 잘못 예측한 셈이다. 그 지쿠마루의 기습을 막고 반격할 정도로 미후티는 탁월한 검기를 보유했다. 그래도 셋이서 덤벼들면 이길 수 있을 거라고는 생각했는데, 순식간에 제압할 수 있을 거라고는 장담할 수 없다. 그 빈틈을 노려 또 도망친다면, 마침내 감당할 수 없게 된다.

이미 지켄은 골목 속으로 숨어들었다. 미후티는 다시금 지붕 위를 똑바로 돌진하기 시작했다. 지켄을 쫓는 것을 포기하고, 우리에게서 도망치는 데 전념한 것이다.

"역시 날리는 무기가 있어!"

루치엔이 외쳤다. 지쿠마루를 해치우고도 더욱 가속. 숨이 찬 기색은 전혀 없고, 체력도 보통이 아니라는 사실에 절망했다.

"당신은?"

조금이라도 거리가 벌어지지 않게 하려고, 슈지로는 다리를 움직이면서 물었다.

조금 전, 루치엔은 권법 외에도 창과 사슬낫을 근사하게 다루는 모습을 보였다. 다른 무기에도 정통한 것 아닐까, 생각한 것이다.

“눈치챘나? 대개는 쓸 수 있다. 먼 곳을 노린다면 활, 석궁, 센켄인가. 그래도 활이나 석궁은 갖고 있는 게 없고, 센켄은 어차피 닿지 않아.”

총 혹은 활 조달부터 시작해야만 한다. 아니면, 미후티가 동쪽을 향하여 이동하고 있으니, 후타바, 신지로와 합류한 후에 역참 서쪽으로 일단 후퇴하는 방법도 있다. 그러나 그래서는 결국 목패를 채우지 못하여 앞으로 나아갈 수 없게 된다.

역시 전자밖에 없다고 판단했을 때, 마치 슈지로의 생각이 전달된 것처럼, 밤하늘에 유성처럼 한줄기 선이 지나갔다.

“화살이다!”

루치엔이 눈을 크게 뜨고 외쳤다. 화살이 향하는 곳은 우리 쪽이 아니다. 앞에서 달리는 미후티에게. 미후티는 퍼뜩 놀라 상체를 젖혀 피했으나, 다리가 둔해져, 약간이지만 차가 좁혀졌다.

“활시위 소리는 저쪽!”

이로하가 사스가로 방향을 가리켰다. 큰길을 사이에 끼고 맞은편 건물 지붕에 사람 그림자. 슈지로는 그 용모까지 볼 수 있었고, 무엇보다 그 기이한 복장은 분명 고독에 한 명밖에 없다.

“가무이코차!”

스즈카 고개에서 만났던 아이누의 궁수다. 미후티의 눈앞을 화살이 지나갔을 때는, 이미 또 활시위를 당기고 있었다.

화살이 오월의 밤하늘을 날아간다. 여전히 경이적인 정밀도로, 미후티의 가슴팍 중앙을 향하여 날아갔다. 미후티는 오른쪽 어깨를 당기고 몸을 폈다. 그러나 화살도 바로 직전에 그 움직임을 쫓아가는 것처럼 궤도를 틀어, 미후티의 어깨를 스치고 외투를 찢었다.

"――――――."

미후티는 뭔가 말했다. 루치엔도 반응하지 않는 걸 보니 한어는 아니다. 모르는 언어라 의미는 모른다. 그렇기는 해도, 처음으로 표정이 어두워진 것을 봐서도, 가무이코차의 실력에 놀라는 것은 분명. 잠시 멈췄던 다리를 다시금 약동시켜 화살의 공격을 떨어내려고 했다.

그러나 가무이코차는 잠시의 시간도 주지 않는다. 두 번째의 사격 후, 곧바로 화살통에서 다음 화살을 꺼내, 입으로 깃털을 핥는 것처럼 하고는 시위에 끼웠다.

"저것은."

슈지로는 중얼거렸다. 본 기억이 있다. 이것도 스즈카 고개에서 보여준 기술. 깃털을 핥아 적심으로써 화살의 궤도를 구부러지게 하는 것이다. 시위에 건 화살은 두 개. 가무이코차의 손가락에서 해방되자, 각각 다른 곡선을 그리면서 날아간다.

미후티에게 달려드는 두 개의 화살. 그것은 한 쌍의 제비를 방불케 했다. 화살 하나는 지금 있는 장소에, 두 번째는 미후티의 약간 앞에.

멈추면 옆구리에, 앞으로 가도 허벅지 부근에 맞게 된다. 남은 것은 후퇴하는 것이지만, 그래서는 더욱 우리와 거리가 좁아진다. 미후티는 턱을 당기고,

"칫."

하고 혀를 차는 소리를 냈다. 물러서지 않고 앞으로 나간다. 단, 가는 것은 허공이다. 머리부터 뛰어드는 것처럼 해서 앞쪽의 화살 위를 넘었다. 화살은 펄럭이는 외투 자락을 뚫고 어둠 속으로 사라졌다. 미후티는 구르는 것처럼 하다가 일어서더니, 그 기세를 살려 계속 달렸다.

2

"나보다도 잘하네. 누군지 아나?!"

루치엔은 흥분을 감추지 못하는 것처럼 물었다.

"가무이코차. 신의 아이라고."

"이름에 부끄럽지 않은 솜씨다. 이길 수 있겠어."

"아아, 간다."

가무이코차가 공격할 때는 미후티는 아무래도 발의 움직임이 둔해진다. 두세 번만 더 이것이 계속되면, 따라잡을 거리까지 갈 수 있다.

단, 표적을 우리 쪽으로 바꾸지만 않는다면-.

"부탁한다."

자기도 모르게 입에서 말이 흘러나왔을 때, 가무이코차가 다시금 화살을 쐈다. 이번에는 세 개. 그러나 이번에는 동시가 아니라, 손이 번져 보일 정도의 속도로 연속으로 쐈다.

"이것은."

내 바람이 닿은 것인가? 아니면, 가무이코차도 독의 맹위를 느낀 건가? 이 공격은 우리 중 누군가를 목표로 한 것이 아니다. 노리는 것은 여전히 미후티였다.

세 개의 화살은 미후티가 전진하는 1, 2, 3미터 앞에. 놀랍게도 활이라는 무기로, 점이 아닌 선으로 적을 포착할 셈인 것이다.

미후티에게 남은 길은, 멈춘다, 떨군다, 피한다. 그 세 종류뿐. 어느 쪽이든 거리는 상당히 좁혀진다. 아니, 이것으로 우리의 칼이 닿는다.

"여기까지다."

이로하가 필살을 확신했으나, 미후티가 선택한 것은 네 번째 선택지. 발꿈치를 틀어 몸을 돌려, 이쪽을 향하여 온 것이다.

"무슨-"

루치엔도 이것은 예상치 못했던 모양이다. 나도, 이로하 또한 마찬가지. 루치엔의 돌려차기를 밑으로 빠져나갔고, 이로하의 사스가는 살짝 못 미쳤고, 내 검을 뛰어넘어, 미후티는 그대로 지붕을 버리고 길로 내려섰다.

"되돌아가는 거야…?"

이로하는 경탄의 목소리를 냈다. 지금까지 서에서 동으로 달려온 것이다. 미후티는 도주 도중에 지쿠마루의 목패를 빼앗음으로써 이대로 역참을 빠져나가는 동쪽으로 나갈 수도 있었다. 따라서 왔던 길로 되돌아가는 일은 없을 거라고 어딘가에서 그리 생각했었다.

"그런 건가?"

슈지로는 신음했다. 미후티에게는 다른 속내가 있다. 동으로 향했다는 것은, 우리는 항상 바람이 불어오는 쪽에 있던 것이다. 미후티는 그동안에는 독을 일절 사용하지 않았다. 미후티는 다시금 바람이 부는 방향을 차지하고 독을 쓸 생각. 이 역참에서,

–승부수를 던진다.

그럴 작정이다.

"쫓아간다!"

루치엔은 제일 먼저 지붕에서 뛰어내렸고, 슈지로, 이로하도 뒤따랐다. 그것을 또 화살이 추월했다. 버들잎처럼 늘어지는 곡선을 그리면서.

그러나 미후티는 달리면서 보고 있다. 가무이코차만을 경계하는 것처럼. 갑자기 미후티의 달리기가 벼락처럼 날카롭게 꺾이고, 화살은 허망하게 땅에 박혔다. 지붕에서조차 놀라운 움직임을 보였다. 발밑이 안정되니 더욱 기민해진 것이다. 그러나 아직 놓친 것은 아니다.

"막겠습니다."

씩씩한 목소리. 언월도를 옆구리에 끼고 계속 아래 길 쪽에서 쫓아온 가에데였다. 아이즈와 타이완. 평생 만날 일 없었던 두 여자가 대립의 역참에서 격돌한다.

언월도의 번쩍임. 그 이후, 초승달이 땅에 떨어져 날뛰는 것처럼, 잘게 맹공을 감행한다. 미후티의 검 사정거리에조차 들어가게 하지 않는다. 말 그대로, 자기가 해치운다기보다, 미후티의 발을 묶어놓는 것을 우선시한 공격이다.

"좋아, 그대로-"

루치엔이 말한 그때, 갑자기 안개가 낀 것처럼 시야가 흐려졌다.

"가에데! 도망쳐!"

슈지로는 외쳤다. 미후티가 외투 속으로 손을 집어넣더니, 정체 모를 가루를 뿌린 것이다. 가에데는 격하게 기침하며 무릎을 꺾었다.

가루를 뿌리는 것과 동시에, 미후티는 목깃을 올리고 입가를 가렸다. 더욱이 숨까지 멈추고 있던 것이겠지. 괴로워하는 가에데 옆을, 낮은 자세로 빠져나갔다.

"피해!"

이로하가 외쳤다. 지금, 이쪽은 바람이 향하는 쪽. 뿌린 가루는 이쪽으로도 흔들리며 다가온다. 모두가 길가 양옆에 붙어 몸을 굽혔다. 대단한 양은 아니었던 모양으로, 불과 10초 정도가 흐르자, 밤 속으로 녹아드는 것처럼 사라졌다.

"가에데!"

가루가 다 지나가자마자, 슈지로는 가에데에게로 달려갔다. 가에데는 지팡이처럼 짚고 있던 언월도를 잡아당기려고 했다. 역시 나까지 경계하는 것이다.

"아무 짓도 하지 않는다."

말이 어느 정도 의미가 있는 걸까? 슈지로는 최소한으로 말하면서 달려갔다.

"실패했습니다…."

가에데는 거친 호흡을 몰아쉬면서 가녀린 목소리로 말했다.

"보여 봐."

"…의사님이신지요?"

"아니, 아내가 의사인 것뿐이다. 이로하, 거기 물을."

방화용의 커다란 통에 담긴 물을, 이로하는 휴대용 들통에 떠서 갖고 왔다. 슈지로는 그것으로 가에데의 입을 헹궈냈다.

"죽습니까…?"

"아니, 죽을 정도의 독은 아닐 것이다."

시노에게서 들은 적이 있다. 그런 독을 흡수했을 때의 증상과는 다르다. 그리고 만약 그렇다면 이미 가에데는 죽었을 것이다. 분명 아까 피웠던 향 독과 같은 것이 아닐까? 그것을 가루째로 흡입한 것이니 영향이 더 큰 것이리라.

"아키쓰 님은 다행히 바람이 불어오는 방향에 있었다. 거의 흡입하지도 않았을 터."

"네…. 한 호흡 정도 들이마셨지만, 바로 숨을 멈췄습니다."

가에데는 긴 속눈썹을 잘게 떨면서 고개를 끄덕였다.

미후티는 바람 반대쪽에서부터 바람이 불어오는 쪽을 향해 분말 독으로 공격했다. 바람이 결코 세지 않았던 데다가, 숨을 멈추고 있었기는 해도, 자기에게도 독이 쏟아질 수도 있었다. 미후티 입장에서도 고육지책이었으며, 그 정도로 궁지에 몰렸다는 증거라고도 할 수 있다.

"움직일 수 있나? 저기 기대어 좀 쉬어."

슈지로는 가에데의 어깨를 부축하면서 재촉했다.

"저는 상관 말고 빨리…."

"아니, 이제 힘들어."

미후티는 이미 콩알만 한 크기로 보였고, 더욱이 지금 또 지붕 위로 올라가려고 한다. 이제 따라잡을 수 없다. 이로하도 그렇게 판단하고, 달리는 것을 멈추고 다가왔다.

"…난이지바이(難以擊敗)."

루치엔이 머리를 긁적이면서 중얼거렸다.

"뭐라고?"

"만만치 않다고."

"그래, 상당히 골치 아프다."

슈지로는 고개를 끄덕였다. 미후티는 무술도 강하다. 단, 그것뿐이라면 루치엔도 마찬가지고 과거에도 그런 상대와 싸웠던 적은 있다.

그러나 미후티 같은 공격을 감행해 오는 자는 과거 한 번도 만난 적이 없었다.

"오오, 신의 아이…."

루치엔이 태평한 태도를 되찾으면서도 경계심을 풀지 않고 주먹을 들었다. 가무이코차가 지붕에서 뛰어내려, 땅에 박힌 화살을 뽑으면서 다가오고 있었던 것이다.

"가무이코차…."

얼굴을 마주한 것은 스즈카 고개 이후 처음. 아까는 함께 미후티를 노렸으나, 이쪽으로 표적을 바꾸지 않는다는 보장도 없는 상황이다.

"싸울 마음은 없다. 그 여자를 막지 않으면 큰일이 난다."

가무이코차도 같은 생각이라는 것에 일단 안도했다.

"당신도 목패가?"

"응. 부족하다. 역참 동쪽 지붕에 숨어서 대기하고 있었다."

"그렇군. 남은 한 명이네. 호흡소리조차 거의 들리지 않았어."

이로하가 납득했다는 듯이 말했다. 한 명은 더 있다고 이로하는 짐작했었으나, 지금까지 모습을 볼 수는 없었다. 그것이 가무이코차였다는 것이다.

"얕고 길게. 사냥할 때는 그렇게 한다."

"어째서, 동쪽에?"

슈지로는 물었다. 이미 목패를 다 모은 자, 이 역참에서 모은 자, 어느 쪽이든 검사를 마치면 바로 역참을 벗어나겠지. 적을 기다린다면,

역참 입구인 서쪽이 좋다고 생각하는데.

"짐승은 사냥감을 잡았을 때가 가장 경계가 느슨해진다. 그것은 사람도 마찬가지다."

"그런 건가?"

고독 참가자에게 있어서 사냥감이란 목패. 목패를 다 모으고 역참을 나가려고 할 때, 방심이 생겨나는 순간을 노릴 속셈이었다는 것이다.

"너희가 숙소에 들어가는 것도 봤다. 두 사람이 나가는 것도."

"공격할 때를 살피고 있었나?"

"잊었나? 아이와… 후타바와 있는 한은 노리는 일은 없다고 말했을 텐데."

이미 숙소를 파악했고, 나와 이로하가 숙소에서 나온 것도 알고 있다. 후타바와 신지로를 노릴 생각이었다면 절호의 기회였을 테지만, 노리지 않았다. 전에는 반신반의했었으나, 가무이코차의 말은 진심으로 봐도 틀림없다.

"지금까지 뭘 하고 있었나?"

슈지로는 조용히 물었다. 납득이 안 가는 점이 있다. 이 역참 소동 중에 가무이코차가 지금까지 무엇을 하고 있었는지, 그것이다. 분명 싸움 근처에도 오지 않았었다.

"떨어져 있었다."

"우리 숙소 앞에서 감시하고 있었나?"

"그렇다."

가무이코차는 태연하게 인정했다.

"돌아올 때 쏠 생각이었겠군."

아까 말했던 사냥 이야기. 우리가 목패를 얻어 숙소로 돌아올 때가 바로, 경계가 느슨해질 때라고 보고 기다리고 있었다는 뜻이 아닌가?

"몇 번이나 말하게 만들지 마라. 왜인은 의심이 많다."

가무이코차는 어이없다는 듯이 중얼거렸다.

"그럼 어째서, 숙소 앞에 있었나?"

"바로 뒤에 무서운 남자가 다가갔다."

이 여행 중, 가무이코차는 많은 강적을 봐왔다고 한다. 그중 한 명이 이 시마다 역참 바로 근처까지 와 있었다. 발견되면, 후타바나 신지로로는 만에 하나도 승산은 없다. 그래서 나와 이로하가 나와버리자, 숙소에서 쉽사리 벗어날 수가 없었다고 말했다.

"즉… 지켜줬다고?"

가무이코차는 아무 대답도 하지 않고 하늘을 올려다봤지만, 그게 맞는 모양이다.

"미안하다."

슈지로가 사과하자, 가무이코차는 시선을 떨구며 대답했다.

"보통이라면 숙소에 틀어박혀 있으면 눈치채지 못한다. 하지만 그 남자라면 냄새 맡을지도 모른다고 생각했다. 그야말로 짐승처럼."

"그 남자, 노인?"

이로하가 곧바로 끼어들었다. 오카베 환도재가 머리를 스친 것이다.

"아니, 아니다."

"그럼, 오른쪽 빰에 상처가 있는 남자인가?"

"그것도 아니다. 그쪽은 지류 역참에서 싸웠었다."

"간지야 부코쓰로군…."

"사악한 남자다."

지류 역참에서 세 명의 난투가 있었다는 것을 떠올렸다. 풍채, 용모 등으로 부코쓰와 진로쿠. 그리고 나머지 한 명이 바로 이 가무이코차라고 짐작했던 것을.

"한 명 더 있었겠지? 그것은 진로쿠라고 하는 내 동생이다."

슈지로가 다그치듯이 묻자, 가무이코차는 버들잎처럼 눈을 가늘게 떴다.

"동생이었나… 무사하다. 그자를 쏘려면 상당히 궁리해야 한다."

가무이코차는 다시 정리하는 것처럼 말을 이었다.

"그 부코쓰도 아니다. 더 젊은 남자다."

슈지로는 미간에 주름을 잡고, 이로하는 고개를 절레절레 흔들었고, 루치엔은 고개를 갸웃거렸다. 가에데도 또한 씁쓸하게 턱을 좌우로 살짝 흔들었다. 아무도 짐작 가는 바가 없는 것이다. 아직 만난 적이 없는 강자가 남아 있다는 뜻인 모양이다.

"후타바를 신경 써주는 것은 알겠다. 그러나 여기에 온 이유는?"

"그럴 때가 아니라고 생각해서."

가무이코차는 독을 사용하는 적이 있다는 것, 그자를 배제하기 위해서 역참 안의 참가자가 몰려간 것, 난투가 시작된 것, 숙소에 붙어 있었으면서도 그 모든 것을 알았다.

그리고 독을 멈추게 하지 못했다는 것. 더욱 강력한 독을 뿌리기 시작한 것도 알아차렸다고 한다.

"용케 알았네."

"바람 냄새가 변했다."

자기였다면 숙소 쪽에서는 전혀 깨닫지 못했을 터. 아이누 민족이 모두 그런 건지, 아니면 가무이코차가 특별한 건지, 아무튼 보통 사람보다 뛰어난 후각을 보유한 모양이다.

"적이 상당히 빠르다는 것도 들었다. 더욱 강한 독을 뿌리면 결국은 끝장…. 위험은 따르지만, 나도 가담할 필요가 있다고."

가무이코차는 달려온 이유를 군더더기 없이 간결하게 말했다.

"잘 알았다. 그렇다면, 함께 싸워준다는 뜻으로 받아들여도 되나…?"

"그럴 생각이다. 한시라도 빨리 배제해야 한다. 그녀도 여유는 없다. 다음은 무차별로 죽이는 독을 뿌릴지도 모른다."

가무이코차도 또한 미후티가 여자라는 것을 알고 있었다. 배제한다고 말한 것은, 죽이는 것뿐만이 아니라, 쫓아낸다는 것도 선택지에 포함되어 있기 때문이겠지.

"역참에서 바람이 불어오는 끝쪽. 원래 있던 서쪽. 분명 거기로 돌아갔어. 가자.”

이로하가 서두르는 것처럼 재촉했다.

“아키쓰 님.”

“강한 독을 뿌리면 저도 끝입니다…. 상관 말고 적을.”

가에데는 늠름하게 주장했다. 그 얼굴은 아직도 회복되지 않아 흙빛이었으나, 거칠었던 숨소리는 많이 가라앉았다.

“그 골목에 들어가 있는 게 좋아.”

가무이코차가 말한 다른 강자가 올 수도 있고, 지켄이 돌아올 가능성도 있다. 슈지로는 어깨를 부축해 주며 가에데를 골목 안에 숨겼다.

“자, 어떻게 할래? 사방에서 공격해봤자 아까의 전철을 밟을 뿐이다. 전철… 전철… 맞지?”

루치엔은 중얼중얼 혼잣말하면서 모두를 둘러봤다.

“그래, 미후티는 그리 간단히 포위할 수 있는 속도가 아니야. 중요한 것은 가무이코차….”

슈지로는 거기에서 말을 끊고,

“그리고 이로하. 너다.”

라고, 이로하에게 말했다.

3

슈지로 일행은 다시 서쪽으로 갔다. 이 역참에서는 정신없이 대립과 결속이 반복되어왔다. 슈지로, 이로하, 루치엔, 가무이코차. 분명 이것이 결속의 최후 형태가 될 것이다.

반면, 누구와도 함께 하는 일 없이 고고함을 관철하는 것이 미후티. 타이완의 전설인가? 그 이름을 사칭하는 것뿐인가? 애초에 진짜 타이완 사람이긴 한가?

진실은 영원히 알 수 없겠지. 이것은 오늘에 국한된 것은 아니다. 지금까지도 계속 그래왔다. 어디의 누구인지도 모르는 자의, 어떤 과거를 짊어졌는지도 모르는 자의 목숨을 빼앗는다. 그것이 전쟁이라는 것이다.

단 한 가지 알고 있는 것은, 미후티는 이 역참에 있는 모든 사람에게 맹위를 계속 떨치고 있다는 것. 그것을 막지 않으면, 죽는 것은 우리라는 것뿐이다.

멀리 미후티가 보였다. 역시 도망가지 않았다. 또 지붕 위. 바람의 흐름을 읽은 후의 판단이다. 처음과 많이 다르지 않은 위치에 서 있고, 흔들흔들 외투 자락이 나부낀다.

"갈까?"

슈지로는 길가로 걸음을 옮기면서 말했다.

"손해 보는 역할이네."

대답한 것은 루치엔. 엄밀히 말하자면, 옆에는 루치엔밖에 없다. 가무이코차는 조금 뒤의 지붕 위에. 이로하는 1정 전에 갈라졌다.

"미후티를 막고 나면 어떻게 할 건가?"

진심을 말할 거라는 보장은 없으니, 물어봤자 의미가 없다. 우문이라는 것을 알면서도 어째서인지 질문해 버렸다.

"그쪽에는 여동생도 있다. 내가 불리해. 그래도…."

"그래도?"

슈지로는 앵무새처럼 되묻는다.

"슈지로 씨와는 싸워보고 싶기도 하네."

루치엔은 장난스럽게 이빨을 보였다.

"여기가 아니라도. 어차피… 언젠가는."

"뭐, 끝나고 나서 생각하지."

루치엔은 구애받지 않고 말하더니, 가슴 가득 숨을 들이켰다가 가늘게 내뱉었다.

"알겠다."

"즈다오러(知道了)."

분명 같은 의미. 두 개의 언어가 겹친 다음 순간, 바다를 사이에 두고 태어난 두 사람이 함께 달려갔다. 미후티와의 거리가 점점 좁혀진다.

그러나 역시 움직이지 않는다. 또 아슬아슬한 지점까지 유인했다가 도망칠 속셈인가? 아니, 그게 아니다. 미후티는 여기에서 반격할 계획이다.

눈앞에 향로 같은 것이 놓여 있다. 이번에는 세 개. 미후티가 재빨리 뚜껑을 열자, 연기가 뭉게뭉게 둥글게 피어오르는 것도 잠시, 곧 바람에 날려 흐르기 시작했다. 방향은 남동. 밤하늘에 세 줄기의 하얀 선을 그은 것 같다.

저번 것과 색감이 약간 다른 것처럼 보이기도 했다. 그러나 아무리 추측해 봤자 연기의 효능 같은 것을 알 수 있을 리도 만무하다. 들이마시면 끝장. 그렇게 생각하고 움직이는 수밖에 없다.

그것도 또한 미후티가 노리는 바다. 이 연기가 미지의 것인 이상, 바람 아래에서 공격하는 것은 무모하다. 독이 닿는 범위조차 불명이긴 하나, 우회하려고 해도 일정한 간격을 둬야만 한다. 미후티에게 있어서 이 연기는 공방일체의 벽이 되었다.

"다니(打你. 너 때린다)."

루치엔이 도발을 날리면서 지붕으로. 슈지로는 몸을 낮추고 떠도는 연기 밑을 지나, 미후티보다 서쪽으로 길가를 달린다. 지난번과는 두 사람의 역할이 반대. 더욱이 이번에는 미후티의 속도를 고려하여, 우회하는 것보다 빨리 동쪽으로 가는 퇴로를 막았다. 미후티는 남쪽 큰길가나 북쪽 샛길로 도망치는 수밖에 없는 구도가 되었다.

그러나 길가로 내려가기는 고사하고, 지붕 가장자리에도 다가갈 수 없다. 가무이코차가 쉴 새 없이 화살을 쏘고 있기 때문이다. 오른쪽으로 피하면 오른쪽으로, 왼쪽으로 피하면 왼쪽으로. 미후티는 그 자리에 묶여버렸다.

"루치엔!"

슈지로도 서쪽에서부터 지붕 위로 올라갔다. 동서 양쪽에서 협공하는 모양새. 그때, 가무이코차의 화살이 향로 중 하나를 날려버렸다. 향로는 연기를 두르면서 허공에서 돈다. 미후티는 그것을 외투로 쳐냈다.

-할 수 있어.

슈지로는 루치엔과 눈짓을 하며 고개를 끄덕였다. 만약 이 독이 즉사할 정도의 것이라면, 미후티는 뒤로 펄쩍 뛰어 물러섰겠지. 쳐버렸다는 것은, 그 정도까지는 아니라는 증거. 단숨에 승부를 걸면 영향은 거의 받지 않는다.

슈지로와 루치엔의 거리는 20미터. 미후티는 거의 중앙. 앞으로 점프해서 도망치면, 허공에서 가무이코차의 화살의 먹이가 된다. 미후티에게 남은 길은 대기했다가 싸우든가, 북쪽에서부터 지붕에서 내려가거나. 미후티는 후자를 선택하려고 했으나, 이쪽도 사전에 손을 써뒀다.

"끝이다."

이로하가 쓱 지붕 위에 나타나, 왼손의 사스가로 덮쳤다. 녹존으로 발소리를 지우고 접근한 것이다.

그러나 미후티는 놀란 기색은 없다. 이로하가 기척을 지우는 것이 특기라는 것, 집단 속에 없다는 것은 알고 있었다. 그리고 슈지로나 루치엔보다는 쓰러뜨리기 쉬운 상대라는 것도―.

미후티가 퇴로를 개척하기 위해 곡도를 겨눈 그때였다. 가무이코차의 화살이 웅웅 소리를 내며 날아왔다.

"무슨…?"

이로하가 경악하고, 슈지로, 루치엔이 다 같이 시선을 향했다. 가무이코차는 활을 겨눈 자세 그대로, 차갑게 이쪽을 응시하고 있다. 쏜 화살은 미후티에게 맞지 않았다. 이로하의 가슴으로 빨려 들어간 것이다. 이로하는 화살을 움켜잡으면서 털썩 무릎을 꿇더니, 지붕에서 미끄러져 모습이 보이지 않게 되었다.

"가무이코차!"

슈지로는 격앙된 목소리로 외쳤다. 가무이코차의 궁술은 그야말로 신의 영역. 조준에 실패해서 이로하에게 맞아버린 것이 아니다. 즉 이로하를 노린 화살이라는 것. 슈지로가 진로를 바꿔 가무이코차를 향해 가려고 하는 것을,

"안 된다! 먼저 이쪽을!"

이라고, 루치엔이 필사적인 얼굴로 말린다. 또 화살. 이것은 미후티를 향한 것. 가무이코차는 미후티와 둘이 짠 것도, 같은 편도 아니라는 것. 미후티는 동료끼리 갈라선 사실에 약간 놀란 기색이긴 했으나, 사태를 금방 파악하고 이 화살도 목을 흔들어 피했다.

내 쪽을 향할까? 루치엔 쪽인가? 아니면, 이로하가 쓰러지면서 비게 된 북쪽으로 도망칠까? 미후티가 순간적인 판단을 내려야 할 순간, 슈지로는 포효와 함께 발을 더욱 가속했다.

"기다려 –"

루치엔이 불렀다. 동시에 육박하는 것이 가장 효과적이고, 누가 먼저 가도 안 되는 것이다.

미후티는 외투 안에서 왼손을 빼냈다. 달빛을 받아 눈가루처럼 반짝이는 것. 가에데의 정신을 잃게 만든 분말이다. 밤에 장막을 드리우는 것처럼 루치엔과의 사이를 차단한다.

이것으로 루치엔은 달리는 속도를 늦춰야만 하며, 슈지로와의 차이는 더욱 벌어진다. 가무이코차의 화살도 끊어졌다. 사실상, 슈지로와 미후티의 1대 1 격투.

이미 사정거리에 들어섰을 때, 슈지로는 날카로운 공격을 날렸다. 그러나 미후티는 곡도로 받아 흘려버리더니, 굳이 거기에 밀리는 것 같은 형태로 뒤로 물러났다.

미후티는 이 역참에서 모두를 해치울 속셈. 그렇기는 해도, 이 단 한 번으로 다 해치우려고 생각하지는 않는다. 몇 번이든 도망치고, 몇 번이든 대기하고 한 명, 또 한 명씩 쓰러뜨릴 계획인 것이다. 이번에 이로하가 제외됨으로써, 다시 태세를 재정비하기 위해, 아슬아슬한 지점까지 유인하기 위해, 다시 도주하려고 한다. 도망가는 곳은 이로하가 쓰러진 북쪽이다.

"끝이라고 말했다."

뒤로 점프한 미후티의 표정이 경악으로 물든다. 이로하가 일어서서 이도를 날린 것이다. 하나는 똑바로 등을, 또 하나는 도망치려는 것을 쫓아가 옆구리를 베었다.

"——————."

어떻게? 라고 한 건가? 미후티는 신음과 함께 무릎을 꿇었다. 그러나 곧바로 낮은 자세를 바꿔 달려갔다. 서에는 슈지로, 동에는 루치엔, 북에는 이로하. 나머지 남쪽 큰길을 향해. 슈지로의 사정거리를 종이 한 장 차이로 빠져나가, 미후티는 지붕 가장자리에서 날아올랐다.

그 뒷모습 너머로 보였다. 부드러운 황금색 빛 속에서, 유유히 활을 겨누는 신의 아이가. 활시위가 살며시 속삭인다. 화살은 하늘을 꿰매듯이 날아가, 펄럭이는 외투 속으로 빨려 들어갔다.

묵직한 소리가 울렸다. 미후티가 대지에 추락한 소리다. 화살은 깊숙이 가슴을 꿰뚫고, 등으로 화살촉이 튀어나왔다.

"아직 숨이 붙어 있지만… 이제 움직일 수 없다."

루치엔은 원숭이처럼 지붕에서 뛰어내리더니, 미후티에게 제일 먼저 다가가 확인했다. 슈지로, 이로하도 길로 내려가 걸음을 옮겼다.

"아아, 그렇다. 동료끼리 싸우다 죽은 것처럼 보이게 했다."

힘없는 한어로 말하는 미후티에게, 루치엔은 천천히 고개를 끄덕이며 대답했다.

미후티는 너무나 빠르다. 그것은 첫 번째 때 통감했다. 먼저 진로를 막으려고 해도, 사방을 둘러싸도, 한순간의 빈틈만 있으면 빠져나가 버린다. 게다가 스스로 그 빈틈을 만들어낼 정도로 칼도 잘 쓴다. 어떻게든 허를 찌르는 수밖에 없다. 그래서 슈지로가 세운 전술이,

-가무이코차에게 이로하를 쏘게 한다.

라는 것이었다. 옷에 미리 피로 표시를 해둔 부분을 향해 가무이코차는 화살을 쐈다. 이로하는 찔리기 직전에 화살을 움켜잡고, 숨을 죽이고 죽은 것처럼 위장한다. 미후티가 비어 있는 북쪽으로 퇴로를 잡을 때, 부활하여 기습한다는 것이다.

사전에 어디로 화살이 날아올지만 알면, 문곡을 사용해 화살조차도 잡을 수 있는 이로하. 정해진 부분에 한 치도 실수 없이 화살을 쏘는 가무이코차. 이 두 사람이 있기에 세울 수 있는 계획이었다.

"미안하다…."

슈지로는 조용히 중얼거렸다. 미후티는 너무나 큰 위협이었다. 한 명씩 공격하면 확실하게 이쪽이 당했을 것이다. 네 명이 한꺼번에 덤벼든 것을 비겁하다고까지는 할 수 없어도, 줄곧 찜찜한 죄책감 같은 것을 느끼고 있던 것은 확실하다.

"…부야오다오첸(不要道歉)."

"사과할 필요 없다고."

일본어는 모를 테지만, 미후티가 속삭인 것을 루치엔이 곧바로 통역했다.

미후티는 아직 뭔가를 더 말하려고 입술을 움직였지만, 목소리는 더 작아져 모깃소리만 했다. 루치엔은 무릎을 굽히고 귀를 기울였으나, 이윽고 오랜만에 정적이 돌아왔다.

루치엔은 쓱 일어서더니, 툭 던지듯 중얼거렸다.

"죽었다."

"뭐라고 했나?"

"다음 미후티가 또 온다. 일본이 괴롭힘을 멈출 때까지 계속… 이라고."

"정말로 타이완의…?"

"글쎄."

루치엔은 고개를 도리질했다. 4년 전, 일본은 타이완을 침공했다. 그 사실과 무슨 관계가 있는 건지, 아니면 전혀 다른 이유인지도 모른다. 이국의 여자가 한 명, 뭔가를 위해 용감하게 싸우다가 죽었다. 그것만큼은 분명했다.

4

"과연. 조금의 오차도 없었다."

지붕에서 내려와 걸어오는 가무이코차에게, 이로하는 말을 걸었다.

"그 말 그대로 돌려주겠다. 너희 형제는 모두 그런가?"

가무이코차는 말했다. 이미 이로하가 의동생이라는 사실을 말했다. 가무이코차가 싸웠던 의동생, 진로쿠도 포함해서 평한 감상이겠지.

"그래서 어떻게 할 거야?"

이로하는 천천히 둘러본다. 미후티를 해치웠다고 해서 끝이 아니다. 오히려 새로운 싸움이 시작된다. 고독은 그렇게 만들어졌다. 미후티의 패를 누가 가질지다.

"공평하게 나누면 어때?"

가무이코차가 기선을 제압했다. 난전이 이은 또 난전, 게다가 미후티라는 강적과 싸웠다. 모두 소모가 심했다. 쓸데없는 싸움은 피하는 것이 무난하다고 생각하면 합당하다.

"아니, 우리는 됐다."

슈지로가 포기 의사를 표명하자,

–받아두면 좋을 텐데.

라는 듯이 이로하가 살짝 혀를 찼다.

"다 채운 건가?"

루치엔이 얼굴을 폈다.

"응."

아무리 함께 싸웠던 자라고는 해도, 속내를 드러낼 생각은 없어서 짧게 대답했다.

우리는 시마다 역참에 네 명이서 39점을 갖고 들어왔다. 여기를 빠져나가기 위해서 필요한 점수는 60점. 고마 겐지에게서 받은 것이 14점, 도도로키 주자에몬에게서 받은 것이 12점. 합치면 65점으로 이미 충족된 셈이 된다.

가무이코차는 공평히 나누자고 제안했으나, 루치엔이 어떻게 대답할지는 불명. 경우에 따라서는 미후티의 패를 차지하는 쟁탈전이 벌어진다. 지금 우리가 우선시해야 할 것은, 한시라도 빨리 후타바 곁으로 돌아가는 것. 점수가 부족하다면 몰라도, 더 이상 불필요한 싸움은 피하고 싶다. 따라서 여기서는 포기해야 한다고 생각했다.

"그럼, 나도 됐다. 가져가라."

루치엔은 흥미 없다는 듯이 손을 흔들었다.

"하지만…."

"나는 2인분 있다."

가무이코차가 물러서려고 하지 않았으나, 루치엔은 손가락을 두 개 세워 보이며 히죽 웃었다.

루치엔이 말하는 2인분이란, 지쿠마루 스즈스케가 벤 이시이 오토사부로, 자기가 해치운 이카리 다케토라를 말한다. 지쿠마루는 이시이의 품을 뒤졌었으나, 난전 도중이기도 해서,

-3점뿐인가?

라며, 붉은 목패 한 개만 갖고 도망쳤다. 이시이도 여기까지 왔다는 것은, 10점을 갖고 있다는 뜻. 즉, 목에 건 것을 포함해서 7점이 더 남아 있다는 뜻이다.

한편, 이카리 다케토라의 목에 걸렸던 패는 지켄에게 던져줬지만, 이쪽도 찾아보면 9점은 더 나올 것이다. 합치면 16점을 얻을 수 있기 때문에, 루치엔은 그것으로 충분하다고 말했다.

"마지막은 당신이 장식했다. 괜찮아. 갖고 가."

루치엔이 계속 권하고 슈지로도 동의하자, 가무이코차는 고개를 끄덕이고 미후티에게 다가갔다. 잠시 뭔가 축문 같은 것을 읊은 뒤에 가무이코차는 미후티의 외투를 뒤졌다.

"엄청난 숫자로군. 아, 그런가… 그 남자 몫이로군."

외투에서 대량의 목패가 나왔다. 그 점수는 놀랍게도 28점. 지쿠마루 스즈스케는 이시이에게서 3점짜리 붉은색 패를 빼앗았다. 이 시점에서 지쿠마루의 점수는 적어도 13점 이상. 미후티가 14점이나 15점을 갖고 있었기 때문에 28점이 된 것이다.

"역시 나눌까?"

"두 말은 안 한다. 됐어."

가무이코차가 배려하여 다시 물었으나, 루치엔은 개의치 않아 하며 대답했다.

"이제 다 채웠나?"

루치엔은 웃으면서 물었다.

"그래."

가무이코차는 숨기지 않고 인정했다. 가무이코차도 여기에 왔다는 것은, 적어도 10점을 갖고 있었다는 뜻이다. 거기에 미후티에게서 28

점. 즉, 도쿄에 들어가는 데 필요한 30점을 훨씬 넘었다.

"그럼 당신과도 언젠가는."

지금이 아니어도 도쿄에서 싸우게 된다. 루치엔은 자기가 남을 거라는 것은 조금도 의심하지 않는 것처럼 말했다.

"아니, 꼭 그렇게 된다는 법은 없어."

"눈치챘나?"

가무이코차의 말에, 루치엔은 한쪽 입꼬리만 올려 웃었다. 고독의 점수 총계는 292점. 도쿄에 30점으로 들어갈 수 있다면, 이론상으로는 9명이 남게 된다. 그 아홉 명이 다시 서로 죽이도록 만들지도 모른다. 그러나 루치엔은 어느 쪽인가 하면, 그 생각에는 회의적인 모양이다. 결국 한 명이 될 때까지 싸우게 할 거였으면, 도쿄에 도착할 때까지 끝내면 된다. 각 관문에 필요한 점수를 늘리는 것만으로도 그것은 가능할 터였다.

그런데도 굳이 도쿄에 여러 명이 들어갈 수 있게 한 것은, 주최자에게는 뭔가 다른 속셈이 있는 것이 아닐까? 따라서 단순히 아홉 명이 서로 죽이는 것이 아니라, 다른 취향을 도입할 것도 충분히 가능하다.

"예를 들면… 서로 협력하는 것이라거나."

루치엔은 추론 중 하나를 입에 올렸다. 이번처럼 도중에 동맹을 맺는 경우가 있기는 해도, 어디까지나 개인전이다. 도쿄에서는 완전히 바뀌어 집단전이 될지도 모른다. 그 조를 나누는 방식이 임의에 의한 것이라면 어떨까? 그때 가서 한편이 될 자를 찾는다. 이 여행에는 그런 의미도 있는 것이 아닐까? 루치엔은 그렇게 이야기했다.

"과연. 가능성 있군."

슈지로는 납득했다. 어디까지나 가능성 중 하나지만, 맥락이 맞는 이야기이긴 하다.

"그러니까…."

이로하가 눈길을 보내자,

"맞았어. 은혜를 입혀놓아서 손해 볼 건 없어."

라며, 루치엔은 어깨를 으쓱 올렸다.

청국인을 거부한다고까지는 하지 않아도, 역시 일본인들끼리 손을 잡기 쉽지 않은가. 루치엔은 그 점까지 고려해서, 사전에 신뢰를 얻기 위해서 협력했다는 측면도 있다는 것. 한 수, 두 수 앞을, 온갖 사태를 미리 상정한다. 역시 이 남자, 강한 것뿐만이 아니라 머리도 상당히 좋다.

"…결국 언젠가는 싸우겠지만."

루치엔은 기지개를 켜면서 자조적으로 중얼거렸다. 왠지 느낌이 왔다. 고독에서라는 뜻이 아니다. 고독에서 살아남는다고 해도 말이다. 현재 일본과 청국 사이에서는 긴장감이 급속히 고조되고 있다. 조만간 전쟁이 터지지 않을까? 라고 전 세계가 예측한다. 루치엔이 일본에 온 것도 그것과 관계 있는지도 모른다.

미후티도 그랬다. 일본이 메이지라는 시대를 맞이했다는 것은, 국내뿐만이 아니라, 국외에도 큰 영향을 끼친 것이다.

"자, 그럼, 나는 목패를 -"

루치엔이 가려고 한 그때였다. 역참에 다시 총성이 울려 퍼졌다. 게다가 연속으로 두 발. 상당히 떨어진 장소, 역참 반대쪽인 동쪽이다.

"그 남자 총이 아니야!"

이로하의 얼굴이 굳었다. 최초의 한 발은 지켄의 총과는 소리가 다르다고 한다.

"그 말고도 있는 건가?"

"우루마의 총…?"

이로하는 의아한 것처럼 미간에 주름을 잡았다. 마에지마 히소카의 비서, 우루마 류조의 권총은 S&W 모델3. 하마마쓰 우체국에서 쐈던 소리를 기억하고 있던 것이겠지.

"신지로다!"

슈지로는 곧바로 말했다. 현재, 그 우루마의 권총은 신지로가 갖고 있다.

"큰일이 난 모양이네. 또 보자고."

루치엔이 윙크하며 웃었다.

"그래."

슈지로는 짧게 대답하고 달려갔다. 우리가 묵는 숙소까지 약 15정. 도착할 때까지 5분 정도 걸린다.

이로하와 둘, 아니, 세 명이다. 뒤에서 가무이코차가 따라오고 있다. 왜냐고는 이제 묻지 않았다. 자기 안의 규정에 따라 움직인다. 그런 남자인 것이다. 또 총성이 울려 퍼지는 가운데, 슈지로는 이를 악물고 더욱 발에 힘을 실었다.

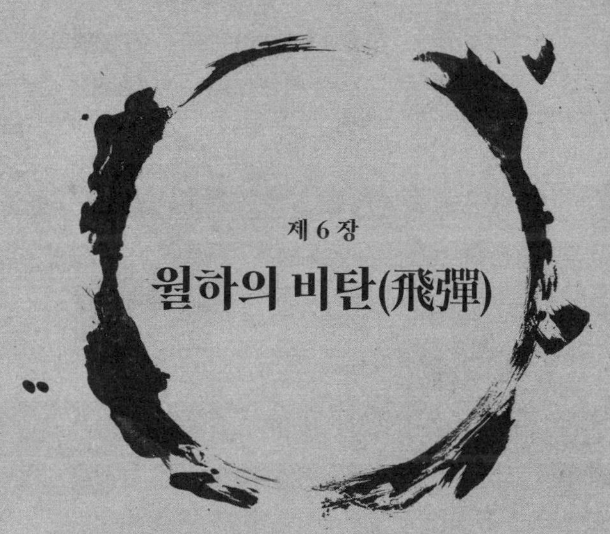

제 6 장

월하의 비탄(飛彈)

1

사야마 신지로는 마른침을 삼켰다. 계단이 삐걱거리는 소리. 누군가가 올라오는 것이다. 무게 1,300그램, 길이 30센티미터 남짓의 정교한 쇳덩어리. S&W 모델3를 쥐고는,

"걱정할 것 없어."

라고, 후타바에게 속삭였다. 아니, 자기 자신에게 이른 것인지도 모른다.

S&W 모델3의 탄창에는 여섯 발. 전부 장전되어 있다. 장지문이 열린 순간, 총알을 전부 다 쏴버릴 생각이다. 좀 기다려봐. 여관 일꾼이라면 어떻게 해? 슈지로는 망설이지 말고 쏘라고 말했지만, 만약 그렇다면, 아무 죄도 없는 사람을 죽이게 되어버린다.

적이라고 해도, 정말로 총알을 다 쏴버려도 되는 건가? 그 부코쓰나, 몇 번이나 화제에 올랐던 환도재라면, 반사적으로라도 피하거나 하지 않을까? 총알이 남아 있지 않으면, 그 시점에서 끝. 세 발, 아니 두 발인가? 신지로의 머리가 정신없이 회전한다.

지금, 나는 동요하고 있는 것이다. 일찍이 없었을 정도로. 애초에 사람을 향해 권총을 쏘는 일 같은 것은 평생 있을 수 없는 일이라고 생각했었다.

이 고독도 무예 대회 같은 것이라고, 만약 1등이 되지 못하더라도,

얼마간의 상금이 나오지 않을까? 라는 기대를 품고 왔다. 10만 엔이나 되는 큰돈, 심야의 덴류지에 집합, 냉정하게 생각해보면 이상하다는 것은 안다. 그래도 불길한 예감에 애써 뚜껑을 덮고, 멋대로 자기 좋을 대로 생각했던 것이다.

"…걱정 없어."

또 계단이 무거운 소리를 내는 가운데, 신지로는 다시금 말했다.

돌이켜 생각해보면, 이와 똑같은 말을 하고 교토로 향했다. 빚 독촉에 시달려온 아버지에게, 친척들에게 고개를 숙이며 쌀을 얻어오는 어머니에게, 수상하니까 가지 말라고 주의를 준 삼촌에게.

그러나 사실은 걱정투성이, 위험투성이. 참가자 292명 중, 내 실력은 확실히 하위권. 아니, 어쩌면 최약체인지도 모른다.

덴류지에서는 서로 싸우다 같이 죽은 자들에게서 목패를 챙겨 간신히 빠져나왔으나, 사카시타에서 반바와 대치하여 일찌감치 궁지에 몰렸다. 반바가 자기 마음대로 부릴 만한 자를 모으고 있었기 때문에 살았으나, 싸웠으면 그 시점에서 죽었을 것이다.

반바를 따라 목패 모으기를 했다. 신지로가 한 일이라고는, 적의 도주 경로를 막는 것, 강에 떨어진 목패를 흠뻑 젖어가며 찾아내는 일, 싸구려 여인숙에서 밥 짓기, 그리고 비위를 맞춰가며 실실 웃는 것. 반바도 간파했던 것이다. 나는 별볼 일 없는 놈이라는 것을. 사람을 죽일 만한 담력은 도저히 없다는 것을. 후타바네를 습격했을 때, 반바는,

–아무 생각 말고 돌진해. 안 그러면 등을 베어버린다.

라고 협박했다. 슈지로와 교진이 강하다는 것을 알아차리고, 또한 자기가 앞으로 더는 쓸모가 없다고 보고, 버리는 패로 쓰려고 했던 것이겠지.

진퇴양난이 되어, 될 대로 되라는 심정으로 배에 올라탔다. 그리고는 깜짝할 사이에 슈지로에게 격침당한 것이다. 그러나 어떻게 된 영문인지 아직 살아 있다. 아니다. 살려둔 것이다.

"네 덕분에…."

신지로가 떨리는 입술을 움직이자, 후타바는 응? 하고 놀라는 것처럼 영롱한 눈망울로 쳐다본다.

후타바도 무섭지 않았을 리가 없다. 그런데도 절대로 상냥함을 버리지 않았다. 어리숙하다고 하든, 나약하다고 하든, 어쨌든 나를 구해주었다. 지금, 후타바를 지킬 사람은 나밖에 없다. 은혜를 갚으려면 지금밖에 없다. 신지로가 결심했을 때, 빛이 비치는 것처럼 최선의 답이 도출되었다.

"창문을 열어. 가만히 조용히."

신지로는 작은 목소리로 재촉했다. 지금 계단을 올라오는 것은 누구인가? 우선 고독 참가자, 혹은 숙소 관계자. 전자라면 누구인가? 계단을 발소리를 죽이고 올라오는 것. 이 자가 살그머니 다가오는 것은,

–소리를 내지 않고 죽일 수 있으니까.

라고는 생각할 수 없나? 뒤집어 말하자면, 무기는 총기류는 아니라

는 것. 칼 종류일 가능성이 높다. 장지문에서부터 여기까지 약 4미터. 적이라고 판단하고 나서 쏴도 늦지 않다. 이러한 이유로, 신지로는 당장은 쏘지 않기로 결정했다.

그러나 슈지로의 지시를 무시함으로써, 내가 어설펐던 탓에 해치우지 못한 결과가 될지도 모른다. 그렇게 되면 후타바에게도 위험이 닥친다. 즉, 최선은,

–후타바만이라도 먼저 도망가게 할 것.

이라고 결론 내렸다. 그러면 내가 실패해도, 후타바가 도망갈 시간을 벌 수 있다. 총성을 들으면, 슈지로나 이로하도 돌아와 줄 것이다.

"지붕으로 먼저 도망가줘. 절대로 돌아오면 안 돼. 지붕을 타고 간다. 지붕 위에서 엎드리거나 내려가서 골목으로 숨어들어. 뭐든 좋으니까, 슈지로 씨를 기다리는 거야."

신지로는 모깃소리만 한 작은 소리로 빨리 말했다. 그의 열의가 전해졌는지, 후타바는 불안해 보이긴 했지만, 거역하지 않고 창틀로 쓱 몸을 내밀었다.

"가."

신지로가 명함과 동시, 또 계단이 삐걱거리는 소리가 났다. 이제 남아봤자 1, 2계단. 곧 여기로 들이닥친다.

정신을 바짝 차리지 않으면 금방 숨소리가 거칠어질 것 같다. 신지로는 어금니를 악물고 견디며 권총을 장지문을 향해 들었다. 칼인가? 협차인가? 아니면 창, 언월도인가? 적이 들었을 가능성이 있는 무기

를 될 수 있는 한 많이 상정하고 그 순간을 기다린다.

달빛을 받아 하얗게 떠올라 보이는 장지문이 미동한다. 누군가가 밖에서 문에 손을 댄 것이다. 너무 빠르지 않게, 너무 느리지도 않게, 쓱 문이 열리고, 거기에는 본 적 없는 남자가 서 있었다.

"뭐…?"

신지로는 놀라 목소리가 나오지 않았다. 남자의 손에 있던 것은 상정 외의 무기.

-스나이더 총.

이었던 것이다. 눈앞에 빛이 퍼지고 굉음이 울렸다. 그때, 신지로는 옆으로 뛰어, 허벅지로 다다미 바닥 위를 미끄러졌다. 스나이더 총 쪽이 발사 속도, 정확도, 전부 권총을 웃돈다. 쏘는 것보다 피하는 것을 우선시한 것이다.

"크-"

달궈진 쇠로 맞은 것처럼, 왼쪽 어깨에 통렬한 열기가 퍼졌다. 총알은 맞지 않았다. 스친 것뿐이다. 그러나 피하는 것을 선택하지 않았으면 가슴에 명중했을 것이다.

그 사이는 불과 1, 2초였을 것이다. 시간이 팽창한 건지, 흐름이 짓눌린 건지, 실제의 몇 배로 느껴졌다. 총구에서 분출한 초연 때문에 남자는 한순간 이쪽의 모습을 놓쳤다. 백탁한 연기 속에 떠오른 그림자를 향해, 신지로는 격철을 내렸다.

번쩍 내달리는 섬광, 둥 하는 포효, S&W 모델3는 45 스코필드 총알을 분출했다. 그다음 순간, 아니, 동시인가? 남자는 스나이더 총을 차올리듯이 총구로 곡선을 그리는 것처럼 하며 복도로 몸을 뺐다. 빗나갔지만, 몸 어딘가를 스쳤다는 감촉은 있었다. 분명 왼팔. 이 각도에서는 장지문에 가로막혀 모습은 보이지 않지만, 남자의 꺼림칙한 혀 차는 소리가 들려서 확신이 강해졌다.

– 저것은 누구지?

남자의 총구에 달려 있던 것, 야타건식 총검이라 불리는 것이 아닌가? 실물을 만져본 적은 없지만, 카탈로그에 실린 것을 봤었다. 발상은 오스만 제국. 후에 프랑스, 영국 등의 군대에도 채용되고, 일본에서도 포병대를 중심으로 보급되는 물건이다.

총검을 이용하면 소리를 내지 않고 죽일 수 있다. 남자가 살그머니 다가온 것은 그것이 이유다. 다음으로 신지로의 뇌리에,

– 10.

이라는 숫자가 스쳤다. 스나이더 총은 연사에 적합하고, 서툰 자라도 30초, 숙련자는 15초면 장전이 끝난다.

그러나 세상에는 10초 이하로 끝내는 달인도 있다. 더러는 5초 남짓이라는, 곡예 같은 장전을 하는 자도 있다고 삼촌이 말했었다. 이 남자의 총 다루는 솜씨를 봐서, 10초 이하에 들어가는 부류라고 본능적으로 알았다. 지금 장지문 뒤에서 고속으로 장전하는 소리가 들린다.

한편, 이쪽의 남은 탄은 다섯 발. 장지문에 다음 총알을 쏴야 할까?

남자는 장전을 포기하고 총검으로 찔러올 가능성도 있다. 애초에 장지문 뒤에 있기는 한 건가? 계단을 조금씩 내려가, 거기에서 장전하는 건지도 모른다. 그렇다면 지금, 내가 해야 할 일은 한 가지.

신지로는 각오하고는 창가로 갔다.

"…역시."

창틀 위쪽으로 몸을 비틀자, 남자가 휙 모습을 보였다. 10초도 지나지 않았다. 5초 남짓. 삼촌이 말한, 곡예 같은 장전을 하는 놈이다. 신지로가 권총을 들고 있어서 흠칫 놀란 표정을 하는 남자를 향해, 두 발째가 되는 총알을 날렸다.

맞았는지, 피했는지, 신지로는 이미 보지도 않았다. 쏘는 것과 동시에 지붕으로 올라가, 몸을 굽히고 달리기 시작했다.

"얼마든지 도망가 주지."

신지로는 자기 자신을 고무하듯이 중얼거렸다. 다섯 발 있으면 쓰러뜨릴 수 있다는 것은 낙관. 10초의 여유가 있다는 것조차 낙관. 여기에 남아 시간을 벌 정도로 선전할 수 있다는 것 또한 마찬가지. 그보다는 밖으로 나가서 후타바가 숨을 때까지 시간을 버는 것이다.

"후타바－"

물받이를 타고 내려간 것이겠지. 이미 폭 1미터 정도의 골목으로 도망가, 얼굴을 반만 내밀고 상황을 살피고 있는 참이었다.

남자도 창문에서 지붕으로 나와 주위를 둘러봤다. 신지로는 당연하고, 벌써 후타바까지 예민하게 찾아냈다. 기와 위에 한쪽 무릎을 꿇고 후타바가 있는 방향으로 총구를 향한다. 그 거리는 약 50미터. 스나이더 총의 사정거리. 그러나 후타바는 아주 조금밖에 얼굴을 내밀지 않아, 남자가 보기에는 깨알만 한 표적. 반사적으로 머리를 스쳤던,

– 맞을 리가 없어.

라는 생각을 곧바로 떨쳐버렸다. 여기까지 도달한 것은, 여기까지 남은 것은, 나 같은 평범한 사람이 아니다.

"이봐!"

신지로는 몸을 돌려 권총을 겨눴다. 남자는 이쪽으로 총구를 돌렸다. 싸움의 경험치가 너무 다르다. 이것도 남자의 상정 안이다. 그 증거로 얼굴이 희미하게 웃고 있다.

지붕에 도망갈 곳은 없다. 재빠르면서도 정확. 남자의 총구는 순식간에 나를 포착한다. 잘해봤자 카운터. 아니, 십중팔구, 나만 당한다. 남자의 스나이더 총이 포효했을 때, 신지로도 또한 기합 소리를 발했다. 유일한 도망갈 곳, 허공으로 몸을 던지면서 –.

"후타바! 얼굴 내밀지 마!"

신지로는 땅을 향해 떨어지면서 외쳤다. 그사이에도 계속 권총을 겨누고 있다. 놀라움이 얼굴에 번지는 남자를 향해, 허공에서 세 발째를 쐈다.

허벅지에 맞았다. 중앙이 아니라 가장자리. 뼈는 뚫지 못했지만, 살은 확실하게 파헤쳤다. 남자가 얼굴을 찡그리면서,

"…이놈이!"

라고 말한 직후, 귓가에 시끄러운 소리, 온몸이 격렬한 충격에 휩싸였다. 쌓아놓은 방화 통 더미에 등부터 떨어진 것이다.

"우우…."

통과 지붕널이 쏟아져 내리는 가운데, 신지로는 팔다리가 움직이는지 확인했다. 머리가 충격을 받아 멍했고, 등에 약간의 통증은 있지만, 크게 다치지는 않았다.

신지로는 팔로 털어내고, 발로 차서 날리고, 무너진 통 더미에서 뛰어나갔다. 신지로가 흘낏 보자, 남자는 장전을 하는 와중이었다. 역시 정상이 아닐 정도로 빠르다. 앞으로 3초 정도면 발사까지의 모든 과정을 끝낸다.

신지로는 달리면서 획 권총을 겨눴다. 남자는 놀라 엎드리려고 했지만, 총성이 울려 퍼지는 일은 없었다. 신지로는 쏠 생각은 없었다. 제대로 조준조차 하지 않았다. 장전을 중단시키기 위한 견제였을 뿐이다.

남자도 금방 위협일 뿐이라는 것을 깨달은 모양으로, 진저리난다는 듯이 다시금 장전을 시작했을 때, 신지로의 손가락은 굉음을 불러냈다. 네 발째였다.

"크헉."

무딘 놀란 소리를 내며, 남자는 총을 끌어안고 지붕 기와 위를 굴러 피했다. 쏘는 척하고는 쏘지 않고, 쏘지 않을 거라고 생각하게 하고는

쏜다. 이 전략에는 짜증을 숨기지 못하고,

"까불고 있어!!"

라고, 남자는 고함을 지르며 일어섰다. 신지로는 그사이에 길가를 빠져나가, 후타바가 들어간 골목으로 단숨에 뛰어들었다.

"신지로 씨!"

후타바의 표정에 안도의 빛이 보인 것은, 신지로도 무사히 방을 빠져나왔기 때문.

그러나 아직 안심하기에는 너무 이르다. 남자는 후타바의 위치를 포착했다. 만약 발각되지 않았다면, 내가 유인할 생각이었다. 그러나 후타바를 우선적으로 노릴지도 모르는 이상, 일단 합류하는 수밖에 없었을 뿐이다.

"잘 들어."

골목 안 깊숙이, 총의 사각지대로 들어갔다. 그대로 지붕 위에 진을 치고 우리가 어떻게 나올지 기다릴지, 아니면 지붕에서 내려와 이리로 올지. 골목을 안쪽으로 걸어가 뒷길로 도망치면, 분명 남자는 후자를 택하겠지. 길어봤자 30초 정도의 여유밖에 없다.

"후타바는 이대로 골목 안쪽으로 가. 뒷길로 나가면 서쪽으로. 슈지로 씨네도 분명 그쪽에 있을 거야."

여기는 역참의 가장 동쪽. 더 동쪽으로 150미터 정도 가면, 이미 시마다 역참이 끝나버린다. 슈지로네가 있는 곳은, 여기보다는 서쪽이라고 생각해도 틀림없을 것이다.

신지로는 말하는 동안에도 재빨리 손을 계속 움직였다. S&W 모델3는 리볼버를 열면 총알이 밀려 자동으로 튀어 나가는 우수한 구조로 되어 있다. 총알은 짐 속에 있어서 새로 장전할 수는 없다.

–두 발이네.

신지로는 마음속으로 중얼거렸다. 모델3는 여섯 발이 들어가는데, 이미 네 발을 쏜 것이다. 확인할 필요도 없지만, 굳이 총알을 다시 넣으면서,

"나는 20초 후에 뛰어나간다."

라고, 신지로는 선언했다. 남자가 다가오는 쪽을 향해서.

"신지로 씨도 같이 –"

"안 돼. 말할 시간은 이제 없어. 한 가지 부탁이 있어."

신지로는 탄창을 총에 넣으면서 말했다. 지금 이 말을 하면 반드시 오해를 초래하게 될 테고, 후타바라도 당장은 결정할 수 없겠지. 그러나 까닭을 설명할 시간도 없다. 무리라는 것을 감수하고 말한 것인데,

"알겠습니다."

라고, 후타바는 조금의 망설임도 없이 승낙했다.

"대단해."

"응?"

신지로는 새삼 감탄했으나, 후타바는 미간에 작은 주름을 짓는다.

"아니야, 어서 가."

신지로는 미소를 지어 보이고, 후타바는 한번 고개를 끄덕이더니

골목 안쪽을 향하여 달려갔다. 이때, 자기가 결정한 시한까지는 5초도 채 남지 않았고, 남자가 서서히 다가오는 것도 느끼고 있었다. 신지로는 가느다란 한숨을 내쉬고는, 골목에서 힘차게 비스듬히 뛰어나갔다.

"뭐…?"

남자는 경악으로 눈을 크게 떴다. 설마 뛰어나올 줄은 생각지 못했던 모양이다. 황급히 총을 겨누지만,

"젠장."

이라고, 씁쓸하게 중얼거리더니, 총을 쏘지 않고 뒤를 쫓아왔다.

총이라는 무기는 세로로 움직이는 것을 포착하는 것이 어렵다. 실력에 자신이 있다고는 해도, 스나이더 총은 단발 총격을 하고, 빗나가면 거리를 좁혀 총검으로 해치워야 한다.

그사이에 최소한 두 발, 이쪽이 골목에서 장전했을 가능성을 고려하면 최대 여섯 발. 아무리 달인이라도 전부 다 피하는 것은 어렵다. 그 때문에 쉽사리 쏘지 못한다. 그렇게 예상은 했었으나, 도박이기도 했다. 일단 그 도박에는 이긴 셈이다.

"빨라…."

신지로는 초조함에 중얼거렸다. 나는 결코 발이 늦지는 않다. 어릴 때부터 또래 아이들에게 달리기로 진 적은 없었다. 그러나 몇 번이나 다시 생각하지만, 여기에 남아 있는 자들은, 이 정도의 다리는 갖고 있는 게 보통인 것이다.

심지어 신지로는 상대방이 조준할 수 없도록, 오른쪽으로, 왼쪽으로, 불규칙하게 지그재그로 달리고 있기 때문에, 서서히 차이가 좁아졌다.

신지로가 발소리의 변화를 느끼고 돌아보니, 남자는 발을 늦추고 총을 겨누려고 했다. 신지로가 곧바로 옆구리 사이로 권총을 향한다. 남자는 안색이 변해 총을 내리더니, 반대로 이쪽의 조준을 빗나가게 하려는 듯이 진로를 꺾었다.

"잔챙이가."

남자는 얄밉다는 듯이 내뱉었다. 내가 달인이 아니라는 것은 이미 간파당했다. 그런 자에게 애를 먹고 있다는 사실에, 남자도 상당히 열 받은 것 같았다.

"그래, 맞아."

신지로는 중얼거렸다. 남자는 틀리지 않았다. 확실히 원래는 덴류지조차 빠져나오지 못했을 잔챙이다. 여기까지 올 수 있었다는 사실에, 싸워보려고 한다는 사실에, 자기 자신조차 놀랄 정도. 신지로는 남은 힘을 쥐어 짜내어 계속 달렸다.

2

100미터 정도 달린 그때였다. 신지로의 맞은편, 갑자기 좁은 골목에서 세 남자가 쓱 나타났다.

"사야마 신지로 님, 기다리시죠."

그 자리에 어울리지 않는 경쾌한 목소리. 지난번에는 장인풍 차림이었으나, 이번에는 칠흑의 양복. 그 차림새와는 어울리지 않게, 입가도 검은 천으로 덮고 있는 것은, 역참에 뿌려진 잠드는 약 대책이겠지. 내 감시, 목패 확인을 하는 고독 담당자 야마나시였다.

"비켜주세요!"

신지로는 외쳤지만, 야마나시는 눈썹 하나 까딱하지 않고,

"목패를 확인하겠습니다."

라며 거절했다. 그렇다. 우리는 동쪽을 향해 달려왔고, 여기서부터는,

– 시마다 역참 밖.

이 되어버리는 것이다. 즉, 15점의 목패를 갖고 있지 않으면, 이 앞으로는 갈 수 없다는 뜻.

"지켄 하야토 님, 목패를 보여주십시오."

세 명 중에서 처음 보는 한 명이 말해서, 총검 사내의 이름을 처음으로 알았다.

"구치나시… 나중에 해!"

지켄이 짖었다. 이쪽도 야마나시와 마찬가지로 양복을 입고 입을 가렸다. 야마나시와 다른 점은, 허리에 일본도를 찼다는 것. 그의 호소에는 대답하지 않고, 구치나시가 눈을 가늘게 뜨는 것을 알았다.

"고독의 규칙입니다."

대신에 입을 연 것은, 남은 한 명이었다. 이 자는 본 적이 있다. 슈지로, 후타바를 담당하는 자로, 이름은 분명 쓰루바미였을 것이다.

신지로, 지켄 둘 다 멈출 기색을 보이지 않자, 야마나시는 양복 품속으로, 구치나시는 허리의 일본도로 손을 움직인다. 유일하게 쓰루바미 혼자만이 미동도 하지 않고 말했다.

"서글픈 결말이 될 겁니다."

역시 동쪽에 도망칠 길은 없다. 앞을 가로막는 세 명까지 이제 20미터도 남지 않았다. 구치나시는 엄지로 칼집을 밀었고, 야마나시는 품에서 권총을 꺼냈다. 콜트 M1873. 분명 민간인용 45구경. 통칭 '피스메이커'다.

내가 이대로 갈지, 아니면 멈출지, 셋이 대립하면 어떻게 될지. 돌아보지 않아도, 지켄의 발소리가 둔해진 것으로 당황하는 것을 알 수 있었다.

"최후의 경고다. 목패를 보여라."

남은 거리 10미터도 채 안 되었을 때, 야마나시가 눈을 가늘게 뜨고 낮게 명령했다. 신지로는 툭 던지듯 중얼거리고는, 날카롭게 꺾어져

세 사람이 나타났던 골목으로 뛰어들었다. 다음 순간,

"야마나시, 쫓아가 주십시오!"

라는 명령이 날아왔다. 이것은 쓰루바미의 목소리다. 야마나시가 뒤를 쫓아온다. 지켄은 아직 쫓아오고 있는 건가? 그렇다면, 신지로, 야마나시, 지켄 순으로 골목을 달리고 있다는 것이다.

신지로는 골목을 빠져나가 뒷길로 나가서 오른쪽으로 꺾어져, 더욱이 한동안 더 가서 다른 골목을 오른쪽으로 들어갔다. 거기에서 그제야 돌아보니 야마나시의 모습밖에는 보이지 않았다. 상황을 살피면서 걸음을 늦추자,

"포기했습니까?"

라고 야마나시가 비웃는 것처럼 물었다.

"아니."

"그럼, 이제 떨궜다고?"

"그렇다고도 생각하지 않아. 분명 대기하고 있을 거야."

신지로가 말하자, 야마나시는 알고 있었던 것처럼 눈썹을 폈다. 지켄은 포기하지 않았다. 더 확실하게 해치울 방법으로 바꿨을 뿐이다.

스나이더 총의 사정거리는 100미터를 족히 넘는다. 지켄의 실력이라면 200미터 떨어져 있어도 명중시키겠지. 내가 언젠가 어딘가의 골목에서부터 큰길로 돌아올 거라고 보고,

－그때 저격한다.

그럴 계획인 것이다. 분명 역참 출구에서 100미터 정도 되돌아가,

스나이더 총을 겨누면서 앞뒤로 주의를 기울이고 있는 것은 아닐까?

"만약 이대로 나오지 않는다면?"

야마나시가 의문을 입에 올린다. 뒷길로 도망쳐버리면 본전도 못 찾는 것 아닐까?

"그것은…."

신지로가 다음 순간의 예상을 말하려고 했던 그때였다.

"지금부터 여자애를 죽이러 간다! 그걸 바라지 않는다면 나와! 100을 셀 동안만 기다린다!"

지켄이 내리 세 번 쏟아낸 외침이 큰길에서 울렸다. 정확한 위치는 모르지만, 역시 약간 되돌아가서 대기하고 있는 모양이다.

"이렇게 되네요."

"그렇군요. 그래서 어찌하실지?"

야마나시는 유쾌한 듯이 눈꼬리에 주름을 잡았다.

"걱정해 줄 줄은."

"실례지만, 사야마 님은 솔직히 덴류지조차 빠져나가지 못할 거라고 생각했습니다. 설마 이 시마다까지 도달할 줄은…. 저도 사람인지라 지켄 아무개보다는 정이 들기도 했고요."

"잘도 말하네."

이 처참한 '유희'에 가담한 주제에 잘도 지껄인다고 생각하지만, 확실히 이 자들도 괴물 종류는 아니라는 것은 확실하다. 어디까지나 사람인 것이다.

"앞으로 50 정도일까요?"

야마나시가 고개를 갸웃거리자, 곧바로 지켄의 50이라는 외침이 들렸다.

"곧 나간다."

신지로는 몇 걸음 다가가더니, 속삭이는 것처럼 두세 가지를 확인했다. 야마나시의 볼살이 서서히 부풀어 오른다. 입가를 가리고 있지만, 웃고 있다는 것을 알았다. 야마나시는 모든 물음에 답하더니,

"무운을."

이라고 조용히 맺었다. 다음이 어떻게 되든 최후의 공방이 되겠지. 신지로는 왔던 길로 발길을 돌려, 역참 제일 동쪽 끝으로 이어지는 아까 그 골목으로 들어갔다.

신지로는 숨을 고르고 큰길로 뛰어나갔다. 지켄은 서쪽으로 100미터 정도 앞. 곧바로 그를 발견했다. 권총의 사정거리로는 너무 멀지만, 신지로는 망설임 없이 총알을 날렸다.

지켄은 몸을 낮춰서 피했다. 그러나 그 동작을 취하지 않아도 맞지 않았을 것이다. 신지로는 곧바로 다시 방아쇠를 당겼으나 찰칵, 하고 격철이 울리는 소리뿐, 총알은 발사되지 않았다.

"젠장!"

신지로는 몸을 돌려 도망쳤다.

지켄은 신지로의 총알이 떨어진 것을 알아차린 모양이다. 총을 쏘

지 않고 다시 뒤를 쫓아왔다. 원거리 사격에도 자신은 있겠지만, 가까운 게 더 좋은 것은 당연하다. 심지어 이쪽이 총알이 떨어졌으니, 반격당할 걱정도 없이 유유히 접근한다. 가까이에서 확실하게 쏘는 편이 좋다. 아니, 총알조차 쓸 필요 없이, 총검으로 해치우는 것까지도 가능한 것이다.

신지로는 도망친다. 지켄은 쫓는다. 이미 체력도 그리 남아 있지 않았고, 다리도 상당히 피로해졌다. 아까보다도 빨리, 순식간에 거리가 좁혀진다.

때때로 숨을 몰아쉬면서 돌아본다. 50, 30, 10미터도 안 남았지만, 지켄은 아직 총을 겨눈 채로 쏘지 않는다. 이미 어린아이가 쏴도 맞을 만한 거리다.

자기 자신을 칭찬해 주고 싶다. 용케 여기까지 공포를 견뎠다고. 이 지점에 이르기까지 잘 참았다고. 신지로는 몸을 돌려 권총을 들었다. 그러나 지켄은 놀라긴커녕 비웃음을 입가에 띤다. 총알이 떨어진 것은 이미 알고 있다고－.

"그렇게 생각하고 있겠지."

탕, 하는 굉음이 울려 퍼진다. 지켄은 표정이 아연, 경악, 고통으로 정신없이 바뀌면서, 앞으로 고꾸라지는 것처럼 무너졌다. 총알은 지켄의 오른쪽 허벅지 가운데를 파헤쳤다.

"제기랄－"

지켄은 구르다가 총을 겨누려고 했지만 한 손이다.

사람의 본능이라는 것이겠지. 오른손은 허벅지의 상처에 가 있다. 그 때문에 신지로여도 총을 쉽게 낚아챌 수 있었다. 신지로는 총알을 엉뚱한 방향을 향해 쏘더니, 빈 스나이더 총검을 멀리 내던져버렸다.

"장전했던 건가…?"

지켄은 몸부림치면서 신음했다. 실은 총알을 아직 갖고 있었고, 몸을 숨기는 동안 장전했다고 생각한 모양인데,

"아니야…. 분명히 떨어졌을 텐데."

라고, 스스로 금방 부정했다. 아까, 격철이 울려도 총알이 나오지 않았던 것을 그 두 눈으로 똑똑히 봤기 때문이다.

"지금 막, 떨어졌다."

"…그렇게 된 건가."

지켄은 아랫입술을 깨물며 신음했다. 아까 후타바와 이야기하면서 탄창을 열어 총알을 꺼냈었다. 남은 총알 수를 확인하기 위해서가 아니다. 그런 일을 하지 않아도 두 발 남았다는 것을 알고 있었다. 지켄에게 총알이 떨어졌다고 착각하게 만들기 위해서,

－탄창을 하나 비워뒀다가 다시 넣었다.

그랬던 것이다. 사실, 지켄은 총알이 떨어졌다고 생각하고 방심했다.

"…죽여라. 왜 죽이지 않아?"

지켄은 핏발이 선 눈으로 노려본다. 권총은 총알이 떨어졌어도, 빼앗은 스나이더 총으로 쏘거나, 총검으로 찌르거나 해서 죽일 수 있을

것이다.

"싫단 말이야."

이유 같은 건 없다. 원래 사람에게 주어진 감정이 아닐까? 그것을 해내는 참혹함, 극복하는 강인함, 둘 중 어느 쪽도 나는 갖고 있지 않았다.

"어리숙한 놈… 이런 잔챙이한테…."

지켄은 어리숙하다고 말하지만, 나는 그것을 상냥함이라고 생각한다. 그리고ㅡ.

"그래도 나는 후타바만큼 착하지는 않아."

신지로가 중얼거렸을 때, 남자들이 다가왔다. 야마나시, 구치나시, 쓰루바미 세 사람이다. 야마나시는 이미 권총을 손에 들고, 구치나시는 이미 발도했으며, 차갑게 말했다.

"야마나시가 최후의 경고라고 말씀드렸을 텐데요."

"하하…. 그렇게 된 건가!"

지켄은 긴장된 얼굴로 웃었다. 깨달은 모양이다. 이미 넘어버렸다. 이 장소는 시마다 역참보다 몇 미터 바깥인 것이다.

"꼴좋게 되었네. 이것으로 둘 다 죽는다. 너도 살해당ㅡ"

"아뇨."

구치나시는 딱 가로막고 말했다.

"엉…?"

망연자실한 지켄을 향해, 야마나시가 낭랑하게 말했다.

“사야마 신지로 님은 15점을 갖고 계십니다. 조금 전에 제가 확인했습니다.”

이것도 후타바와 있던 때 일이다. 신지로는 한 가지 부탁을 했다. 그게 바로,

– 목패를 넘겨주지 않을래?

라는 것이었다. 배신하고 이대로 도망칠 생각은 아닐까? 자기만 살아남을 속셈 아닐까? 보통이라면 그렇게 의심할 터. 그런데도 후타바는 조금도 의심하지 않고, 주저 없이 바로 승낙해 준 것이었다.

우리를 노리는 것을 보면, 지켄도 15점은 채우지 못했다는 것을 추측할 수 있다. 확실하다고는 말할 수 없지만, 거의 그렇게 봐도 틀림없을 것이다. 어떻게든 해서 시마다 역참 밖으로 끌고 나간다. 규정을 깨게 만듦으로써 이기는 방법을 생각한 것이다.

지금까지의 일을 돌이켜보면, 사전에 제지당할 가능성이 높다. 그때, 신지로도 마찬가지로 패가 부족하다고 생각하게 만들어야 한다. 야마나시 일행에게 물러서라고 외친 것도 그렇게 보이기 위한 위장이다. 그리고 돌파를 포기한 것처럼 해서 다시 골목으로 도망갔다. 그때 신지로가 야마나시 일행을 향해 속삭인 것이 바로,

– 목패를 확인해 주십시오.

라는 것이었다. 자기들의 감시자이며, 운영을 담당하는 자들. 그들도 또한 고독의 규정에 얽매여 있을 터. 참가자가 목패 확인을 해달라는데 거절할 리가 없다. 결과적으로 쓰루바미는 곧바로 명령을 내렸

고, 야마나시는 그 말을 따를 것까지도 없이 뒤를 쫓아왔다. 그 후, 야마나시에게 15점의 목패를 보여줬고, 이렇게 해서 최후의 도박에 임했다는 전말이다.

"일행이 너무 강하기에 표적을 바꿨는데… 너 같은 잔챙이한테…."

지켄은 망연자실한 것처럼, 혼잣말을 중얼중얼 되뇌었다.

말투로 추측컨대, 슈지로 일행과 이미 교전했다는 것을 알 수 있었다. 그리고 이길 수 없다는 것을 깨닫고 우리로 표적을 바꾼 모양이다. 즉, 우리가 그 여관에 들어가는 모습을 목격했던 것이겠지.

"251번 지켄 하야토 님. 실격입니다."

구치나시가 담담히 말하고 걸음을 옮긴다.

"잠깐… 기다려줘! 목패를 확인하지 않았잖아!"

지켄은 가련할 정도로 당황하며 품에서 전대를 꺼냈다. 땀인지, 물인지, 젖은 것처럼 보인다.

"사오모토 기이치로 님의… 강가에서 주운 것이로군요. 그러나 그것을 합쳐도 11점이라고 알고 있습니다만?"

"빼, 빼앗았다! 이걸 봐줘!"

지켄은 또 품에서 꺼낸 목패를 보인다.

"11번… 이카리 다케토라 님의 것입니까?"

전체 목패의 번호를 다 외우고 있는 건가? 쓰루바미가 곧바로 중얼거렸다. 구치나시는 고개를 끄덕이고 입을 열었다.

"확실히. 그렇기는 해도, 이것은 1점짜리 패. 어쨌든 부족합니다."

"지금부터 되돌아가서 모아서…."

지켄은 애원의 눈길을 향했으나, 구치나시는 고개를 가로젓고는 차갑게 말했다.

"목패를 갖지 않고 관문을 넘어가면 실격. 설령 단 한 번이라고 해도."

"어, 어이! 부탁이야! 3점만 빌려줘!"

구치나시를 설득하는 것은 어렵다고 판단한 것이겠지. 돌연, 지켄은 수치심도 체면도 잊은 것처럼, 신지로에게 부탁했다.

일단 통과 선언을 받으면, 목패를 빼앗기거나, 넘겨주거나 해서 그 역참에서 정해진 점수만큼 나눠줘도 상관없다. 단, 다음 관문이 되는 역참까지 잃어버린 점수를 되찾는다면. 지켄도 여행 도중에 그런 빠져나갈 구멍이 있다는 것을 알아낸 것이겠지.

"말했지."

"어…."

"나는 후타바만큼 착하지 않다고."

신지로는 몸을 돌렸다. 몇 걸음 걸어갔을 때, 짐승을 목 졸라 죽이는 것 같은 신음 소리가 들렸다. 구치나시가 지켄에게 결정타를 찌른 것이었다.

"목패는 어떻게 되는지?"

신지로는 돌아보지 않고 물었다. 지켄은 점수를 채우지 않고 관문을 넘어간 것이다. 갖고 있던 목패는 몰수 처리 되는 건가? 아니면 그들에 의해 시신이 경계까지 되돌아가는 것일까?

"가져가셔도 됩니다."

야마나시가 낭랑한 목소리로 말했다. 시신을 뒤지는 것은 내키지 않는다. 신지로가 암담한 심정을 억누르며 돌아가려고 했을 때,

"여기 있습니다."

라고 쓰루바미가 어깨를 나란히 하고 걸었다. 그 손바닥 위에는 12점. 지켄의 목패가 겹쳐 있었다.

"이것은…?"

"번거로운 일을 하실 필요도 없지 않나 해서. 한시라도 빨리 돌아가고 싶으시죠?"

쓰루바미한테서 받은 목패는 지금까지보다 훨씬 무겁게 느껴졌다. 신지로는 피 묻은 목패를 품에 쑤셔 넣고는, 후타바를 찾아 또다시 서쪽으로 달리기 시작했다.

3

달은 중천을 넘어 역참에는 흐릿한 푸른 빛이 물들기 시작했다. 아까까지의 소란이 거짓말이었던 것처럼 실을 당긴 것 같은 팽팽한 정적이다. 슈지로는 달리면서, 새삼 뒤를 향해 물었다.

"동쪽이 틀림없나?!"

"응! 소리는 그쪽에서!"

사이를 두지 않고 곧바로 귓가에서 대답하는 후타바. 두 사람의 이름을 번갈아 부르면서 동쪽으로 향하는 도중에, 막 지나쳤던 골목에서 뛰어나와 그를 불렀던 것이다. 후타바는 바로 열심히 사정을 설명했고, 그래서 이렇게 더욱 동쪽으로 가고 있는 것이다.

후타바의 속도에 맞춰서는 늦는다. 그렇다고 해서 놓아두고 갈 수도 없다. 그 때문에 이렇게 후타바를 업고 달리는 것이다.

"이로하, 어때?"

등 뒤에서 습격당할 것을 대비해 뒤에서 달리는 이로하에게 물었다.

"목소리가 들리지만, 무슨 말을 하는지는 몰라."

이로하의 씁쓸한 대답이 있었다. 교하치류 비술은 심신의 피로와 함께 정밀도가 떨어진다. 각각 소모도가 다른 것도, 두 개 이상의 비술을 갖고서야 비로소 알게 되었다. 슈지로의 경우로 말하자면, 북진보다도 무곡 쪽이 피로는 크다. 이로하가 말하기를, 녹존은 상당히 부담이 적은 비술이라고 하는데, 미후티가 움직인 이후로 계속 사용했던 것이다. 완전한 상태를 유지하는 것이 어려워진 모양이다.

"위는 맡겨줘."

한편, 그의 앞을 달리는 것은 가무이코차. 언제든지 화살을 쏠 수 있도록 활에 끼우면서 바람처럼 질주한다.

후타바와 합류 후, 가무이코차는 자진해서 선두에 섰다. 타인에게 등을 맡기고 싶지는 않다. 우리가 그렇게 생각한다는 것을 간파한 것이겠지. 그렇기는 해도 슈지로는 이미 신용할 만하다고 생각한다. 무엇보다 가무이코차는 이미 30점 이상을 보유했다. 위험을 무릅쓰면서까지 우리와 싸울 이점은 없는 것이다.

그러면, 어째서 같이 가는 것인가? 아이누는 어린아이를 소중히 여긴다고 말했는데, 결코 그것만이 이유는 아닐 것이다.

후타바이기 때문이다. 교진, 신지로, 산스케, 이로하, 시쿠라, 길버트, 무엇보다 내가 그렇다. 이 살벌한 고독 중에서도 후타바에게는 마음을 되살리게 만드는 신비한 힘이 있다.

"…발소리."

"그림자가 보였다."

"한 명."

이로하, 슈지로, 가무이코차가 연이어 중얼거렸다. 바로 정면에서부터 이쪽으로 다가오는 자가 있다.

"후타바."

"응."

슈지로가 팔에서 힘을 빼자, 후타바가 등에서 내려왔다. 세 명이 한꺼번에 공격해서 단숨에 배제한다. 후타바를 지키기 위해서도 그편이 낫다.

50미터도 채 남지 않았을 때, 상대방도 우리를 알아차린 모양으로,

언제든지 골목으로 뛰어 들어갈 수 있는 길 옆으로 다가간다. 그림자로 키나 옷차림은 대충 파악했으나, 용모는 고사하고 성별조차 모르겠다. 서로 어떻게 나오는지 살피게 될 거라고 생각했는데, 후타바가 말릴 틈도 없이,

"신지로 씨!"

라고, 불렀다.

"후타바?!"

틀림없다. 신지로의 목소리다. 후타바가 모두와 함께 있다는 것을 알리자, 신지로는 기뻐하며 종종걸음으로 다가왔다.

"무사했나?"

먼저 살아 있었다는 사실에, 슈지로는 안도의 한숨을 내쉬었다.

"네. 간신히."

"부상을?"

"총알이 스친 것뿐입니다. 별것 아니에요."

신지로는 자기 어깨를 힐끔 봤다. 기모노가 오그라든 것처럼 찢어졌고, 주위가 피에 물들었다. 봉합은 필요 없겠지만, 얕은 상처라고 할 정도도 아니다. 사투를 벌였다는 것을 알 수 있었다.

"역시 총검 남자인가?"

"지켄 하야토… 말이군요."

"이름을 알았나? 지켄은 어디 있어?"

슈지로는 주위를 살폈다. 이로하, 가무이코차도 마찬가지로 주변을

경계하고 있다.

"그것도 간신히."

신지로는 씁쓸한 웃음을 지어 보였다.

"잘 도망친 건가?"

"아니요."

신지로는 갑자기 품에 손을 넣었다. 꺼낸 것은 목패. 그 수는 12점분. 그것이 의미하는 것은 분명했다. 상상도 하지 못했던 일이다. 슈지로는 할 말을 잃었고, 이로하조차도 눈을 크게 뜨며 놀랐다.

"용케 이겼군."

솔직한 감상이다. 지켄은 절대 약하지 않다. 신지로는 권총 다루는 데는 다소 익숙하다고는 해도, 싸워서 이기다니, 보통 일이 아니다.

"실은…."

신지로는 경위를 이야기했다. 슈지로는 자기도 모르게 감탄사를 흘렸다. 고독의 규정을 역이용한 기지도 그렇지만, 그보다 그것을 실행한 담력에 놀랐다.

처음 만났을 때 신지로는 이렇게 대단한 일을 할 수 있는 남자가 아니었다. 하마마쓰 우체국에서도 느꼈지만, 신지로도 또한 고독 중에 크게 달라졌다.

"신지로 씨…."

"무사해서 다행이다."

눈물을 글썽이는 후타바에게 신지로는 빙긋 웃어 보였다. 동쪽 하늘에 별이 빛나고 있다. 그 아득한 앞쪽을 바라보면서, 슈지로는 중얼거리듯 말했다.

"다 같이 가자."

안이한 생각이라는 것은 거듭 알고 있다. 그러나 지금은 누구 한 명도 빠지는 일 없이 도쿄까지 도착하고 싶다. 진심으로 그렇게 생각해 버렸다.

"응."

후타바는 눈을 비비면서 고개를 끄덕였다.

"만만치 않은 놈들뿐인데, 가볍게…."

이로하는 어이없다는 듯이 중얼거리면서 그제야 두 자루의 칼을 집어넣었다.

"이로하 씨도."

후타바는 사뭇 당연하다는 듯이 말한다. 이로하는 뭐라고 대답할까? 슈지로가 마른침을 삼키며 지켜보는 가운데, 이로하는 약간 귀찮다는 듯이 대답했다.

"응, 그래."

순간, 후타바는 얼굴이 활짝 펴지더니, 튕기는 것처럼 힘차게 고개를 끄덕였다. 슈지로는 그 옆얼굴을 바라보면서 미소 지었다.

"없나…?"

슈지로는 골목 안쪽까지 다 둘러보고 중얼거렸다. 신지로와 합류

후, 왔던 길을 되돌아가 역참 서쪽으로 향했다. 가에데와 요마가 마음에 걸렸기 때문이다.

그러나 두 사람 다 원래 장소에 없었다. 한곳에 언제까지고 머물러 있는 것은 위험하다고 판단한 것이다. 경계하는 것은 새로운 적뿐만이 아니다. 루치엔, 우리조차도 그렇다.

조금 전까지는 힘을 합쳐 싸웠다고 해도, 한번은 도와줬다고 해도, 언제 손바닥 뒤집듯 돌변하여 습격해 올지 모른다. 지금까지의 고독 여행 중에 그것을 통감했을 것이다.

"들어볼까?"

이로하가 자기의 작은 귀에 손을 댔다.

"아니야, 상관없다."

역참에는 무수한 사람이 있고, 숨소리만으로 판별하는 것은 어렵다. 몸을 숨기고 있으면 특정할 수 없다.

게다가 이로하는 많이 소모했다. 적을 알아차리려면 녹존이 가장 도움이 된다. 언제 또 써야 할 국면이 올지도 모르는데, 무리하게 만들고 싶지는 않았다. 목표지는 다 똑같은 도쿄다. 함께 살아남으면 또 만날 때도 있겠지. 슬슬 다음 일을 생각해야 한다.

"가무이코차 씨… 앞으로도…."

후타바가 눈을 치켜뜨며 물었다. 후타바가 무사한 것을 확인한 후, 신지로의 발자취를 좇을 때도, 지금 이렇게 가에데를 찾는 일도, 같이 행동해 준 것이다. 이대로 앞으로도 같이 가고 싶다고 생각하는 것이겠지.

"아니."

가무이코차는 고개를 가로저었고, 남색으로 물들인 머리띠 자락이 살짝 흔들렸다.

"그래요?"

후타바는 아쉽다는 듯이 눈을 내리깔았다.

"너희가 왜인이기 때문이 아니야. 들르고 싶은 곳이 있다."

가무이코차는 등의 화살통을 가리켰다. 남은 화살은 네 개였다. 가무이코차는 이미 목패를 다 모았다고는 해도, 앞으로도 습격당하여 싸울 필요가 있을지도 모른다. 또한 도쿄에서도 무엇을 하게 될지 모른다. 이 숫자로는 마음이 놓이지 않을 것이다.

"직접 만들 수 있는 것 아닌가?"

슈지로는 물었다. 스즈카 고개에서 헤어졌을 때보다 시마다 역참에서 재회했을 때 화살이 늘어났던 것을 놓치지 않고 봤다. 어딘가에서 화살을 샀거나, 직접 만들 수 있거나, 둘 중 하나. 분명 후자가 아닐까, 짐작했었다.

"그래. 하지만 잘하지는 못한다."

역시 직접 화살을 만들어 보충하면서 여기까지 온 모양이다. 슈지로가 보기에는 훌륭하게 잘 만든 것으로 보이나 가무이코차가 말하길, 그 방면은 별로 대단한 솜씨가 아니라고 한다.

"이즈의 이나토리에 동료가 있다."

가무이코차는 갑자기 말을 돌렸다. 메이지 정부가 이주자를 파견함으로써, 아이누의 생활은 놀랄 만큼 변화하고 있다고 한다. 왜인과의 교역을 시작하는 자, 토지를 빼앗겨 더 구석 쪽으로 옮기는 자, 스스로 고향을 버리는 자, 각자의 길을 걸어가고 있다고 한다. 그중에는 혼슈(本州. 일본을 구성하는 섬 중 가장 큰 섬. 현재의 수도 도쿄와 옛 수도 교토 등 모두 혼슈에 있다)로 이주하는 자도 있다.

지금으로부터 7년 전, 정부는 어떤 작은 마을에 퇴거를 명령했다. 많은 양의 석탄이 매장되어 있다는 사실을 알아차렸기 때문이라고 한다. 그때 정부는 그 마을 사람들에게 일단은 새로운 거주지를 마련해줬다. 그것이 이즈의 이나토리라는 지역의 외곽인 모양이다.

"그 마을에 아이투레라는 자가 있다. 화살을 만드는 명인이다."

고독 규정으로는, 6월 5일까지 도쿄로 들어가야만 한다. 그 직전까지 목패를 모으지 못하면, 자기가 만든 화살을 사용하는 수밖에 없다고 각오했었다. 그러나 기일까지 여유가 생기면, 아이투레에게 들를 생각이었다고 한다.

"그런 이유인가."

"앞으로는 어떻게 할 건가?"

"동이 트기 전에는 출발하고 싶은데…."

슈지로는 씁쓸한 표정으로 중얼거렸다. 잠드는 약의 효과도 조만간 사라진다. 사태를 깨닫고 경찰에 통보하는 자도 생기겠지. 그렇기는 해도, 격투 끝에 모두가 다쳤다. 그 치료만이라도 마친 후에 출발하고 싶은 것이 솔직한 심정이다.

“아니, 지금 당장 출발해. 바로 뒤에 수상한 남자가 다가오고 있다.”

가무이코차는 그늘진 표정이었다.

“아까 말했던 남자 말이로군.”

아직도 우리가 만나지 못한 강적이 있다고, 가무이코차는 말했었다.

“그래….”

“강한가?”

“피하는 게 좋아. 적어도 누군가를 지키면서 이길 수 있는 상대는 아니다. 지금까지 두 번 봤다. 첫 번째는 후타가와 역참을 지난 부근이었다.”

시라스카 역참을 향하던 도중, 세 명이 한 명을 에워싼 것을 봤다. 가무이코차는 곧바로 덤불 속으로 몸을 숨겼다. 쓸데없이 난투에 휘말리지 않기 위해서다. 포위당한 그 한 명에게서 흉흉할 정도의 살기를 느꼈다고 한다.

“그야말로 순식간이었다.”

10을 셀 틈도 없었다고 한다. 세 사람은 눈 깜짝할 사이에 고깃덩어리로 변했다. 가무이코차는 숨을 죽인 채로 있었다.

–이길 수 있다고는 단언할 수 없다.

그렇게 판단했기 때문이라고 한다. 상대방이 공격해온다면 몰라도, 이쪽에서 먼저 공격해봤자 이점이 없다. 그자도 가무이코차의 기척을 알아차린 것 같았지만, 정확한 위치까지는 모르는 모양으로, 고개를 살짝 기울이더니 가버렸다고 한다.

"두 번째가 최근이라는 건가?"

슈지로의 물음에, 가무이코차는 고개를 끄덕였다.

"오오이가와였다."

시마다 역참 바로 앞을 흐르는 커다란 강이다. 가무이코차가 나룻배로 이쪽으로 다 건너왔을 때, 그자도 배를 타고 오는 것을 봤다고 한다.

아니, 엄밀히 말하면 좀 다르다. 배에 적이 숨어 있었던 건지, 아니면 동료 간에 내분이 일어난 건지. 사정은 잘 모르지만, 배 위에서 칼을 맞대는 것을 목격했다고 한다. 그리고 먼발치에서 봐도, 그 젊은이가 사람을 베어버린 것을 알았다고 한다.

"그럼, 이미 역참에?"

"아니, 시간을 벌었다."

시마다 역참에 참가자가 체류하리라는 것은 가무이코차도 예상했었다. 결과를 예측할 수 없는 난전이 벌어지리라는 것도. 위험한 자는 조금이라도 배제해 두고 싶었다. 해치우지는 못하더라도, 발을 묶어놓는 정도는 할 수 있지 않을까? 그렇게 생각하고 수를 썼다.

그 결과, 가무이코차는 남자의 발을 묶어놓는 데 성공했다. 분명 한나절은 시간을 벌었을 것이다. 즉, 오늘 아침에 이 역참으로 들어올 가능성이 크다고 한다.

"알겠다. 짐을 정리하는 대로 당장 출발하겠다."

"지금, 목패는?"

가무이코차가 짧게 물었다.

"하코네까지는 갈 수 있다."

왔을 때는 네 명 합계 39점. 슈지로와 이로하가 26점, 더욱이 신지로가 12점을 획득함으로써, 합계 77점을 보유하게 되었다. 다음 관문인 하코네 역참을 통과하려면 한 명당 20점이 필요하므로, 앞으로 3점 더 얻으면 된다. 그것들을 숨김없이 설명했음에도

"시나가와까지 가면 돼."

라고 가무이코차는 권했다.

"아니, 지금 말한 것처럼, 하코네를 통과하기에는-"

"이걸 써라."

가무이코차가 내민 손에서 끈이 늘어져 있다. 목패였다. 전부 다 1점짜리로, 합치면 8점 있었다.

"이걸로 갈 수 있지?"

가무이코차는 말을 이었다.

"너…."

"나에게는 필요 없다."

이미 가무이코차는 38점을 갖고 있다. 8점을 넘겨줘도 이미 도쿄에 들어갈 수 있는 30점은 있다는 것이다.

"하지만 쓸 일은 있을지도."

목패와 교환해서 정보를 얻는다. 강적과 마주쳤을 때, 목패를 넘기고 봐달라고 한다. 혹은 목패를 내던져, 주의를 그쪽으로 돌리고 그 틈에 도망친다 등등. 목패는 아무리 많아도 손해 볼 것은 없을 터였다.

"한 명이라면 빼앗길 일은 없다."

교만한 빛은 전혀 느껴지지 않는다. 그저 사실을 말하는 거라는 듯이, 가무이코차는 태연하게 말했다.

"후타바."

슈지로가 재촉하자, 후타바는 고개를 끄덕이고 목패를 받았다.

"고맙습니다. 이 은혜는 반드시 – "

"필요 없다."

가무이코차는 끝까지 듣지 않고 대답했다.

"가무이코차, 5월 20일까지는 요코하마를 빠져나가라."

슈지로는 최소한의 보답으로, 길버트에게서 얻은 정보를 공유했다. 요코하마에 영국의 요인이 방문하기 때문에, 5월 20일부터 24일까지는 경비가 엄중해진다는 정보다. 가무이코차가 이즈로 돌아간다면, 기억해 둬서 손해는 없을 것이다.

"알겠다. 무사하길 빈다."

가무이코차는 그 말을 남기고, 정숙을 되찾은 역참을 동쪽으로 달려가 버렸다.

슈지로 일행은 여인숙으로 돌아가서 황급히 짐을 꾸려 나왔다. 여인숙의 기둥 시계는 오전 6시를 넘어가고 있었다.

역참을 빠져나가기 위해서는 목패를 제시해야 한다. 이쪽에서 찾을 필요도 없었다. 시마다 역참 출구에 접근하자, 골목에서 여러 명의 남자가 나타났다. 그 수는 다섯 명. 세 명은 이미 알고 있다. 신지로를 감시하는 야마나시, 이로하에게 붙은 사라이, 그리고 나와 후타바를 맡은 쓰루바미다. 나머지 두 명 중 한 명은, 신지로가 구치나시라고 불렀다고 알려줬다. 남은 한 명은 이름도 모르지만, 근육이 우람한 건장한 남자였다.

"오늘은 꽤 많군."

슈지로는 낮은 목소리에 기를 담았다. 자기도 모르는 사이에 규정을 어겨, 그것을 벌하기 위해서 머릿수를 모아서 나타났을 가능성도 있다는 생각이 머리를 스친 것이다.

"다른 뜻은 없습니다."

"강행 돌파당하지 않으려는 건가?"

"여기까지 남은 분들은 하나같이 강한 분들이니까요. 그러나 그것도 아닙니다. 그저 인원이 남아돌기 시작한 것입니다."

쓰루바미는 숨을 훅 내쉬었다.

"그렇군."

구치나시는 지켄의 담당이었다고 한다. 또 한 명의 우람한 남자도, 이 역참에서 죽은 누군가에게 붙었던 거겠지.

"대단한 밤이 되었습니다."

"남의 일이잖나."

"저희도 피해는 입었습니다. 설마 무차별로 독을 살포할 줄은…."

미후티에게는 시키미(樒)라는 자가 붙었었는데, 두 번째 독을 가까이에서 흡입하고 기절하여, 지금 이 시각까지도 깨어나지 못하고 있다고 한다. 쓰루바미는 더욱 말을 이었다.

"게다가 제법 바쁘답니다. 뒤처리도 해야 해서."

아까 가에데를 찾으러 서쪽으로 갔었을 때, 죽은 자들의 시체는 확실히 사라졌다. 역참에서의 싸움이 이어지는 와중에 운반했다는 뜻이다.

"쓸데없는 수다를 떨 틈은 없다. 목패를 확인해."

"꽤나 급하신 모양으로… 알겠습니다."

쓰루바미는 헛기침을 한번 하고는, 격식을 차린 말투로 말했다.

"사가 슈지로 님, 가쓰키 후타바 님, 목패를 보여주십시오."

"기누가사 이로하 님, 괜찮으시겠습니까?"

사라이도 말한다. 목패는 각자에게 필요한 만큼 나눴었고, 그것들을 순서대로 보여준다. 모두의 확인이 끝났을 때, 쓰루바미가 다시 입을 열었다.

"됐습니다. 통과하십시오."

"흑패는 없군."

"네. 안심하세요. 제일 후미가 이곳을 통과하는 대로 누가 흑패를 가졌는지 전해드리겠습니다."

"알겠다."

슈지로가 모두를 재촉하여 가려고 하자, 쓰루바미는 양손의 손바닥을 향하며 막았다.

"기다려주십시오. 이 시마다 역참 이후로는 더 전해드릴 것이 있습니다."

"뭔가?"

"도쿄에 도착한 자. 그리고 남은 숫자입니다."

쓰루바미는 근엄하게 말했다. 도대체 몇 명의 참가자가 남아 있는 것인가? 판에는 패가 몇 개나 남아 있는지를 추측하기 위해서도 확실히 줄곧 궁금하긴 했었다. 그러나 주최 측은 별로 친절한 마음으로 알려주려는 것은 아니다. 수가 적어졌으니까 가르쳐줌으로써 최후의 쟁탈전을 가속시키려는 것이겠지.

"먼저 도쿄에 도착한 자가 이미 한 명. 7번, 다나카 지로… 아니, 아다시노 시쿠라 님."

그 직후, 슈지로는 이로하와 얼굴을 마주 봤다. 신지로와 후타바도 기뻐하며 얼굴을 활짝 폈다. 시쿠라는 오쿠보를 구하러 도쿄로 갔다. 그 결과는 아직 모르지만, 예정대로 도쿄에는 들어갔다는 것은 분명

한 모양이다. 쓰루바미는 눈썹 하나 움직이지 않고 말을 계속했다.

"이미 도착한 아다시노 님을 포함하여, 남은 인원은 15명입니다."

"15명…."

슈지로는 그대로 반추했다. 예상은 했었으나, 이제 꽤 적어졌다.

"이상입니다. 좋은 여행을."

쓰루바미는 희미하게 미소 짓고는 몸을 쭉 폈다. 슈지로 일행은 역참을 빠져나가, 아련한 흰 빛으로 밝아오기 시작한 동쪽 하늘을 향해 걸어가기 시작했다.

다소 긴장이 풀렸던 것이겠지. 후타바는 하품을 참으면서,

"괜찮아요."

라고, 앞질러 말했다. 그 눈꼬리에는 살짝 눈물이 맺혀 있다.

다음 후지에다 역참까지는 1리 29정. 천천히 걸어가도 두 시간도 채 안 되어 도착한다. 원래는 여기에서 쉬게 해주고 싶었지만, 지금은 조금이라도 거리를 벌어두는 게 좋다. 그렇기는 해도 언제까지고 자지 않고, 쉬지 않고 걸을 수는 없다.

"마리코까지 가고 싶다. 괜찮겠나?"

후지에다 다음은 오카베, 그다음이 마리코 역참이다. 약 5리 남짓 정도다. 약 4시간 정도면 도착한다. 그 무렵이 되면 지나가는 행인들도 많아질 것이다.

"응. 걱정 마."

후타바는 씩씩하게 웃어 보였다.

"마음에 걸려?"

이로하가 중얼거리듯이 묻는다.

"그야."

"아까부터 계속 숫자를 세어보고 있었는데."

"나도다."

이로하의 말투에서, 같은 생각을 했다는 것을 알아차렸다.

쓰루바미는 남은 인원이 15명이라고 했다. 우리는 네 명. 거기에 교진. 형제인 시쿠라와 진로쿠. 가무이코차, 길버트, 가에데, 루치엔, 요마. 우리를 노리는 부코쓰, 환도재. 전부 합치면 14명. 한 명을 제외하고 전원을 파악하고 있는 셈이다. 아직 만나지 못한 한 명, 그것이 가무이코차가 말한 남자라는 뜻이다.

눈앞에 강이 보였다. 분명히 이름은 오오쓰야 강. 동쪽에서 번지기 시작하는 빛을 받아 수면이 흐릿하게 빛나고 있다. 폭 3간 정도의 흙다리가 놓여 있었다. 그 위를 걸어가던 도중에 슈지로는 문득 발을 멈추고 돌아봤다. 그러나 금방 다시 앞을 향하더니, 물소리를 가르는 것처럼 걸음을 옮겼다.

―남은 인원, 15명.

제 7 장

대륙의 용

*

청국(淸國)－.

문벌, 규벌(閨閥. 처가와 그 친척 세력을 중심으로 한 파벌), 군벌을 이용하지 않고 이 나라에서 출세를 바란다면, 방법은 한 가지밖에 없다. 수나라 시대부터 이어져 온 관료 등용 시험인 '과거'를 돌파하는 길이다.

중화 전토에서 우수한 인재들이 과거에 도전하고, 그 대부분이 꿈이 깨져 좌절한다. 최전성기 때는 3천 명 중 한 명밖에 합격하지 못할 정도의 난관. 70세가 되어 간신히 합격하는 자는 그나마 나은 편이고, 평생을 여기에 쏟아붓다가 죽어가는 자들조차 드물지 않았다.

이것은 문관을 등용하기 위한 시험이지만, 무관에게도 비슷한 제도가 있다. 청 시대에는,

－무경(武經).

이라 불린 시험이다. 문관 등용문인 과거에 비하면 쉽다고 지껄이는 자도 있다. 확실히 필기시험은 그렇겠지. 그러나 실기는 시험 내용에 따라서는 죽는 일도 있다는 것을 고려하면, 과거보다도 가혹하다고도 할 수 있다.

과거는 국립 학교에 다녀야 하거나, 예비 시험에 합격해야 하기 때문에, 수험생의 숫자는 약 천 명 전후.

그에 비해 무경의 시험 자격은 없는 것이나 마찬가지로, 때에 따라서는 1만 명 가까이가 치른다. 지방의 호족이나 무관의 자제들이 많

지만, 농민, 상인, 수공업자 등 서민들도 모인다.

합격자의 비율은 그때그때 다르지만, 약 0.1%에서 0.5% 사이. 1만 명이 도전해서, 10명에서 50명 정도밖에 합격하지 못한다는 뜻이다.

이렇게 해서 우수한 인재를 발탁해 온 청국이었으나, 건국으로부터 세월이 지나면서 궁지에 몰렸다.

도광(道光) 20년(1840년)에는 아편전쟁, 함풍(咸豐) 원년(1851년)에는 태평천국의 난이 일어나고, 2년 후인 함풍 3년(1853년)에는 난징을 점거당했다.

더욱이 함풍 6년(1856년)에는 영국, 프랑스 연합군에게 베이징을 점령당해, 쿠롱 할양과 텐진 개항을 강요받게 되었다.

이 정도로 궁지에 몰렸기 때문에 더욱, 보다 우수한 자를, 구국의 인재를 모으고 싶었다. 그 일념으로 개최된 올해의 무경. 시험장에 있던 모든 사람이 아연할 만한 사태가 일어났다.

누군가가 말했다.

"이것은 꿈인가?"

라고. 또 다른 자가 중얼거렸다.

"저 움직임은 뭐야…?"

라고. 모두가 눈앞의 광경에 시선이 못 박힌다.

"도대체, 몇 살이야?"

무경 책임자가 쥐어 짜내는 듯한 목소리로 의문을 입에 올렸다. 담당 시험관은 퍼뜩 제정신을 차리더니, 황급히 자료를 보면서 대답했다.

"도광 30년생. 말도 안 돼… 이제 10세입니다."

무경에는 중화 전토에서 무예가 뛰어난 자, 건장한 사내들만이 모인다. 그런데 나이도 적은 어린아이가 눈부신 활약을 보이는 것이었다.

아니, 그 정도가 아니다. 무경의 대표적인 과목, 말을 타고 세 개의 화살을 쏘는 '마기(馬騎)'. 오십 보 떨어진 지점에서 표적을 향해 다섯 개의 화살을 쏘는 '보사(步射)'. 높은 곳에 있는 표적을, 말을 타고 달리면서 맞히는 '지구(地球)'. 이 세 과목에서 1등의 성적을 거뒀다.

실전 형식의 시험에서는, 도검, 청룡언월도(靑龍偃月刀. 관우가 애용했다는 대형 대도), 극(戟. 창끝이 두 가닥으로 갈라진 창), 창, 채찍, 봉, 지팡이, 모든 무기를 능숙하게 다뤄, 어른들을 쉽게 물리친 것이다.

누군가가 이름을 물었다. 이제 와서지만. 그러나 이해 못 할 것도 없다. 어린아이의 움직임에 사로잡혀 바라보느라, 이름을 묻는 것조차 뒷전으로 미뤘던 것이다. 시험관은 다시금 자료를 보고 확인하더니, 대중을 향해 근엄하게 고했다.

"성은 루(陸), 이름은 치엔(乾). 자는 서광(叙光)."

도광 30년(1850년), 루치엔은 강소성 강녕부 육합(六合) 지역의 하급 무관의 3남으로 태어났다. 루가는 예로부터 오나라 4대 성씨에 들어가는 유력 호족이며, 삼국시대 때는 그 유명한 육손(陸遜)을 배출했다.

그러나 루치엔의 가문은 방계, 더욱이 방계에서부터도 나뭇가지처럼 갈라진 중의 한 가문. 수많은 루가 중 하나라는 정도였다.

루치엔의 생가는 청국 건국 무렵부터 지방 무관으로 발탁되었다. 그후로 특필할 만큼 무공을 세운 적은 없다. 루치엔이 태어나기 약 180년 전인 삼번의 난(1673~1681년 청나라에서 오삼계, 상지신. 경정충이 일으킨 반란으로, 강희제가 진압해 청의 중앙집권을 강화한 사건) 때, 말단 적장을 해치웠다는 딱 한 가지 공적만이 중요한 듯이 전해지는 것만 봐도 알 수 있다.

지위는 낮고, 긍지만은 높다. 어디에나 있을 법한 소박한 무관의 집이다. 그것이 루치엔이 태어나고부터 변했다. 천부적인 무예의 재능이 있던 것이다.

다섯 살에 무예 수련을 시작하여, 여섯 살 때 궁술로 두 명의 형을 뛰어넘었다. 일곱 살에는 검술로 아버지를 이겼고, 여덟 살에 자기 수족처럼 말을 다뤘다. 더욱이 다음 해, 아홉 살에 놀랍게도 무예 사범을 이겨버린 것이다. 그 무렵에는 인근에도 소문이 퍼져, 누가 말하기 시작했는지,

－루가의 용.

이라고 불리게 되었다. 아버지도, 할아버지도, 증조부도 평범. 형제도 보통 수준이다. 어째서 루치엔만이 이토록 재능이 있는 것일까? 주워 온 아이가 아니냐며 의심하는 자까지 있었으나, 친아들이라는 것은 틀림없는 사실이다.

그런 루치엔은 자기 재능을 자만하여 우쭐대는 일도 없이,

"매일매일 너무나 즐거워."

라고, 주위에 항상 말하고 다녔다. 어제는 못 하던 것을 오늘은 할 수 있게 된다. 오늘 삐걱대던 것을, 내일은 달성할 수 있다. 그것이 순수하게 즐거워서 견딜 수가 없었다. 따라서 아직 어린 탓도 있지만, 출세에도 전혀 흥미가 없는 것이다.

"너라면 무경에도 통용된다."

어느 날, 아버지가 말을 꺼냈을 때도,

"네에."

라고, 루치엔은 건성으로 대답할 뿐이었다.

루가의 번영으로 이어진다. 돈도 아쉬울 일 없게 된다. 명가와의 혼담도 가능할지도 모른다. 많은 사람들에게 존경받게 된다. 아버지는 열심히 설득했지만, 루치엔은 씁쓸하게 웃으며 고개를 갸웃거릴 뿐. 역시 그런 것들이 탐난다는 마음은 전혀 들지 않는 것이다.

"너라도 이길 수 없는 적도 있겠지만… 적어도 상위 몇 명 안에만 들어가면 된다."

아버지가 어떻게든 설득하려고 말한 것에, 루치엔은 갑자기 몸을 앞으로 내밀며 관심을 보였다. 상위에 들어가는 운운이 아니었다. 그 전 단락의 내용 때문이다.

"나보다 뛰어난 자가 있다고요?"

"그래. 중화는 넓다."

"치르겠습니다!"

루치엔이 돌변하여 승낙했기 때문에, 아버지 쪽이 어안이 벙벙해졌다. 나보다 강한 자가 있다. 그렇다면 꼭 한번 겨뤄보고 싶다. 그 일념이 루치엔을 충동질했다.

이렇게 해서, 루치엔은 아홉 살에 예비 시험을 쉽게 돌파. 열 살에 무경 수험에 임하게 된 것이었다.

"이런 거였나…?"

무경을 마친 뒤, 루치엔은 아쉬운 나머지 자기도 모르게 중얼거리고 말았다.

무거운 활을 쏜다, 큰 돌을 들어 올린다, 등등, 순수한 완력을 측정하는 과목에서는 아무래도 어른을 이길 수는 없었다. 그러나 궁술, 말 타고 쏘기, 검이나 창 등 모든 과목에서 수석. 실전 형식의 시험에서도, 자기보다 훨씬 체격이 좋은 장부들을 상대로 단 한 번도 패하지 않았던 것이다.

시험관들은 고향인 육합 사람들과 똑같은 반응을 보였다. 눈을 크게 뜨며 놀라고, 손뼉을 치며 칭찬하고, 구국의 무사가 될 수 있다고까지 말하는 자도 있을 정도였다.

결과적으로, 루치엔은 무경에 수석으로 합격. 청 건국 이래로 무경 합격의 최연소 기록이라고 한다.

이렇게 해서 루치엔은 불과 열 살에 무관으로 발탁되어, 고향인 육합을 떠나 수도인 순천부로 이사하게 되었다.

무경에서는 낙담했으나, 루치엔의 발걸음은 가벼웠다. 중앙의 무관이라면, 하나같이 무경 돌파자들뿐. 더욱이 거기서부터 더 엄격한 수련을 쌓는 자들이다. 아버지가 말한 것처럼, 분명 상상도 못 할 정도의 달인과도 만날 수 있을 거라고.

루치엔이 배속된 곳은 경팔기(京八旗). 정예군들만 모인 친위대다. 색깔 이름을 붙인 여덟 개의 부대로 구성되며, 루치엔은 그중 정홍대(正紅隊)에 배속된다.

"굉장해."

경팔기에서의 교련이 시작되자 곧바로 루치엔의 눈은 별처럼 빛났다. 모두가 강녕부의 무관과는 전혀 차원이 달랐다. 강녕부의 사범조차도 이곳 말단 자리에도 앉지 못할 것이다.

실력자들만 모인 가운데서도 한 명, 특히 눈길을 끄는 사람이 있었다. 늠름하고 햇볕에 그을린 갈색 피부, 이국의 피가 섞인 듯한 다소 큰 눈동자, 마치 강철처럼 단단하고 우람한 체구. 어떤 상대든, 어떤 무기든, 눈 깜짝할 사이에 상대를 격침시켜 버린다.

"저분은…?"

루치엔이 선망의 눈길을 향하고 있노라니,

"린빠오(林豹) 님이시다."

라고, 선배 중 한 명이 어째서인지 잘난 척하며 가르쳐줬다.

나이는 24세. 열다섯 살 때 무경을 치러, 루치엔과 마찬가지로 수석으로 합격. 그 후로도 매년 실력이 향상되어 19세에 정홍대 대장, 23

세 때 경팔기 전체에서 세 명밖에 없는 무예 사범이 된 사람이라고 한다. 게다가 만주인이 많은 경팔기 안에서, 린빠오는 산시성 서안부 임동 출신으로 루치엔과 같은 한족. 그 점도 루치엔의 동경심을 부풀렸다.

"한번, 대련을 부탁드립니다!"

"바보 녀석, 너 따위가-"

루치엔은 정신이 들었을 때는 이미 큰소리로 간원하고 있었으며, 선배가 안색이 바뀌어 말리려고 했다. 그러나 린빠오는 그것을 제지하고 다가오더니, 군기가 들어갔던 얼굴을 풀며 웃었다.

"재미 있는 꼬마로군. 덤벼봐."

승부는 비참했다. 어떤 무기를 사용해도 전혀 상대가 되지 않았다. 도대체 몇 번을 흙을 핥았는지 모른다. 온몸에 몇 군데나 상처가 났다. 그래도 루치엔은 마음속으로,

-못 견디게 즐거워.

라고, 흐느끼고 싶을 정도로 환희의 목소리를 지르고 있었다. 루치엔은 앞으로 다가올 날들에 대한 기대로 가슴을 부풀리며, 모래가 잔뜩 묻은 입술 끝이 저절로 올라갔다.

*

그로부터 8년의 세월이 흘렀다.

18세의 여름, 루치엔은 울고 있었다. 눈물이 끊임없이 흘렀다. 이것

은 환희에서 오는 것도, 감사의 마음에서 나오는 것도 아니다. 즐거웠던 나날에 대한 그리움, 장래에 대한 절망이 눈에서 흘러나오는 것이었다.

"루… 치엔… 내가 졌다."

지금, 그 린빠오가 자기 발밑에 나뒹굴며 고통에 얼굴을 찡그리고 있다. 이것으로 경팔기에서 이제 루치엔을 이길 수 있는 자는 없어져 버린 것이다.

아니, 엄밀하게 말하면, 작년쯤에는 이미 이길 수 있다는 걸 알고 있었다. 그러나 린빠오를 쓰러뜨려 버리면 희열의 나날이 끝나버린다. 발차기를 봉인하거나, 창 자루는 쓰지 않는 등 스스로에게 핸디를 주고, 그 순간을 조금이라도 늦춰온 것이었다.

그러나 지금은 무엇을 어떻게 해도 질 수가 없다. 오늘, 간신히 각오하고 임한 결과, 제 실력의 절반도 내지 않고 순식간에 결판이 나버린 것이다.

"성장했구나. 근사하다."

린빠오는 일어서서 아낌없이 칭찬해 줬다. 싸움의 추세를 지켜보던 경팔기 사람들로부터 터질 듯한 함성이 솟구쳤다.

"네에…."

루치엔의 대답은 과거 아버지에게 했던 때처럼 맥 빠진 것이었다. 무술이 견딜 수 없이 좋다. 좀 더 높은 곳을 목표로 하고 싶다. 내 모든 것을 맞부딪칠 수 있는 강한 상대와 싸우고 싶다. 평생 유일하다고 할 수 있는 그 바람의 기회는, 이제 두 번 다시 찾아오지 않을지도 모른다.

고생 끝에 선배들을 뛰어넘은 감동으로 해석한 모양으로, 린빠오는 어깨를 두드려주며 울지 말라고 위로해 준다. 사람들은 최대한 축하의 말을 보내온다. 그 누구와도 서로 이해할 수 없다는 비애도 곁들여져, 루치엔은 다시금 흐르는 눈물을 팔로 문질렀다.

이듬해, 루치엔은 19세에 경팔기의 무술 사범으로 선출되었다. 이 또한 청이라는 나라가 시작된 이래의 쾌거라고 한다. 수많은 기록을 갱신함으로써, 루치엔이 과거 린빠오를 향했던 것 같은 동경의 눈길을 그에게 향하는 자도 꽤 늘었다.

루치엔은 사범으로서 후진 지도를 했다. 그러나 솔직히 지루해서 견딜 수가 없었다. 앞으로 자신에게 필적할 만한 자가 있다면 또 다르겠지만, 그런 자는 아무리 기다려도, 단 한 명도 나타나지 않았다.

또한 혼란의 도가니가 된 국내의 전쟁에도 나갔다. 휘하를 호령하며 총격하게 한다. 허공을 총알들이 날아다니기만 하는 싸움에는 아무런 매력도 느끼지 못했다.

직접 칼을 휘두르며 적진으로 돌진했을 때는, 아주 조금이지만 가슴이 뛰었으나, 그것은 불과 잠시의 위안일 뿐이었다. 약한 자를 상대로 자기 무예를 확인하고 싶은 것이 아니다. 나는 강한 자와 사투를 벌이고 싶은 것이다.

"타이완에 다녀와 주지 않겠나?"

22세의 여름, 나라의 중추를 담당하는 태부(太夫)에게 불려 가 직접 부탁받았다.

타이완의 원주민이 표류한 류큐인을 살해했다. 일본이 보복하려 들 것은 틀림없지만, 그대로 지배하려 들지도 모른다. 동향을 확인하고 싶으나, 많은 인원을 보내면 오히려 일본을 자극하게 된다. 그렇기는 해도, 서툰 자를 보내면 여차할 때 탈출도 쉽지 않다. 그래서 루치엔이 물망에 올랐다는 것이다.

이때 루치엔은 오랜만에 가슴이 뛰는 것을 느꼈다. 중대한 임무를 맡았기 때문이 아니다. 청국 바깥이라면, 강한 자를 만날 수 있을지도 모른다고 생각했기 때문이다.

"맡겨주십시오."

웃음이 나올 뻔한 것을 꾹 눌러 참으면서 루치엔은 쾌히 승낙했다.

루치엔은 그로부터 얼마 되지 않아 타이완으로 갔다. 부족의 마을들을 탐색하는 도중, 때로는 수상쩍게 여겨져 습격을 당한 적도 있다. 일본군이 타이완에 침공을 개시한 이후로는, 전쟁의 소용돌이 속으로 뛰어든 적도, 적의 막사에 단신으로 기습을 감행한 적도 있다.

그러나 마음의 갈증이 사라지는 일은 없었다. 전력을 다 쏟을 수 있을 만한 상대는 끝내 만나지 못했기 때문이다.

그러나 한가지, 희망도 있었다. 일본군은 농민이나 상인 중에서 징병했으나, 그것을 통솔하는 사관은 과거에,

–무사.

라고 불리던 사족 계급이 많다. 그중에 아주 드물게, 가슴 뛰게 만드는 자가 섞여 있던 것이다. 루치엔은 그자도 어려움 없이 격파했지만, 일본에는 좀 더 강한 자가 있을지도 모른다고, 가능성을 느낀 것은 분명했다.

타이완에서의 전쟁 이후로 일본의 아시아에 대한 영향력은 더욱 커져갔다. 이르면 수년, 늦어도 수십 년 후에는 청국과도 전쟁이 일어날 것은 충분히 있을 수 있다. 청국의 수뇌부는 그때에 대비하여 일본의 내정을 살펴야만 한다고 생각하여, 타이완 때처럼 사람을 파견하기로 결정했다.

"저를 보내주십시오."

루치엔은 자청해서 지원했다. 애국심이 전혀 없는 것은 아니었다. 그러나 역시 최대의 이유는, 강한 자를 만날 수 있을지도 모른다는 것이었다.

*

광서(光緖) 3년, 메이지 10년, 1877년 연말. 청국의 무역상 중 한 명으로 위장하여, 루치엔은 고베(神戶)로 갔다. 고베는 20년 정도 전까지는 작은 어촌이었다고 하는데, 지금은 그 편린조차 보이지 않을 정도로 북적였다. 이 한 가지만으로도 일본이라는 나라가 급속히 성장하고 있다는 것을 알 수 있었다.

“자, 그럼, 갈까.”

고베는 물론이고, 때로 동쪽의 오사카나 교토로, 때로는 서쪽의 히로시마로 발길을 향해 일본의 내정을 살폈다. 원래 귀가 좋아서 어학에서 곤란했던 적은 없었다. 더욱이 일본에 오기 반년 전부터 일본어 공부를 시작했기 때문에, 억양은 좀처럼 없애기 힘들었지만, 일상 회화 정도라면 어려움 없이 구사할 수 있게 되었다. 서민 사회 사람들과 교류하는 것으로도 정보를 얻을 수 있었다.

“…없네.”

때때로 루치엔은 혼자 중얼거렸다. 예전에는 칼을 허리에 찬 무사가 활보했었다고 하는데, 그런 자는 거의 보이지 않는다. 아직도 칼을 찬 자가 소수 있긴 했으나, 경라의 검문을 당하고 연행되는 것을 봤다.

무술 실력이 있어 보이는 자도 보인다. 분명 무사 출신이겠지만, 더 이상 수련을 하지 않게 된 것도 알 수 있었다.

역시 여기에도 없는 건가? 아니야, 어딘가에 숨어 있을 뿐이고, 이 나라에는 있을 것 같은 느낌이 든다. 그 때문에 바다 건너 멀리까지 온 것이다. 임무를 수행하면서, 포기하지 않고 찾던 중, 어느 날 고베의 한 마을에서 배포된 신문을 보게 되었다.

“…바오즈(報紙).”

일본어로 신문이라는 것이다. 이것도 내정을 파악하는 데 도움이 되겠지 싶어서 훑어보기 시작했는데, 도중부터는 신문지를 뚫고 들어갈 듯이 정신없이 읽었다.

"어이, 어이."

풀린 입가를 손바닥으로 덮는다. 분명 내 눈은 초롱초롱 빛나고 있겠지.

이국인인 나여도 안다. 상당히 의심쩍은 내용이다. 손에 든 사람들도 저마다 수상하다고 한다. 그러나 마음에 걸려서 어쩔 수가 없다.

어느 쪽이든, 어차피 고베 주변을 살핀 후에 다음은 도쿄로 가라는 명령을 받았다. 이것이 거짓이라면 거기서 끝. 만약 참이라면—.

일각여삼추(一刻如三秋)의 심정으로 기다리다가, 루치엔은 그 날짜에 과거 이 나라의 수도였던 곳으로 향했다. 모이는 장소는 일본 유수의 이름 높은 사찰 덴류지. 그 장엄한 문을 통과했을 때, 루치엔은 너무나 감동하여,

"와아."

하고, 어린아이 같은 소리를 내고 말았다.

이쪽에 있는 자도, 저쪽에 있는 자도, 명백히 뭔가가 다르다. 기이한 분위기에 휩싸인 경내를, 루치엔은 점프하는 것 같은 가벼운 발걸음으로 걸어갔다.

받아 든 목패는 139번. 덴류지에서 난투가 시작되자마자,

"영감님, 대단하네."

라고, 루치엔은 환희에 차서 중얼거렸다.

목패를 나눠줄 때 엿들었다. 목패의 번호는 142, 이름은 오카베 환도재. 나이는 70은 족히 넘어 보이는 노인이지만, 얼핏 봐도 상당한 달인이라는 것을 간파했다. 루치엔은 다가오는 140번의 코를 당수로 쳐서 부러뜨리고, 그 환도재를 향해 돌진한 것이었다.

지팡이에서 뽑아낸 칼 밑으로 파고들어가 유성처럼 주먹을 날렸으나, 환도재는 그 전부를 피했기 때문에, 자기도 모르게 목소리가 흘러나와버린 것이다. 확실히 맞을 줄 알았던 주먹도 허공을 가른다. 관절이 이상할 정도로 구부러지는 것이다.

"흠!"

설마 종아리가 구부러지지는 않을 거라고 생각하여, 질풍 같은 발걸기를 날렸다. 토끼처럼 폴짝 뛰어 피하는 환도재에게, 루치엔은 허공을 향해 돌려차기를 발사한다. 환도재는 칼집으로 막았으나, 뒤로 날려갔다. 환도재는 사뿐히 착지하더니,

"골치 아픈 자도 섞여 있는 것 같군."

이라고 내뱉고, 몸을 돌려 난투의 틈새로 뛰어들었다.

"어이, 기다려줘."

루치엔이 쫓아가려고 한 순간, 머리 위에는 칼, 옆구리에는 창이 동시에 달려들었다. 칼은 허공을 춤추게 만들고, 창은 발로 감아 빼앗아, 눈 깜짝할 사이에 두 명을 땅에 매몰했다.

"뭐, 됐나."

눈을 허옇게 까뒤집고 경련하는 두 명의 목에서 목패를 빼앗고는, 루치엔은 하얀 이빨을 보였다. 조바심 낼 필요 없다. 그 정도의 달인이라면, 여행을 계속하다 보면 반드시 다시 겨룰 기회는 있다.

덴류지를 나간 후, 루치엔의 진격이 시작되었다. 이 나라에서는 결투 전에 이름을 대는 것이 예의라고 들은 것은, 이시야쿠시 역참에서 싸웠던 야마모토 단게라는 자에게서. 그 야마모토는 가슴뼈를 박살냈더니 움직이지 않게 되었다. 예의 운운했던 것치고는 약했기 때문에 맥이 빠졌다.

후지카와 역참에서는 가미카도 도이쓰라는 장술가(지팡이술). 주먹, 팔꿈치, 무릎, 발을 여러 번 날렸지만, 좀처럼 쓰러지지 않아서 놀랐다. 보아하니 통증을 완화하는 기술을 습득한 모양이다. 어떤 작용인지 생각해 봤지만, 답은 알 수 없었다. 그래서 천 발 때려 넣어 끝내기로 했다. 결과적으로, 천 발까지도 가지 않고, 100발이 넘었을 때 피를 토하며 절명해서 다행이었다.

고유 역참을 지난 부근에서는 마쓰유키 세이노조. 30대의 약식 기모노를 입은 자객. 이자는 제법 강해서 자연히 웃음이 흘러나왔다. 경팔기에 소속되었어도 상위 10%에는 들어갔을 테지. 그러나 마쓰유키의 검은 허망하게 허공을 갈랐고, 이윽고 냉정하던 얼굴에서 여유가 사라졌다. 마지막은 선풍 같은 발의 일격. 목뼈가 부러져 움직이지 않게 되었다.

전부 다 즐거운 추억이다. 루치엔은 생애 중 가장 충실한 시간을 보내고 있었다.

그리고 시마다 역참. 마침내 만났다. 나와 호각으로 여겨지는 자를. 이름은 사가 슈지로. 희한한 기술을 쓴다. 엄청난 발놀림도 물론이지만, 사각이라는 것이 거의 존재하지 않고, 더욱이 1초 뒤를 예측하는 것 같은 움직임을 보인다.

미후티를 먼저 처치할 필요가 있어서, 흐름상 함께 싸우게 되긴 했으나,

－싸워보고 싶다.

라는 바람은 시간이 지날수록 강해졌다. 그러나 슈지로는 바로 동료를 구하러 가야만 했다. 억지로 잡아둔다고 해도, 동료가 걱정되어 집중할 수 없을지도 모른다. 게다가 역참에 오는 도중에 부상을 입은 것 같기도 했다. 줄곧 찾아 헤맨 호적수이기 때문에, 만전의 상태에서 싸우고 싶다. 그렇게 생각하고, 슈지로 일행을 보내주기로 한 것이다.

슈지로라면 반드시 살아남는다. 이 나라의 수도, 도쿄에서 자웅을 겨루면 된다. 루치엔은 이미 청국의 임무 같은 것은 어떻게 되든 상관없었고, 그 일만이 머릿속을 차지했다.

그러기 위해서는 우선 이 시마다를 빠져나가야만 한다. 현재 내가 가진 패는 13점. 2점이 더 필요하다. 이도로 싸웠던 이시이 오토자부로, 나를 뒤에서 결박하여 지켄의 총알받이로 삼았던 노름꾼 이카리 다케토라. 이 자들이 아직 패를 갖고 있을 것이다.

1

"아이(哎. 우와)… 부간상신(不敢相信. 말도 안 돼)!"

루치엔은 머리를 긁적였다. 이카리의 시체를 아무리 뒤져도 목패가 나오지 않는다. 이시이도 마찬가지였다. 누군가가 몰래 빼앗아 간 건가? 아니, 그게 아니다. 이시이의 목에는 분명히 '186번' 패가 걸려 있다. 빼앗은 자가 있었다면, 가장 눈에 띄는 이 패를 놓칠 리가 없다. 지쿠마루 스즈스케는 3점밖에 찾지 못했던 것이 아니다. 애초에 이시이는 목에 건 패 말고는 3점밖에 갖고 있지 않았던 모양이다.

아무튼 없는 것은 없다. 목에 걸린 패는 챙겼으나, 아직 1점 부족하다. 다른 시체에도 목패가 남아 있지 않을까 하고 주변을 둘러보다가,

"오옷."

루치엔은 살짝 놀란 소리를 냈다. 창술의 승려. 호조인 엔슌이라 했던가? 그 시체를 향해 손을 뻗으려는 자가 있었던 것이다. 언월도를 쓰는, 아키쓰 가에데였다.

가에데도 그를 알아차리고 반사적으로 언월도를 겨눴다. 서로의 거리는 약 20미터 정도. 가에데의 옆으로 길게 찢어진 두 눈과 언월도 날에 기합이 깃드는 것이 느껴졌다.

"목패, 있어?"

루치엔은 다가가면서 아무렇지 않게 물었다. 가에데가 아무 대답도

하지 않아 더욱 말을 계속했다.

"그거, 줄게."

"우롱할 셈이신가요?"

"우롱… 아, 왠지 의미는 알겠어. 독이 아직 남아 있지?"

"그것은 제 부주의에 의한 것. 동정은 필요 없습니다."

"내 사정 때문이야. 완전한 상태로 돌아가줘. 그때는… 사양하지 않고 싸운다."

가에데의 어깨가 움찔 움직였다. 반면, 루치엔은 밝은 태도를 되찾고 말을 이었다.

"난전이었잖아. 누가 결정타를 찔렀는지는 상관없어. 나도 다른 놈한테 당한 자에게서 목패를 챙겼으니까. 이걸로 비긴 거다."

"…알겠습니다."

가에데는 계속 경계하면서, 엔슌의 옷으로 하얀 손을 뻗었다.

"어때?"

"목에 건 1점뿐입니다."

"그런가. 분명 원래 1점밖에 없었겠지."

이카리도, 엔슌도 이 시마다 역참에 왔을 때는, 어떤 이유로 처음 받은 목패 말고는 전부 잃어버렸다는 말이다. 충분히 있을 수 있는 일이다.

"다 채웠나?"

루치엔은 동쪽을 향해 턱을 흔들었다. 가에데는 당황하면서 고개를 끄덕여 보였다.

"딱."

"잘됐네. 그럼, 이만."

루치엔은 손을 휙휙 흔들었다.

"그쪽은…?"

"아직 뒤에 더 있을 거야. 기다린다."

"만약 없으면 어떻게 할 겁니까? 실격이 됩니다."

"뭐, 그때는 고독 무리를 상대로 한바탕 날뛰어줄까나."

루치엔은 태연히 내뱉는다. 덴류지에서 경찰을 순식간에 죽인 남자. 고독 주최 측에도 눈에 띄는 실력자가 있다는 것은 알고 있다. 그 자가 나온다면 그것도 나쁘지 않다.

"가봐."

루치엔이 웃으며 재촉하자, 가에데는 고개를 깊이 숙이고 동쪽으로 걸어갔다.

가에데와 싸울 생각이 없는 이유는, 연민이 인 것도, 은혜를 입히기 위해서도, 하물며 여자이기 때문은 더욱 아니다. 가에데와 백번을 싸워도 내가 백번 다 이긴다. 그걸 알고 흥미를 잃은 것뿐이다. 그래도 싸워야 한다면, 적어도 만전의 상태에서 싸우고 싶다는 것이 본심이다.

"그럼, 기다릴까."

루치엔은 벽에 기대어 길가에 주저앉았다. 다음에 이 길을 지나가는 참가자를 해치운다.

동쪽 하늘이 밝아지면서 어둠이 걷힌다. 그것과 대조적으로, 어느 쪽에서부터인지 모르게 아침 안개가 끼기 시작했다. 강이 가깝기 때문이겠지. 고향인 육합도 그랬다.

"아직 있을 텐데…."

루치엔은 희미해지는 풍경을 향해 혼잣말을 했다. 아까는 후속이 올 거라고 말했지만, 정말로 있을지 약간 불안해졌다. 잠드는 약의 효과가 일찍 떨어진 자가 있는 건지, 역참에 사람이 움직이기 시작한 기척도 느껴졌다.

"오옷."

루치엔은 눈에 힘을 줬다. 안개 너머로 흐릿하게 사람 그림자가 보인 것이다. 일어나서 엉덩이에 묻은 모래를 털고 있노라니, 이윽고 모습이 또렷하게 떠오르기 시작했다.

상당히 젊다. 나이는 22, 23세 정도일까? 키가 훤칠하게 크고, 피부색은 희다. 조국에서는 동북부 출신자들에게서 곧잘 볼 수 있는 용모다.

"참가자… 로군?"

일단, 물어봤지만, 의심의 여지는 없다. 날씬한 체격이지만, 기모노 위에서 봐도 강철처럼 꽉 조여진 몸이라는 것을 알 수 있다. 발걸음도 완전히 숙련자의 그것. 그리고 무엇보다 물씬 풍기는 피 냄새가 콧구멍에 닿았다.

"목패, 갖고 있나?"

약 10미터 거리에서 발을 멈추고, 젊은이는 묻는다.

"14점 있다."

"잘됐다."

젊은이는 웃음 짓는다. 보통 사람이 보면 온화한 표정이겠지만, 두 눈만은 웃고 있지 않기 때문일까, 루치엔에게는 지독하게 추악한 얼굴로 보였다.

"나는 루치엔. 이름은 – "

루치엔은 멈췄다. 젊은이가 갑자기 거리를 좁혀온 것이다. 막 뽑아 든 칼이 아침 이슬에 흐릿하게 빛났다. 루치엔은 몸을 뒤로 젖혀 코끝에서 피하고, 턱을 향해 오른발을 통렬하게 차올렸다.

"안 되나."

발끝이 스쳤을 뿐. 그래도 맞았다는 사실에 놀란 모양으로, 젊은이는 쌍꺼풀진 눈을 크게 떴다. 그 사이에도 칼이 허공에서 튕겨 나가듯이 하다가 되돌아온다. 루치엔은 몸을 뻗어 피하면서, 통렬한 돌려차기를 날렸다.

"부커넝(不可能. 불가능)…."

뭐야? 옆구리를 포착했다고 생각했는데, 어깨로 막았다. 순식간에 몸을 튼 것이다. 발차기에 밀려 땅을 미끄러지긴 했으나, 공처럼 반발하더니 또다시 덤벼든다.

“어(哦)－.”

루치엔은 감탄사를 흘렸다. 젊은이의 공격은 날아오르는 제비 같은 속도였고, 아지랑이 속처럼 궤도를 파악하기 힘들다. 항상 두 다리를 움직이고, 상반신을 약동시켜, 모든 공격을 종이 한 장 차이로 계속 피했다.

그리고 그 사이사이로 주먹과 발을 내질렀다. 맞기는 맞는다. 그러나 전혀 반응이 없다. 마치 목각인형을 때리는 기분이다.

이유는 두 가지. 하나는 직격의 순간에 체간이 미세하게 흔들려 충격이 날아가 버린다. 노리고 하는 것이라기보다는, 천성적인 것으로 봐야 할 것이다.

또 한 가지는, 애초에 통증에 강하다. 전혀 느끼지 않는 것은 아닌 모양이지만, 분명 둔감하다. 이것도 체질이라고밖에 말할 수가 없다. 이토록 싸움에 적합한 몸은 또 없겠지.

“큭－”

칼날이 스친 뺨이 뜨거워진다. 핏방울이 맺힌다. 나는 지금 애를 먹고 있다. 그런데도 자연히 입가가 풀어진다. 희열이 온몸을 달리기 시작한 것이다.

“지에자오바(接招吧. 믿을 수가 없네)?”

이건 어떠냐? 루치엔은 칼날을 코끝에서 피하고, 자기 손을 칼날로 바꿔 옆구리에 찔러넣었다.

“우….”

급소를 찔려 젊은이가 신음했다. 둔감해도 아픔을 느끼기는 하는 걸 보니, 요괴 종류는 아니고 사람. 사람이라면 망가뜨릴 수 있다.

안하(雁下), 활살(活殺), 전광(電光), 장문(章門), 관원(關元), 복토(伏兎), 협차(頰車), 인중(人中), 하(霞), 염천(簾泉), 천돌(天突), 비중(秘中), 오토(烏兎), 천도(天道). 인체의 온갖 급소에 장맛비처럼 손을 찔렀다.

젊은이는 공격의 손길을 늦추고, 방어로 전환해서 몸을 굳힌다. 그러나 루치엔은 맹공을 멈추지 않고, 팔의 틈새를 지나 적확하게 급소를 찌른다. 이윽고 방어도 늦어져, 젊은이는 마치 기관총 난사를 당하는 것처럼 몸을 펄떡거렸다. 그러나 그 눈은 아직 죽지 않았다.

"헌웨이셴더(很危險的. 굉장히 위험한데)!"

위험했다. 우선은 발을 멈추게 하려고, 젊은이가 루치엔의 다리를 향해 강렬한 참격을 날린 것이다. 그러나 루치엔은 뛰어올라 허공에서 몸을 돌리더니, 아래쪽 척수를 향해 벼락 같은 발차기를 날렸다.

젊은이는 이제 무릎을 굽히며 무너져내린다. 급소 중의 급소. 이제는 버틸 수 있을 리가 없다. 아니, 상식을 바꿔라—.

"궈란스(果然是. 과연)."

역시. 이 자, 보통 사람이 아니다. 무릎이 땅에 닿기 직전, 팽이처럼 몸을 돌려 전환한다. 루치엔은 착지와 동시에 몸을 굽혀 피했을 때, 젊은이가 협차로 손을 뻗는 것을 눈 가장자리로 포착했다. 속도에서 우월한 나를 잡기 위해서는 이것밖에 없다. 이도류다.

"그렇겠지."

루치엔은 일본어로 중얼거리고, 거만하게 한쪽 입꼬리만 올려 웃었다. 젊은이가 칼자루에 닿는 것보다 더 빨리, 루치엔이 협차를 잡아 빼낸 것이다. 곧바로 거꾸로 고쳐 쥐고 옆구리를 후려친다.

"아깝네."

감촉은 있었다. 그러나 스친 정도. 선회의 기세를 죽이지 않고 그대로 후퇴로 전환한 것이다. 이것도 천성, 천부적, 타고난 재능이 있어야 가능한 것. 이 젊은이는 좋아. 너무 좋다.

"쓸만해."

젊은이가 소나기처럼 공격을 쏟아낸다. 그러나 루치엔은 협차로 그 전부를 막아내고, 흘려넘기고, 튕겨냈다. 협차를 휘둘러 주의를 끌고는, 그 빈틈에 접근해서 마주 보며 손바닥 치기를 날렸다.

"우어억…."

젊은이는 뒷걸음질치며 침을 흘렸고, 루치엔은 자세를 되돌리면서 가늘게 숨을 내쉬었다.

경(勁)을 발산한다. 이른바 발경(發勁. 혈도 찌르기). 타격과는 근본적으로 다르다. 중화 무술의 지혜가 만들어낸, 몸의 내부를 파헤치는 기술이다. 이거라면 확실히 통한다. 세 발만 더, 아니, 두 발만 더 찔러넣으면 틀림없이 망가진다.

"젠장… 강하다…."

젊은이는 고개를 숙이고 중얼거렸다. 토라진 아이 같다는 인상을 받았다.

"너도 충분히 강하다고."

루치엔은 기를 단전에 모으면서 대답했다. 진심으로 하는 말이다. 환도재도 그렇고, 미후티도 그렇고, 슈지로도 그렇고. 이 나라에 오길 잘했다고 진심으로 생각했다.

"좀 더 빨리… 더 빨리하지 않으면."

젊은이는 중얼중얼 혼잣말을 한다.

"그게 되면 고생은－"

루치엔은 놀랐다. 움직일 전조는 조금도 없었다. 그런데 또 젊은이가 돌진해온 것이다. 게다가 아까까지보다 명백하게 빠르다.

"큭."

젊은이의 칼이 난무한다. 때로는 총알처럼 빨리, 때로는 지는 꽃잎처럼 꺾어진다. 게다가 일격이 쇳덩어리처럼 무겁다. 협차를 쥔 손이 벌써부터 저리다. 심지어 더 가속하는 것이 아닌가. 이것은 보통 일이 아니다. 피하는 게 고작, 막아내는 게 한계였다.

－그게 어쨌다는 거야.

그렇다면 한계를 뛰어넘으면 될 뿐이다. 루치엔은 협차를 다섯 손가락에서 해방시키더니, 안개를 모으는 것처럼 손을 움직여, 자신의 가장 강렬한 기술을 쏟아냈다.

"…룡진(龍勁)."

맞았다. 다듬고 또 다듬어 빚어낸 발경. 맞은 부분은 수월(水月) 아래, 더욱 왜소한 급소인 단중(壇中). 위장의 파열은 확실. 이것으로 서 있을 수 있을 리는－.

루치엔은 반사적으로 뒤로 물러났다. 날아오르는 모래 먼지가 안개에 섞여 잿빛으로 떠오른다. 그 소용돌이 속에서 루치엔은 씁쓸하게 중얼거렸다.

"어이, 어이."

공격이 돌아온 것이었다. 필살의 일격은 확실히 맞혔다. 그러나 경이 끝까지 전해지지 않았다. 닿은 순간, 팔이 잘려나간 것이다.

피가 떨어진다. 격통이 인다. 그러나 그 이상으로 넘치는 기쁨에 루치엔은 웃었다.

"최고다."

"좀 더 빨리…."

젊은이는 뭔가에 힘을 구하는 것처럼 하늘을 올려다보았다.

"할 수 있나?"

"아마도."

"보여줘."

루치엔은 사이를 두지 않고 곧바로 말했다. 도대체 지금까지 얼마나 많은 적을 쓰러뜨렸던가? 수백, 수천, 더 많을지도 모른다. 그중에서 기억에 남은 자는 한 줌 정도. 이름을 기억하는 자는 더 적다. 그러나 이 자의 이름만큼은 꼭 알고 싶었다.

"부탁이다. 이름을 가르쳐줘."

"덴묘(天明)… 도야."

"천명… 과연 그렇군."

우연이겠지. 그러나 묘하게 납득이 갔다. 이 자의 힘은 하늘이 내린 것이라고밖에는 생각할 수 없다. 나도 또한 그중 한 명이다. 서로 만날 일 없던 사람들이 만났다. 이 얼마나 행복한 일인가.

"할까?"

덴묘가 고개를 끄덕이는 것을 확인하고, 이번에는 루치엔 쪽에서 먼저 공격했다. 남아 있는 한쪽 팔과 두 다리가 약동한다. 줄곧 줄곧, 애타게 기다려왔다. 지금 나는 내 생애에서 가장 충실한 시간을 보내고 있다.

아뿔싸. 일단 임무를 맡아 온 것이었다. 그러나 분명 임무를 완수할 수는 없겠지. 만약 완수했다면 뭐라고 전했을까?

– 이 나라는 만만히 볼 수 없다. 무사는 아직도 건재하다.

정도일까? 그런 건 상관없으니, 병력, 무기, 탄약을 조사해오라고 질책하겠지. 재미없는 시대가 온 것이다. 내 조국도 일본도.

곧 내일이 온다. 안개도 걷히겠지. 딱 한 사람만 남기고.

"덴묘!"

핏줄기 속에서 더욱 주먹을 내지르면서, 루치엔은 이국의 아침 바람 속에서 웃었다.

2

슈지로 일행이 마리코 역참에 도착한 것은 오후가 되어서였다. 작은 여인숙에서 휴식을 취하기로 했다. 이 시각부터 여인숙에 들어가는 것은 좀 수상하다. 도쿄에서 집안에 우환이 있어서 밤새워 걸어왔지만, 한계에 다다랐다. 여인숙 주인에게는 그렇게 설명했다.

"참마 죽을 내오겠습니다."

식사를 부탁하자, 주인은 금방 준비해주었다. 마리코 역참이라고 하면, 참마 죽이 명물이다. 또한, 참마는 자양분이 많아서 더욱 권해준 것이겠지.

4각 반 정도 지나 참마 죽이 나왔다. 육수를 우려낸 참마 국물에 뜨거운 보리밥을 말아먹는다. 밤새 움직여서 공복이 극에 달했는지, 신지로는 얼굴이 안 보일 정도로 그릇에 코를 처박고 와구와구 먹었다.

배가 불러오자 다음으로 수마가 덮쳐온 모양으로, 신지로는 이불에 쓰러지듯이 뻗어버렸다. 후타바도 이불 속으로 들어가자마자 금방 귀여운 숨소리가 들려왔다. 슈지로는 어깨까지 이불을 살며시 끌어 올려 덮어주면서 말했다.

"피곤했겠지."

"그야."

이로하는 한숨을 내쉰다. 피로가 축적된 데다가, 시마다 역참에서 밤새도록 대난투. 우리도 힘든데 이 두 사람은 오죽할까. 이로하는 시선을 피하면서 묻는다.

"할 말이 있지?"

"그래."

"먹으면서 하지그래?"

"그렇군."

여기서부터는 만전을 기하고 싶다. 이로하가 먹는 동안에는, 슈지로는 칼을 몸쪽 가까이 끌어당겨 금방 움직일 수 있도록 해두었다.

"이제 무리다."

슈지로는 젓가락을 집으며 말했다.

"그러네."

뭐가? 라고 묻지 않는다. 이로하도 같은 생각을 하고 있던 모양이다.

시마다에서 통감했다. 지금 남아 있는 참가자는 하나같이 쉽게 이길 수 없는 상대들이다. 루치엔 등은 나와 동급, 혹은 한 단계 정도 위일 수도 있다. 우리가 이길 수 있을지조차 확신할 수 없는 와중에, 후타바와 신지로를 끝까지 지켜낼 자신이 없었다.

"도쿄까지 같이 간다고 말했는데?"

도쿄까지 함께 가겠다고, 시마다에서 두 사람에게 약속한 참이다. 입에 침도 마르기 전에 말을 번복해도 되는 거냐고, 눈으로 묻는다.

"거짓 약속을 하지는 않았다. 도쿄까지 함께 간다… 단, 입구까지만이다."

"무슨 말이야?"

"시나가와… 아니, 가와사키에서 보호를 요청하겠다."

고독의 규정에 따르면, 시나가와에는 30점의 목패를 확인하는 관문이 있다. 가와사키는 그보다 하나 전. 가나가와현 최후이자, 도쿄의 현관 같은 역참이다.

"오쿠보 도시미치 말이군."

이로하가 의중의 이름을 언급해, 슈지로는 고개를 끄덕였다.

고독의 흑막이 경시국인 것은 명백하다. 그 인원수, 조직력은 절대적이며, 누군가의 지원으로 풍부한 자금까지 확보했다. 이에 대항하여 두 사람을 보호하려면, 이제 나라를 움직이는 수밖에 없다. 이로하는 한발 앞서 도쿄로 달려간 오라버니가 머리를 스치고 간 모양으로,

"시쿠라 오빠는…?"

이라고, 약간 불안한 듯이 중얼거렸다.

"걱정 없어."

슈지로는 단언했다. 누구보다도 재능이 넘치는, 형제 중 최강 동생이다. 오쿠보도 지켜낼 것이라 믿는다.

"그러네."

이로하는 두 번, 세 번 고개를 끄덕인 후, 이야기를 본래 주제로 되돌렸다.

"그래서 어떻게 해서 두 사람을 지켜달라고 할 건데?"

"육군밖에 없어."

지금으로부터 6년 전인 메이지 5년(1872년), 군을 총괄하는 병부성은 육군성과 해군성, 둘로 나뉘었다. 조슈와 사쓰마의 파벌 다툼이 가장 큰 이유였다. 그 결과, 육군성은 조슈 파벌, 해군성은 사쓰마 파벌이 차지하게 되었다.

오쿠보는 사쓰마 출신이기 때문에 해군성과 관계가 깊다고 여겨질 법하지만, 실은 아니었다. 해군성에는 사이고 다카모리의 하야에 따라가기까지는 하지 않았어도, 동정적인 시선을 보내는 사쓰마 출신자가 꽤 많다. 지금의 오쿠보에게는 육군성 쪽이 오히려 가까운 관계라고 할 수 있다.

"그렇다면 여기까지 오게 하면 돼."

이로하는 제안했다. 군이 가와사키까지 가는 위험을 무릅쓰지 말고, 꼭 마리코가 아니어도, 시즈오카현 내의 어딘가에서 보호하라고 하면 되는 것이다.

"그것은 힘들겠지."

육군성에는 사쓰마를 싫어하는 조슈 출신자도 또한 많기 때문에, 그들을 움직이기 위해서는 나름대로 시간이 필요하다. 더욱이 시즈오카현까지 군을 파견하려면 시간이 걸리고, 일이 커져서 고독 측이 눈치챌 가능성도 높아질 것이다.

"그러니까 가와사키라는 거구나."

가와사키라면 도쿄의 코앞. 훈련이라는 핑계를 댈 수도 있겠지.

"더욱이 지금은 요코하마 건이 있다."

"그렇지."

영국 요인이 요코하마에 온다는 길버트의 정보 말이다. 예측하지 못한 사태에 대비한 후방 대비 병력 등, 오쿠보도 이유를 붙이기 쉬울 것이다.

"가와사키까지는 어떻게든 헤쳐나간다. 우선은 한시라도 빨리 부탁할 필요가 있어."

"전보 말이군."

"응, 맞다."

"여기에도 우체국이 있었지. 당장－"

"아니, 마리코는 안 돼."

우체국은 규모에 따라 다섯 단계의 등급으로 나뉜다. 등급 수가 적을수록 크고, 많을수록 작다. 전신기가 설치된 것은 3등 이상의 우체국. 마리코는 가장 규모가 작은 5등 우체국이다.

"그럼 시마다까지 돌아가?"

시마다에도 우체국이 있었던 것을, 이로하는 기억한 모양이다.

"시즈오카현에는 3등 이상의 우체국이 세 곳 있다. 3등 우체국은 누마즈 딱 한 곳. 여기서부터는 아직 꽤 거리가 있어. 2등 우체국은 두 곳. 그중 하나가 하마마쓰였다."

"그럼, 또 하나는…?"

"하나 더 가서 후추 역참 근처. 올해부터 2등이 된 시즈오카 우체국… 교진과 약속한 국이다."

교진과 사전에 정한 것이라, 어쨌든 시즈오카 우체국에는 들를 필요가 있었다.

하마마쓰 우체국을 제일 먼저 빠져나가, 교진은 후지산 남쪽 기슭에 있을 것이라 짐작되는 고독 본거지를 향해 갔다. 시나가와에서의 합류를 약속했으나, 가능하면 그 전에 만나고 싶다. 연락을 취할 필요가 있고, 방법은 전보를 이용하기로 정해놓았었다.

고독의 본거지에는 전신 기재가 있다는 것은 확실. 전보를 치는 방법은 가르쳐줬기 때문에, 그것을 쓰는 것이 가장 바람직하다. 그러나 그들이 기재를 갖고 갔거나, 어떤 이유로 망가졌거나 할 수도 있겠지. 그때는,

–남부나 만자와국을 이용해.

라고 전해뒀다. 둘 다 메이지 8년(1875년)에 개국한 5등 우체국이다.

전신 기재가 있는 것은 3등 이상의 우체국뿐이지만, 다른 국에서도 그것을 이용할 수 없는 것은 아니다. 일단 3등 이상의 우체국을 경유할 필요가 있어, 아무래도 그만큼 날짜는 더 걸리게 된다. 남부국이나 만자와국에서 전보를 의뢰할 경우, 늦어도 이틀 후에는 2등 우체국인 고후로 넘어가고, 거기서부터 전신을 발신하게 된다. 시즈오카 우체국과 누마즈 우체국 두 국에, 우체국 창구 보관 방식으로 동시에 날리도록 지정한 것이다.

"하코네보다 전에 만나는 것이 최선이지만."

이로하는 바람을 입에 올렸다.

"응. 허나, 그렇게 잘 풀릴 리가."

교진이 본거지 내 정찰에 며칠이 걸릴지. 우리가 시즈오카 우체국에 도착했을 때, 아직 전보가 도착하지 않는 일도 충분히 있을 수 있다. 애초에 무사한지 아닌지조차 모르는 것이다.

"안 된다면 5점 더 필요하네."

이로하는 목패가 들어 있는 주머니를 꺼내며 말했다.

교진에게는 15점을 넘겨줬지만, 하코네는 20점이 필요한 관문이다. 하코네 전까지 합류하는 것이 최선이지만, 그 뒤가 된다면 5점을 더 얻어야만 한다.

그러나 고독 참가자가 길을 벗어난 야마나시현에 있을 가능성은 거의 없고, 시즈오카현으로 돌아왔을 때는 이미 모두가 통과해버렸을지도 모른다. 그래서 만약 합류 지점이 하코네보다 더 가서일 경우는, 가진 목패 중에서 5점을 넘겨줄 필요가 있다는 뜻이다.

"넘겨줄 방법은 얼마든지 있어. 아무튼 우선은 시즈오카다."

슈지로는 이야기를 마무리하고는, 참마 죽을 끼얹은 보리밥을 먹기 시작했다. 오랜만에 먹는 밥이다. 목이 막혀서 약간 기침을 했다.

"항상…."

이로하가 말하려다가 그만둔다. 급하게 먹으니까 그렇지. 그 뒷말은 그것이겠지. 어릴 때부터 자주 접한 광경 중 하나였다.

"또 이렇게."

밥을 먹게 될 줄은, 산에서 내려왔을 때는 생각지도 못했다. 고독은 처참한 것이지만, 이 일만큼은 솔직하게 기뻤다. 그런 생각을 하고, 슈지로는 다시 젓가락을 움직이기 시작했다.

그날 슈지로 일행은 그대로 마리코에서 1박 하기로 했다. 가무이코차가 말했던 숙련자가 마음에 걸렸지만, 후타바와 신지로의 피로가 한계를 맞이했다는 것을 봤기 때문이다. 시마다와 같은 꼴을 겪는 것은 피하고자, 슈지로와 이로하가 교대로 불침번을 섰다.

아무 일도 일어나지 않고 15일 아침이 찾아왔다. 운이 따라줬다고 해야 할까? 아니, 이제 고독 참가자는 남은 인원 15명. 드디어 마주치는 일이 드물어진 것이다.

3

마리코 역참에서부터 후추 역참까지는 2리 29정. 딱히 서두르지 않아도, 2시간 남짓이면 충분히 도착한다. 시즈오카 우체국은 거기에서 금방. 우체국 안의 시계를 힐끗 보니, 바늘은 정각 오전 9시를 가리켰다.

"국 보관으로 전보가 도착했는지 알고 싶소."

슈지로는 창구의 젊은 직원에게 물었다. 전보는 종이에 찍혀 수신자 주소지까지 전달되지만, 이렇게 우체국 보관으로 해두는 것도 가능하다.

"국 등기 말이군요. 수신자 이름은?"

"오토와 슈지로."

사가라면 경찰의 그물망에 걸릴지도 모른다. 그렇기는 해도, 흔한 이름이라면 다른 것과 섞일 수도 있다. 이거라면 겹치는 일 없을 거라며 교진이 알려준 성이다.

"아－, …있었지요?"

젊은 국원이 상사로 보이는 자에게 묻는다. 오토와라는 드문 성이라서 기억한다고 한다. 국원은 안쪽으로 들어가더니, 얼마 안 되어 종이 한 장을 손에 들고 돌아왔다.

"이거네요."

"언제 도착했습니까?"

"오늘 아침 일착으로요. 남부 우체국에서 온 것입니다."

하마마쓰 공방전이 3일 전인 5월 12일 한낮. 교진은 13일 중에는 일찌감치 본거지를 찾아내, 늦게 잡아도 14일 아침에는 남부 우체국에 도달. 거기서부터 후추를 통해 바로 전신. 대강이기는 해도 교진의 행적이 보였다. 과연이라고 해야 할까, 신속하다는 한 마디로 족하다.

슈지로는 종이를 받아들더니, 창구에서 조금 떨어져서 읽기 시작했다.

–소굴 발견

전보는 그 한 문장으로 시작된다. 내용을 요약하자면 이렇다.

교진은 무사히 고독 본거지를 발견했다. 적의 저항을 받아 전투가 있었던 모양이다. 고독을 운영하는 자들 중에 구 막부의 닌자, 특히 고우카 무리가 많이 포함되었다고 한다.

"그렇게 된 건가."

거기까지 읽고, 슈지로는 깨달았다. 고독이 사용하던 암호는, 구 막부의 이가조, 고우카조, 네고로조, 니주고키조가 공통으로 사용하던 것과 비슷하다고 했다. 더욱이 누가 고독 본거지를 칠지 이야기했을 때, 수해 속에서 찾아내는 것은 자기가 가장 유리할 거라고 말한 후,

–아녀, 그 밖에도 나가 맞을 만한 이유가 있을지도 모르는구먼.

이라고 의미 있는 듯한 말을 덧붙였었다. 예전 동료가 가담했다는 사실을, 교진은 어렴풋이 눈치채고 있었던 것이리라.

전보 내용은 계속 이어진다. 본거지로 보이는 양관은 이미 다 빠져나가 텅 빈 상태였다. 그러나 '겹쳐진 오륜' 문장이 새겨진 단추가 떨어져 있었다고 한다. 이것은 재벌 야스다가의 가문. 십중팔구,

–고독 위에 재벌의 그림자 있음

이라고 교진은 추측했다. 고독 운영의 주력은 경찰조직이 틀림없다. 그러나 그것을 실행하기 위한 막대한 자금의 출처가 불명이었다. 동기는 전혀 알 수 없지만, 재벌이 지원하는 거라면 납득이 간다.

그리고 또 한 가지 중요 사항. 교진은 어디에서 합류할 생각인지 그

것이다. 그에 따라 우리의 앞으로의 움직임도 달라진다.

"당장은 합류하지 못할 모양이다."

"벌써 끝난 거지?"

이로하가 의아한 표정을 한다. 교진은 이미 본거지 탐색을 마쳤다. 그러니까 이렇게 전보를 보내왔다. 이 부근에서 합류하는 건 어렵겠지만, 하코네보다 좀 덜 가서 누마즈 등에서는 충분히 만날 수 있을 것 같은데.

"가무이코차와 마찬가지다."

교진이 보낸 전보는 그 이유로,

–무기 얼마 없음 시즈오카에서 구한다

라고 적혀 있다. 교진은 함께 있을 때부터 센켄을 비롯한 닌자 도구가 부족했었고, 절약하고 싶다고 말했었다. 예상보다도 소모가 빨랐다는 뜻이겠지.

이 한 문장으로 추측하건대, 고독 측과의 전투에서 도구를 상당수 써버려, 도쿄에 도착해도 고전을 면치 못할 것이 예상된다. 가무이코차가 화살을 구하는 것처럼, 교진도 이틈에 도구를 보충해두려는 것이다.

"그래도… 왜 시즈오카일까?"

후타바가 고개를 갸웃거렸다. 어디에나 대장간 한두 곳은 있다. 만드는데 시간이 걸린다는 것을 생각해보면, 도쿄에 가까운 역참 쪽이 좋을 것이다. 후지산에서부터 시즈오카라면, 약간 되돌아가는 셈이 되어버리는 것이다.

"추측이지만, 이것도 가무이코차와 비슷한 이유 아닐까?"

슈지로는 그렇게 추리했다. 교진이 쓰는 센켄 하나만 봐도 보통 대장간은 만들어본 적이 없을 것 같다.

시즈오카는 도쿠가와가가 이전한 토지. 그에 따라 구 막부의 가신들이 많이 이주했다. 그중에는 교진의 동료, 지인들도 많이 포함되어 있을 터. 그중에 닌자 도구를 마련할 수 있는 자가 있는 것 아닐까? 그러니 교진의 전보는,

– 답신 시즈오카로

라고, 이어졌다. 이 시즈오카 우체국 앞으로 답장을 보내달라는 뜻이다.

"그래서 어디에서 만나는 겁니까?"

신지로가 몸을 앞으로 내밀면서 물었다.

"19일, 요코하마다."

시마다의 격투를 거치며 고독 참가자는 또 줄었다. 그런 가운데, 다섯 명이나 모여 있으면 지나치게 눈에 띈다. 도카이도에서 조금 벗어나 많은 인파 속에 섞일 수 있는 장소가 좋다고 생각한 모양이다.

"아슬아슬하네."

슈지로가 고하자, 이로하가 곧바로 대답했다. 영국 요인의 방문으로 요코하마의 경비가 엄중해지는 것은 20일부터 24일까지 5일간. 교진도 그것을 염두에 둔 것이겠지.

"우리도 조금 서둘러야 해."

요코하마는 호도가야 역참보다 조금 더 지나서. 이 시즈오카에서부터는 15번째 역참이며, 약 36리의 거리를 가야만 한다.

나그네가 도카이도를 갈 경우, 통상은 하루에 8리에서 10리 정도 걷는다. 오늘은 이미 한나절밖에 남지 않았다는 것을 생각해보면, 19일 정오쯤에 요코하마에 도착한다는 계산이다. 결코, 무리한 행군은 아니다. 단, 거기까지 방해가 일절 들어오지 않을 경우에 말이다.

"갈 수 있나?"

슈지로의 물음에 후타바와 신지로가 고개를 끄덕였다. 마리코에서 하룻밤 휴식을 취해서, 두 사람 다 얼굴색이 한결 좋아졌다.

"먼저 답신을 보내두자."

슈지로는 다시금 창구 직원을 불렀다.

"특별 등기 우편을 부탁하고 싶소."

"알겠습니다."

특별 등기 우편, 통칭 등기. 요금은 비싸지만, 본인의 서명 없이는 받을 수 없는 형태의 우편이다.

"신지로."

"네."

아무 말 하지 않아도 알아들은 모양으로, 신지로는 5점짜리 파란 패를 건네준다.

"서장과 함께 이것을."

"이것… 말입니까?"

국원은 의아한 듯이 미간에 주름을 잡는다.

"그렇소. 견본품이요."

특별 등기 우편에는 그밖에도 특징이 있다. 서장 외에도 일지, 신문지, 약, 더욱이 작물의 씨앗, 그리고 상품의 견본품도 보낼 수가 있는 것이다. 목패를 견본품이라고 하면, 우편으로 보낼 수가 있다는 뜻이다.

"하지만, 교진 씨는 시즈오카로 오는 것 아닌가요?"

다음으로 의아해한 것은 신지로였다. 교진은 이 시즈오카 우체국에서 답장을 받겠다고 말했다. 도대체, 어디로 보내라는 것인가? 그것이 문제다.

"걱정 없어."

슈지로는 대답하고는, 국원을 다시 보며 말을 이었다.

"시즈오카 우체국으로 국 보관 수신을 부탁하네."

"아아, 아시는군요."

국원은 의외라는 듯이 눈을 크게 떴다. 실은 발신자와 수신자를 동일하게 하는 일은 가능하다. 이 경우, 시즈오카 우체국에서 시즈오카 우체국으로 우송하는 것이다.

우체국 대부분에는 금고는 있으나, 이것은 업무에 관련된 돈을 보관하기 위한 것으로, 손님에게서 금품을 받을 수는 없다. 그러나 이렇게 우편을 이용함으로써, 실질적으로 보관할 수가 있다. 과거 우체국원이었기에 알고 있던 편법이다.

“수신자 성함은?”

“오토와 교진.”

“친족분이시군요. 서장을 첨부하나요?”

“네. 종이 한 장 주시오. 붓도.”

1전의 10분의 1인 1리의 대금을 치르고 종이를 사서, 슈지로는 빌린 붓으로 적었다.

시즈오카에 도착한 것이 15일 오전 9시라는 것. 시마다 역참에서의 공방전 끝에 총 85점분의 패를 보유했다는 것. 교진이 하코네를 통과하기 위해, 그중에서 5점을 건네준다는 것. 그것들을 짤막하게 적은 뒤, 19일에 요코하마 합류에 대하여,

–알겠다. 무사하길 바란다

라고, 끝맺음했다. 이 서장과 목패를 하나로 묶어 맡기고, 우편 요금으로 2전, 특별 등기 우편 요금으로 6전을 더 지불했다.

“교진은 이걸로 됐어.”

다음은 오쿠보 도시미치 앞으로 보내는 것이다. 후타바와 신지로한테는 아직 보호 이야기는 하지 않았기 때문에,

“오쿠보 씨의 안부를 확인한다.”

라고, 지금은 핑계를 댔다.

“전보 발신도 부탁하오.”

“알겠습니다.”

2년 전부터 내무성에 직접 전보를 칠 수는 없게 되었다고, 오카자키 우체국 국원이 말했다. 다시금 마에지마 히소카 관할의 역체국을 통해 오쿠보와 연결시켜달라고 하는 수밖에 없다.

"상신 전보. 최상이오."

"상신이라고요?!"

여기에서도 오카자키 우체국과 같은 반응이었다. 슈지로는 자기가 전 국원이라는 것, 마에지마 히소카와 오랜 지인으로 밀명을 받았다는 것을 말하고, 덧붙여 오카자키 우체국에도 똑같이 보냈으므로 늦지 않게 해달라고 설득했다.

"내가 책임을 지지."

"아, 알겠습니다…."

"내가 직접 치겠소. 앉게 해주시오."

국원을 고독에 말려들게 할 수는 없다. 슈지로는 여기에서도 직접 전신기 앞에 앉았다.

–내무경 후타바 신 가와사키에서 두 사람 보호 바람

사가 고쿠슈 명의로 전신을 쳤다. 지난번에는 즉각 역체국의 답장이 왔었으나, 이번에는 한동안 기다려도 아무 소식이 없다. 나한테서 온 전보는 마에지마가 직접 답장한다는 명령이라도 내린 것이겠지. 즉, 역체국 내에 마에지마는 없는 모양이다.

–누마즈로 답신 바람

여기서부터 더 가서, 전신 기재가 있는 3등국은 누마즈다. 누마즈에 도착하려면 아직 시간이 있으니까, 거기에서 마에지마의 답장을 받으면 된다.

"만약 누가 뭘 묻더라도 전보에 관해서는 언급하지 말아 주게. 특별 등기 우편을 보냈다는 것은 말해도 상관없네."

고독 측의 감시는 지금도 계속되고 있겠지. 우체국 안에서 무엇을 했는지 물어볼지도 모른다. 교진과 우리가 합류를 계획하고 있다는 것, 목패를 건네줬다는 것은 드러나도 문제는 없다. 전보를 보낸 사실만 숨기면 된다.

4

이것으로 일단 모든 절차를 마친 셈이 되어, 슈지로 일행은 시즈오카 우체국을 나섰다. 밖으로 나온 직후의 일이다. 우체국 건물 앞에서,

"하나 물어도 돼?"

라고 이로하가 진지한 표정으로 말을 꺼냈다.

"뭐지?"

"줄곧 생각했었는데, 진로쿠를 쫓아가려고."

진로쿠는 우리보다 약 하루 반 정도 앞서가고 있었다. 그 후에 시마다 역참에서 시간을 잡아먹었고, 더욱이 마리코에서도 충분한 휴식을

취함으로써, 그 차이는 이제 이틀 가까이 날 것으로 짐작된다. 진로쿠가 보통으로 걸어갈 경우, 현재는 미시마 역참 부근에 있다는 계산이 나온다.

"따라잡을 수 있겠어?"

"나 혼자라면 따라잡을 수 있어."

진로쿠가 달려가고 있으면 힘들겠지만, 보통 걸음으로 걸어간다면, 확실히 히라즈카나 후지사와 부근에서 따라잡을 수 있다. 진로쿠가 만약 패가 모자라 하코네에서 발이 묶여 있다면 더욱 확실해진다. 이로하는 말을 이었다.

"우리는 하코네를 통과할 수 있는 패를 이미 갖고 있어. 그래도 시나가와를 빠져나가기에는 부족해. 시나가와나 그 전의 가와사키에서, 만약 또 시마다 역참 같은 일이 일어난다면?"

패가 모자란 자가 집결하여 다시금 아수라장 같은 쟁탈전이 벌어진다. 그것은 도쿄 입성 전의 최후의 싸움이며, 시마다 역참보다 더한 격전이 될 수도 있다.

"가와사키도… 말인가?"

"충분히 있을 수 있는 일이잖아."

후타바와 신지로를 이탈시키려고 생각한다는 것은, 아직 이로하에게밖에 말하지 않았다. 이로하가 굳이 시나가와뿐만이 아니라 가와사키라는 지명도 언급한 것은, 그 최후의 격전을 치를 때, 아직 후타바와 신지로가 함께 있을 가능성이 있다고 은근히 전한 것이다.

"그때, 우리만으로는 상당히 버거워."

이로하는 분명하게 단언했다. 확실히 그 말이 맞다. 환도재, 부코쓰, 루치엔, 이제 고독에는 괴물 같은 자들밖에는 남아 있지 않다. 후타바와 신지로를 지키면서, 둘이서만 헤쳐나갈 수 있을 만한 상대들이 아니다. 그러나 한 명 더, 즉 셋이서 지킨다면 비약적으로 편해진다. 진로쿠를 찾아내서 협력을 구하자는 의도다.

"확실히 그렇군. 그러나 위험해."

슈지로는 중얼거렸다. 이로하가 떨어져 있는 동안, 나 혼자서 지켜야만 하게 된다.

"지금, 도중에 적과 만날 확률은 상당히 낮다고 봐."

피하는 것이 어려웠던 초반, 적을 만나는 것이 어려워진 종반. 고독은 크게 양상이 달라졌다. 현 단계에서 남아 있는 것은 15명. 우리와 교진, 형제 등을 제외하면, 남은 것은 두 손으로 꼽을 정도의 숫자뿐이다. 마주치는 쪽이 드물다고 할 수 있다.

"게다가 우리는 하코네를 단숨에 빠져나갈 수 있어."

이로하는 더욱 이점을 주장했다. 유일하게 적과 만날 가능성이 큰 것은, 다음 관문인 하코네 역참. 시마다처럼 패가 부족한 자가 머무를지도 모른다. 그러나 우리는 돌파할 수 있는 숫자의 패를 이미 갖고 있다. 이것은 상당히 유리한 점이다. 그런 것들을 전부 되짚어보고, 슈지로는 결단을 내렸다.

"알겠다. 쫓아가 줘."

"어디서 만나지?"

"진로쿠가 하코네에서 멈춰 있다면, 거기에서. 무리는 하지 마."

하코네를 빠져나갈 만큼의 패를 갖고 있지 않으면, 거기에 묶여 있을 것이다. 둘이서 무리해서 패를 빼앗으려고 하지 말고, 우리의 도착을 기다리고 나서 움직이는 편이 좋다.

"만약 하코네보다 더 갔다면 도쓰카다."

요코하마 도달 전의 최후의 역참이다. 요코하마에서는 교진과 만나기로 했기 때문에, 그 뒤에 합류하게 되면, 고려해야 할 요소가 많아지고 예측하기 힘든 상황이 된다. 최악의 경우에는 전원이 뿔뿔이 흩어질 수도 있다. 이쯤이 추적의 한계선이겠지. 따라서, 이로하는 하코네를 넘을 수 있는 20점 정도를 갖게 되었다.

"즉, 도쓰카까지는 붙잡아야 한다는 말이네."

"그래. 그게 무리라면 포기하는 수밖에 없어."

"반드시 따라잡을 거야."

이로하는 팔과 다리를 뻗으면서 대답하더니,

"후타바."

라고, 이름을 불렀다.

"네."

"반드시 지시를 따를 것. 도망치라고 하면 도망쳐. 맹세할 수 있어?"

"약속하겠습니다."

후타바가 진지한 눈길을 향하며 고개를 끄덕이자, 이로하는 살짝 한숨을 내쉰다.

"좋아."

"이로하 씨도 조심해요."

"당연하지. 그럼, 다녀올게."

이로하는 말하자마자 달려나가더니 눈 깜짝할 사이에 쌀알 크기만 해졌다. 신지로는,

"빨랏…."

이라고, 감탄하고 있다.

"저런데도 다섯 번째다."

"뭐가요?"

"형제 중에서 발이 빠른 순서."

"엇."

신지로는 너무 놀라 눈을 동그랗게 떴다.

"우리도 간다."

셋이서 걷기 시작하고 잠시 후에,

"슈지로 씨는?"

이라고, 후타바는 장난스럽게 물었다.

"1번."

"후후. 자랑하는 거네."

후타바는 흐뭇하다는 듯이 웃었다.

"모두 장기가 다를 뿐이다."

예를 들면, 가장 발이 느린 것은 후고로지만, 대신에 팔 힘은 제일 센 것처럼. 각각 특기 분야가 다르다.

"진로쿠 씨는 뭐가 제일이야?"

아직 보지 못한 형제에게 흥미가 생긴 모양으로, 후타바는 얼굴을 바짝 갖다 대고 묻는다.

"수비의 견고함이 독보적이다."

어떤 공격도 막아내는 철벽. 긁힌 상처 하나 내기도 쉽지 않다. 사실 진로쿠가 수비로 전환하면, 환도재조차도 극복할 수 있는 것이다.

"또 한 가지…."

슈지로는 진로쿠의 얼굴을 떠올리면서 말했다. 기억 속에 남아 있는 진로쿠는, 언제나 쾌활하게 웃었다.

"누구보다도 형제를 생각하는 마음이 깊은 남자다."

슈지로가 말하자, 후타바는 생긋 웃고는 고개를 끄덕였다.

내가 도망 나온 후 13년. 그 세월은 형제들을 크게 변화시켰다. 그러나 그 동생만큼은 아무것도 변하지 않은 것이 아닐까? 그런 느낌이 들어, 슈지로는 동쪽으로 흘러가는 흰 구름을 올려다봤다.

–남은 인원, 13명.

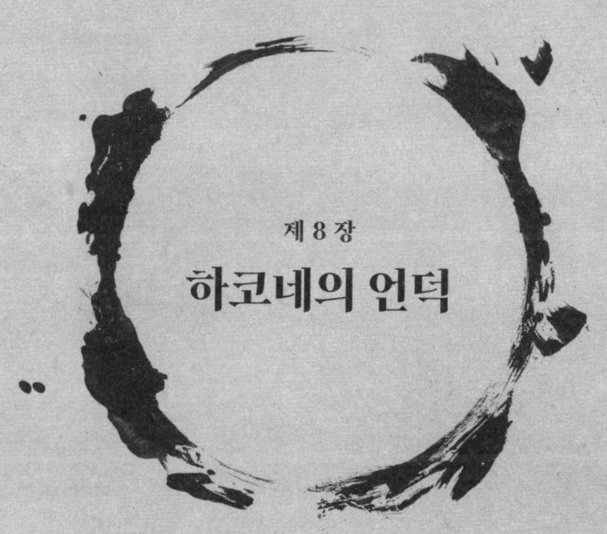

제 8 장

하코네의 언덕

1

이로하와 시즈오카에서 헤어지고 나서 슈지로 일행은 도카이도로 되돌아가 동쪽으로 걸어갔다. 에지리 역참, 오키쓰 역참을 착착 통과해, 유이 역참에 들어선 것은 해 질 녘이었다.

여기까지 오는 동안에 고독 참가자와 마주치는 일도 없었고, 오가는 사람들이 소동을 일으켰다는 말도 듣지 못했다. 지금까지의 거친 분위기와는 달리, 김빠질 정도로 평온한 여행이었다.

"작네."

후타바의 역참에 대한 첫인상은 그것이었다. 유이 역참은 삿타 고개 동쪽 기슭에 있고, 시즈오카현에서도 가장 작은 역참이다.

만에 하나의 일이 일어날 때, 작은 역참 쪽이 혼자 지키기에는 적합하다. 숙박지로 유이를 선택한 이유 중에는 그것도 있었다. 적당한 여관에 들어가 밥을 먹고, 후타바는 일찌감치 자리에 누웠다. 조용한 숨소리가 방 안에 울리는 가운데, 슈지로는 조용히 신지로에게 물었다.

"갈 수 있겠나?"

"문제없을 것 같습니다."

신지로는 손을 멈추지 않고 대답했다. 시즈오카 우체국을 나온 뒤, 신지로는 잠깐 들르고 싶은 곳이 있다고 말했다.

총포 화약점이다. 시마다에서 총알을 많이 소비했기 때문에 보급할 필요가 있었다. 총포 화약점은 큰 마을에만 있어, 시즈오카를 놓치면 요코하마까지는 없을지도 모른다고 생각한 것이다. 총알은 보관 상태가 나쁘면 불발탄이 되기도 하고, 폭발할 우려도 있다. 따라서 이렇게 정성껏 확인하고 있는 것이다.

"몇 발 있어?"

"27발이네요. 이걸로도 좀 불안합니다만."

이로하가 없는 지금, 신지로도 싸워야만 할지도 모른다. 예전이라면 몰라도 시마다의 사투를 제압함으로써 얼굴 표정도 상당히 늠름하게 바뀌었다.

"그쪽은 어떤가요?"

신지로가 되묻는다. 한편, 슈지로는 검 손질을 하고 있었다. 메이지에 들어서고 나서도 때때로 녹슬지 않도록 검신에 기름칠을 하는 정도는 했었으나 이렇게 안쪽까지 닦는 것은, 하코다테 전쟁 이후로는 고독이 시작되고 나서 재개한 일이다.

그 이유는 단순 명백. 사람을 베기 때문이다. 피가 묻은 채로 두면, 안쪽에 녹이 슬고 칼집 고정쇠가 썩어서 쓸 수 없게 된다.

"무사하다."

슈지로는 칼날을 눈으로 훑었다. 거듭되는 싸움 중에 작은 흠집은 생겼다. 그러나 칼날의 이가 빠지거나 한 것은 보이지 않는다.

"좋은 검이네요."

"단바노카미요시미치(丹波守吉道)다."

스다레바(簾刃)라고 불리는 일파 특유의 날 문양. 교토 5대 대장장이 중 한 명으로 꼽히는 명장이 만든 것이다. 이 검은 5대째 작품. 초대나 2대에 비하면 가치는 떨어지나, 일개 로시였던 그가 가질 수 있을 만한 물건은 아니다.

"…이것도 오쿠보 씨한테 받았다."

구라마산에서 탈출할 때, 슈지로는 검을 갖고 있지 않았다. 덴류지에서 후타바에게 말한 것처럼, 검을 뽑으면 아무래도 살기가 배어 나온다. 스승이라면 칼집에 넣은 채로 있어도, 그저 갖고 있는 것만으로도 살기를 파악한다. 들키지 않기 위해서는, 검을 갖지 않는다는 선택밖에 없었던 것이다. 그 이후로는 녹슬어 내버려뒀던 얇은 칼을 얻어서 사용했다.

사쓰마번 저택에 있을 때, 오쿠보의 호위를 맡는 일이 많았다. 어느 날, 오쿠보가 외출할 때,

–이걸 쓰게.

라고 무뚝뚝하게 이 칼을 내밀었다. 슈지로는 처음에는 사양했으나, 호위가 고철을 쓰고 있으면 곤란하다는 말에 거절할 수가 없었다.

도바 후시미 전투에서 관군이 승리하고, 후에 보신 전쟁이라 불리는 전쟁이 시작되기 직전의 일이었다. 슈지로는 로시 부대에 편성되어, 일본 전체를 전전하게 되었다. 그때, 오쿠보와 이야기할 기회가 있었다.

–그런 검은 나그네가 즐겨 찬다.

오쿠보는 눈을 가늘게 뜨고 느닷없이 말을 꺼냈다. 단바노카미요시미치. 그 이름대로, 가는 길에 좋은 운이 따르기 때문이라고 한다. 오쿠보는 그로부터 결코 많은 말을 하지는 않고,

—이 여행에서 살아남게.

라는 말을 남기고 떠났다. 그때의 말투와 목소리의 분위기까지도 아직 기억한다. 현재의 상황도 거들었기 때문인지, 슈지로의 귓전에 생생하게 떠올랐다.

다음날인 16일 이른 아침에 유이를 출발, 1리 더 가서 간바라 역참에 도착해서, 슈지로는 망연자실했다.

"설마…."

간바라 역참에 뿌려진 호외에,

—내무경 오쿠보 도시미치, 흉기에 쓰러지다.

라는 글자가 대대적으로 날뛰고 있던 것이다.

그 혼자만 놀란 것이 아니다. 간바라 역참도 그야말로 소동이 일어났다. 아니, 이 보도를 접했다면, 전국 각지 어디서나 똑같은 상황일 것이다. 내무경이라면 이 나라의 사실상 최고 위정자다. 당연히 충격이다.

"슈지로 씨, 우선 벗어납시다."

길가 한복판에서 우두커니 서 있으면 몹시 눈에 띈다. 신지로가 어깨를 흔들며 재촉했다.

"그럴 수가…."

후타바의 얼굴도 종잇장처럼 창백해졌다.

"허위 보도일 가능성도 있습니다."

신지로도 애써 침착하려고 했지만, 역시 사태의 중대함에 목소리가 뒤집혔다.

"아니야…. 분명 진실이겠지."

슈지로는 아랫입술을 꽉 깨물었다. 신문이 보도한 시점에서, 허위 보도일 가능성은 지극히 낮다. 호외에서는 이시카와현 사족에 의한 범행이라고 되어 있지만, 가와지 도시요시 등 고독 주최자들의 소행으로 봐도 틀림없을 것이다.

"시쿠라 씨도?!"

후타바는 퍼뜩 놀라 목소리를 냈다. 오쿠보가 당했다는 것은, 즉, 시쿠라가 만행을 막지 못했다는 것을 의미한다. 같이 당한 것 아닌지 걱정하는 것이다.

"시쿠라…."

슈지로는 쥐어 짜내는 것처럼 중얼거렸다. 지금은 어떤 상황인 건가?

"아무튼 가는 수밖에 없어."

마음을 진정시키려고 필사적으로 애썼지만, 흰 파도가 이는 바다처럼 마음은 술렁댄다. 오쿠보와 함께 지냈던 때가, 격의 없는 대화가 뇌리에 떠오른다. 스며드는 듯한 비애와, 치밀어오르는 분노가 뒤섞여, 슈지로는 정신없이 간바라 역참을 가로지르는 것처럼 걸었다.

2

소나무 가로수길을 간다. 전후좌우, 적의 습격이 없는지 신경을 곤두세우면서. 몹시 좁은 길이기 때문에 스쳐 지나는 자에게도 주의해야 한다. 지나친 직후의 발도. 나 혼자라면 몰라도, 후타바와 신지로를 지키면서는, 이것이 가장 막기 힘들다.

그럴 때마다 북진으로 시야를 넓혀 경계하느라 소모도 심했다. 아니, 그뿐만이 아니다. 오쿠보가 당했다는 것, 그를 지켜내지 못했다는 사실에 나는 역시 동요하고 있는 것이다. 교하치류의 비술은 마음 상태에 따라 크게 영향을 받는다. 이런 상태에서 북진을 남발해서 더욱 피폐해진 것이겠지.

"후지산도 꽤 가까워졌네요."

신지로가 말했다. 슬퍼하지 않는 것도, 불안하지 않은 것도 아니다. 가장 흔들리는 것은 슈지로라는 걸 알고 있기 때문에, 조금이라도 기분을 달래주려고 계속 말을 걸고 있다.

"좌후지… 로군."

슈지로도 대화에 응한다. 그럼으로써 다소나마 감정이 분산되는 것은 분명했다.

“좌후지?”

후타바도 같은 생각을 한 모양으로, 역시 애써 이야기를 계속하려고 했다.

“응, 여기는 그렇게 불린다.”

지금으로부터 약 2백 년 전인 엔포(延寶) 8년(1680년), 이 주변을 밀물이 덮쳤다. 해안선에 있던 역참마을은 무너져버려, 재건할 때는 내륙부로 옮기게 되었다. 그에 따라 도카이도도 육지 쪽으로 크게 꺾어지게 되었다.

에도에서부터 서쪽으로 향할 경우, 후지산은 항상 오른쪽에 보인다. 길이 바뀌어, 여기에서만은 왼쪽으로 바라볼 수 있게 되어, 좌후지라 불리는 경승지가 되었다. 반대로 교토에서 도쿄로 향하는 우리에게는 후지산이 계속 왼쪽에 보였지만, 여기만큼은 오른쪽으로 바뀌었다.

이런 이야기를 하는 와중에도,

－있군.

이라고, 슈지로는 기척을 알아차렸다. 살기는 아니다. 시선을 느낀 것이다. 분명 고독의 감시자겠지.

소나무가 빽빽한 길을 빠져나가자, 요시와라 역참이 보였다. 이번에는 또렷하게 눈으로 포착했다. 떠들썩한 역참 입구에 서 있다. 이번에는 기모노 차림에 삿갓을 썼다. 쓰루바미다.

그의 정체가 쓰루바미라는 사실을 알려주자, 후타바와 신지로의 얼굴에도 긴장이 퍼졌다. 10미터 정도까지 다가갔을 때,

"수고하십니다."

라고 쓰루바미 쪽에서 말을 걸어왔다.

"네놈…."

"역시 화가 나셨군요."

"당연하다."

슈지로는 노려본다.

"사실은 좀 더 전… 도중에 말을 걸려고 했습니다만, 지금의 사가님께 다가갔다가는 위험하다고 느끼고, 이렇게 사람들이 많은 역참을 선택했습니다."

"현명하군."

쓰루바미는 내 온몸에서 살기가 피어오르는 것을 알아차렸을 테지. 확실히 오쿠보가 살해당했다고 들은 직후였다면, 분노의 감정에 몸을 맡기고 복수하려고 들었을지도 모른다.

"너희를 용서하지 않겠다."

슈지로가 낮게 기염을 토하자, 쓰루바미는 가느다란 한숨을 내쉰다.

"그렇겠지요."

"어째서 이런 지독한 짓을 하는 거야?"

입을 연 것은 후타바였다. 똑바로 쓰루바미를 응시했다.

"이 나라를 위해. 그리 생각하여 가담했습니다."

"지금도?"

후타바가 갑자기 묻자, 쓰루바미는 시선으로부터 도망치는 것처럼 고개를 돌리고,

"…글쎄요."

라고 애매하게 대답했다.

"후타바, 이놈들한테는 무슨 말을 해도 소용없어. 뭔가 전할 말이 있어서 온 거겠지?"

슈지로는 문답을 가로막고 핵심에 접근했다.

"네. 지금으로부터 4시간 정도 전, 최후의 한 명이 시마다 역참을 통과했습니다."

"흑패로군."

슈지로가 말하자, 쓰루바미는 고개를 끄덕였다.

"66번, 간지야 부코쓰 님입니다."

"부코쓰… 역시 살아 있었나."

불길에 휩싸인 하마마쓰 우체국에서 본 것이 마지막이다. 그리 쉽게 죽을 놈은 아니라고 생각했기 때문에, 별로 놀랄 일은 아니었다. 역시 탈출해서 살아남은 모양이다.

"시마다 역참에는 16점으로 들어가, 그때까지 사라진 11점을 받았습니다. 현재 흑패의 가치는 27점입니다. 다음은 하코네 역참을 마지

막으로 통과한 자에게 흑패가 주어집니다."

"4시간 전인가?"

부코쓰가 그대로 계속 걸었다고 치면, 후지에다와 오카베 사이쯤인가? 아직 12리 이상은 떨어져 있기 때문에, 하루 이상은 따라잡힐 일 없다는 계산이 나온다. 부코쓰와는 마주치지 않는 것이 최선이다. 지금은 특히 더 그렇다. 최소한 거리는 계속 유지하면서 가고 싶었다.

"그것뿐인가?"

"네. 한나절 정도니까요. 서두르고 싶으시지요?"

"그래…."

"드디어 고독도 종반으로 접어듭니다. 앞으로 네 명의 탈락자 안에 들어가지 않도록 주의해 주십시오."

쓰루바미는 거기에서 일단 말을 끊더니,

"좋은 여행이 되시기를."

이라며 두 팔을 벌렸다.

슈지로는 고개를 끄덕이지도 않고 걷기 시작했다. 경단, 우동, 팥죽, 활기찬 호객꾼들을 묵살하고 거침없이 역참 안을 걸어간다.

"조금 빨라졌어요."

신지로가 주의를 촉구했다. 한번 멈춰 섰던 후라서 걸어가는 속도를 알 수 없게 되었다고 생각한 모양이다.

"일부러 빨리 가는 거야. 쫓아올 수 있겠나?"

"괜찮아. 그런데 왜?"

후타바가 의아한 듯이 묻는다.

"에지리나 오키쓰 근처. 분명 환도재가 있다."

"엇－."

소란 속에서 두 사람의 놀란 목소리가 겹쳤다.

"쓰루바미의 말이다."

조금 전, 쓰루바미는 한나절 정도밖에 떨어지지 않았으니까, 서두르고 싶을 거라고 말했다. 그러나 시마다 역참부터라면, 아무리 계산해도 하루 이상의 거리가 있다. 그저 잘못 말한 거라고 생각할 수도 있지만, 쓰루바미에 한해서 그럴 일은 없다고 단언할 수 있다.

쓰루바미는 지금까지 말 구석구석에 단서를 숨겨두고, 우리를 도와주는 것 같은 움직임을 보였다. 오히려 이쪽 가능성이 훨씬 높다.

"한나절 뒤에 우리가 두려워할 자가 온다는 뜻. 즉, 환도재다."

"그렇게 된…?"

"그리고 또 한 가지, 탈락자는 앞으로 네 명이라고 쓰루바미는 말했다."

이것으로 역시 쓰루바미는 단서를 주고 있다고 확신했다.

시마다 역참에서는 15명이 남아 있다고 했었다. 도쿄에 들어갈 수 있는 것은 최대 9명. 네 명의 탈락자로는 숫자가 맞지 않는다. 즉, 무엇을 의미하는가 하면,

"그 후에 두 명이 더 탈락했다는 뜻이다."

라고, 슈지로는 고했다. 이미 도쿄에 도착한 시쿠라를 포함하여, 우

리는 6인조. 확실히 남아 있는 부코쓰를 제외하면, 이제 여섯 명밖에 남지 않았다는 말이 된다. 진로쿠, 환도재, 가무이코차, 길버트, 루치엔, 가에데, 요마. 아는 사람 중에서도 이미 한 명은 탈락한 것이다.

"점수는 어떨까…?"

슈지로는 혼잣말을 했다. 하코네 역참을 통과하려면 20점이 필요. 총 점수는 292점이기 때문에, 최대 14명이 돌파할 수 있게 된다. 현재 13명이라면, 하코네까지는 이제 서로 빼앗을 필요가 없는 건가?

"아니, 그게 아니야."

현재, 이로하도 포함해서 우리가 80점을 보유했다. 시쿠라는 30점을 갖고 이미 도쿄에. 교진이 20점. 부코쓰는 27점.

남은 것은 135점. 그 외의 여섯 명이 이것을 나눠 갖고 있다는 뜻이다. 모두 시마다 역참을 통과했다는 것은, 최소 15점은 있다는 것. 평균 22.5점. 계산상으로는 전원 하코네를 통과할 수 있지만, 실제로는 패가 한 곳으로 치우쳤겠지. 마주치기 어려운 상황이 된 지금, 다시 하코네에 참가자들이 머물러 있을 것이 예상된다.

"후타바, 신지로, 할 말이 있다."

슈지로는 새삼스러운 말투로 말을 꺼냈다. 다행히 목패는 충분해서 하코네는 통과할 수 있다. 그러나 역시 그 뒤에 또 같은 일이 일어날 것이다. 그때는 도망칠 수 없다고 새삼 확신하고, 두 사람에게는 이제 속내를 털어놓아야 한다고 생각한 것이다.

고독에서 탈출시키려 한다는 것, 그러기 위해 국가의 힘을 빌리려고 한다는 것, 이로하도 동의했다는 것. 슈지로는 차례대로 차근차근 자세하게 이야기했다.

"시즈오카에서의 전보는 그것을?"

신지로는 이야기가 끝나기를 기다렸다가 물었다.

"음. 이미 전했다."

"하지만 내무경은…."

전보를 쳤을 때, 내무경 오쿠보 도시미치는 이미 암살당한 뒤였다. 이제 결코 도착할 일 없는 전보가 되어버렸다.

"마에지마 씨라면 어떻게든 해줄 거다."

내무성으로 직접 전보를 보낼 수 없기 때문에, 마에지마를 통해 부탁하려고 역체국으로 가서 타전한 것이었다. 결과적으로 마에지마는 우리의 절박한 상황을 알게 될 것이다. 오쿠보에게 기댈 수 없게 된 지금, 독자적으로 손을 써줄 것을 믿는 수밖에 없다.

"슈지로 씨…, 나는…."

후타바가 곤혹스러운 눈길로 쳐다본다.

"걱정할 것 없어. 상금은 반드시 나눈다."

나, 교진, 시쿠라, 이로하, 누가 상금 10만 엔을 획득해도 6등분 한다. 한 사람당 1만 6천 6백 6십 6엔. 대졸 은행원의 연봉이 약 백 엔이므로, 실로 166년분이다. 후타바의 어머니도, 신지로의 가족도, 내 가족이나 마을 사람들도 모두 구하기에 충분한 돈이다.

"그게 아니야…. 나만 중간에 포기하고 돈을 받다니…."

후타바와 만난 지 아직 열흘밖에 지나지 않았다. 그러나 어떤 아이인지는 이미 알고 있다. 이렇게 말할 것이라 확신했기 때문에 더욱 차근차근 이야기하려고 때를 기다린 것이다.

"잘 들어. 가혹한 말이 되지만, 그 편이 우리한테도 도움이 된다."

꽤 녹이 슬었다고는 해도, 실력에는 자신이 있었다. 대부분의 적이라면 이길 수 있을 거라고. 그러나 고독이 종반에 접어듦에 따라, 나 한 명을 지키는 게 고작이 되었다.

"우리는 방해만 될 뿐이야."

신지로는 더욱 분명하게 말했다. 자기가 도망치고 싶다는 이유로만 그러는 것이 아니다. 그것은 신지로의 진지한 표정으로 알 수 있다. 후타바는 두 번, 세 번, 자기 자신에게 이르는 것처럼 고개를 끄덕였다.

"응. 알아… 그렇게 하겠습니다."

"다행이다."

슈지로는 안도의 한숨을 내쉬었다.

"그 대신."

후타바는 옷소매를 휙 잡고, 똑바로 바라보면서 말을 이었다.

"반드시 무사히 돌아온다고 약속해."

"그래, 맹세하지."

도쿄에서의 후반전에서 무엇을 시킬지는 아직 불명이다. 그러나 설령 그것이 무엇이든. 후추에서 내가 돌아오기만을 기다리는 아내와

아이를 위해서도. 후타바를 위해서도. 반드시 살아서 돌아간다.

"마에지마 씨는 분명 답장을 줄 거다. 그것을 누마즈에서 받는다. 지금은 우선 갈 길을 서두르자."

"네!"

일부러 밝게 말한 것이겠지. 후타바는 튀어 오르는 것처럼 힘차게 대답하고, 신지로도 웃었다. 슈지로는 두 사람을 번갈아 보면서 힘주어 고개를 끄덕였다.

요시와라 다음은 하라 역참. 3리 6정의 거리다. 이 사이에도 역시 적과 조우하는 일은 없었다. 부코쓰는 확실하게, 환도재는 분명히, 우리보다 뒤에 있다. 남은 13명 중 아직 만나지 못한 자가 한 명 포함되었을 가능성이 있지만, 가무이코차의 말에 따르면, 그자도 뒤에 있다. 이대로 진행하면 싸움을 피할 가능성은 역시 높다. 하라 역참을 지났을 때,

"다음이 누마즈다. 거기에서 오늘은 묵는다."

라고 슈지로는 선언했다. 누마즈 우체국에서 답신이 와 있는지를 확인해야 한다. 이것으로 오늘은 약 9리를 걸은 셈이 되기 때문에, 웬

만한 일이 없는 한은 따라잡힐 걱정도 없다.

누마즈 역참으로 들어선 것은 오후 3시경. 서쪽에서부터 따라온 잿빛 구름이 빗방울을 툭툭 떨어뜨리기 시작했다.

본진 셋, 부본진 하나인 비교적 큰 역참이다. 50개도 넘는 여관 중에서 한 곳을 골라 숙박 수속을 마치자마자 곧바로 누마즈 우체국으로 갔다.

껍질을 벗기지 않은 통나무와 다듬어진 건축용 자재를 조합해서 지은 요즘식 건물로, 멀리에서도 눈에 띈다. 입구에서 봤을 때 중앙에 놓인 창구로 가서, 슈지로는 직접적으로 물었다.

"사가 고쿠슈 앞으로 전보가 와 있지 않소?"

"잠시 기다려주세요."

안경을 쓴 초로의 국원이 느긋하게 대답했다. 잠시 기다리자, 국원이 분명히 긴장된 표정으로 돌아왔다.

"역체국에서 직접 보내왔습니다."

국원은 속삭이는 것처럼 고했다.

"국장인가?"

"네. 확인해 주십시오."

이쪽의 정체도, 사정도 모르지만, 국원은 뭔가 큰일이라는 걸 알아차린 모양이다. 이 국에서 전신을 글자로 뽑아냈으니 당연하다고 할 수 있다. 봉투를 뜯어 안을 확인한다. 긴 문장이다.

– 내무경 일은 통한의 극치

한 줄기 희망을 품고 있었다. 그러나 서두에서부터 그렇게 적혀 있어서, 오쿠보 암살이 사실이라는 것을 확인하기에 이르렀다. 마에지마는 이 전보로 가급적 사정을 자세히 알려주려고 한 것이다.

시쿠라는 무사했다. 도쿄에 들어가, 오쿠보 습격까지 늦지 않고 달려간 모양이다. 그러나 고독의 자객 대부분을 반격으로 해치웠지만, 한 명의 강적 때문에 애를 먹게 되었다. 그것은 덴류지에서 교토부청 제4과 사람을 순식간에 죽인 남자와 동일 인물. 그리고 그 정체는 -.

"뭐라고…?"

슈지로는 그 이름을 보고 경악했다.

-나카무라 한지로

과거 '사람 베는 한지로'라는 별명으로 불렸고, 사막파를 공포에 떨게 만든 사쓰마번사다. 교토에 있던 무렵, 슈지로도 면식이 있었다.

"비…."

슈지로는 중얼거렸다. 아까부터 비가 올 것 같은 날씨였는데, 갑자기 세차게 쏟아지기 시작했다. 억수로 쏟아지는 장대비다. 길을 오가던 사람들도 비명을 지르면서 뛰어가기 시작했다. 유리창 너머, 물안개 속에서 과거의 교토가 보인 것 같은 느낌이 들었다.

한지로는 사쓰마인의 양지 부분을 집약한 것 같은, 쾌활하고 싹싹한 남자였다. 음습한 자객의 인상과는 동떨어져서, 처음 만났을 때는 놀랐던 것을 기억한다. 슈지로가 둔소의 한 방에서 대기하고 있을 때,

-시간 있으면 한잔하자고.

라며, 술을 손에 들고 만면에 웃음을 띠며 나타나는 일도 종종 있었다.

딱 한 번이지만, 검을 휘두르는 것을 본 적이 있다. 질풍처럼 빠르고, 으르렁 소리가 날 정도의 사나움. 강검(剛劍. 강한 힘과 호쾌함을 특징으로 하는 검)이란, 한지로의 검 같은 것을 말하는 것이겠지.

한지로는 유신 후 기리노 도시아키로 개명하고, 군인이 되어 소장까지 올라갈 만큼 출세했다. 그러나 사이고 다카모리와 함께 하야. 작년 세이난 전쟁에서 죽었다고 알고 있다.

아니, 마에지마가 말하는 것이니 틀림없다. 한지로는 살아 있던 것이다. 그리고 기리노 도시아키가 아니라 굳이 나카무라 한지로라고 쓴 것은, 그자가 군인이 아니라, 자객 무렵의 모습으로 되돌아왔기 때문에. 시쿠라 정도의 실력자가 고전한 것도 이해가 갔다.

사이고를 몰아붙였던 경시국에 협력하고 있다는 것이 납득이 가지 않지만, 고독을 운영하는 집단 속에 한지로가 있는 것은 틀림없는 모양이다.

마에지마는 도쿄로 돌아가자마자 시쿠라에게 자기 비서인 후나미를 붙여주고 자신은 히노키초로 급행했다. 사태는 너무나 위급. 육군성은 고사하고, 진대 사령관조차도 건너뛰고 보병 제1연대의 둔소로 간 것이다.

보병 제1연대의 연대장은 올해 1월에 부임해 온 전 조슈번사인 노기 마레스케. 오쿠보가 습격당했다는 사실을 전했으나, 아무래도 믿지 못하는 것 같았다. 그러나 역체국장이 친히 달려온 것이다. 노기의 독단으로 2개 소대를 파견했으나, 간발의 차이로 늦었다는 것이다.

"시쿠라 씨는 지금…?"

후타바가 옆에서 불안한 듯이 물었다.

오쿠보 암살을 저지할 수 없었던 것을 몹시 후회하고 있다고 한다. 시쿠라는 형제 중에서 가장 고지식하고 책임감이 강하다. 분명 자신을 격하게 질책하고 있겠지.

고독은 어떻게 되었는가 하면, 도쿄 도착 기일인 6월 5일 바로 전날에 다음 지시를 내리므로, 그때까지는 자유롭게 지내도 좋다고 통달받았다. 지금은 마에지마와 함께 있는 모양이다.

후타바가 가슴을 쓸어내린 것과 교대하듯이, 신지로가 조심스럽게 물었다.

"군은 움직여줄까요?"

"아무래도 어려울 것 같다."

슈지로는 고개를 저었다. 처음에는 육군성에 의뢰해서 가와사키까지 군을 파견해달라고 할 생각이었다. 그러나 오쿠보를 잃은 지금, 마에지마 혼자서 군을 움직이는 것은 힘들다고 한다.

"그렇겠지요… 그렇게 잘 풀릴 리는…."

신지로는 스스로에게 포기하게 하려는 듯이 말했으나, 슈지로는 그것 또한 부정했다.

"아니, 아직 이야기는 더 남았다."

마에지마는 육군성에 기대지 않고, 자기 영향이 미치는 범위, 관할 안에서 어떻게든 두 사람을 보호할 수 없을지 궁리해 줬다.

"내무성 역체국에는 관선과(管船課)가 있다."

현재 군함 이외의 배는 역체국에 소속된 관선과가 관리하고 있다. 그중 한 척을 이용해 두 사람을 실어 간다는 것이다.

구름이 지나갔는지, 비가 약간 약해졌다. 슈지로는 땅바닥에 눈길을 떨어뜨린 채로 말을 이었다.

"마침 외국 요인이 오니까, 접대에 사용될 식재, 식기, 인원을 운반한다고 한다. 항구에는 경비를 위한 군함이 배치되니 마침 잘됐어. 설령 그 누구든 배에 공격을 가할 수 있는 상황은 아닐 거라고."

"그 장소라는 건!"

눈치를 챈 모양으로, 후타바가 자기도 모르게 입을 열었다.

"가와사키는 중지. 장소는… 요코하마다."

슈지로가 고하자, 신지로의 작은 목울대가 위아래로 움직였다. 우연히도 교진과 만나기로 한 것도 그곳. 요코하마가 동료로서 얼굴을 마주하는 최후의 장소가 된다. 그리고 고독 후반의 최대 고비가 되겠지.

"18일부터 3일 동안. 배는 요코하마에 정박한다. 그 사이에 올라타라고. 이미 탈 수 있게끔 손을 써놨다고 한다."

배로 탈출한 후의 일은 적혀 있지 않았지만, 많은 호위를 붙여 두 사람을 보호해 주겠지. 고독 무리, 아니, 경시국도 내무성 역체국에는 섣불리 손을 댈 수 없다. 신지로는 두 손의 손가락을 움직이면서 말했다.

"20일까지… 갈 수 있겠군요."

"그래, 예정대로 19일에 요코하마에서 교진과 합류한다. 그 후, 함께 항구로 가자."

이것으로 이탈의 예정이 잡혔다. 십중팔구 목숨을 잃을 것이라고 생각했겠지. 신지로는 기쁨을 억누르지 못하는 모양으로, 표정이 한결 밝아졌다. 후타바는 아직 조금 미안한 듯했으나, 그것이 모두를 위한 길이라는 것을 이해했다. 희미하게 남아 있는 빗소리 속에서, 후타바는 한일자로 입을 꾹 다물고 힘주어 고개를 끄덕였다.

4

다음날인 17일, 동이 틈과 동시에 여관을 나섰다. 구체적으로 말하자면, 오전 5시 지나서의 일이다. 동쪽 하늘은 희미하게 붉은빛이 번지고 있다. 어제 내린 것은 소나기였던 모양으로, 구름은 전혀 보이지 않았다. 쾌청한 날씨다. 그런 상쾌한 새벽녘, 슈지로는 누마즈 역참을 출발했다.

다음 미시마 역참까지는 1리 반. 여전히 시즈오카이긴 했지만, 옛 국명으로 말하면 스루가국을 나가, 이즈국으로 들어선 셈이다.

"저것은…."

미시마 역참 안을 걸어갈 때, 후타바가 감탄 비슷한 목소리를 냈다.

"미시마 신사로군."

정확한 시기는 모르지만, 오래전부터 있던 저명한 신사다. 그러나 조금이라도 서둘러야 하는 지금, 이번에도 발길을 멈출 수는 없었다.

"그렇구나."

잠시 사이를 두고 후타바가 대답한 목소리는 어딘지 서운한 것 같았다. 험한 꼴도 많이 당했었다. 그래도, 한 번도 단바 밖으로 나가본 적이 없었던 후타바에게 있어서, 이 여행은 보이는 것마다 다 신선했고, 아쉬움도 느끼기 시작한 것이리라. 슈지로는 계속 더 가야 하지만, 후타바의 여행은 이제 곧 끝나는 것이다.

"모든 것이 끝나면… 또 오자."

슈지로가 툭 던지듯 말하자, 후타바는 힘차게 고개를 끄덕였다.

"여기서부터 길이 험해진다."

미시마 역참을 나가서, 슈지로는 둘을 격려했다. 여기서부터 도카이도 제일의 난관, 하코네 고개다. 3리 28정, 약 15킬로미터. 경사가 심한 길이 이어진다.

여행이 시작된 초반의 스즈카 고개에서는 난전이 되었었다. 그러나 여기에서는 아무 일도 일어나지 않는다. 슈지로도 뒤쪽을 경계하긴 했으나, 적의 모습은 고사하고 기척조차 느껴지지 않았다. 고개에서 내려다보이는 웅대한 경치, 후타바의 살짝 가빠진 호흡. 평온한 시간이 흘러간다.

"보인다."

크게 꺾어진 커브 길을 넘어가자, 아래쪽에 호수가 펼쳐졌다. 아시노코다. 따뜻한 햇빛을 받아 수면은 하얗게 빛을 발하고 있다.

거기에 딱 붙어 있는 것 같은 작은 마을. 좁은 길에는 둥근 자갈이 깔려 있고, 그 양옆으로 짚으로 지붕을 이은 초가집들이 몇 개 있다. 하코네 역참이다.

"왔군."

역참 안을 걷고 있노라니, 건물 틈 사이에서 마치 그림자가 뻗어 나오는 것처럼, 쓰루바미가 쓱 모습을 드러냈다. 이번에도 기모노 차림이지만, 눈가까지 푹 눌러썼던 삿갓은 없어졌다. 지역마다 그에 어울리는 차림을 하는 것이겠지.

"꽤 빠르군요."

"도대체 너는 정체가 뭐지?"

확실히 상당히 빨리 걸어왔다. 그러나 쓰루바미는 유유히 앞질러 와서 기다리고 있는 것이다. 도대체 정체가 뭔지. 솔직한 심정이 입을 뚫고 튀어나왔다.

"남들보다 다소 발이 빠르고 험한 길에도 익숙할 뿐입니다. 사가 님 혼자라면 몰라도, 가쓰키 님, 사야마 님과 함께 움직이신다면, 앞지르는 것은 그리 어려운 일은 아닙니다."

쓰루바미가 말하는 와중에, 반대쪽 건물 틈새에서 다른 남자가 나타났다. 신지로의 담당인 야마나시다.

"오랜만입니다."

"정말로 오랜만이네. 흑패에 대해 알려줄 때도 와주지 않았으니까."

신지로가 따끔한 지적을 하며 비꼰다.

"저도 담당하는 다른 분이… 좀 사정이 생기셔서. 사가 님과 함께이신 것은 알고 있었으니, 쓰루바미 님께 맡긴 것입니다."

"나 말고 누구를?"

"그것은 말씀드리지 못함을 용서하십시오."

야마나시는 손바닥을 내보이며 고개를 젓는다.

"슬슬 괜찮으십니까?"

쓰루바미의 물음에, 슈지로와 후타바는 마주 보고 고개를 끄덕이고는, 목패를 꺼내 나눴다.

"사가 님 20점, 가쓰키 님 20점. 확실히 확인했습니다."

신지로도 재촉당하기도 전에 패를 보여줬다.

"사야마 님 20점. 제6관문 돌파입니다. 여러분 점수를 딱 맞추셨군요. 그렇다 해도…."

야마나시는 말끝을 흐렸으나, 신지로는 놓치지 않고 다그쳤다.

"뭐지? 말해."

"마침내 여기까지 도달하실 줄은."

"모두가 도와줬으니까. 운이 좋았지."

"운도 실력이지요."

야마나시는 깊이 보조개가 패는 웃음을 지어 보였다.

"자, 그럼… 마지막으로, 현재 남아 있는 인원수를 알려드리겠습니다."

쓰루바미는 헛기침을 한번 하고는 말을 이었다.

"현재, 13명입니다."

"역시."

"짐작하셨습니까? 그럼 -"

"실격은 아닌 건가?"

쓰루바미의 말을 가로막고, 슈지로는 물었다. 쓰루바미는 눈을 바늘처럼 가늘게 떴다. 잠시 흐른 무언의 시간을, 고개에서 불어 내려오는 바람이 메운다.

"네."

"알았다."

"이것을 말하는 것도, 이번을 포함해서 앞으로 세 번 남았겠지요…. 좋은 여행 되시기를."

쓰루바미는 손을 내밀며 길을 터준다.

하코네 역참 출구 부근. 작은 길가 찻집 하나를 발견하고,

"쉬었다가 가자."

라고, 슈지로는 제안했다. 교토 쪽에서 오는 여행이면, 고개를 넘어

가기 위한 준비를 하느라, 그 바로 전에 있는 미시마 역참에서 묵는 자가 많다. 그러나 그것은 고독 참가자도 마찬가지일 터. 위험을 조금이라도 줄이기 위해, 누마즈 역참에서 묵기로 했던 것이다. 그 거리는 1리 반으로 그리 차이가 나지 않지만, 어른한테도 힘든 고갯길이기 때문에 피로도에는 차이가 있다.

"괜찮아?"

후타바가 불안한 듯이 묻는다.

"응. 오히려 지금이 좋아."

이 찻집은 교토에서 봤을 때 '제6관문' 너머에 있다. 아까 우리가 그랬던 것처럼, 참가자는 목패 확인을 위해 멈춰서야 한다. 길가가 보이는 여기라면, 만약 누군가가 나타나도, 고독 측이 목패를 검사하는 동안에 도망칠 수 있다.

"그렇기는 해도, 금방 가야 하지만…."

우동을 사람 수만큼 주문하고, 슈지로는 씁쓸하게 덧붙였다. 하코네 역참은 동서 양쪽으로 다음 역참과 떨어져 있다. 여기에 묵다가 습격을 당하면, 도망가기가 상당히 힘들다. 오늘 중으로 다음 오다와라 역참까지 진행해 두고 싶었다. 앞으로 4리 남짓, 고갯길을 더 가야만 한다.

"알아. 걱정 마."

후타바는 씩씩하게 웃었다.

"아직 괜찮습니다."

다리를 주무르면서도, 신지로도 또한 밝게 대답한다.

우동을 다 먹고, 다시금 셋이 걸어가기 시작했다. 휴식은 1시간도 채 안 되었지만, 해는 중천까지 올라가 있다. 오다와라에 도착했을 때는 붉은 빛으로 변해 있겠지.

하코네 역참 너머에 관소가 있다. 고독의 관문이 아니다. 진짜 관소, '하코네 관소'라 불리던 것이다. 막부가 존재하던 때, 에도에 들어가려는 수상한 자를 막고, 반대로 에도에서 나가려는 여자를 잡기도 했다.

메이지에 들어서면서 관소는 폐지되었으나, 당시 사용하던 문은 아직 남아 있다. 천연염료를 칠한 중후한 것으로, 위엄이 넘쳤고, 여기만 시간이 멈춘 것 같다.

그 관소를 지나면, 이윽고 또 양쪽에 울창한 초목들이 우거진 좁은 길이 이어진다. 이만큼 짙은 녹색에 감싸여 있으면, 화살이나 총의 저격은 어렵다는 것은 이점이다. 그만큼, 전후의 기척, 어깨가 닿을 듯이 스쳐 지나가는 나그네에 대한 경계는 높였다.

"아까 쓰루바미와 이야기해서 알게 된 사실이 있다."

슈지로는 인적이 없는 것을 확인하고 말했다.

"또?"

후타바는 놀란 목소리를 냈다.

"응. 현재, 점수를 독점한 자는 없는 것 아닐까?"

지난번에는 시쿠라의 도쿄 도착을 고했으나, 이번에는 그런 일은 언급하지 않았다. 먼저, 새로운 돌파자 그 자체가 없다고 생각된다.

고독은 '역주행' 해도 문제가 없다는 것을 우리는 알지만, 다른 참가자가 알고 있을 가능성은 매우 낮다. 통상, 관문을 돌파하면 두 번 다시 돌아가지 않기 때문이다.

만약 누군가가 대량의 점수를 갖고 최종 관문인 시나가와를 통과했다면 어떨까? 뒤에 오는 자는 아무리 발버둥 쳐도 패를 모을 수 없게 되어 사실상 실격이 된다.

내가 실격인지 아닌지를 물어본 것은 이런 까닭이었다. 쓰루바미는 알아차린 것 같다. 그리고 실격이 아니라고 답한 것이었다. 대량의 패를 갖고 시나가와를 지나간 자는 없다고 추측할 수 있다. 패는 상당히 분산되어 있을 가능성이 높지 않을까?

"또 한 가지. 이번을 포함해서 앞으로 세 번이 될 거라고… 쓰루바미는 그렇게 말했다."

쓰루바미가 우리 앞에 모습을 보이는 것은, 관문에서의 목패 확인과 흑패에 관해서 통달하기 위해서다. 즉, 앞으로 두 번. 관문은 이제 시나가와밖에 없기 때문에, 또 한번은 다음 흑패 보유자를 알려줄 때가 된다.

"제일 후미가 다가오고 있다는 뜻이다."

다음 흑패 부여는 하코네 역참. 도쿄까지 얼마 남지 않았다는 점도 있어, 목패를 얻느라 일부러 후미를 노리는 자가 나타나기 쉽다. 그런 자가 여러 명 있고 그들이 서로 견제하면 상당히 속도가 떨어지게 된다. 슈지로 일행이 도쿄에 도착했을 때, 아직 하코네 역참을 통과하지 못한 자가 있어도 이상할 것 없다.

그러나 그런 일은 일어나지 않는다. 도쿄 도착까지 흑패에 관해서 알려줄 일이 있을 것 같지만, 확실하다고는 단언할 수 없는 것도 분명. 그러기에 더욱 "남았겠지요" 라고 확실치 않게 말한 것이겠지.

"너무 깊게 생각한 것이 아닐까요?"

신지로가 고개를 갸웃거렸다.

"아니, 그 남자의 말에는 전부 의미가 있다고 본다. 더욱이 요코하마 건도 들키지 않았다고 봐도 돼."

앞으로 두 번 중에는 시나가와 역참에서의 목패 검사도 포함되어 있다. 후타바와 신지로는 그 직전에 요코하마에서 탈출하려 한다. 아무리 생각해도 두 번은 될 수 없다. 즉, 우리 의도는 발각되지 않았다.

"혹은 눈치채지 못한 척을 하는 건가…?"

슈지로는 혼잣말처럼 중얼거렸다. 쓰루바미는 우리를 감시하고 있다. 우체국에 들어갔던 것도 알고 있을 것이다. 그런데도 일절 그 일은 언급하지 않는 것도 기이하긴 하다.

우리 편은 아니라고 해도, 멀리서나마 도움을 주려고 하는 것처럼 보이기도 한다. 이유가 있다면, 역시 후타바가 아닐까? 슈지로는 생각에 잠기면서 고갯길을 걸어갔다.

5

오다와라까지의 절반의 거리. 약 2리. 8킬로미터 정도 갔을 때였다.

"신지로."

슈지로는 낮게 이름을 불렀다. 신지로는 이변을 깨닫고, 권총을 숨겨놓은 품속으로 손을 집어넣었다.

"누군가가 온다."

발소리가 들린다. 이로하의 녹존과는 달리, 성별이나 체격까지는 판별할 수 없지만, 뛰어오고 있다는 것은 확실. 고갯길을 달리다니 보통이 아니다. 게다가 상당한 속도다.

"뒤쪽을 부탁한다."

적이 한 명일 거라는 보장도 없고, 다른 참가자가 우연히 따라잡는 일도 있을 수 있다. 정면의 적과 실력이 백중세일 경우, 등 뒤에까지 신경 쓸 여유가 없다.

"이제 금방이다."

슈지로는 팔로 후타바를 뒤로 밀면서, 구부러진 커브 길에서부터 누군가가 모습을 나타내기를 기다렸다. 불과 몇 초 남았을 때, 놀랍게도 상대방이 먼저 목소리를 냈다.

"나야!"

"이로하?!"

구부러진 길 너머에서 달려오는 자. 틀림없다. 이로하다. 녹존으로 우리 이야기는 계속 듣고 있었겠지. 닿을 정도까지 오고 나서 말을 건 것이다.

"…무사하네."

이로하는 가까이까지 뛰어오더니 먼저 말했다. 쉽사리 몇 리를 돌파하는 이로하의 호흡이 가쁜 것은, 전속력으로 질주했기 때문. 어지간한 일이 일어난 것이라는 걸 알았다.

"무슨 일이 있었나?"

슈지로는 무거운 목소리로 물었다.

"후지사와에서 진로쿠를 만났어."

"정말인가!"

여기서부터 네 개 앞의 역참. 거리로 치면 약 40킬로미터 앞이다. 날렵한 뒷모습을 발견하고 부르자,

－오오, 이로하잖아!!

라며, 진로쿠는 돌아보고, 그 옛날 그대로인 해맑은 웃음을 보였다고 한다. 이로하는 잠시만 시간을 내달라고 부탁하고, 근처 찻집으로 함께 들어갔다고 한다.

"그 녀석은 무사한가? 다친 데는? 이야기를 들어주었나?"

슈지로는 흥분한 나머지 자기도 모르게 숨 쉴 틈 없이 물었다.

"응, 무사해. 고독에서 잔 상처 정도밖에 난 적이 없다고."

"과연, 탐랑이로군…."

수비에 특화된 교하치류 비술. 그것은 그야말로 철벽. 웬만한 사람은 도저히 칼날이 닿지 않는다. 오히려 잔 상처를 낸 자가 있다는 사실에, 새삼 고독에 참가한 자의 층이 넓다는 것을 느끼고 놀랐다.

이로하는 지금까지의 사정을 전부 말했다. 슈지로가 후타바를 구해줬다는 이야기를 했을 때는,

―슈 형은 변함없네.

라며 하늘을 우러러보며 송곳니 같은 덧니를 보이며 웃었다고 한다.

센닌즈카에서 산스케가 형제를 모으려고 하는 것도 알았던 모양이다. 진로쿠는 고독에서 역주행이 가능하다는 것도 누구보다 일찍 알아차렸다. 어떤 사태가 될지 모르기 때문에 먼저 지류 역참에서 목패 검사를 끝내놓고, 센닌즈카로 돌아갈 생각이었다고 한다. 그러나 그 도중에 적에게 습격당했다.

"부코쓰…, 가무이코차가 말했던 대로군."

슈지로는 신음했다. 진로쿠가 교전한 것은 간지야 부코쓰. 예의 잔 상처가 생긴 것도 그때인 모양이다. 부코쓰는 싸우는 도중에 급속하게 성장한다. 칼을 맞부딪치던 와중에 탐랑 유일의 약점을 알아차렸어도 이상할 것 없다.

부코쓰와 교전 중, 또 한 명 난입한 것이 가무이코차였다. 난전 중에 경찰이 달려왔고, 진로쿠도 동쪽으로 도망갈 수밖에 없었다고 한다. 세 명이 수배자가 된 경위였다.

그가 가지 못했던 센닌즈카. 거기에 환도재가 출몰하여 산스케가 이로하를 구하고 당했다는 것도 말했다.

–산스케 형이…. 미안해.

진로쿠는 신음하듯이 중얼거리고, 주먹을 꽉 움켜쥐고 몸을 떨었다고 한다.

고독에 경시국이 얽혀 있다는 것, 도쿄에서 환도재를 다 함께 쓰러뜨리려고 한다는 것, 후타바와 신지로를 탈출시키려고 한다는 것, 그 때문에 힘을 빌려달라고 이로하는 호소했다.

"…설득하지 못한 건가?"

여기에 진로쿠가 없다는 것은 그런 뜻이 아닐까? 그러나 이로하는 고개를 가로저었다.

"아니야. 협력한다고."

"그런가!"

슈지로는 환희의 목소리를 냈다.

"단… 가와사키까지 무사하다면."

"그 녀석이라면 걱정 없어. 그리고 가와사키가 아니라 두 사람은 요코하마에서 탈출시킨다."

어디에 감시의 귀가 있을지 모른다. 녹존이라면 알아들을 수 있기 때문에, 연꽃잎이 벌어지는 정도의 작은 목소리로 사정을 전했다.

"그건 잘됐다…."

탈출 예정이 잡혔다는 사실에 이로하가 안도하는 것은 틀림없다.

그러나 그 표정은 계속 어두웠다.

"진로쿠에게 무슨 일이 있는 건가?"

그렇게밖에 생각되지 않아 물었다. 이로하는 얇은 입술을 꼭 다물고 고개를 끄덕이더니, 잠긴 목소리로 털어놓았다.

"진로쿠는… 환도재를 칠 생각이야."

진로쿠가 환도재 토벌을 위해 고독에 참가했다는 것은, 시쿠라에게서 이미 전해 들었다. 진로쿠는 환도재조차 능가하는 수비력을 보유했으나, 반대로 무찌를 만큼의 공격력이 없다. 누군가와 같이 싸울 필요가 있을 터. 그 동료를 이미 찾았다는 것인가?

"아니야. 혼자서 할 생각."

"…말도 안 돼."

가능할 리가 없다. 2, 3, 4, 8. 네 명의 형제들도 상대가 되지 않았던 괴물이다. 6 혼자서 아무리 애써봤자 이길 수 없다.

"나도 그렇게 말했어…."

이로하의 목소리는 떨렸다. 그러나 진로쿠는 승복하지 않았다고 한다. 환도재를 칠 방법을 생각해 둔 게 있다는 것이다.

"환도재를 요코하마에 불러들여서, 거기에서 반격하겠다고."

"요코하마…."

또 요코하마다. 운명에 이끌린 것처럼 모두가 그 땅에 집결한다.

"진로쿠는 군인이래."

"아, 그랬지."

시쿠라가 히로시마 진대의 오장이었던 것처럼, 진로쿠는 센다이 진대 보병 제4연대 소속 상등졸로 메이지 시대를 살아왔다고 한다.

"군이 경비에 차출되고 나서 알게 된 모양이야. 요코하마에 영국 요인이 온다는 것을."

5월 20일부터 24일. 영국 요인이 요코하마에 방문하기 때문에 도쿄 진대 군인 약 천 명이 파견되어 경비를 맡는다. 전원이 라이플 장비는 물론이고, 제국 육군의 위세를 보이기 위해 최신 대포도 설치된다.

더욱이 일본국은 문명개화를 해서 야만적인 풍습은 전부 버렸다고 명시하기 위해, 폐도령에 아직 따르지 않는 자는 무조건 체포. 만에 하나라도 흉적이 나타났을 때는 즉각 사살. 군은 그렇게 명령받았다는 것이다.

"설마…?"

"진로쿠는 군대가 환도재를 해치우게 만들 생각."

군인이 잔뜩인 요코하마에서, 진로쿠는 백주 대낮에 당당히 환도재에게 도전한다. 옆에서 보면 흉적이 두 명 출현한 것 같을 것. 분명히 사살하려고 들 것이다.

"그런 방법이 있었나."

무사 시대를 끝낸 것은 메이지 정부가 아니다. 총이다. 초심자를 순식간에 살인의 달인으로 변하게 만든다. 오랫동안 수련을 쌓아온 무예가조차도 쉽사리 쓰러뜨려 버리는 것이다.

그것은 보통 사람을 벗어난 힘을 지닌 교하치류 역시 예외가 아니다. 한 명, 두 명, 몇 명이라면 그나마 대처할 수 있지만, 그것이 수십, 수백이 되면, 도저히 맞설 수 없다. 즉, 무사가 칼을 휘둘러봤자, 전장에서는 그다지 도움이 되지 않는 것이다. 총이란 그토록 흉포한 물건이며, 보는 시각에 따라서는 교하치류의 비술조차 능가하는 것이다.

진로쿠가 과거 환도재와 싸웠을 때, 센다이 진대로 도망가면 쫓아오지 못했다고 한다. 즉, 환도재도 총, 포를 위협으로 생각한다는 증거로 봤겠지.

총알로 오보로류를, 오카베 환도재를 쏜다. 긴 악연을 결판 지으려는 것이다.

"하지만, 그래서는 –"

"진로쿠도 죽을 생각…."

슈지로는 숨을 삼키고, 이로하는 아랫입술을 깨물었다.

총알이 비처럼 쏟아진다. 환도재가 죽는다는 것은, 진로쿠 또한 목숨을 잃는다는 말이 된다. 이로하는 섣부른 짓 하지 말라고 간곡히 부탁했으나,

– 탐랑은 총알조차 튕겨내.

라며, 진로쿠는 활짝 웃었다고 한다.

"있을 수 없어."

교하치류는 약 7백 년 전에 편성되어, 인지를 초월하는 힘으로 사람들에게 경외의 대상이 되어왔다. 그러나 사람이 이 정도까지 성능

이 뛰어난 '것'을 만들어낼 것을 상정하지 않았다.

북진보다도 먼 곳을 볼 수 있는 눈, 무곡보다도 훨씬 빠른 다리, 녹존보다도 멀리 있는 것을 듣는 귀, 파군조차 능가하는 파괴력, 거문보다 단단한 갑옷, 염정보다도 신체 능력을 높이는 약, 문곡 이상의 정밀한 움직임. 전부 다 사람은 반드시 창출해 낸다. 그리고 이미 탐랑을 뚫는 무기, 총은 존재하는 것이다.

"…아무리 필사적으로 말려도 듣지 않았어."

이로하의 눈꼬리에 눈물이 맺힌다. 그런 위험한 다리를 건너지 않아도, 형제가 힘을 합쳐 도쿄에서 쓰러뜨리면 된다. 교진처럼 형제 말고 다른 협력자도 있다. 가무이코차도 분명 힘을 빌려줄 것이다. 이로하는 몇 번이나 설득하려 했으나, 진로쿠는 고개를 끄덕이는 일은 없었다. 진로쿠는 이로하의 머리를 마구 쓰다듬어주더니,

–걱정하지 마. 울보야.

라며, 활짝 핀 웃음을 남기고 가버렸다고 한다.

"이제 아무도 잃고 싶지 않아. 진로쿠를 말리는 걸 도와줘…, 부탁이야…."

"당연하지."

슈지로는 사이를 두지 않고 즉답하고는, 이로하의 어깨에 살며시 손을 올렸다.

그랬다. 진로쿠의 말대로. 원래는 울보인 것이다. 가혹한 고독을, 아니, 메이지라는 시대를 열심히 견디고 있었을 뿐. 구라마산에서는 몇

번이나 들었던 흐느껴 우는 소리가, 시간을 뛰어넘어 하코네의 언덕에 조용히 울려 퍼졌다.

오다와라 역참에 도착했을 때는 이미 그림자도 길게 늘어졌다. 귀가를 서두르는 자, 한잔하고 가려고 술집을 향하는 자, 많은 사람들이 분주하게 오간다.

"오늘은 여기에서 묵는다."

슈지로는 말했다. 처음부터 오늘은 오다와라에서 묵을 예정이었다. 내일인 18일은 네 개 더 가면 있는 도쓰카 역참까지 약 40킬로미터의 길을 간다.

그리고 19일은 다음 역참인 호도가야로 가지 않고, 도카이도를 벗어나 직접 요코하마로 간다. 그 거리는 3킬로미터 남짓. 오전 중에는 요코하마에 들어갈 수 있으니, 거기에서 교진과 합류할 예정이다.

"그러네…."

이로하는 지금 당장이라도 뛰어나가, 진로쿠를 다시 한번 설득하고 싶은 심정이겠지. 그러나 진로쿠는 이미 요코하마에 들어갔고, 환도재의 도착에 대비하여 몸을 숨기고 있는 것이 틀림없다. 요코하마 정도의 큰 거리라면, 아무리 녹존이라도 찾아내는 것은 쉽지 않다.

게다가 진로쿠는 그리 간단히 생각을 바꾸지 않겠지. 계획에 응하는 형태로 가세하여, 무사히 진로쿠를 구해낸다. 이것이 현실적이겠지. 따라서 서둘러봤자 의미는 없고, 오히려 만전의 상태로 19일에 들어가면 된다고, 이로하도 거듭 이해하고 있다.

"19일에 배를 탈게요."

그날 밤, 후타바가 말을 꺼냈다. 엄중한 경계 태세가 깔린 가운데, 환도재 토벌, 진로쿠 구출. 상당한 아수라장이 될 것은 틀림없다. 거치적거리는 존재가 되지 않도록, 당장이라도 이탈하는 편이 좋겠다고 말하고,

"그러니까 아무 걱정 말고 진로쿠 씨를 도와주세요."

라고 이야기를 마무리했다.

"후타바…."

이로하가 조용히 이름을 부르자, 후타바는 웃음 지어 보였다.

"분명 잘될 거예요."

"…그러네."

이로하는 부드럽게 대답하고 고개를 끄덕였다. 그 입가는 살짝 미소 짓고 있었다.

19일, 교진과 합류하는 대로 후타바와 신지로는 마에지마가 준비해 준 배를 탄다. 신경 쓸 일 없이 전력을 다해 일에 착수할 수 있게 된다.

후타바와 신지로가 잠이 든 후, 교진이 도와줄까? 라고, 이로하가 툭 던지듯 말했다. 환도재와 싸우는 데 힘을 빌려주기로 약속해 줬다. 애초 예정되어 있던 도쿄가 아니라 요코하마가 되었지만, 분명 문제는 없겠지. 슈지로가 그렇게 예상하자,

"나도 부탁할게."

라며, 창밖의 둥근 달로 시선을 옮겼다.

"이것은…."

다음날, 역참의 상태가 돌변하여 슈지로는 할 말을 잃었다.

스탠드 칼라의 반코트, 긴 하카마, 손에는 라이플. 사벨을 허리에 찬 자도 있다. 제국 육군이다. 그것도 상당수. 군복은 온통 검은색이라서, 2층에서 내려다보면 개미 떼를 방불케 했다.

"어떻게 된 일이야?"

어째서 오다와라에 육군이 나타난 건가? 게다가 아직 오전 6시. 도대체, 어디에서, 무엇을 위해 나타난 것인가? 여관 주인에게 물어봤으나, 사전에 아무것도 듣지 못한 모양으로, 당혹스러워했다.

"우리를 노리는 건지도."

이로하는 창문으로 바깥을 몰래 내다봤다. 준비를 마치고 슬슬 출발하려고 하는 참에, 백 명도 넘는 집단이 가까이에 와 있다고 이로하가 알려줘서 이렇게 된 것이다.

"아니, 아무래도 그게 아닌 모양이다."

지휘관으로 짐작되는 자가 지시를 내리고 있고, 역참 여기저기로 병졸이 흩어졌다. 가게 안까지 들어가려고 하는 기색은 아직까지는 보이지 않는다.

사정을 설명하고 있는 것이겠지. 군의 하사관이 역참 주민에게 말을 걸고 있었고, 이로하는 귀를 세우고 내용을 엿들으려고 했다.

"…가나가와현 전역에 경계 태세가 깔렸어."

이로하는 대화를 간추려 말해줬다.

처음에는 보병 제1연대 중에 1개 대대 천 명을 동원해서 요코하마를 경계할 예정이었다. 그러나 '작금의 정세 불안'을 고려하여, 보병 제1연대 말고도 보병 제3연대에서도 대대를 파견하여, 가나가와현의 주요 도시, 역참마을 경비를 맡게 되었다. 지금 여기에 와 있는 것은, 보병 제1연대, 오다와라 진영에 소속된 중대 약 2백 명이라고 한다.

"…오쿠보 씨 일 때문이다."

내무경 오쿠보 도시미치가 암살당한 것은 4일 전의 일. 그런 가운데, 외국의 요인을 맞이하게 된 것이다. 정부가 과민 반응하는 것도 무리는 아니다. 급히 이런 대책을 마련하게 된 것이겠지.

"좋지 않아."

슈지로는 눈살을 찌푸렸다. 직접 고독에 관계된 것은 아니고, 심지어 우리를 찾고 있는 것도 아니다. 그러나 이런 엄중 경계 태세다. 칼을 갖고 있으면 폐도령 위반으로 당장 막힌다.

"거적을 사서 숨길까요?"

신지로가 제안했으나, 슈지로는 고개를 가로저었다.

"수색하다가 튀어나오면 더 수상하다. 주머니에 넣어서 유품을 운반하는 도중이라고 변명하는 수밖에 없겠어…."

그래도 집요하게 심문받을 것은 틀림없다. 가나가와현 전역이라는 것은, 오다와라뿐만이 아니라 여기서부터 요코하마까지의 모든 역참이 똑같은 상태라는 뜻. 상당히 시간을 잡아먹게 된다.

"아무튼 일각이라도 빨리 나가자."

폐도령 위반을 피하고자 쓰치야마 역참에서 사서 지금까지도 사용하던 주머니에 검과 협차를 넣었다. 후타바의 단검은 호신용 칼이라고 주장할 수 있다. 이로하의 사스가도 마찬가지로 통할 것 같지만, 소협차는 힘들 것 같기 때문에 천으로 감았다. 그때, 신지로가 얼굴이 굳으며,

"이거… 어떻게 하지요…?"

라며 권총을 꺼냈기 때문에, 슈지로는 이마를 짚었다. 메이지 5년(1872년) 발포된 총포 단속 규칙으로는 무허가 총기 소지는 인정되지 않는다. 포기하는 수밖에 없다고 말하려고 했을 때,

"아, 허가는 받았습니다."

라고 신지로는 태평하게 말했다. 숙부가 총포 수리점을 경영하고 있으며, 신지로도 그 가게를 거들고 있기 때문에 허가증이 있다. 단, 권총을 갖고 돌아다녀도 된다는 뜻은 아니기 때문에, 시즈오카까지 수리할 물건을 가지러 갔다가 돌아가는 길이라고 설명하기로 했다.

아무튼 대검 한 자루, 협차 두 자루, 더욱이 권총까지 지닌 일행이다. 역시 검문 때마다 경계당하고, 상당히 시간을 소요할 각오가 필요할 것이다.

여관을 나와서 열 걸음도 채 걷기 전에 군인이 이쪽으로 다가왔다.

"잠깐 실례합니다."

당장 심문이다. 미리 입을 맞춘 대로 이야기를 하는 도중에, 슈지로의 머릿속에,

－늦지 않을까?

라는 생각이 스쳤다. 19일에 요코하마에 들어가기에는 여유가 있을 거라고 생각했는데, 이래서는 늦을지도 모른다. 슈지로는 초조함을 보이지 않도록 애써 억누르며, 웃음을 지어 보이면서 변명했다.

6

하코네의 험준한 고개를 바람이 휘익 지나가고, 긴 흑발이 살랑 흔들렸다.

아키쓰 가에데는 발밑의 경치를 바라보면서,

"여기까지 왔습니다."

라고, 누구에게랄 것도 없이 속삭였다.

하코네 역참까지 앞으로 약 1리. 지금까지는 좁은 고갯길이 이어졌었지만, 갑자기 트인 곳으로 나와 이쯤이 좋겠다고 발을 멈췄다. 수많은 나그네들이 오가며 잡초를 뽑고, 돌을 치우고, 긴 시간을 거쳐 만들어진 장소일 것이다. 분명 이렇게 경치를 즐기기 위해, 여행의 피로

가 조금이라도 씻기길 바라면서.

아시노코의 맑은 물에서 5월의 흰빛을 띤 태양이 빛나고 있다. 크기는 달라도, 하늘을 비추는 거울이라고도 불리는 이나와시로 호수를 떠올리게 했다.

*

지금으로부터 22년 전인 안세이 3년(1856년), 가에데는 아키쓰가의 차녀로 이 세상에 태어났다. 아키쓰가의 녹봉은 85석. 대대로 오토모방(御供番. 번주의 외출 시에 경호나 잡무를 담당한 무사)이라는 역할을 맡아왔다. 등급으로는 검은띠 가쿠단시타(格段下)라고 불리는, 번에서 중상급의 가문이다.

어머니는 아키쓰가의 외동딸이었기 때문에, 더 상위 가문 차남이 데릴사위로 들어왔다. 그가 가에데의 아버지다.

가에데가 아홉 살 때 여름, 그 아버지가 죽었다. 교토 수호직에 임명된 주군을 따라 교토에서 일하고 있던 때의 일이다.

한밤중에 라쿠추에서 누군가의 칼에 찔려죽은 것이다. 우선은 양이를 주장하는 불경 로시의 범행을 의심했으나, 단서는 전혀 나오지 않았고 일찌감치 수사를 종결해 버렸다. 세상이 불안한 가운데 아이즈번도 맡은 임무 때문에 분주해져서 어쩔 수 없이 내린 결단이었을 거라고 받아들이는 수밖에 없었다.

교토에서 아이즈까지 유체를 옮길 수는 없다. 머리카락만 보내왔을 뿐이다. 시신을 본 자의 말에 따르면, 아버지의 목과 몸은 절단되었다고 한다. 더욱이 몸에는 파헤친 듯한 상처가 여러 곳. 사후에 농락하듯이 낸 상처일 것이다. 너무나도 무참했다고 한다.

"원수를 갚게 해주십시오."

어머니는 번에 호소했다. 어머니는 시즈카류(靜流) 언월도술을 계승받은 실력. 웬만한 검객에게도 지지 않는다. 범인을 찾아내기만 하면 충분히 승기는 있다.

그러나 번은 어째서인지 절대 허가를 해주지 않았다. 이러니저러니 하는 동안에 어머니는 병에 걸리고 말았다. 불치의 병, 폐결핵이었다. 그래서 다른 가문으로 시집간 언니가,

"그렇다면 내가."

라며, 복수를 이어받으려고 했으나, 번 이전에 시가의 허가가 떨어지지 않았다. 어머니는 포기하지 않고 몇 번이나 허가를 요청했으나, 역시 결과는 마찬가지였다.

하루하루 몸은 쇠약해져갔다. 아이즈번도 격동의 시기였고, 허가가 나는 것은 10년 후가 될지도 모른다. 그때 자신은 살아 있지 않을 것이라며 한탄하는 어머니에게,

"제가 하겠습니다."

라고, 가에데는 선언했다.

다섯 살부터 언월도를 잡았다. 그러나 이때부터 가에데는 한층 더

수련에 전념했다.

매일매일 하루도 빠짐없이 가에데는 정원에서 언월도를 휘둘렀다. 시끄럽게 매미가 울어대는 여름에도, 산들이 빨갛게 물드는 가을에도, 순백의 눈이 대지를 뒤덮은 겨울에도, 분홍색 꽃잎이 춤추는 봄에도 계속.

방의 장지문을 열어젖히고, 어머니는 이불속에 누워서도,

"옆구리를 좀 더 조이거라. 다리를 등한시하지 말도록."

이라고, 조언을 해주었다.

가에데는 엄청난 속도로 실력이 향상되었다. 어머니가 나이 30에 간신히 도달했던 경지에, 몇 년 안에 도달할 것이라고 했다.

그 무렵, 아이즈에 전화가 닥쳐왔다. 도바 후시미 전투에서 패퇴. 삿초의 암약에 의해 아이즈번은 조정의 적이 되었다. 신정부군은 마침내 에도성에 입성했고, 아이즈에까지 군대를 보내려고 하는 것이었다. 아버지의 죽음의 진상을 알게 된 것은, 우연하게도 그런 때였다. 교토에서 돌아온 아버지의 동기가 아이즈로 귀환해서,

"시노즈카 미네조라는 남자가 범인이올시다."

라며 알려준 것이다. 실은 상층부는 진상을 알고 있었으나, 함구령이 내렸었다. 동기는 아버지가 평소 친절하게 대해준 데 대한 고마움에, 금기를 범하면서까지 알려준 것이다.

이 시노즈카 미네조라는 인물은 누구인가? 아이즈번이 맡은, 즉, 아군 조직인 신센구미에 속한 무사다. 분큐(文久) 3년(1863년) 경, 시노즈

카는 신센구미에 입대. 그 유명한 이케다야 사건(에도 시대 후기 교토의 이케다야에서, 조슈번과 도사번의 존황양이파가 다이묘를 암살하고 고메이 천황을 납치하려고 모의하다가 신센구미에게 저지된 사건. 신센구미가 유명해진 계기가 된다) 때는 히지카타 도시조 부대에 소속되어 포상을 받았다고 한다. 이 시노즈카, 실은 사쓰마번이 잠입시킨 밀정이었다.

아버지는 시노즈카를 전부터 알고 있었고, 라쿠추에서 발견하여 말을 걸려고 했을 때가 마침 사쓰마번사와 접촉하는 것을 금지했던 시기였다고 한다. 시노즈카는 들켰다는 사실을 깨달았을 것이다. 아버지가 참살당한 것은, 그로부터 닷새 후의 일이었다.

그해 9월, 사쓰마번은 시노즈카가 구 번사라는 사실을 인정하고, 귀환시키도록 신센구미에 신청을 넣었다. 그 당시는 아직 사쓰마번과 문제가 생기는 것을 피하려는 방침이었기 때문에, 신센구미는 아이즈에 상담을 요청. 아이즈번은 고심 끝에 승인하고, 다음 달에는 시노즈카는 사쓰마번에 송환되었다. 아이즈번은 결국 굴복한 셈이기 때문에, 체면을 유지하기 위해서도 이 사실을 은폐한 것이다.

"그 시노즈카…, 아쿠네 구니미쓰라고 이름을 바꾸고 사쓰마 군대에 있습니다."

동기는 분노를 드러내며 전해줬다.

그 당시 아이즈번 부녀자 유지들이 모여 남자들과 함께 싸우겠다는 의지를 표명했다. 부대 이름은 없다. 편의상 '부녀대' 등으로 불렸다.

어머니는 병을 무릅쓰고 여기에 들어가겠다고 결단을 내렸다. 언니

도 마찬가지. 가에데도 참가하려고 했으나,

"너는 안 된다."

라며, 어머니는 불허했다.

"어째서입니까!"

가에데는 비통하게 외쳤다.

"안 되는 것은 안 된다."

어릴 때부터 배워온 '열 가지 규정'을 근거로 내밀며, 어머니는 완강하게 말했다.

아직 가에데가 12살로 어리다는 것. 실력이 미숙하다는 것. 그리고 어머니와 언니가 원수를 갚지 못하면, 가에데가 그 유지를 이어받아야 한다는 것. 그런 심정이 담겨 있던 것이리라.

아이즈 전쟁은 패했다. 어머니는 가슴에 총알을 맞았고, 언니는 다리를 맞아 움직일 수 없게 되어 자결했다고 전해 들었다. 시노즈카 미네조 즉, 아쿠네 구니미쓰를 해치웠다는 말은 듣지 못했다.

아이즈 마쓰다이라 가문이 도나미로 이전하기로 정해지자, 가에데는 친척에게 부탁하여 도쿄로 갔다. 상가에서 일을 거들며 생활하는 와중에도 항상 아쿠네의 행방을 계속 찾았다.

관보에서 아쿠네의 이름을 발견한 것은, 메이지 8년(1875년)의 겨울이었다. 가고시마현의 하급 관리직에 앉은 것이었다.

아버지의, 어머니의, 언니의 원한을 풀어줄 마음이었다. 그러나 메이지 6년(1873년)에 복수 금지령이 내렸다. 애초에 가고시마현에서는 불평 사족이 불온한 움직임을 보이고 있었고, 타지에서 들어가는 것조차 어려운 상황이었다.

메이지 10년(1877년), 세이난 전쟁이 발발. 가에데는 히노키초의 진대 본부로 가서,

"저도 병졸을 시켜주십시오."

라고 직소했다. 지금은 보신 전쟁의 원한을 풀겠다며 기세등등한 상황이었고, 구 아이즈번사도 많은 수가 지원해서 징병되었다. 총을 쏴본 적이 없는 자도. 그 정도로 정부는 병력을 원했다.

그러나 가에데의 경우에는 돌아온 대답은 승낙이 아닌 비웃음이었다.

"여자가 전쟁을 할 수 있나?"

처참하게 비웃음당하고, 가에데는 수치심만 얻고 귀로에 들어섰다.

가에데는 그래도 포기하지 않고 아쿠네의 동향을 계속 쫓았다. 아쿠네는 사이고군에 들어가지 않고, 기어가다시피 해서 도망쳤다고 한다. 그리고 도쿄에 있는 사쓰마인에게 부탁하여, 이번에는 해군 사무관 자리로 들어갔다고 한다. 적성에 맞지 않았던 건지, 금방 직무 태만의 모습을 보였고, 도박에 빠져 큰 빚을 졌다고 한다.

"그렇게 된 것입니다."

아쿠네의 동향을 찾아낸 것은, 전 막신인 네고로조의 남자. 메이지에 들어선 후에 정보를 파는 일을 생업으로 했으며, 가에데는 일해서

번 돈 대부분을 쏟아부었다.

"고맙습니다. 이것이 마지막이 되겠지요."

가에데는 고맙다고 인사할 때 이미 결의하고 있었다. 아쿠네는 구레로 부임했다. 거기까지 가서 해치우겠다고. 설령 죄를 짓는 일이 되더라도.

아쿠네는 저열한 남자였지만, 신센구미에서도 통용되었을 정도로 실력만큼은 있었다. 패해서 죽을 수도 있다. 어느 쪽이든, 이것이 최후가 될 것은 틀림없다.

"이것을 아십니까?"

남자는 품에서 종이 한 장을 꺼냈다.

"호코쿠 신문…."

"네. 지금 장안의 화제입니다. 참고로… 아쿠네는 절박한 모양으로… 여기 갈 생각입니다."

이렇게 해서 가에데는 덴류지로 향한 것이다.

그리고 가케가와 역참을 조금 지난 부근. 그때는 왔다.

"아버지의 원수…, 각오해라."

가에데가 언월도를 겨눴으나, 아쿠네는 전혀 모르겠다는 기색이었다.

"시노즈카 미네조."

옛 이름으로 부르자, 그제야 아쿠네는 막말 무렵의 일인가 보다, 라고 깨달은 모양이었다. 가에데가 아버지의 이름을 고하자 아쿠네는 앗, 하고 얼빠진 목소리를 냈다.

"그 녀석의 딸인가? 확실히 닮은 구석이 있네."

아쿠네는 한쪽 입꼬리만 올려 히죽 웃으며 말을 계속했다.

"어째서… 사후에 유체를…."

몇 번이나 찌르며 모욕했는가? 가에데는 신음하듯이 물었다.

"흠. 좋아하거든. 그 감각을."

다음 순간, 온몸을 분노가 휘몰아치고, 가에데는 맹렬하게 아쿠네에게 달려들었다.

격렬한 싸움이었다. 쓸데없이 강해서 더 화가 났다. 아버지, 어머니, 언니의 얼굴이 계속 뇌리를 스쳤고, 가에데의 뺨은 자기도 모르는 사이에 젖어 있었다. 울면서 언월도를 휘둘렀다.

시간으로 치면 15분 정도일까? 피를 흘리면서 발밑에서 나뒹굴며,

"잠깐만… 목패라면 줄 테니…."

라고 목숨을 구걸하는 아쿠네의 가슴팍에 통렬하게 언월도를 쑤셔 박았다.

비원은 달성했다. 남은 것은 다 별볼 일 없는 일이다. 그런데도 고독을 계속 진행해 온 것은 어째서인가-?

그렇다. 후타바다. 저런 아이도 참가한 것이다. 그날 필사적으로 바람을 이루려고 하던 자기 모습과 겹쳐 보였으니까. 최후의 최후까지, 가에데는 가보기로 결심했다.

7

이 하코네를 넘을 수 있는 목패는 채우지 못했고, 다음에 이 길을 오는 자와 싸워야만 한다. 그러나 이미 한계가 와 있다는 사실을 시마다 역참에서 깨달았다. 이제 남아 있는 것은, 자신과 호각이거나 그 이상의 자들뿐. 운 좋게 하코네를 통과한다고 해도, 도쿄는 고사하고 시나가와까지 가는 것도 힘들겠지.

"왔네요."

하코네의 산들을 등지고, 가에데는 천천히 돌아본다.

남자가 다가온다. 고개를 약간 숙이고 중얼중얼 뭔가 말하고 있었으나,

"아…, 싸울 건가?"

라며, 얼굴을 들었다. 무척 젊다. 나이는 나와 그리 차이가 없지 않을까?

"네."

"응."

너무나도 앳되고 짧은 대화였다. 가에데는 언월도를 겨누고, 남자는 칼을 뺐다.

먼저 공격한 것은 가에데였다. 날 끝이 춤을 춘다. 머리에, 어깨에, 팔을 향하여. 그러나 남자는 칼로 그것을 쉽사리 쳐낸다. 그럼 다리에.

"다리도 있는 건가!"

놀란 목소리를 냈지만, 남자는 근사하게 점프해서 피했다. 찌르기로 찔러보지만, 남자는 허공에서 그것도 막아냈다.

남자는 땅에 착지하자마자 공격을 쏟아냈다. 다리를 등한시하지 말도록. 어머니의 목소리가 반사적으로 되살아나, 가에데는 몸을 뻗어 피했다.

"신기하네…."

남자의 목소리는 느릿한데, 손의 움직임은 사람이 아닌 것처럼 빠르다. 명백하게 남자 쪽이 몇 단계 위다. 앞으로 10초도 채 지나지 않아 자신이 쓰러질 것이라는 걸 알 수 있을 정도로.

그러나 가에데는 맹공을 이겨냈다. 아니, 어째서인가 버텨졌다. 그 정도가 아니라, 가에데의 필사의 일격이 남자의 어깨를 스쳐 살짝 피가 배어 나오게 했다.

"여자이기 때문인가!!"

가에데는 외치면서 언월도를 휘두른다. 분노이며, 서글픔이기도 했다. 남자가 봐주고 있다고밖에는 생각할 수 없기 때문이었다.

"무슨 뜻…?"

남자는 의아한 듯이 눈썹이 처진다.

"힘을 빼지 마!"

"빼지 않았어. 그러니까 신기한 거야… 분명히 내가 더 강한데… 어째서지?"

남자는 정말로 곤혹스러워했다. 거짓말을 하는 것이 아니라는 것을 알았다. 여자라서 힘을 빼고 싸우는 것이 아니다. 아니, 그 말을 들을 때까지 여자인지도 깨닫지 못했다는 듯한 말투. 그것이 견딜 수 없이 기뻐서, 그만 또 뺨에 한줄기 눈물이 흘러내렸다.

"왜 울어?"

남자는 칼을 겨누면서 살짝 고개를 갸웃거렸다.

"모르겠습니다."

가에데는 젖은 뺨에 웃음을 지으며 언월도를 돌렸다. 날 끝이 하늘을 갈랐을 때, 팔을 칼이 쓰윽 꿰뚫고 갔다. 간신히 잡았다고 기쁜 얼굴을 하는 남자 너머로 반짝이는 호수가 보여, 그 모습이 너무나 아름다워서, 가에데는 살며시 눈을 가늘게 떴다.

–남은 인원, 12명.

제 9 장

늑대의 시

*

부모님 얼굴은 모른다. 철이 들었을 때는 이미 산에 있었다. 당연한 것처럼 다섯 명의 형이 있고, 나중에 남동생이 한 명, 여동생이 한 명 생겼다.

잇칸은 누구보다도 사람을 잘 챙기고, 슈지로는 오지랖이 심하고 항상 손해 보는 역할. 산스케는 가벼운 농담만 하고, 시쿠라는 말수는 적지만 따뜻한 마음의 소유자다. 후고로는 호쾌하고 자잘한 일은 신경쓰지 않는다. 시치야는 누구보다도 착하고, 이로하는 어리광쟁이에 울보. 진로쿠는 그런 형제들이 너무 좋아서, 계속 함께 살아갈 수 있으리라 믿어 의심치 않았다.

그랬기에 스승에게서 계승전에 관해서 들었을 때, 진로쿠는 충격이 너무 큰 나머지 말문이 막혔다. 그리 멀지 않아, 그것이 누구이든, 형제는 단 한 명이 되어버리는 것이다.

–죽여버릴 거야.

모두가 격렬하게 동요하는 가운데, 진로쿠만은 모닥불을 응시하면서 각오를 다졌다. 스승이든 오카베 환도재든. 형제를 지키기 위해서.

계승전 당일 아침, 슈지로의 모습이 사라졌다. 형제들은 곤혹스러워했다. 그보다도 이변을 깨닫고 산으로 돌아온 스승이 더 낭패한 모습이었다.

"그 바보 천치가!"

라며, 격앙했나 싶더니,

"환도재의 무서움을 모르는 건가…?"

라며 허망한 눈길로 혼잣말을 중얼거린다. 과거 수백 년, 적어도 도쿠가와 치세 동안은, 단 한 명도 도망간 자는 없었고, 이번에 이렇게 될 줄은 생각지도 못했던 모양이다. 그 와중에 진로쿠만은,

–슈 형. 잘했어!

라고, 들키지 않도록 마음속으로 갈채를 보냈다. 슈지로도 같은 심정이었다는 것. 나와는 다른 방법으로 운명에 저항하기로 결심한 것이다. 생각하는 바는 알겠다. 탈주자를 처치하지 못하면 계승전은 시작되지 않는다고 한다. 그 특성을 역으로 이용해 평생 도망 다니려는 것이다.

"너희는 여기에 있어라."

스승은 환도재에게 사태를 고하겠다는 말을 남기고, 산에서 내려갔다. 남겨진 일곱 명의 형제들 중 진로쿠가 가장 먼저 입을 열었다.

"산을 내려가자."

무리다. 환도재가 있어. 어차피 살아남을 수 없어. 그렇다면, 기술로라도 형제들 안에서 살아남는 게 좋아. 여러 가지 의견이 분출하는 가운데, 진로쿠는 비통하게 외쳤다.

"멋대로 판단하지 마!"

도망가지 않아도 반드시 죽는 것이다. 그렇다면 한 줄기 희망에라도 매달리는 게 좋다. 기술로서 함께 살아간다는 말 같은 건 하지 마.

그럴 바에야,

“뿔뿔이 흩어지더라도… 다들 살아 있어 줬으면 좋겠어.”

라고 진로쿠는 목소리를 떨었다. 슈지로는 모두가 냉정해질 만큼의 시간을 준 것이다. 그것을 소용없게 만들고 싶지 않았다. 잇칸이 고개를 끄덕인 것을 계기로, 시치야, 시쿠라가 뒤를 이었다. 산스케는 머리를 벅벅 긁었고, 후고로는 거구에 어울리지 않는 가녀린 한숨을 내쉬며 동의했다. 이로하는 떨면서도 따르기로 결심했다. 산을 내려가는 것도 그 순서대로 되었다. 진로쿠는 끝에서 두 번째. 단, 덤불 속에 숨어서 이로하가 내려가는 것을 지켜봤다. 이로하가 망설였기 때문에, 선택할 수밖에 없게 하기 위해서다. 그는 형제 중 제일 마지막을 담당할 작정이었다.

이틀 후, 스승은 구라마산으로 돌아와, 진로쿠 말고 아무도 없다는 사실에 경악했다.

“다들…?”

“내려갔어. 나도 내려갈 거야.”

“그럼 어째서, 남았지?”

“쫓아가는 걸 막기 위해서.”

진로쿠는 조용히 부탁했다. 스승에게도 정이 있을지도 모른다. 들어줄지도 모른다. 실낱 같은 희망에 걸어본 것이다.

“헛소리를…. 설령 내가 괜찮다고 한들 환도재는 움직인다. 교하치류란 그런 것이다.”

"그런가. 그럼 나도 갈래."

"갈 수 있다고 생각하는 건가?"

"갈 수 있어. 탐랑 보유자니까."

진로쿠는 냉정하게 단언했다. 스승도 과거 계승전을 치렀다. 즉, 여덟 개의 비술을 다 쓸 수 있다. 그러나 기묘한 사실을 깨달았다. 여덟 개의 비술 중, 탐랑의 정밀도만이 유난히 떨어지는 것이다. 진로쿠가 열두 살 때, 이미 스승의 탐랑을 뛰어넘었다. 반대로 스승이 가장 잘하는 비술도 있다. 그래서 진로쿠는 한가지 가설을 세웠다.

"스승님 원래는 거문 보유자지? 그리고 탐랑을 마지막으로 습득한 거지…."

즉, 지난번 계승전에서 스승이 마지막으로 쓰러뜨린 것이 탐랑 보유자였다는 것. 비술은 나중에 익힌 순서부터 열화되는 것이 아닐까? 라는 것이다. 질문을 던지고 반응을 보고 싶었지만,

"어리석은 놈."

이라며 스승은 코웃음을 칠 뿐이었다. 아무튼 스승은 이미 내 탐랑을 돌파할 수 없다. 요 몇 년 사이 병 때문에 약해진 이후로는 더욱 그렇다. 진로쿠가 봐도, 스승의 남은 목숨이 그리 길지 않다는 것은 명백했다.

"그럼 갈게."

이미 볼일은 남아 있지 않아, 진로쿠는 몸을 돌렸다.

"기다려 – "

탐랑은 살기를 예민하게 알아차린다. 스승이 말리려고 했을 때, 몸이 저절로 반응해서 칼을 뽑았다. 스승은 몸이 굳어 괴로움에서 벗어나려고 신음했다.

"각오해라…, 환도재가 온다…."

"누구든 물리칠 거야."

진로쿠는 고개를 돌려 한번 노려보고는, 이제 두 번 다시 돌아보는 일은 없었다. 이렇게 해서 진로쿠는 형제들과 함께 살아온 구라마산을 마지막으로 내려갔다.

진로쿠는 여러 지역을 방랑했다. 환도재로부터 도망치기 위해서만은 아니다. 언젠가 찾아올 그때 제대로 반격하기 위해서, 검을, 탐랑을, 더욱 연마하려고 한 것이다.

산속 생활 중에 물고기, 새, 짐승을 잡는 기술은 익혔기 때문에 굶을 걱정은 없었다. 걷고, 수련하고, 먹는다. 그 반복이었다.

세상에는 아름다운 경치가 펼쳐져 있다는 것을 알았다. 바다를 처음 봤을 때는 숨이 막혔고, 구름이 걸린 산들을 보며 한숨을 내쉬었다. 형형색색의 기모노가 있다는 사실에 혀를 내둘렀고, 등불의 불빛에 시선이 사로잡혔다.

세상에는 아름다운 사람들이 넘친다는 사실도 알았다. 친절하게 대해준 아리아케의 어부, 아들처럼 느껴진다며 챙겨준 가시마의 여인숙 여주인, 글을 가르쳐준 사요의 주지스님.

그중에서 가슴이 두근거린 적도 있었다. 마쓰야마의 방물장수 딸이었다. 이것이 연모한다는 것이겠지, 라고 깨달았다. 이룰 수 없는 사랑이어도 만족스러웠다. 그럴 때면 진로쿠는 항상 하늘을 우러러보며,

– 고마워.

라고, 어딘가에 있을 둘째 형에게 말했다. 사람인지라 쫓기는 두려움도 있었다. 때로 가혹한 대우를 받은 적도 있다. 그래도 이러한 것들을 만날 수 있는 것은 이렇게 살아 있기 때문. 그날, 산에서 도망친 것은 옳은 길이었다고 생각한다.

이런 나날이 이어질 수 있도록, 형제들도 평온하게 지낼 수 있도록, 나는 환도재를 해치워야 한다. 진로쿠는 계속 탐랑과 마주했다. 어제보다 오늘, 오늘보다 내일, 아주 조금씩이긴 하지만 탐랑은 성장해 갔다.

"어째서… 아직도 성장하네."

어느 날, 진로쿠는 의문을 품었다. 탐랑을 성장시켜야 한다. 그 일념 때문에 오히려 깨닫지 못했었다. 그러나 이상하지 않은가? 계승전 전야, 스승은 형제들에게,

– 너희는 각자의 비술을 완전히 익혔다.

라고 분명히 말했다. 그 말은 더는 올라갈 곳이 없다는 뜻이다. 그런데도 탐랑은 성장했다. 아니, 더 올라갈 여지까지 느껴진다. 이 예감이 틀림없다면 계승전 시점에는 탐랑의 반 정도의 힘밖에 낼 수 없었다는 말이 된다. 다른 형제들도 마찬가지 아닐까? 그렇게 되면, '미숙한

자'들끼리 계승전을 치르려고 했다는 것이다.

"잠깐만."

산에서 내려와 2년이 지났을 무렵. 예의 사요의 주지와 이야기 나누던 때의 일. 진로쿠는 안색이 변해 말을 가로막았다. 의아한 듯한 얼굴을 하는 주지에게,

"요시쓰네는… 거기에서 죽은 건가?"

라고 미간에 주름을 지으며 물었다.

교하치류는 약 7백 년 전, 기이치 호겐이라는 자가 구라마산에서 여덟 명의 제자에게 비술을 전수한 것에서 시작된다. 그 역사 속에는 저명한 자도 등장하는데, 미나모토노 요시쓰네(源義経)도 그중 한 명이라고 스승이 말했었다.

진로쿠와 형제들은 산에서 내려 가본 적이 없다. 요시쓰네가 세상에서 얼마나 유명한 인물인지도 몰랐고, 대충 맞장구치면서 흘려들었었다.

그러나 그 요시쓰네는 오슈 히라이즈미에서 자신의 형이 보낸 군사에게 살해당했다고 한다. 요시쓰네가 계승자였다면, 어떻게 해서 다음 대에 비술을 전수했을까? 이미 누군가에게 계승한 뒤였다는 것일까? 아니, 그게 아니다. 만약 그랬다면,

–탐랑도 쓸 수 있었을 터.

그렇다. 가신이었던 무사시보 벤케이(武蔵坊弁)는 요시쓰네를 지키려고 온몸에 화살을 맞고 선 채로 죽었다고 한다. 탐랑을 갖고 있었

다면, 가신에게 그런 일을 시키지 않아도 모든 화살을 쳐냈을 것이다. 그밖에도 거문을 쓰면 치명상은 피할 수 있었을 것이다. 애초에 녹존이 있었다면, 몰래 다가오는 적을 알아차리고 도망칠 수 있었을 것 아닌가? 오히려 선 채로 죽은 벤케이 쪽이 거문 소유자처럼 생각된다.

요시쓰네는 탐랑도, 거문도, 녹존도 쓸 수 없었다. 교하치류를 배웠다는 것이 사실이라면, 요시쓰네는 무엇을 쓸 수 있었을까? 주지에게 요시쓰네의 내력, 전설을 조르듯이 해서 듣고, 한가지 가능성 있는 비술이 뇌리를 스쳐, 진로쿠는 중얼거렸다.

"무곡…."

이번 대에서는 둘째 형, 사가 슈지로의 비술. 벤케이와의 오조 대교의 결투(미나모토 요시쓰네와 무사시노 벤케이가 만나 주종관계를 맺게 된 계기가 된 전설상의 싸움), 핫소토비(八艘飛. 요시쓰네가 겐페이 전쟁에서 적장 다이라노 노리쓰네를 피하기 위해 이 배에서 저 배로 뛰어 이동했다는 전설의 기술). 무곡이라면 가능한 일이다. 즉, 요시쓰네는 교하치류의 계승자가 아니라, 계승자 후보였다는 뜻. 요시쓰네가 후보자인 채로 죽은 거라면, 교하치류는 어떻게 해서 지금까지 이어진 걸까? 그때 명맥이 끊어졌어야 하는 것 아닐까?

탐랑에 성장 가능성이 있다는 것, 요시쓰네가 죽었는데도 이어져 왔다는 것, 그것들을 전부 합쳐 생각해보면,

– 교하치류에는 뭔가 비밀이 있다.

라고 진로쿠는 확신을 굳혔다.

*

메이지가 도래했을 때, 진로쿠는 아직 여행을 계속하고 있었다. 막부도 삿초도 상관없이, 진로쿠는 계속 기술을 연마하며 교하치류의 수수께끼를 쫓을 뿐이었다. 그 수수께끼 안에는 환도재를 쓰러뜨릴 단서가 있을 것 같은 느낌이 들었기 때문이다.

"병사라… 한 방법일지도."

센다이에 접어들었을 때, 신설된 군대가 병사를 모집하는 것을 알았다.

새로운 시대를 맞아 여행하기가 힘들어졌다. 탐랑은 산에서 내려왔을 때보다 훨씬 뛰어난 기술이 되었고, 환도재가 와도 되받아칠 자신도 있다. 그에 더해 더욱 비밀에 다가가려면 형제 중 누군가와 만날 필요도 있다고 느꼈다. 군대라면 배움이 짧아도 들어갈 수 있다. 진로쿠는 좋은 기회라고 생각해서,

– 게아게 진로쿠.

라고 본명 그대로 당시의 도호쿠 진대에 지원했다.

진로쿠가 군대에 있던 8년 동안에 역시 방문자가 있었다. 아무런 특이한 점 없는 노인이었다. 그러나 온몸에서 물씬 풍기는 듯한 흉흉함이 두드러진다. 빈 동공 같은 안광, 요사스러운 웃음. 환도재다.

"정말로 있구나."

분명히 약간 놀라기는 했다. 환도재가 존재한다는 가정하에 움직여

왔다. 시쿠라가 본 적이 있다고도 말했으니까. 그러나 이때까지도 그저 스승의 협박일 뿐일 것이라는 가능성도 버리지 않았었다.

"덤벼라."

진로쿠는 송곳니 같은 덧니를 드러내 보이며, 허리의 칼에 손을 댔다.

환도재는 강했다. 상상보다 훨씬 위였다. 그러나 갈고 닦은 탐랑으로 모조리 대항한다. 환도재도 이것에는 놀란 모양으로, 추악한 얼굴을 일그러뜨렸다.

방해할 수는 있지만, 쓰러뜨릴 수는 없다. 이대로는 언젠가 체력이 바닥나버린다. 진로쿠가 태세를 재정비하기 위해 진대 안으로 도망치자 환도재는 쫓아오지 않았다.

두 번째의 습격도 있었다. 백주 대낮, 센다이 마을에서의 기습이었다. 그러나 갈고 닦은 탐랑은 참격에 버텼다. 절규가 소용돌이치는 가운데, 진로쿠는 또다시 진대로 도피했다.

이때도 마찬가지. 환도재는 진대에는 발을 들이려 하지 않았다. 제아무리 환도재라고 해도 진대의 병력은 경계하고 있다는 것. 그것은 즉,

―환도재도 무적은 아니다.

라는 것을 의미한다. 괴물이 아닌 사람인 것이다. 사람이라면 죽일 수 있다. 진로쿠의 가슴속에 품은 희망이 부풀었다.

방문자는 환도재 말고도 있었다.

"노린 대로 되었네!"

진로쿠는 이번에는 기뻐했다. 형인 아다시노 시쿠라였다. 시쿠라도 또한 히로시마 진대 소속인 군인이 되어 있었고, 명부에서 진로쿠의 이름을 발견했다고 한다. 그리고 진짜인지 확인하기 위해 만나러 와 준 것이었다. 그러나 동시에, 후고로와 시치야가 죽었다는 것을 알게 되었다. 진로쿠는 망연자실한 것도 잠시,

"환도재…."

라고 치밀어 오르는 분노를 토해내며, 이제 형제 중 아무도 죽이게 두지 않기로 맹세했다.

시쿠라가 거문, 염정을 이어받았다는 것도 들었다.

"동시에 꺼낼 수 있어?"

진로쿠는 물었다. 그가 아는 한, 시쿠라는 형제 중에서 유일하게 여러 개의 비술을 갖게 된 것이다. 이들 비술을 동시에 구사할 수 있는지 알고 싶었던 것이다.

"파군과 거문은 무리다."

시쿠라도 시행착오를 겪었던 모양으로, 이 조합은 가능할 조짐조차 없다. 반면에 파군과 염정, 거문과 염정은 가능하다. 실제로 시쿠라에게 해보라고 부탁해서 확인하고는,

"역시… 그런가."

라고, 진로쿠는 확신이 강해졌다. 스승이 습득한 최초의 비술은 거

문. 가장 많이 사용했다는 것, 발동할 때까지 걸린 시간이 다른 것에 비해 빨랐던 점에서 이것은 거의 틀림없다고 본다. 그리고 탐랑의 정밀도가 떨어진 것은 마지막으로 습득한 것이기 때문.

이라고 생각했었다. 그것을 직접 물었을 때, 스승은 비웃는 것처럼 코웃음을 쳤었다. 그에게 들키지 않기 위한 허세라고 생각했으나, 줄곧 뭔가가 걸렸다.

우리에게 검을 가르쳐줄 때 스승의 싸우는 방식 때문이다. 기본은 거문으로 만에 하나의 사태에 대비하면서, 북진의 시야 확대와 한 수 앞 읽기로 이쪽의 공격을 피한다. 탐랑과 파군 사용 빈도가 낮고, 무곡과 문곡을 교묘하게 잘 이용한다. 이것은 익힌 순서가 아니라,

"상성 아닐까?"

라고, 진로쿠는 추리했다. 비술끼리도 상성이 있다. 시쿠라는 파군과 거문을 동시에 쓸 수 없다고 말했다. 이것은 스승의 싸움 방식과도 부합한다. 그렇다면, 거문과 탐랑도 그런 관계에 있던 것은 아닐까? 라는 것이다.

"그렇군. 있을 수 있어. 허나…."

시쿠라는 가능성을 인정하면서도 표정이 그늘졌다.

"그래, 결국은 모든 비술을 다 갖지 않으면 확실히는 알 수 없어."

결국 가설의 영역을 벗어나지 못한다. 그리고 형제 중 그것을 하려고 드는 자도 없다. 그러기에 지금의 상황이 되어버린 것이다.

"마지막으로 하나만 더 물어도 돼? 비술을 세 개 가짐으로써 세 배

로 강해졌어?"

"아니, 너도 알지?"

시쿠라는 고개를 가로저었다. 물려받은 비술을 보여주기 위해 오랜만에 검을 섞어봤다. 확실히 강해지긴 했으나, 세 배라고는 도저히 말할 수 없다.

"시쿠라 형, 고마워."

진로쿠는 웃는 얼굴로 감사 인사를 했다. 그러나 헤어지자마자 표정이 돌변하더니, 진로쿠는 심각한 얼굴로 귀로에 들어섰다.

처음에는 작은 위화감이었다. 그것은 의문으로 변하고, 수많은 가설을 쌓아 올림으로써 지금은 한없이 확신에 가까워졌다.

-만약 그런 거였다면.

언제부터, 누가 시작한 것일까? 어째서 이런 장치로 만들었는가? 환도재와 관련된 부분은 더욱 왜곡된 것이 아닐까?

결국 그것들은 생각해봤자 답은 나오지 않는다. 그래도, 딱 한 가지 알 수 있는 것은, 우리는 결코 싸울 필요 따위 없다는 것이다.

"교하치류는…."

진로쿠의 중얼거림은 낙엽을 휘감아 올리는 초겨울 바람에 지워져 버렸다.

*

올해 2월 중순. 진대의 젊은이들은 그 이야기로 떠들썩했다. 얼마 전, 센다이의 길가에 어떤 신문이 배포된 것이다. 발행처도 적혀 있지만, 그런 신문사는 존재하지 않는다. 그저 장난이라고 말하는 자도 있고, 야마가타나 아이즈에서도 배포된 것 같다는 말을 하는 자도 있다.

진로쿠도 처음에는 사기 광고라고 생각했으나, 군대의 높은 사람이 필사적으로 진정시키려고 하는 것을 알고,

–정말인가?

라고, 오히려 의심하게 되기도 했다.

아니, 잠깐만. 진짜인지 아닌지는 상관없다. 진짜라고 믿는 자가 있으면 되는 것이다. 나에게 있어서는 다행. 이것은 결정적인 단서가 될 수 있다. 거기까지 생각했을 때, 진로쿠는 휴직계를 제출했다. 시쿠라에게 참가하겠다는 내용의 편지를 보내고는, 진로쿠는 악연에 도전하고자 교토로 향했다.

인원은 많이 모였을까? 그것을 확인하고자, 굳이 기한에 아슬아슬하게 덴류지로 갔다. 상당한 인원수였다. 대충 300명은 되겠지.

"들어갈 건가?"

문지기가 묻자, 진로쿠는 고개를 끄덕이고 경내에 발을 들였다. 그가 최후의 한 명. 목패 번호는 292번. 진로쿠의 고독이 막을 올렸다.

–환도재가 있어.

이것은 일찌감치 알아차렸다. 상대방도 눈치채고 있다. 그러나 당장 습격해오지 않는 것은, 언제든지 사냥할 수 있다고 배짱을 부리는 건가? 혹은 갖고 놀 셈인지도 모른다.

운이 좋았고, 운이 나빴다.

좋았던 점은 덴류지 이후로 환도재와 마주치는 일이 없었기 때문. 이해관계가 일치하여 함께 싸울 만한 동료를 발견할 때까지 결전은 피해야만 하기 때문이다.

나빴던 것은, 그 동료를 전혀 찾을 수 없다는 것. 협력할 수 있을 만한 자일수록 실력이 부족하고, 서로 섞일 수 없는 자일수록 압도적으로 강하다. 간지야 부코쓰 같은 자는 후자의 가장 극단적인 예다.

환도재가 어째서 습격해오지 않는지 알았다. 나루미 역참의 전단지에서,

－산스케 형도 있다.

라는 것을 알았기 때문이다. 불러 모으려고 하는 것을 보니 다른 형제도 참가한 것이 아닐까? 형제들이 모여 함께 대항하려는 것인지, 환도재는 그것을 판단하기 위해서 공격해오지 않았던 것이겠지.

예의 그 악당, 간지야 부코쓰의 방해로 센닌즈카에는 갈 수 없었던 것은 통한의 아픔이다. 형제라면 그리 쉽사리 당하지는 않는다. 앞으로 나아가다 보면 언젠가는 반드시 재회할 수 있다. 그때 힘을 합치면－.

“아니… 그게 아니네.”

거기까지 생각했을 때, 진로쿠는 고개를 가로저었다. 이제 아무도 죽게 하지 않겠다. 그러기 위해 고독에 참가한 것 아닌가? 나 혼자서, 다른 방법으로 환도재를 친다. 그런 궁리는 이미 해뒀다.

“있잖아, 하지카미(椒).”

진로쿠는 뒤쪽을 향해 불렀다. 고독 주최 측이 붙인 그의 감시자다. 나이는 23, 24 정도. 여자다.

“걸핏하면 부르지 말아 주십시오.”

하지카미는 작은 목소리로 중얼거리면서도 옆으로 다가왔다.

“이야기하면 안 된다는 규정이라도?”

“없습니다만….”

“그럼 괜찮잖아. 혼자 여행하는 건 외롭다고.”

여러 지역을 방랑했던 나날을 떠올리면서, 진로쿠는 여로의 하늘로 숨결을 올려보냈다.

“너, 그런대로 강하지?”

“게아게 님의 발끝에도 못 미치지만. 도망가지 말아 주십시오. 그때는 다른 – ”

“도망 안 가.”

진로쿠는 장난스럽게 한쪽 입꼬리를 올리며 웃었다.

“안도했습니다.”

“환도재라고 알지?”

하지카미가 아무 대답도 하지 않아서, 진로쿠는 관자놀이를 손가락으로 계속 긁적였다.

"말할 수 없나? 해치우는 거 거들어줘."

"무리입니다."

"그렇겠지."

진로쿠는 씁쓸하게 웃었다. 규정상으로도 무리겠지만, 설령 승낙한다고 해도 환도재는 당해낼 수 없겠지.

"너, 형제는 있어?"

"그것은…."

진로쿠는 갑자기 물었다. 하지카미는 당혹스러운 빛을 보이면서도 대답했다.

"네. 오빠가 있었습니다."

"그런가."

하지카미의 대답에 눈치챈 것이다.

"왜 여기에 온 건지, 라는 질문은 사양합니다."

"안 물어. 게다가… 나는 감사하고 있어."

고독이 누구에 의해, 무엇을 위해 개최된 건지는 상관없다. 결코 용서받을 짓은 아니다.

그러나 진로쿠에게 있어서는 형제들과 재회할 가능성과 천재일우의 호기를 준 것이라는 것은 확실. 고독에 가담한 자들에게도 어떠한 사정이 있다. 그렇게 생각하게 되어버린 것이다.

"그렇습니까."

"응. 어라… 벌써 시라스카인가? 나 목패 다 채웠나?"

"2점 더 필요합니다."

"젠장. 안 좋네…."

"걱정할 필요는 없을 것 같습니다."

하지카미는 중얼거리듯이 말하더니, 쓱 옆을 향했다.

"그러네."

진로쿠는 자조적으로 웃었다. 아까 그 폐가, 덤불 속에서도 기척이 있었다. 분명 두 명. 기습을 노리고 있는 것이다. 칼, 창, 화살, 총, 뭐든지 덤벼봐. 요코하마에 도착할 때까지 탐랑은 어떠한 공격도 계속 물리친다.

1

요코하마—.

메이지에 들어서고 나서 가장 변모한 동네 중 하나일 것이다. 외국인 거류지에 당당히 우뚝 솟은 그랜드 호텔은 메이지 3년(1870년)에, 서양 음식점이라 부르며 인기를 끄는 가이요테이(開陽亭)는 메이지 4년(1871년)에, 4층짜리 석조건물로 세련된 요코하마 마을회관은 메이지 7년(1874년)에 건축되었고, 지금도 거리 여기저기에 서양풍 건물들이 계속 늘어나고 있다.

문화의 유입은 서양에서 오는 것뿐만이 아니다. 중국인 극장인 가이호로(會芳樓)가 있었던 부근에는 난징 음식점 등의 식당, 식재를 취급하는 가게가 난립했고, 상하이를 방불케 하는 떠들썩함이다.

국적, 인종을 불문하고 많은 사람이 거주하며, 바다를 건너 사람들이 오간다. 문명개화를 숙성시킨 듯한 거리였다.

진로쿠가 이국 정서가 풍기는 이 거리에 들어선 것은 5월 17일의 일이었다. 선발대일까? 이미 군복을 입은 자들의 모습이 더러 보였다. 예정보다도 경비가 깔리는 것이 이르다. 분명 오쿠보 도시미치 암살의 영향이겠지.

다음날인 18일에 제1보병 연대가 우르르 들어와, 19일에는 거리 곳곳에 배치가 끝난 모양이다. 요코하마 전체에 병사들이 가득했다. 처음에 들었던 것보다도 명백하게 숫자가 많다. 흉적이 섞여 있지는 않은지, 수상한 자는 없는지, 소대마다 거리 곳곳을 초계하고 있다. 같은 날, 웅장하게 증기를 피워올리면서 군함도 항구로 들어왔다. 그야말로 엄중 경계 태세라고 부르기에 적합하다. 진로쿠에게 있어서는,

–무대는 완성되었다.

라는 뜻이다.

산스케가 형제를 불러 모을 때처럼, 우라하라, 누마즈, 오이소, 각각의 역참의 전언판에 적어뒀다. 단, 형제들뿐만이 아니라, 그 남자를 부

르기 위해. 센닌즈카에는 나타났었다. 분명히 이번에도 반드시 올 것이다.

20일, 진로쿠는 요코하마 거리를 어슬렁거리며 걸어 다녔다. 일부러 눈에 띄도록. 영국 배를 한번 보려는 구경꾼, 그들을 상대로 물건을 팔려는 상인, 그에 감시의 눈을 빛내는 군인. 요코하마는 축제처럼 활기를 띠고 있었다. 태양이 중천으로 접어들었을 무렵이다.

"하지카미, 떨어져 있어 줘."

진로쿠는 회색빛이 도는 길가에서 말했다.

"역시… 여기에서…."

무엇 하나 숨기려고는 하지 않았다. 하지카미가 자기 신상을 말하지 않아도, 진로쿠는 이 여행에서 모든 것을 말했다고 생각한다. 그래서 하지카미도 그의 계획을 어렴풋이 눈치채고 있었을 것이다.

그러나 조금 전까지는 가게 앞의 풍차에 숨을 불어넣거나, 중화 만두를 사 먹으며 돌아다니는 등 하지카미가 어이없어할 정도로 태평했던 것이다.

지나친 생각이었을까? 라고 느끼기 시작했을 것이다. 진로쿠의 분위기가 돌변해서, 하지카미는 당혹감을 감추지 못했다.

"고마워. 여기까지다."

진로쿠는 부드럽게 웃어 보였다. 산을 내려오고 나서 사람들과 교류하는 기쁨을 알게 되었다. 이런 형태였긴 해도, 하지카미와 만난 것에도 감사한다.

“무슨 말을… 저는 도쿄까지 게아게 님께 붙어 있어야 합니다.”

하지카미의 목소리에 물기가 묻어나온다.

“그러네. 일단 떨어져 있어.”

몇 개의 발소리. 그 와중에 하지카미는 기어들어 가는 듯한 목소리로 쥐어짜 내는 것처럼 말했다.

“제 오라버니는 신푸렌(神風連)의 난(1876년 구마모토에서 일어난, 메이지 정부에 대한 사족 반란. 폐도령에 대한 반대 운동으로서 일어났다)에서….”

“열심히 노력했구나. 분명 행복해지길 바랄 거야.”

분명 그리 바라고 있을 터. 지금의 나처럼. 진로쿠는 기묘한 두 사람의 여행에 이입하다가,

“건강하길.”

이라고 작별을 고하고 발을 내디뎠다.

사람들이 흘러간다. 인력거가 간다. 수많은 인생이 교차하는 순간에, 환도재의 업이 잔뜩 쌓인 웃음이 엿보인다.

“교하치류가 시작된 이래로 가장 애를 먹인 자여….”

목소리는 인파 속으로 사라졌지만, 입술의 움직임으로 하는 말을 알았다.

“알고 있다. 원래 계승전 같은 건 없었다는 걸.”

진로쿠는 거만하게 한쪽 입만 올려 웃으며, 지금까지 도출해낸 가설을 입에 올렸다. 환도재가 당황하는 것을 처음 봤다. 앞으로 열 걸

음. 진로쿠는 칼로 손을 내리고 말했다.

"끝낸다."

찰나 번쩍이는 빛이 퍼졌다. 대도시 요코하마, 백주 대낮, 많은 사람들의 눈, 누구에게도 겁먹는 일은 없었다. 아니, 정답을 말했기 때문에 격앙된 건가? 먼저 칼을 뽑은 것은 환도재였다.

"탐랑…."

진로쿠가 소환했을 때는 이미 피에 굶주린 늑대처럼 칼집에서 뛰쳐나가 물어뜯고 있었다.

한순간, 거리의 모든 소리가 사라지고, 사람들의 물결이 딱 멈췄다. 대중의 시선은 모여 있었지만, 도저히 있을 수 없는 광경에 눈을 의심하고, 할 말을 잃고, 굳어버렸다.

다음 순간, 고여 있던 뭔가가 터진 것처럼, 요란한 비명이 휘몰아쳤다. 굴러가듯이 도망치는 남자, 머리를 감싸 쥐고 두려움에 떠는 여자, 맥이 풀려 주저앉는 노인, 큰 소리로 울어 젖히는 어린아이. 눈 깜짝할 순간에 아비규환이 되었다.

"오너라!!"

눈앞의 환도재에게, 인파를 가로지르며 달려오는 소대를 향하여 통렬하게 외치고는, 진로쿠는 칼을 든 채로 달려나갔다.

환도재도 두 다리를 선회하면서 검을 휘두른다. 늙은이라고는 생각할 수 없을 정도로 기이한 속도. 그리고 어깨가, 팔꿈치가, 손목이, 꾸물꾸물 휘어지면서 덤벼든다. 마치 팔이 한 마리의 거대한 지렁이 같다.

"소용없다."

그래도 검신은 약동하고 환도재의 참격을 튕겨낸다. 아무리 휘어지든, 아무리 돌든, 탐랑은 확실하게 물어죽인다.

철벽을 자랑하는 탐랑이지만, 전혀 구멍이 없는 것은 아니다. 유일하다고 할 수 있는 약점은,

–공격으로 전환하면 탐랑은 사라진다.

라는 것. 즉, 이쪽의 공격에 맞춰 적이 반격하면, 그것은 막을 수가 없다. 간지야 부코쓰는 그것을 간파하고, 서로 치고받을 각오로 덤벼들었기 때문에 상처를 입었던 것이다.

그러나 이번에는 그 전철은 밟지 않는다. 진로쿠는 공격할 생각은 없다. 그저 오로지 방어에 전념한다. 환도재를 치는 것은 내 칼이 아니어도 되는 것이다.

"더 덤벼봐!"

산스케의, 후고로의, 시치야의 웃음이 뇌리에 떠올라 격정에 몸을 맡겨 외쳤을 때, 항구 쪽에서 뱃고동 소리가 울렸다. 여기는 항구도시 요코하마. 그곳에서 질이 나빠 보이는 남자와 기괴한 노인이 갑자기 칼싸움을 시작한 것이다. 비명과 공황이 엄청난 속도로 퍼져간다.

"칼을 버려라!"

"총에 맞고 싶지 않으면 멈춰라!"

마침내 왔다. 군인이 저마다 명령했으나, 두 사람 다 멈추지 않는다.

아니, 멈출 수가 없다. 서로 뒤엉키듯이 칼을 맞부딪치면서 뛰어서 빠져나간다. 사격 선에서 사람이 벗어난 그 순간을 놓치지 않고, 하사관이 소리 높여 외쳤다.

"쏴라!!"

초연이 솟아오르고, 굉음이 울려 퍼진다.

총알이 하늘을 찢고 비상한다. 환도재는 허리를 반대로 접으면서 무릎부터 땅바닥을 미끄러진다. 있을 수 없는 방향으로 몸이 굴절한다.

진로쿠도 환도재와는 반대 방향으로 땅을 박찼다. 압도당한 것처럼, 천천히 시간이 흐르는 착각을 느꼈다. 총알이 허벅지 바로 옆을, 옆구리 옆을 통과한다. 그러나 총알 하나는 가슴을 향하고 있다. 전부 다 피할 수는 없다. 아니, 전부 피할 필요는 없다.

"설마–"

거꾸로 뒤집힌 환도재의 얼굴에 놀라움이 퍼졌다.

7백 년 전 탐랑이 처음 생겨났을 때 총은 존재하지 않았다. 칼날을, 화살을 튕겨낸다. 그것이 탐랑이고, 상정한 속도를 넘는 총알은 과연 이길 수 없다. 그것이 환도재가 알고 있는 상식이며, 적어도 스승은 그랬다.

그러나 나는 계속 맞서왔다. 원래 계승전이 치러졌어야 할 시간을 넘어. 한계는 그보다 훨씬 뒤에 있다고 믿고–.

"탐랑…."

진로쿠의 중얼거림, 채찍 소리 같은 파열음이 겹치고, 총알은 비스듬히 뒤쪽으로 날아가 버렸다. 내 탐랑은 총알조차 잡아먹는다.

"괴, 괴물… 괴물이다!"

병사들이 술렁거렸다. 문어처럼 몸이 휘어지는 남자, 총알을 튕겨내는 남자. 그렇게 생각하는 것도 무리는 아니다. 혼란 속에서 하사관이 제일 먼저 제정신을 차리고,

"쏴라, 쏴라, 계속 쏴라!"

라고, 연호한다. 환도재는 무릎으로 두세 걸음 전진했다가 일어서서, 그 기세 그대로 달려나간다. 진로쿠도 총알을 털어버리면서 쫓아간다. 놓칠 수는 없다. 둘이 있을 때 총을 쏴야 한다.

멈추지 않는 총격, 총알이 창고의 돌벽에 맞는 소리, 한층 더 커진 비명. 하늘에서 내려다보면, 인파가 두 쪽으로 갈라진 것처럼 보일 테지. 그 안에서, 또다시 두 명이 한 덩어리처럼 뭉쳐 달려서 빠져나간다.

"응원군을 불러!"

하사관이 명령하고 호루라기를 불고, 처음 총성을 듣고 몇 개 소대가 이쪽으로 오고 있다. 합치면 거의 1개 중대 정도의 숫자는 될 것이다.

사람들은 이미 썰물처럼 빠져나가 도망쳤으니, 휘말릴 사람은 없다고 판단한 것이겠지. 보병 제1연대의 병사는 저마다 사격을 시작했다. 쉴 틈 없이 이어지는 총성. 이미 전장이다.

환도재라도 과연 이것은 버틸 수 없는 모양이다. 이쪽을 향하여 오던 것을 멈추고, 아무튼 한 곳에 머물러 있지 않도록 한다. 즉, 도망치고 있는 것이다. 그러나 진로쿠는,

"환도재, 환도재, 환도재!!"

라고, 주문처럼 이름을 복창하며, 딱 달라붙어서 놔주려고 하지 않았다. 쫓는 자, 쫓기는 자가 서로 바뀐 모양새다.

병사는 계속 늘어났다. 여기저기에서 높은 호루라기 소리가 울리고, 도망 다니는 사람들을 헤치고 길가에서, 모든 골목에서부터, 우르르 모여든다. 합계, 대대에 필적하는 숫자다. 지금 막 달려온 자들 중에는,

"저런 노인이?!"

라며 당혹스러워하는 젊은 병졸도 있었지만,

"저게 흉적이다!"

라고 일부 시종을 보고 있던 나이 많은 자가 알려준다. 군은 완전히 환도재를 '흉적'으로 판단했다. 반면에, 진로쿠에 대해서는 주저하는 자는 거의 없었다. 군적을 외쳐봤자 믿어주지는 않겠지. 그걸로 된 거다. 얼마든지 노려라, 얼마든지 쏴라, 그런 마음을 담아서,

"더 와 봐!!"

라고, 병사들을 향하여 부추겼다.

환도재는 기둥 그늘에 숨어 조준을 벗어나고, 길에 버려진 인력거 밑으로 들어가 총알을 피하고, 더욱 두 다리를 계속 움직인다. 진로쿠

는 탐랑을 정점까지 계속 끌어올려 쫓아간다.

"죽어라!!"

수십 자루의 일제사격에 맞춰 진로쿠는 날카롭게 포효했다. 탐랑으로도 전부 다는 막지 못한다. 두 발까지는 튕겨냈으나, 한 발은 늦어 복부에 뜨거운 감각이 일었다. 환도재도 무사하지는 않았다. 앙상한 어깨를 총알이 뚫어 피가 솟구쳤다. 역시 괴물은 아니다. 사람이다. 사람인 것이다.

"같이 가자고."

등 뒤에서 날아오는 총알을 튕겨내면서, 진로쿠는 송곳니를 보이며 웃었다.

"이 녀석…."

이것도 처음 봤다. 환도재의 얼굴이 공포로 굳는 것.

총성은 전혀 멎지 않는다. 환도재는 도망친다. 진로쿠는 쫓아간다. 서로 상처가 늘어나면서. 요코하마에 비상사태 선언이 내려진 모양으로, 지금은 경종까지 울리고 있다.

—슬슬이다.

환도재도 끝까지 피할 수 없을 정도로, 진로쿠도 다 막아낼 수 없을 정도의 탄막이다. 생각해보면 엄청난 시대다. 교하치류도, 오보로류도, 어떠한 달인이라도 박살내는 무기의 시대가 온 것이다.

"뭐야—?"

우리가 향하던 앞쪽 골목에서 사람이 나타났다. 다섯 살 정도의 사내아이. 이 지옥으로 변한 거리에서 부모와 엇갈린 건가? 엄마로 짐작되는 자의 이름을 부르며 울고 있다.

뒷모습밖에 보이지 않지만, 알 수 있었다. 환도재가 웃은 것을. 아이의 목깃을 덥석 움켜쥐더니, 몸을 돌려 뒤로 내던진다. 공포에 얼어붙은 아이의 얼굴. 그 뒤쪽에서는 쾌재를 부르는 환도재의 얼굴. 진로쿠는 오늘 하루 중 제일 큰 목소리로 등 뒤를 향해 외쳤다.

"쏘지 마!!"

그러나 쫓아온 병사들에게는 아이는 보이지 않았다. 우레 같은 총성이 울려 퍼졌다. 총알이 땅을 파헤치고 모래 먼지를 피워올린다.

뭉게뭉게 자잘한 모래가 피어오르는 가운데, 진로쿠는 양쪽 무릎을 바닥에 짚고 있다. 칼을 든 오른손은 허공으로 치켜든 채. 그리고 감싸 안은 것처럼 돌린 왼팔 안에 대고 속삭였다.

"괜찮아…. 안 맞았어."

탐랑은 신비한 기술이다. 닿아 있기만 하면, 타인도 '몸의 일부'로 인식하고 지켜준다. 그러나 지키는 범위가 넓어진 만큼, 막을 수 있는 공격의 숫자는 줄어들어 버린다. 진로쿠가 의식할 것까지도 없이, 탐랑은 무엇을 우선적으로 지켜야 하는지 이해했다. 어린아이는 다친 데가 없었다. 진로쿠는 왼쪽 허벅지, 오른팔이 뚫리고, 오른쪽 귓불이 떨어져 나갔다.

"우우…."

아이가 가슴에 매달려 있어서 병졸들도 알아차린 모양이다. 인질을 잡은 거라고 착각한 것이겠지. 큰 소리로 기다리라는 호령을 발하고, 총구는 향한 채였지만 발포는 딱 멎었다.

고개만 돌려 돌아봤을 때, 환도재가 마침 골목 안으로 뛰어드는 것이 보였다. 고독에는 이로하, 시쿠라, 그리고 슈지로가 남아 있다. 시릴 정도로 파란 하늘을 올려다보면서,

– 미안. 놓쳐버렸어.

라고, 형제들에게 사과했다.

"흉적, 그 아이를 놔줘라!"

군인들중에서 한 남자가 외쳤고, 진로쿠는 시선을 떨어뜨렸다. 계급장을 보지 않아도 군복으로 안다. 소좌 이상의 사관이다.

"말 안 해도 그럴 거야…."

진로쿠는 작게 투덜거리고, 아이에게서 손을 뗐다. 그러나 아이는 가슴팍에 달라붙어 떨어지려고 하지 않아서 난처했다.

"꼬마야, 무섭지 않아. 군인은 우리 편이야."

다정하게 말하고, 가만히 가슴에서 얼굴을 떼어놓는다. 아이의 머리를 한바탕 쓰다듬어주고는, 진로쿠는 웃으면서 말을 이었다.

"울보야. 이제 울지 마."

아이가 고개를 끄덕이는 것을 보고 나서,

"지금부터 그쪽으로 보낸다. 실수로라도 쏘지 마라."

라고 병사들에게 말했다. 사관이 즉각 승낙하고, 부하들에게도 그

렇게 하라고 명령하는 것도 확인했다.

“그럼 잘 가.”

아이의 등을 부드럽게 밀었다. 아이가 때때로 불안한 듯이 돌아봐서, 진로쿠는 빨리 가라는 듯이 턱을 흔들었다.

“자, 그럼….”

아이가 도착할 때까지 잠시인가. 이 상처, 이 군세, 끝까지 도망치는 것은 어렵다. 그렇기는 해도, 포기하는 것은 성격에 맞지 않는다.

“끝까지 발버둥쳐볼까.”

그렇게 말한 것은, 자기 자신을 향해서인가? 아니면 탐랑에게인가? 지금이라면 막아봤자 두 발. 그 뒤는 운에 맡기고 골목으로 도망치는 수밖에 없다. 진로쿠가 비틀거리며 아지랑이처럼 일어서자, 사관이 황급히 조준하라고 명령했다.

“진로쿠!!”

그때였다. 갑자기 하늘에서 목소리가 내려왔다. 지붕에서 뛰어 내려온 남자에게, 군대도 앗, 하고 놀라 시선을 빼앗겨버린다.

아무것도 변하지 않았다. 오지랖 넓은 참견쟁이, 그대로다. 허공에서 내려오는 형을 올려다보면서,

“오랜만.”

이라며, 진로쿠는 어린애처럼 웃었다.

2

슈지로 일행이 요코하마에 들어간 것은 20일 오전 중. 애초 예정보다 만 하루 늦어버린 셈이다.

오다와라 뒤의 네 역참 전부에 군대가 들어가 있고, 그 모든 곳에서 앞을 가로막고 심문을 했다. 걱정했던 대로 된 것이다.

특히 후반 두 역참인 후지사와와 도쓰카에서는 집요했다. 요코하마에 가까워서 그런가 했는데, 아무래도 그게 아닌 것 같다. 오다와라 역참 입구에서 검문받던 남자가 갑자기 칼을 빼더니 병졸 두 명을 베고 검문을 돌파했다고 한다. 그 사실이 전령을 통해 보고된 모양이다. 분명 고독에 참가한 누군가의 소행으로 봐도 좋을 것이다.

"뭐야…?"

요코하마에 들어가서 바로 이변을 깨달았다. 경종이 울려 퍼지고, 총성이 울렸다. 남녀노소의 비명도 들렸고, 무엇보다 안색이 변해 도망치는 자들이 있다. 라이플을 손에 든 군인들이 사람들의 흐름에 역행하는 것처럼 달려간다. 진로쿠와 환도재가 이미 충돌한 것이다.

"이로하! 두 사람을-"

"저희도 가겠습니다!"

교진을 기다리고 있을 시간은 없다. 한시라도 빨리 후타바와 신지로를 항구까지 데리고 가야 한다. 슈지로는 이로하에게 맡기고 가려고 했으나, 후타바가 가로막듯이 씩씩하게 말했다.

이로하도 분명 같이 가고 싶을 터. 후타바는 그렇게 생각한 것이겠지. 게다가 다른 고독 참가자가 요코하마에 없다는 보장도 없으니, 다 함께 움직이는 편이 안전하다는 것도 분명하다. 순간적으로 생각을 정리하고,

"알겠다!"

라고 슈지로는 대답하고 달려나갔다.

사람들이 도망온 방향으로, 군인들이 가는 곳으로, 절규를 헤치듯이 돌진해간다. 이윽고 눈에 들어온 것은 군인들뿐.

"그쪽은 위험해! 흉적이 날뛰고 있다!!"

라고 피난을 권하는 병졸도 있었다. 그러나 그것을 무시하고 계속 달렸다. 그때 좀 떨어진 위치에서 나란히 달리는 양복 차림의 남자를 눈 가장자리로 포착했다. 인파 속에 있을 때는 몰랐지만, 군인들만 잔뜩 있는 가운데서 달리고 있으니 지금은 꽤 눈에 띈다.

"쓰루바미… 이런 곳까지 따라오는 건가?"

"사가 님, 가쓰키 님은 제가 담당이니까요."

"방해는 –"

"하지 않습니다."

쓰루바미는 태연하게 말하고 뒤를 이었다.

"게다가 슬슬 최후의 흑패가 나올 것 같습니다."

"그럴 무렵인가….?"

뒤집어 말하자면, 아직 하코네를 넘지 못한 자가 있다는 뜻. 시간의 유예는 아직 있다.

도중까지는 군인의 흐름을 보고 달렸지만, 이미 그것도 소용없게 되었다. 둘러보니 사방에 군인들이 빽빽했다. 흉적을 절대로 놓치지 않으려는 듯이 현장을 포위, 길가를 봉쇄한 것이다.

총성을 의지하여 가는 수밖에 없지만, 돌벽은 반향하기 때문에 녹존으로도 정확한 위치를 알아내기 힘들다고 한다.

"가는 수밖에 없나."

무작정 돌진할까? 그런 생각이 머리를 스친 그때였다. 내동댕이쳐진 인력거 그늘에서 그를 부르는 자가 있었다.

"사가 님!"

면식이 없는 젊은 여자다. 어떻게 이름을 아는 거냐고 물으려고 하자마자, 의외의 인물이 반응을 보였다. 쓰루바미였다.

"하지카미…."

"네 동료인가?"

쓰루바미는 아무 대답도 하지 않는다. 그것이 답이다. 하지카미라 불린 여자는 이쪽으로 달려와,

"게아게 님은 저쪽에."

라고, 방향을 손가락으로 가리켰다. 고독의 함정인가? 아니다, 여자의 눈을 보고 거짓말을 하는 것이 아니라는 걸 직감했다.

"덕분에 살았다. 고맙다."

슈지로는 진심으로 고마움을 표시했다.

한편, 감정을 겉으로 드러내지 않는 쓰루바미가, 이 장면에는 눈썹 사이를 벌리며 놀라고 있다. 그러나 이윽고 못 들은 것으로 하겠다는 듯이 시선을 피했다.

"저기 골목으로 가줘."

슈지로는 석조건물 사이로 난 좁은 길을 가리켰다. 진로쿠의 위치는 알았다. 그러나 이 군인의 벽을 뚫고 갈 수는 없다. 남은 수단은 위로 넘어가는 것뿐. 그러려면 내 무곡이 가장 적합하다. 이로하도 금방 그것이 최선이라는 것을 깨닫고,

"부탁해…."

라고 애원하는 눈길을 향했다.

"두 사람을 부탁한다. 10분 안에 합류하지 못한다면, 먼저 항구로 가줘. 나도 진로쿠를 데리고 간다. 만약 그것도 무리라면… 요코하마를 나간다."

이 앞은 무슨 일이 일어날지 예측할 수 없는 아수라장. 각자의 판단이 요구된다. 후타바와 신지로는 배에 태우고 헤어지지만, 상황에 따라서는 이로하와도 도쿄까지 못 만날지도 모른다. 교진도 이미 요코하마에 와 있을 텐데, 이 상황에서는 합류하지 못할 가능성도 있다.

"다녀올게."

슈지로는 벽돌 기둥을 박차고 허공으로 날아올라, 청동 난간을 붙잡고 몸을 위로 올렸다. 매달려 있는 둥근 나무 간판을 움켜잡더니,

또 기둥을 박차고 지붕 위로 올라갔다.

신시대의 상징 같은 거리. 바다는 5월의 햇빛을 받아 하얀 비늘을 뿌린 것처럼 빛나고, 항구에는 군함이 두 척, 그 외에도 크고 작은 배가 몇 채나 정박하고 있다. 수많은 군인들이 집결하여, 길가를, 골목을, 가게 앞을 가득 메운 모습은 어찌 보면 장관이었다.

처음부터 무곡을 전부 쥐어 짜낸다. 슈지로는 몸을 낮추면서, 상쾌한 바람처럼 지붕을 질주하고, 물총새처럼 다음 건물로 옮겨 뛰었다.

"있다…."

완전히 어른이 되었다. 그러나 분명히 알 수 있었다. 진로쿠가 틀림없다.

그보다 도대체, 어떻게 된 상황인가? 진로쿠가 길 한복판에서 땅에 무릎을 꿇고 있다. 거기에 수십 개의 총구가 향하고 있다. 환도재 같은 자의 모습은 없다.

뒤늦게 깨달았는데, 진로쿠는 사내아이를 껴안고 있었다. 말려들 뻔한 것을 보호해준 것이겠지. 슈지로의 가슴속에서 순간적으로 울컥 치밀어오르는 것이 있었다. 진로쿠는 아무것도 변하지 않았다. 당연하다. 형제를 지키기 위해, 오로지 혼자서 악연을 끝내려고 하는 진정한 사나이인 것이다.

지휘관으로 보이는 자의 지시에 응하여, 진로쿠는 부드러운 손길로 사내아이를 보내준다. 피부에 빨간색이 보인다. 이미 꽤 큰 상처를 입은 모양이다.

–침착해.

슈지로는 깊이 숨을 들이마시고, 천천히 내뱉었다. 구해낼 수 있을지 아닐지는, 허를 찌를 수 있느냐 아니냐에 따라 정해진다. 머리가 지붕에 닿을 정도로 낮은 자세로 살금살금 가까이로 이동했다.

진로쿠가 일어선다. 슈지로는 그 한순간을 놓치지 않고, 포효와 함께 하늘로 날아올랐다.

"진로쿠!!"

퍼뜩 고개를 쳐드는 진로쿠. 순간적인 일이라 이쪽으로 총구를 향하는 자, 아니, 진로쿠에게서 조준이 벗어나면 안 된다며 되돌리는 자, 강철 총구가 검은 파도처럼 크게 출렁거렸다.

"오랜만."

13년 만에 진로쿠의 첫마디는 그것이었다. 아무것도 변하지 않았다. 그날, 구라마산에서 헤어졌을 때 그대로다. 슈지로는 입가에 웃음이 번지려는 것을 참고,

"가자!"

라며 진로쿠의 허리에 팔을 두르고 달려나갔다.

"새로운 적이다! 쏴라아!"

비통한 외침보다 약간 늦게 발포음이 울려 퍼졌다. 교하치류의 가혹한 수행 중에 수십 개의 덫 화살을 동시에 쏴서 날아오는 화살을 피하는 것이 있다. 형제가 협력해서 회피해야 한다. 이 수행, 형제 중에

서 가장 상성이 좋았던 조합이－.

"무곡."

"탐랑."

오랜 시간을 거쳐, 목소리가 딱 겹친다.

대지를 박차고 하늘에서 몸을 선회한다. 표적 위를 뛰어넘는다. 진로쿠를 끌어안고.

딱 한 발만 목 근처까지 왔었다. 몸을 틀어 피하려고 했지만, 그보다도 빨리 시야에 은빛 선이 날아왔다. 진로쿠의 칼이 총알을 물어뜯은 것이다.

땅에 발이 닿음과 거의 동시. 그 기세 그대로 모래 먼지를 일으키면서 골목 안으로 미끄러져 들어간다.

"무사하지?"

"응, 여전히 무모하네…."

"네가 할 말은 아니지. 가자."

슈지로는 재촉하고 골목 안쪽으로 뛰었다. 쫓아가라고 연호하는 목소리, 높은 호루라기 소리, 군화 발소리들이 뒤에서 들린다. 이대로 가면 골목을 빠져나가 다시 큰길로 나간다.

"갈 수 있는 건가?"

진로쿠는 짧게 물었다. 출구에도 군인이 있어서 딱 마주치지 않을까? 라는 의미다.

"아마도. 이로하라면 알 테니까."

지붕 위에서 본 바로는, 포위했던 병사들과는 거리가 좀 떨어져 있었다. 호루라기 소리를 듣고 나서 서둘러 왔다고 해도 늦을 것이다. 이로하라면 녹존으로 소리를 모아 분석하여 정확히 말할 수 있겠지만, 나는 그저 예상할 뿐이다.

"이로하도…."

"근처까지 와 있어."

"그렇구나. 그 녀석이라면 녹존도 잘 쓸 수 있겠지."

무엇을 근거로 말하는지는 모르지만, 진로쿠는 당연하다는 듯이 단언한다.

"내가 먼저 나간다."

슈지로는 더욱 발을 빨리 움직여 앞으로, 진로쿠도 뒤이어 큰길로 뛰어나왔다.

"우와, 위험."

진로쿠가 괴상한 목소리를 냈다. 마침 군대가 이 길로 꺾어져 들어온 참이었다.

"이쪽이다."

큰길로 나온 것도 잠시, 또다시 비스듬히 맞은편의 더욱 좁은 골목으로 들어갔다. 군인들이 너무 많다. 이 근처에 모여 있는 숫자만 해도 대충 5백 명은 넘지 않을까? 이대로 가면 독 안에 든 쥐나 마찬가지. 포위망을 좁히면 언젠가는 끝난다.

"들어간다."

작은 창문. 사람들 눈에 띄지 않게 하기 위한 것인지, 유리가 아니라 옛날식으로 판자로 막아놓은 것이다. 슈지로는 검을 뽑아 판자를 두 동강 내고, 팔꿈치로 쳐서 부수고 안으로 들어갔다.

"우웩, 뒷간이잖아."

진로쿠도 따라 들어오자마자 얼굴을 찡그린다. 뒷간에서 나왔지만, 인기척은 없다. 긴급을 고하는 경종을 듣고 도망친 모양이다. 불이 난 것으로 착각했나? 미처 다 들고 나가지 못한 물건들이 흩어져 있다.

"위로 올라간다."

2층이 있는 건물이었다. 복도 구석에 있는 계단을 발견하여 위로. 여기에도 역시 기척은 없다. 아무래도 양봉 일을 하는 상인의 건물 같다. 그것으로 짐작되는 서류가 떨어져 있다.

"오지 않네…."

진로쿠는 계단 밑을 보면서 중얼거렸다. 창틀을 보지 못했나? 밖에서는 여전히 발소리가 들렸지만, 건물 안으로 들어올 기색은 없다. 약간의 여유가 생긴 것으로 보고, 슈지로는 한숨을 쉬며 그 자리에 앉았다. 진로쿠도 숨을 가라앉히면서 벽에 기대앉는다.

"상처를 보여봐."

"치료 같은 건 못 하잖아."

"아내가 의사다. 하는 법은 알아."

"어…. 슈 형, 부인 있어?"

"이로하한테서 못 들었나?"

"응. 아니, 놀랐어. 그렇구나… 슈 형이 말이지."

진로쿠는 묘하게 어린아이 같은 반응을 보이더니, 감개무량하다는 듯이 입가를 올렸다. 진로쿠는 옆눈으로 보면서 묻는다.

"바늘이랑 실. 천이라도 갖고 있어?"

"다 썼다…."

"엉뚱한 데서 허술한 점도 여전하네."

진로쿠는 훗 하고 웃고는, 그렇다면 상처를 보여봤자 소용없다며 덧붙였다.

"어떻게 해서 빠져나갈지… 이로하는 가까이에 있지만, 이제 곧 여기를 벗어나겠지."

이로하 말고도 일행이 두 명 있다는 것, 10분 안에 돌아가지 못하면 먼저 항구로 갈 거라는 것을 간략하게 이야기했다. 아무래도 재합류할 수 있을 것 같지 않다. 아까처럼 지붕 위로 숨어서 가고 싶지만 이 근방에서 2층이 있는 것은 이 건물뿐이었다. 아무래도 눈에 띄게 된다.

그렇다면 돌파하는 수밖에 없다. 요코하마를 나가서 북쪽보다는 항구가 있는 남쪽이 다소 포위망이 느슨했다. 그쪽을 뚫고 항구에서 이로하와 합류한다. 그 후의 일은 그때 가서 생각하는 수밖에 없다.

"막판에 한 번만 더 힘내볼까."

진로쿠는 오른손의 상처를 누르면서 중얼거렸다. 슈지로 혼자 돌파하는 것은 힘들다. 상처가 마음에 걸리지만, 진로쿠의 힘도 불가결하다.

“아무튼 대단하군. 총알까지 잡을 수 있게 된 건가?”

솔직히 아까는 놀랐다. 옛날과 비교하면 탐랑의 질이 훨씬 높아졌다.

“수련을 계속했으니까. 슈 형은 게을리했지?”

“맞아. 보신 전쟁 후는 검을 잡지도 않았다.”

“그런데 또… 이렇게 되었네.”

진로쿠는 천장을 올려다보며 가느다란 숨을 내쉰다.

“도망칠 수 없는 건지도.”

“바보 같은 소리. 그럴 리가 없어.”

슈지로가 중얼거리자, 진로쿠는 진지한 얼굴로 부정했다. 계속 혼자서 숙명에 저항해온 것이다. 단호한 의지가 느껴졌다. 진로쿠는 말을 다시 되돌렸다.

“탐랑에는 성장의 여지가 있었어. 이상하다고 생각하지 않아? 어째서 아직도 성장하는 건지.”

진로쿠는 10년도 더 전에 그 사실에 의문을 품고, 교하치류에 뭔가 비밀이 숨겨져 있다고 생각했다. 탐랑에 성장 가능성이 있었다는 것, 두 개 이상의 비술을 가져도 단순히 강해지는 게 아니라는 것, 더욱이 미나모토노 요시쓰네 일. 그것들로부터 진로쿠는 어떤 가설을 도출해냈다고 한다.

“계승전은 없었던 거라고….”

슈지로는 말문이 막혔다.

"환도재는 분명히 당황했어. 거의 틀림없어."

어느 시대인지, 누군가가, 모든 비술을 독점하려고 했다. 그자는 근사하게 목적을 달성했고, 자기의 악행을 숨기기 위해서 계승전을 날조해낸 것이 아닐까? 분명 '오카베 환도재'도 어떠한 이유로 그때 생겨난 것이 아닐까?

"본래 교하치류는 여덟 명이 물려받아 여덟 명의 힘을 합쳐 적에게 임하는 것이었다."

진로쿠는 자기 가설을 그렇게 마무리했다. 두 개 이상의 비술을 지닌 그와 시쿠라가 이야기했었다. 한 명이 여덟 개의 비술을 가진 것보다, 여덟 명이 하나씩 가지고 싸우는 것이 더 강하다고 느낀다고. 진로쿠의 말대로라면, 앞뒤가 들어맞는다.

"그럼… 어째서 말만으로 계승할 수 있는지…?"

슈지로는 말라붙은 목을 쥐어짜 냈다. 비술은 '말'로만 전달하여 계승한다. 계승전을 하기 위해서가 아닌 건가? 이것에도 진로쿠는 하나의 답을 갖고 있었다.

"혹시 누군가가 죽었을 때 다른 자에게 계승하기 위해서… 가 아닐까?"

진로쿠는 온화하게 말했다. 만약 정말 그 말이 맞다면, 교하치류는 꺼림칙한 것이 아니라, 자애가 넘치는 것이었다는 말이 된다. 답은 확실하지 않다. 그러나 진로쿠의 말은 믿을 수 있는 것으로, 무엇보다 그 말이 맞기를 바라는 마음이 들었다.

구석구석 다 뒤져라, 건물 안인지도 모른다, 등등의 목소리가 밖에서 들렸다. 이제 시간은 그리 많이 남지 않았다.

"움직이자."

"기다려. 아직 이야기가 있어."

진로쿠는 제한된 시간 속에서 열심히 뭔가를 전하려고 한다. 그 전에 한 가지 묻고 싶어. 그렇게 전제하고 진로쿠는 물었다.

"북진과 무곡, 완벽하게는 동시에 구사할 수 없지?"

"그래…, 이로하에게 들었나?"

"아니, 역시 그러네."

진로쿠는 자신감에 차서 말을 이었다.

"비술에는 상성이 있는 거야."

그것은 나도 어렴풋이 느끼고 있었다. 시쿠라는 염정과 파군, 염정과 거문은 동시에 쓴다. 그러나 파군과 거문은 번갈아가며 써야 한다고 말했었다. 하지만 비술간에 상성이 있다고 해도, 혼자 여덟 개의 비술을 다 가져보지 않으면 모든 것을 확인할 수는 없다.

"아니… 아마도 그래. 짐작일 뿐이지만, 알 것 같아. 순번이야."

"순번?"

슈지로는 앵무새처럼 물었다.

"1부터 8. 맞붙어 있는 것끼리는 상성이 나쁘고, 떨어져 있을수록 좋은 거야."

북진, 무곡, 녹존, 파군, 거문, 탐랑, 염정, 문곡. 북진(북극성)과 칠성(북두칠성) 순이고, 형제의 이름에 포함된 숫자의 순번이라는 것이다.

예를 들어, 슈지로가 가진 북진과 무곡은 붙어 있기 때문에 상성은 나쁘다. 시쿠라의 파군과 거문도 마찬가지. 반면에 이로하의 문곡과 녹존은 세 칸 떨어져 있다. 이로하는 확실히 그 두 가지 비술을 어려움 없이 동시에 구사한다.

"문곡과 가장 상성이 좋은 것은, 파군이라는 건가?"

"아, 그렇게 되네. 그리고 슈 형의 무곡의 맞은편은…."

진로쿠는 거기에서 한번 말을 끊더니,

"탐랑이야."

라며 의기양양하게 웃는다.

"너… 설마…."

"슈 형, 받아줘."

"안 돼. 포기하지 마."

슈지로는 고개를 저었다.

"잘 들어줘. 이것밖에 길은 없어."

진로쿠는 찌르는 것 같은 눈길로 본다. 기모노를 펼쳐 복부를 보여준다. 총상이 있고 지금도 피가 흘러나온다. 위치로 보아 간장을 관통했다. 더욱이 오른팔, 왼쪽 허벅지에서도 피는 멎지 않는다. 여기까지 움직였다는 사실에 놀랄 정도의 상처였다.

"이로하에게서 들었어. 비술을 넘겨줘도 한동안은 쓸 수 있다고."

산스케가 그랬다. 이로하에게 맡긴 후에도 녹존을 이용하여 환도재를 상대했다고. 분명 비술의 그림자 같은 것이 한동안은 남아 있는 것이겠지.

"탐랑이 두 개 있으면 여기는 빠져나갈 수 있어."

진로쿠는 자신감을 부풀리며 분명히 단언했다.

"진로쿠…, 안 돼… 포기하지 마."

슈지로는 다시 반복하여 말했다. 13년의 세월을 지나 이제야 재회한 것이다. 아직 하고 싶은 이야기가 많다. 듣고 싶은 것이 잔뜩 있다. 다시 한번, 함께 살고 싶었다.

"내가 할 말이야. 환도재를 반드시 쓰러뜨려 줘. 포기하지 마."

슈지로의 떨리는 어깨에 손을 올리고, 진로쿠는 속삭이는 것처럼 그 말을 고했다.

비술의 계승은 단지 이것뿐이다. 진로쿠의 말이 맞다고 새삼 느꼈다. 계승전에서 실수로 상대방을 죽여버리면, 어떻게 해서 이어받는다는 것인가? 그때는 스승에게서 물려받는다고 들었으나 역시 그 방식 자체가 이상하다. 교하치류는 빼앗는 검이 아니라, 마음을 이어가는 검인 것이다.

"가자."

슈지로가 입을 다물고 주먹을 꽉 쥐는 가운데, 진로쿠는 상쾌한 웃음을 보였다.

3

2층 창문을 통해 옆집 지붕에 내려섰다.

"잃어버리지 마."

슈지로가 품에 목패를 넣는 것을 보고 진로쿠는 말했다. 비술뿐만이 아니었다. 목에 건 것만 남기고, 목패 전부도 넘겨받았다. 그 점수는 19점이다.

"그래, 반드시."

수백 명이 혈안이 되어 찾고 있는 것이다. 이 단계에서 일찌감치 들켰다. 호루라기와 고함 소리가 쏟아지는 가운데, 더욱 옆 지붕으로, 그 다음에 땅으로 내려가, 태양을 향해 가는 것처럼 질주한다. 남으로, 항구가 있는 쪽으로.

"온다!"

진로쿠가 선두. 슈지로는 그 바로 뒤에 붙어 한일자로 똑바로 돌진해간다. 가로막는 것은 구름떼 같은 군인들. 검게 빛나는 총구를 이쪽으로 향하고 있다.

"탐랑, 한 번만 더… 모든 것을 쥐어짜내라."

진로쿠가 오랫동안 함께 해온 파트너에게 말했을 때, 굉음이 울리고 초연이 확 퍼졌다.

태어나서 처음 들었다. 하늘을 쥐어짜는 것 같은 굉음. 진로쿠의 팔이 내는 소리다. 다음 순간, 깨진 종을 연타하는 것 같은 요란한 소리. 진로쿠가 탄막을 찢어발긴 것이다.

–전부 다는 떨어뜨릴 수 없어. 분명 총알이 몸을 관통한다.

진로쿠는 그렇게 말했다. 그러니까 써야 한다. 살점을 파헤쳐 위력이 떨어진 총알이라면, 이제 막 물려받은 탐랑으로도 반드시 잡아낼 수 있다고.

"탐랑…."

슈지로는 웅얼거리는 것처럼 이름을 불렀다. 탐랑은 피부의 비술. 아주 약한 바람의 흐름을 알아차리고 몸을 수축한다. 진로쿠의 몸을 빠져나간 총알의 흔들림을 감지하고, 슈지로의 손이 자연스럽게 움직였다. 쨍 하는 소리가 나고, 총알이 엉뚱한 방향으로 날아가는 것을 알았다.

"슈 형, 잘하네."

진로쿠의 목소리는 아직도 쾌활. 그러나 입가에서 거품이 튀어나왔다. 피를 토하고 있다. 총알이 가슴을 꿰뚫은 것이다.

"예상대로야."

진로쿠가 웃는 것을 알았다.

–총격을 가하고도 해치우지 못하고 도리어 공격당할 때, 병사들은 반드시 흐트러진다.

진로쿠는 그렇게 말했다. 왜냐하면 병사들이 전투경험이 없는 평민이니까. 공격할 때는 태연했어도, 자기가 죽을지도 모른다는 공포가 덮친 순간에는 순식간에 무너진다. 작년 세이난 전쟁 때도 사쓰마 병사의 공격을 받아 몇 번이나 붕괴했고, 그래서 사족 경관으로 구성한 발도대를 결성해서 보충했던 것이다.

지금, 그 말 그대로 눈앞의 병사들이 매우 당황하고 있다. 다음 총알을 장전하는 것조차 불안할 정도로. 그중에는 벌써 몸을 돌려 도망치는 자까지 있었다.

사격은 완전히 제각각. 진로쿠는 일제사격만 아니면 어려움 없이 막아낸다. 더욱 공황상태에 빠진 군인들을 바라보며, 진로쿠는 돌아보지 않고 말했다.

"시쿠라 형한테 전해줘. 신세 졌다고."

"알겠다."

"이로하에게는 울지 말라고."

"그래."

"슈 형, 뒤는 맡길게."

형제가 미리 의논한 대로. 진로쿠가 군대와 충돌한 순간, 슈지로는 무곡으로 그 뒤로 빠져나갔다. 당황하여 우왕좌왕하는 병졸 사이를 빠져나가며, 등을 밟고 뛰어넘으면서, 슈지로는 헤쳐나간다. 사벨이 머리 위로 쏟아졌지만, 탐랑이 쉽게 날려버린다. 이것도 진로쿠의 예상대로. 무곡과 탐랑은 서로 전혀 간섭하지 않는다. 아니, 상성이 발군이었다. 마치 우리처럼.

진로쿠의 포효가 멀어진다. 희미해진다. 사라져간다. 슈지로는 함께 웃던 나날을 가슴속에 담고, 흩어지는 구름처럼 뿔뿔이 흩어지기 시작한 군인들 속을 달려 빠져나갔다.

—남은 인원, 11명

제10장

철길

1

요코하마 시내를 빠른 걸음으로 걸어간다. 등명대국(燈明臺局. 현대식 등대가 도입되기 전에 축조된 옛날식 등대를 관리하던 관청)을 왼쪽으로 보면서 걸어가다 보면, 이윽고 방파제에 다다른다고 들었다. 미리 정해놓은 10분을 지나도 슈지로는 돌아오지 않았다. 아니, 돌아올 수 있는 상황이 아니었던 것이다. 이로하도 그것은 안다.

슈지로와 진로쿠라면 분명 군대의 포위를 뚫고 나올 수 있다. 항구에 오지는 못하더라도, 요코하마에서 나갈 수는 있을 것이다. 그렇게 믿고 항구로 가는 수밖에 없다. 거치적거리는 존재가 되지 않기 위해서도. 얼굴을 약간 찡그린 것을 놓치지 않고,

"이로하 씨…."

후타바가 불안한 듯이 부른다.

"걱정할 것 없어."

아까부터 총성이 들린다. 그것은 후타바나 신지로의 귀에도 닿았겠지. 단, 그것이 몇 자루의 총이 내는 소리인지까지는 모른다. 그러나 녹존은 안다. 지나치도록 많다. 들려올 때마다 두 오빠의 안부가 걱정되었다.

경종이 끊임없이 울려 퍼지고 있고, 요코하마 전체가 소란스러워졌다. 그러나 이 근방은 그나마 총성에서 멀리 떨어져 있기도 하여, 사

람들은 그나마 침착함을 유지하고 있었다.

"영국이 공격해 온 것은 아니겠지?"

"아니야, 보병 제1연대가 반역을 일으킨 모양이야."

"도베 감옥 쪽이다. 분명 탈옥 사건이 있었던 거야."

"아니야, 흉적이 날뛰고 있다고 들었어."

사람들이 저마다 발하는 억측을 이로하의 귀는 남김없이 전부 포착했다. 유언비어를 떠들어댈 정도인 걸 보니, 역시 아직 약간 여유가 있다는 뜻이다.

큰길로 나왔을 때, 건물 틈새로 배가 보였다. 저 근방이 방파제라는 뜻이다. 신지로는 한숨을 허공에 녹여버리고 진지하게 말했다.

"이제 곧이네요."

두 사람의 고독은 얼마 안 있어 끝나는 것이다. 몇 번이나 위험에 노출되었고, 한번은 목숨을 잃을 각오도 했었다. 간신히 살아남았다는 실감이 북받쳐 오른 것이겠지.

"끝까지 방심은 하지 말아야 해."

이로하는 항상 주위의 소리를 신경 썼다. 군화 발소리는 사방에서 들려온다. 요코하마에 있는 군인의 숫자는 천 명이 넘는다고 한다. 전원이 한곳에 모이면, 다른 곳의 경비가 느슨해져 버린다. 그래서 반 정도는 집결하지 않고 계속 순찰을 도는 모양이다.

"아, 참. 이로하 씨. 이것을."

"나도."

신지로는 품에서 주머니를, 후타바는 여러 가닥으로 꼰 끈으로 묶은 전대를, 각각 꺼내어 건네준다. 둘 다 안에는 고독의 목패가 들어 있다.

"그랬지."

이로하는 받아서 목깃 안쪽에 숨겼다. 두 사람은 고독을 이탈하기 때문에, 이제 목패는 필요 없다. 헤어지기 전에 넘기기로 정했던 것이다.

"지금 교진 씨도 포함해서 전원이 20점씩을 갖고 있으니… 합계 100점. 이것으로 도쿄에 들어갈 수 있습니다."

신지로는 점수를 계산하며 확인했다. 최후의 관문인 시나가와 역참을 통과하려면, 한 사람당 30점이 필요하다. 이로하, 슈지로, 교진 세 사람이라면, 이 점수로 충분하다.

"교진 씨는 어디 있을까…?"

후타바는 계속 걱정했다. 언급된 참에 다시 한번 주변을 둘러본다.

교진은 어제 요코하마에 들어왔을 터. 아직 접촉이 없다는 것은, 혼란스러운 와중이라 우리를 발견하지 못했거나, 역참을 엄중히 경계하고 있어서 우리와 마찬가지로 늦어지는 것이거나. 혹은 누군가에게 당했거나. 그중 하나다.

"그 녀석에 한해서 웬만해서는 당하지 않아. 두 사람을 배에 태운 후에 찾아보겠다."

쓰게 교진의 실력은 형제들과 비교해도 손색이 없을 정도다. 힘을 아껴두는 것처럼 느껴지기까지 했다. 환도재를 치는 일에 협력해주겠다고 약속했다. 살아 있어 주지 않으면 곤란하다.

"뭐야…?"

생각에 잠겨 있다가, 억지로 현실로 끌려왔다. 녹존이 기이한 목소리를 포착한 것이다.

"왜 그러－"

신지로가 물어보려는 것을, 이로하는 손바닥으로 가로막았다. 역시 틀림없다. 절규였다. 또 다른 소리. 외침이 들렸다. 사람들의 번잡한 소리에 섞여, 보통 사람에게는 들리지 않겠지만, 상당히 가깝다.

"서두르자."

이로하가 재촉한 그때였다. 이것은 후타바와 신지로에게도 들려서 휙 돌아본다. 총성이다. 그것도 한 발이 아니다. 둘, 셋, 네 번, 아직 계속된다.

알아차린 것은 사람들도 마찬가지. 이미 불안은 고조되어 있던 참이다. 일제히 안색이 변하더니, 비명을 지르며 조금이라도 총성에서 멀어지려고 달려나갔다.

"좋지 않네."

이로하는 혀를 찼다. 상점에서, 여관에서, 식당에서, 가는 곳마다 몇 개나 되는 길에서부터, 사람들이 우르르 뛰쳐나왔다. 그들의 움직임은 마치 서로 짠 것처럼 똑같다. 일단, 좌우를 둘러본 후, 이미 도망치는 자들을 따라가듯이, 같은 방향으로 달려간다.

길가는 순식간에 돌변했다. 지금까지도 사람은 많았으나, 단숨에 몇 배로 불어나 땅이 보이지 않을 정도였다.

"간다!"

이로하가 날카롭게 외치고, 후타바와 신지로도 달리려고 했다. 그러나 이미 길이 막히기 시작하여 제대로 걸음을 옮길 수가 없다. 그때, 이로하의 귀는 성가신 이름을 포착했다.

"돌아보지 마."

이로하는 미리 말했다. 아비규환이 다가오고 있는 것이다. 그러나 마침내 바로 뒤에서 비명이 들려, 신지로가 반사적으로 돌아보고 말았다.

"어…."

신지로의 표정이 얼어붙는다. 역시 눈썰미가 좋아 발견한 모양이다. 곧바로 귀에 익은, 희롱하는 듯한 목소리가 날아왔다.

"어이, 어이. 너는 그때 그 애송이 아니야?"

"간지야 부코쓰…."

이로하도 고개를 돌려 노려본다.

"너도 있었네. 그쪽은 그 계집애인가?"

상식을 한참 벗어났다. 부코쓰는 칼집에서 꺼낸 칼을 어깨에 걸쳐 놓고 있었다. 사람들이 얼굴이 창백해져서 길을 터주었기 때문에, 부코쓰는 여유 있는 발걸음으로 다가왔다.

"두 번 후미가 되면 실격이라서 서둘렀는데… 즐거워지네."

부코쓰는 웃음을 띠면서, 맥이 풀려 주저앉아 있는 중년 남자를 가차 없이 베어버리더니, 아무런 망설임도 없이 그 몸을 짓밟고 넘어왔다.

"흉적, 멈춰라!"

병사 십여 명이 총을 겨누면서 달려왔다. 얼굴이 붉은 피로 물든 자도 있다. 아까 이로하가 들은 것은 군인이 막는 소리. 그리고 비웃는 부코쓰의 목소리. 그후에 절규가 두 번. 즉, 부코쓰는 군인을 베어버리고 이쪽으로 온 것이었다.

"이래도 쏠 수 있어?"

기어서 도망치는 여자. 부코쓰는 천천히 머리카락을 움켜잡더니, 억지로 세워서 방패로 삼았다.

"네 이놈… 비겁한."

"내가 할 말이다. 재미없는 걸 쓰고 자빠져서는. 허리에 찬 그건 장식이냐?"

병졸은 총검을 허리에 장비했다. 이것은 총 끝에 장착하는 것은 물론이고, 협차처럼 칼만 그대로 쓸 수도 있다. 사관은 사벨이나 일본도를 차는 것이 허용되었고, 부코쓰가 노려본 자는 쓸만해 보이는 칼을 찼다.

"나루미 역참에서의 개인적인 싸움. 더욱이 오다와라에서부터 도쓰카까지 5역참에서 군인을 참살… 틀림없나?"

시간을 벌려고 하는 것일까? 사관이 질문한다.

"틀림없어."

부코쓰는 전혀 죄스러워하지 않는 태도로 대답했다.

부코쓰는 꽤 뒤에서 오고 있었을 터. 그런데 같은 날에 요코하마에 들어온 이유를 이것으로 알았다. 이쪽이 검문을 당하느라 시간을 잡아먹은 것에 비해, 부코쓰는 그것을 무작정 돌파하고 온 것이다.

그 사실이 동쪽으로 전해졌기 때문에, 우리는 후지사와와 도쓰카 두 역참에서 더 엄격한 검문을 당하게 되었던 것이다.

"슬슬 칼을 뽑지그래?"

"…계속 조준하라."

부코쓰의 도발에는 응하지 않고, 사관은 부하들에게 명령한다.

"이러면 쏠 수 있나?"

부코쓰는 여자를 밀쳐냄과 동시에 위치를 바꿨다.

"조준 잘- 하라고. 다른 놈한테도 맞는다?"

거기에서 두 손을 벌리며 낄낄 웃는다. 등 뒤에는 많은 사람들. 총알이 빗나가면 부상자, 사망자가 확실하게 생긴다. 사관이 이를 악물고 견디는 가운데, 이로하 일행은 조금씩 방파제로 다가갔다.

"그만둬."

신지로가 품속에 손을 집어넣으려고 해서, 이로하는 작은 목소리로 말렸다. 여기에서 권총을 쏘면 더욱 혼란이 커져 버린다. 게다가 부코쓰는 이쪽으로 오겠지. 일정한 고착 상태가 이어지는 지금, 이대로 서서히 거리를 벌리고 싶다.

길항이 깨진 것은 갑자기였다. 새롭게 50명 정도의 군인이 이쪽으로 왔다. 사관은 그것을 보자마자 공을 빼앗기고 싶지 않았던 건지, 아니면 원군을 보고 용기를 얻은 건지,

"발검! 덤벼라!"

라고 큰 목소리로 호령한 것이다.

부코쓰는 웃으면서 한 손으로 칼을 옆으로 휘둘렀다. 순식간에 병졸의 얼굴이 한일자로 갈라진다. 손목을 교묘하게 돌려 또 한 명. 목구멍에서 턱에 걸쳐 찢어, 피거품이 높이 날아올랐다.

이렇게 되면 이제 혼란의 극치다. 공포에 경직되어 있던 사람들도 다른 사람을 밀치면서 앞다투어 도망치려고 했고, 빽빽하게 들어선 인파가 서로 밀어대서 더욱 혼잡스러워졌다.

"고쿠슈는 어디냐?!"

부코쓰는 우리를 잊어버리지 않았다. 이쪽으로 날카로운 안광을 날리면서, 또다시 병졸의 정수리를 베어버린다.

"내가 어떻게 알아."

이로하가 내뱉자, 부코쓰는 기분 나쁜 웃음을 띤다.

"너희들 중 누군가를 붙잡으면 나타나겠지."

"할 수 있을 것 같아?"

"너는 무리겠지. 그러니까 벤다. 여자애로 하지. 애송이를 살려두고 불러오게 한다."

묘안을 떠올렸다는 듯이 만족스러워 보였지만, 발상이 광기에 찌들었다. 앞을 가로막으려는 병졸을 한칼에 잠재우고, 부코쓰는 이쪽을 향해 다가온다.

"두 사람 다 물러나 있어."

이미 싸움은 피할 수 없다. 이로하는 이도를 뽑아들고 먼저 덤벼들었다. 잘게 연속공격을 내지르지만, 부코쓰는 적확하게 피한다. 거친 성격에 어울리지 않는 섬세한 움직임이다.

"너도 괜찮네."

"문곡…."

열 손가락을 약동시켜, 궤도를 꺾은 공격을 날린다.

"오옷."

부코쓰는 놀란 얼굴을 했지만, 문곡의 공격조차 즉각 대응한다. 역시 이 남자, 실력만큼은 두말이 필요 없다. 응수가 펼쳐지는 가운데, 사관이 칼을 치켜들고 다가왔다. 내가 싸우고 있는 지금이라면, 등을 벨 수 있을 거라고 생각한 모양이다.

"잠깐–"

이로하가 말리려고 했을 때는 이미 늦었다. 사관은 오른팔이 잘려 나가 괴상한 비명을 질렀다. 그 오른팔, 부코쓰는 땅에 떨어지기 전에 잡더니, 이쪽을 향해 던졌다. 이로하가 쳐냈을 때, 부코쓰는 옆을 달려 빠져나갔다.

"후타바!"

이로하가 외쳤다. 나로서는 부족했던 것이다. 아니, 슈지로에게 이상할 정도로 집착한다. 불러내기 위한 미끼로 삼을 후타바를 노리고 있다.

이로하는 쫓아가려고 했다. 신지로가 품속으로 손을 집어넣으려고 한다. 그러나 이제 늦었다. 부코쓰의 희희낙락한 뒷모습, 후타바는 공포로 굳은 얼굴. 그 사이로, 유성처럼, 거대한 그림자가 날아들었다.

"You alright?"

무슨 말을 하는 건지는 불명. 그러나 이로하는 확실히 목소리를 들었다. 다음으로 묵직한 소리를 포착했을 때, 사나운 소가 들이받은 것처럼 부코쓰는 옆으로 날아갔다.

"길버트 씨?!"

후타바가 놀란 소리를 냄으로써 이로하도 그의 정체를 알았다. 이로하와 따로 행동했을 때 후타바 일행과 만났고, 슈지로와 호각의 싸움을 보였다고 하는 이국인이다.

말하자면, 그저 몸으로 부딪친 것. 그러나 놀랄 만한 위력이다. 허공에서 낙하한 후에도 부코쓰는 모래 먼지를 일으키며 바닥을 미끄러졌다.

"다친 데는 없나?"

"네!"

길버트가 묻고, 후타바가 생기 있는 대답을 한다.

"뭐야아…? 네놈은."

부코쓰가 머리를 문지르면서 무릎을 세웠다.

"You're a nutter."

"엉? 뭐라고 한 거야?"

"욕한 거다."

"죽인다."

부코쓰가 맹렬하게 돌진한다. 길버트는 잽싸게 사벨을 뽑고, 허리에 찼던 도끼를 돌리면서 손에 잡았다. 부코쓰의 강렬한 일격을 막아낸다. 게다가 사벨을 든 오른손으로. 엄청난 팔 힘이다.

부코쓰도 이것에는 안색이 돌변하여, 소나기처럼 연속으로 공격을 쏟아낸다. 빠르기로는 부코쓰가 위였고, 길버트는 방어에 전념.

부코쓰는 참격을 쏟아낸 뒤에 고간을 통렬하게 차올렸다. 그러나 길버트는 팔꿈치로 확실하게 막아냈다. 거기에서 도끼를 땅에 떨어뜨리고 손을 비우자마자, 부코쓰의 발을 움켜잡고, 맹호 같은 포효와 함께 몸을 돌려 내던졌다. 부코쓰는 높이 하늘에서 춤추더니, 가게 앞에 진열해놓은 선반에 격렬한 소리를 내면서 추락했다.

"후타바, 가자."

이로하는 재촉했다. 이 틈에 사람이 약간 줄어들어, 틈새로 빠져나갈 수 있게 되었다.

"길버트 씨!"

후타바가 불러세운다. 부코쓰와 싸우는 것도 위험하지만, 수십 명의 군인이 부코쓰에게로 우르르 몰려갔기 때문이다. 저기에 휘말리면, 아무리 길버트라도 무사하지는 못할 것이다.

"저 녀석을 쓰러뜨려야 해. 안 그러면 패가 부족하거든."

고독 참가자도 몇 명 안 남았다. 다음에 또 적과 만날 수 있다는 보장은 없다. 여기에서 패가 부족했다면, 이로하도 마찬가지로 행동했겠지.

"걱정 없어. 같이 가요!"

후타바가 계속 호소했다. 길버트는 한순간 주저했지만, 큰 몸을 돌려 따라왔다.

"어째서, 여기에?"

바로 옆까지 온 길버트를 향해, 후타바는 의아한 듯이 물었다. 요코하마는 도카이도에서 벗어나 있다. 게다가 지난번에 요코하마의 경비가 엄중해진다고 가르쳐준 것은 다름 아닌 길버트다.

"대사관의 지인에게 편지를 부탁하고 왔다."

그 지인은 영국 배를 타고 본국으로 돌아가기로 되어 있다고 한다. 길버트는 편지를 건네고, 가족에게 전해달라고 부탁한 모양이다.

"좀 더 일찍 도착할 예정이었지만, 역참에서 오래 발이 묶인 바람에."

문명개화를 부르짖고는 있지만, 요코하마 등은 몰라도, 역참에서는 파란 눈에 금발의 이국인은 아무래도 눈에 띈다. 이번에 방문하는 것이 영국 요인이기도 하니, 동포 중에서 원한을 품고 있는 자가 없으리란 법도 없다. 역참의 심문은 우리보다도 더 엄격했던 모양이다.

"편지… 늦지 않게 전해서 다행이네."

"그래, 고맙다."

길버트는 윤곽이 뚜렷한 얼굴을 펴며 웃었다.

"우리야말로 고맙습니다. 몇 점이 모자라요?"

"5점인데…."

"이로하 씨."

"알겠다."

이로하는 넘겨받았던 주머니 속에서 5점분을 길버트에게 내밀었다.

"너희 것이다. 받을 수 없어."

"우리는 이제 필요 없어. 고독에서 탈출할 거예요."

후타바는 주위를 신경 쓰면서 작은 목소리로 속삭였다.

"정말이니?"

길버트가 불안한 듯이 물어서, 이로하가 대신 대답했다.

"백 점 있다. 이쪽에 남은 것은 세 명. 5점 넘겨줘도 충분해."

"감사한다."

길버트는 목패를 받더니, 경의를 표하듯이 한 후 허리 주머니에 넣었다.

"항구에서…?"

목소리를 낮추고, 길버트가 물었다.

"네. 배로."

"그런가. 배웅해주마."

길버트가 미소지은 그때였다. 뒤쪽에서 비통한 목소리가 들렸다. 설마 하고 돌아본 이로하의 두 눈에 날아 들어온 것은 간지야 부코쓰. 인파를 칼로 헤치고 피거품을 피워올리며 이쪽을 향해 달려온다.

"끈질긴 놈…."

이로하는 분개했다. 놈을 해치우지 못한 군인의 나약함에도 화가 났다. 방파제는 바로 코앞이다. 후타바와 신지로만 보내는 수밖에 없다. 이로하가 각오했을 때,

"아니, 아직 무슨 일이 또 있을지 몰라. 마지막까지 함께 가."

라고 길버트가 마음을 읽은 것처럼 말했다. 그 말대로 가까이에서 경종이 격렬하게 울리기 시작했다. 비상사태 선언을 전하는 종이었다. 사람들은 더욱 우왕좌왕했고, 밀어, 물러나, 거치적거린다, 저마다 지르는 목소리가 곳곳에서 터져 나와, 마치 화재 현장 같은 혼잡스러운 상황이었다. 그러나 부코쓰에게는 관계없었다. 밀어내고, 뛰어넘고, 베어버리면서, 쑥쑥 다가온다.

"나한테 맡기고 가."

"안 돼요!"

길버트의 제안에 후타바가 필사적으로 반대한다. 미야 역참에서 후타바를 위해 부코쓰와 싸우다가 쓰러진 자객이 있다고 슈지로가 말했었다. 그 일이 뇌리를 스친 것이겠지. 그러나 길버트는 수염이 아무

렇게나 자라난 얼굴로 웃었다.

"아내와 네 명의 아이들이 있다. 여기에서 너희를 지키지 않으면 미움받을 거야. 절대로 죽지 않을 테니까 안심해. 적당한 타이밍에 도망칠 거니까."

걱정시키지 않으려고 하는 말에, 후타바도 입술을 깨물고 천천히 고개를 끄덕였다.

"고맙습니다!"

"Bob's your uncle."

길버트는 발을 멈추고 몸을 돌리더니, 다시금 도끼와 사벨을 양손에 쥐고 자세를 잡았다. 잠시 후, 부코쓰의 광기에 가득찬 목소리, 길버트의 용맹한 포효가 들리고, 주변의 절규는 더욱 커졌다.

이로하 일행은 돌아보지 않고 갔다. 돌아볼 여유는 없다. 강렬한 혼잡, 너무나 많은 사람들로 북적댄다. 무리도 아니다. 뒤에는 닥치는 대로 죽이는 정신이상자가 있고, 때때로 총성까지 들리는 것이다. 사람들은 생각을 멈추고, 아무튼 벗어나려고 방파제로 향한다. 너무나도 시끌벅적하고, 앞쪽에서는 떠밀려서 바다에 빠지는 사람도 있었다.

"어느 배야…?"

배에는 역체국의 상징인 '원 안에 줄이 하나 그어진', 통칭 '경단 꼬치'라 불리는 문양의 깃발이 걸린 모양으로, 이로하는 눈에 힘을 주고 찾았다.

"저것!"

후타바의 시선 앞의 배. 예의 깃발이 펄럭이고 있었다. 군함보다는 떨어지지만, 주위의 배들에 비해서는 꽤 큰 배였다.

"나만 생각해!"

이로하는 두 사람에게 외쳤다. 모여든 자들은 배에 타려는 것이 아니다. 단지 갈 곳 없이 그저 몰려 있을 뿐. 사람들을 헤치고 빠져나가든, 밀어서 바다에 빠뜨리든, 목숨 건 유희를 계속할 수는 없다. 지금은 그저 자기 자신만 생각하면 된다.

신지로는 어깨로 밀면서 인파를 헤쳐나가고 있었는데, 갑자기 공간이 생겨 비틀거리며 앞으로 나갔다.

"신경 쓰지 마! 먼저 가!"

신지로는 턱을 당기는 것처럼 약간 움직이더니, 더욱 앞으로 걸어갔다. 한편, 키가 작은 후타바는 상당히 괴로웠다. 건장한 남자의 어깨에, 중년 아줌마의 엉덩이에 밀려, 사람들의 물결에 휩쓸린다.

"붙잡아!"

이로하는 손을 뻗었다. 후타바는 사람들의 물결에 삼켜질 뻔하여, 손을 빼내는 것이 고작. 열심히 손을 뻗었지만, 몸이 가라앉아 약간 닿지 않는다.

"그대로 있어!"

이로하는 몸을 앞으로 내밀고 더욱 손을 멀리 뻗는다. 손가락이 닿았다. 그 순간, 쓱 손가락을 감아 단숨에 끌어당겼다.

"고맙… 습니다."

이로하가 끌어안았을 때, 후타바의 숨결은 거칠었고 안색도 매우 나빴다.

"이대로 떨어지지 마. 신지로는…"

배 쪽으로 시선을 옮겼다. 사람들이 몰려와서 위험하기 때문인지, 입구의 문은 닫혀 있었고, 신지로는 내려진 사다리를 올라가는 참이었다.

"저것은."

갑판에는 놀랍게도 마에지마 히소카의 모습이 있었다. 준비만 해준 것이 아니라, 자기도 친히 배를 타고 달려 와준 것이다. 신지로는 배에 올라타자마자,

–아직 후타바가 여기 있습니다.

라고, 이쪽을 가리키며 외쳤다. 보통이라면 시끄러워서 들리지 않겠지만, 녹존은 분명하게 들었다.

"뭐…?"

이로하는 자기도 모르게 중얼거렸다. 마에지마가 신지로에게 상황을 설명한다. 그 내용은,

—군함이 항구로 더 들어온다. 서둘러 대피해야 한다!

라는 것이었다. 그 누구도 요코하마에서 무슨 일이 벌어지고 있는 건지 전모를 파악하지 못한 가운데, 비상사태 선언을 고하는 경종이 울렸다. 하필이면, 영국 요인이 들어온다는 날에. 영국 대사관에서 사태를 진정시키라고 다그친 것이다. 안 그러면 이번 입항은 중지하겠다고.

육군이 미덥지 못하니 참다못해, 아니, 애초에 견원지간이었던 만큼, 해군은 이때다 싶어 나서려고 했다. 군함을 방파제에 붙이고 대포를 겨눠서 위압, 그것으로 혼잡을 진정시키려고 하는 모양이다. 실제로 포탄은 쏘지 않는다. 그러나 다름 아닌 해군이니까, 공포 두세 발은 쏠지도 모른다고 마에지마는 빠른 말로 이야기했다.

"…말도 안 돼."

그런 일을 했다가는 더욱 사태가 혼란스러워진다. 그러나 해군은 할 생각이다. 마에지마가 탔다는 것을 알고도, 신속하게 방파제에서 떨어지라고 으름장을 놓았다고 한다.

"후타바, 용서해라."

배에 탈 수 없는 것은 아니다. 배에는 탈 수 있다. 무슨 짓을 해서든. 이 사람들에게 죄가 없다는 것은 안다. 목숨을 빼앗는 짓을 할 생각은 없지만, 팔이나 다리를 베어서라도 흩어지게 하는 길밖에 없다.

"안 돼."

후타바는 오해하지 않았다. 내가 하려는 일을 알아차렸다.

사람을 상처 입히는 일도 물론이지만, 나에게 그런 짓은 절대 시키고 싶어하지 않는다. 후타바의 눈에서 그런 강한 의지가 느껴졌다.

"나도 도쿄까지 가겠습니다."

후타바는 똑바로 눈을 쳐다본다.

"안 돼."

이번에는 이로하가 말릴 차례였다. 그러나 후타바는 당당하게 선언했다.

"괜찮아. 모두와 함께라면."

그저 떨기만 하던, 나약한, 혼자서는 아무것도 할 수 없는, 처음 만났을 때의 모습은 없었다. 거기에 있는 것은 각오를 다진 한 여자의 얼굴. 이로하도 또한 마음을 정하고 고개를 끄덕였다.

"알겠다. 가자."

이로하가 결단을 내리자, 후타바도 힘차게 고개를 끄덕였다.

"몸에 힘을 줘. 조금만 버티고 있어."

그렇게 지시하더니, 이로하는 팔로 기어 올라가는 것처럼 해서 인파에서 머리를 내밀었다. 그리고 배 위를 향해,

"먼저 가줘!"

라고, 손을 세로로 흔들어 신호를 보냈다. 신지로가 제일 먼저 발견하고 마에지마에게 재촉한다. 이쪽의 목소리는 닿지 않았지만, 그쪽의 대화는 들려서 제대로 전해졌다는 것을 확인했다.

"상관없어. 가줘!"

전하고 나서도 마에지마가 망설임을 보여서, 이로하가 더욱 크게 손을 흔들었다.

–듣고 있습니까!

신지로의 목소리에 이로하는 손을 돌려서 대답했다.

–정말로 가도 되는 겁니까?!

이것에 대해서는, 또 누르는 것처럼 손을 세로로 흔들어 승낙했다. 내가 이 거리에서도 목소리를 들을 수 있다는 말을 듣고 마에지마는 입에 손을 대고 큰소리로 외쳤다.

"알았다."

이로하는 중얼거리듯이 대답하더니, 발을 다시 땅에 붙이고 후타바의 손을 잡아당겼다.

"이쪽이다!"

"네!"

어디로 가는 거냐고는 묻지 않는다. 이로하는 어깨를 비트는 것처럼 해서, 등대가 우뚝 솟아 있는 북서를 향해서 나아갔다.

서로의 손을 굳게 맞잡고, 두 사람은 기적 소리를 등지고 인파를 헤치며 걸어갔다.

간신히 군중 사이를 빠져나왔다. 사람이란 기묘한 것이다. 방파제에 부딪혔으면 좌우로 도망가면 될 텐데, 혼돈의 도가니 속에 빠지면 그런 단순한 일조차 생각하지 못한다.

이로하와 후타바는 해안선을 달렸다. 바람이 강해지기 시작했기 때문인지, 밀려오는 파도에 흰 거품이 늘어났다. 높아지는 파도 소리 속에서 이로하는 행선지를 가리켰다.

"저 등대 너머다."

"저 너머에 배가?"

후타바가 그렇게 생각하는 것도 무리는 아니다. 등대는 만의 가장자리에 있다. 똑바로 가면 또 바다에 맞닥뜨리는 것이다. 마에지마가 새로운 배를 보내는 거라고 생각한 모양이다.

"아니야."

확실히 마에지마는 타라고 말했었다. 그러나 배가 아니다.

"오카조키(陸蒸気. 기차. 메이지 시대 초기에 쓰이던 말로 '증기선'을 본떠서 만든 말)… 요코하마 정차장으로 간다."

이로하가 말하자, 후타바는 엇, 하고 놀란 소리를 냈다.

지금으로부터 6년 전인 메이지 5년(1872년), 요코하마는 환희로 들끓었다. 요코하마에서부터 도쿄 신바시까지의 노선이 개통된 것이다. 도중 몇 군데는 바다를 메워 제방을 쌓고, 그 위에 선로를 깔았다고 한다. 바다를 가로지르는 모양새가 됨으로써, 애초 예정했던 것보다도 더욱 빨리 이동할 수 있게 되었다.

도쿄까지 걸리는 시간은 불과 53분. 그때까지는 마차를 이용해도 4시간은 걸렸으니 놀랄 만한 속도라고 할 수 있다. 이것을 이용하여 단숨에 도쿄로 들어간다.

–공부성에 타전하겠다. 요코하마 정차장에서 증기기관차를 타라. 시쿠라도 탔었으니 무섭지 않다. 암호는 '경단 꼬치가 부탁한다'다. 그 말을 전하면 탈 수 있도록 서둘러 준비해놓겠다!

마에지마는 바다 위에서 그렇게 단숨에 외친 것이다. 마에지마는 공부성과 친밀한 관계였다. 무섭지 않다고 굳이 덧붙인 것은, 한번 탈선한 일로 소동이 일어났었기 때문이겠지. 결과적으로 시쿠라가 도쿄에 그토록 일찍 도착한 이유도 알았다.

"오카조키…."

후타바는 감탄을 섞어 말했다.

"얼굴이 웃고 있어."

"미안합니다. 평생 타보지 못할 거라고 생각했었기 때문에."

"나도 그래."

이로하도 쓴웃음 지었다. 메이지 7년(1874년)에 오사카와 고베, 메이지 10년(1877년)에 오사카와 교토 사이에 철도가 개통되어 운행이 시작되었다. 이로하는 오사카에 있었기 때문에 본 적은 있지만, 운임이 상당히 비싸기도 해서 타본 적은 없었다. 요코하마에서부터 신바시까지의 운임도, 제일 싼 하등 차량이 30전. 흰쌀을 7되는 살 수 있는 금액이다.

"가까워졌다."

등대가 서서히 크게 보였다. 마에지마는 마지막에 요코하마 정차장의 장소를,

–등대 옆 벤텐바시(弁天橋)를 건너면 바로다!

라고 덧붙여 외쳤었다. 그때, 어딘가에서,

“어– 이!”

라고, 부르는 소리가 들렸다. 후타바의 얼굴에 순식간에 기쁨이 차오른다. 주변을 둘러봤지만, 목소리 주인의 모습은 보이지 않는다.

“저기.”

이로하는 단번에 위치를 파악하고, 손가락으로 가리켰다. 벽돌로 지은 거대한 건물, 그 지붕에서 손을 좌우로 흔들고 있다.

“교진 씨!”

“후타바, 무사했구먼.”

“찾았어.”

“그건 나가 할 말이구먼. 지금, 간다.”

쓴웃음을 지어 보이자마자, 교진은 창틀을 순서대로 밟으면서 가볍게 내려왔다.

“어제부터 워디 있었던겨?”

“그게 아니야. 우리는 오늘 막 들어왔어.”

“뭐시여? 지각인가. 계속 찾아다녔구먼.”

“교진 씨는 왜 이 건물에?”

후타바는 근사한 건물을 올려다보면서 물었다.

“이거, 요코하마 우체국. 우리 하면 이거지. 전보를 치러 오지 않았을까 혀서 와봤구먼.”

"그렇구나."

"우연인가?"

후타바가 건성으로 대답하는 것을 보고 교진이 또 씁쓸하게 웃었다.

"신지로는 워찌 된겨?"

교진은 심각한 얼굴이 되어 주위를 둘러봤다.

"자세한 건 나중에 말할게. 간단하게 말하자면, 후타바와 신지로는 배로 도망치기로 했었다."

이로하가 끼어들어 간략하게 설명했다.

"잘됐구먼…. 그런데 워째서 여기에 후타바가 있는겨?"

교진은 문득 깨닫고 놀란다.

"못 탔어…. 아니, 타지 않았어. 마지막까지 모두와 같이 갈 거야."

후타바가 분명히 말하자, 교진은 한숨을 훅 내쉬었다.

"그런가."

"슈지로 씨는 – "

후타바가 이어서 알려주려고 하는 것을, 교진은 가로막듯이 말했다.

"그것 말이여. 일이 커져 버렸구먼."

"알고 있었어?"

이로하의 물음에, 교진은 깊이 고개를 끄덕였다.

"그 난리가 났응께. 누군가 휘말린 것 아닐까? 그리 생각하고 가봤구먼. 그랬더니 슈지로가 있었으니."

"만났어?!"

"아니, 콩알만 한 크기로 보였을 뿐이구먼. 주위를 군인들이 포위했었다. 그건 나 혼자서는 무리여."

교진은 안타깝다는 듯이 말을 이었다.

"그래도 세 사람의 모습은 보이지 않았으니께. 우체국인가 생각해서 와본겨. 이로하, 둘이서 도우러 가자."

교진이 턱짓을 하며 가려고 했지만, 이로하는 고개를 가로저었다.

"걱정 없어. 내버려 두자."

"바보. 그런 건 누구라도 혼자서는 못 빠져나오는구먼."

"혼자가 아니니까 괜찮아."

"확실히 한 명 더 있었지. 그렇군…. 그게 게아게 진로쿠였구먼."

교진은 턱에 손을 대면서 납득했다.

"여기에서 합류하지 못하면, 도쿄에서 보자고 이야기했어."

"슈지로라면 걱정 없나."

교진은 한쪽 입술을 올려 웃으며 고개를 끄덕였다.

"가자."

이로하는 또 다리를 움직이기 시작했다. 후타바도 바로 따라가는 가운데, 교진은 반대 방향을 가리킨다.

"요코하마를 나가려면 이쪽이구먼."

"요코하마 정차장에 가는 거야. 오카조키로 도쿄에 간다."

"그건 편하고 좋겠네. 목패는 있는겨?"

"앗…, 모자라."

후타바는 아연실색했다. 신지로에게서 받았던 20점을 더해서 60점. 후타바도 그때는 배에 탈 생각이었기 때문에, 거기에서 5점을 빼서 길버트에게 줘버려서 55점이 되었다.

"아니야. 신지로 씨의 목에 걸린 목패도…."

후타바는 생각났다는 듯이 말을 이었다. 목에서 목패를 빼면 실격. 고독의 감시자가 처치한다. 그 때문에, 배에 타기 직전에 뺄 생각이었던 것이다. 군중들 때문에 떨어지게 되어 신지로의 목의 목패를 회수하지 못했다. 즉, 54점이라는 뜻이다.

교진은 딱 20점. 합치면 74점. 이래서는 도쿄에 두 명밖에 들어갈 수 없다.

"그 이방인에게 넘겨줘 버린 건가…."

교진은 이마에 손을 댔다.

"어차피 79점으로는 모자랐다. 게다가… 그게 후타바잖아?"

이로하가 퉁명스럽게 말했다. 교진은 눈을 동그랗게 뜨더니, 이윽고 한숨을 내쉬면서 고개를 끄덕였다.

"그렇지. 그럼, 이제 워찌 혀?"

"당신이 6점을 줘. 그걸로 우리가 갈 수 있으니."

"워찌 그리되나?"

"5점, 시즈오카에 놓아뒀었잖아. 이자 붙여서 돌려줘."

"게다가 내는 후지산에 갔었으니 점수를 모을 수 없었으니까 워쩔 수 없었구먼."

교진이 투덜투덜 중얼거려서,

"후후."

하고, 후타바가 웃고, 교진이 얼굴을 들여다본다.

"왜 그려?"

"역시 다들 모여 있는 게 좋구나, 하고."

"그야 뭐, 남은 건…."

"슈지로 씨네."

후타바가 고개를 끄덕였을 때, 마침 등대가 있는 모퉁이를 돌아 돌바닥이 깔린 큰길로 나왔다. 예의 벤텐바시가 보였다. 그 너머에 쌍둥이처럼 대칭의 건물로 이루어진 요코하마 정차장도.

"어이, 어이… 호랑이도 제 말 하면…."

교진이 미간을 꼬집는다. 큰길 안쪽, 꿈틀대는 검은 것이 보였다. 사람들 무리였다. 이쪽으로 다가오고 있다. 검은 것은 군복. 100명은 족히 넘어 보이는 군인들이 이쪽으로 오고 있는 것이다.

그 앞에서 인파를 가로지르듯이 질주하는 자. 그쪽에는 북진이 있다. 우리보다 빨리 알아차리고 후타바의 이름을 중얼거리는 것이 들렸다. 틀림없다.

"슈지로 씨!"

후타바가 목이 터질 듯이 외쳤다.

고독에 참가한 자, 업보를 짊어진 자들이, 숙명에 이끌린 것처럼 찾아와, 보이지 않는 실로 끌어당긴 것처럼 모인다. 이 거리의 신비한 힘을 느끼면서, 이로하는 바닷바람을 뺨으로 가르는 듯이 달려나갔다.

3

슈지로는 오오카가와를 따라 바다를 향하여 달리고 있었다. 아직도 군인들을 다 따돌리지 못했다.

엄밀하게 말하면, 아무리 소모했어도 어떤 병졸보다도 다리 힘이 좋기 때문에, 그들이 뒤에 따라붙어도 서서히 거리는 벌어진다.

그러나 군은 호루라기를 교묘하게 사용하여 원군을 불렀고, 혹은 소대를 일부 분리하여 앞질러 돌아가게 하여 철저하게 계속 보충하고 있다. 개인이라면 따돌릴 수 있어도, 군이라는 하나의 집단에서는 도망칠 수 없는 것이다. 과연, 가장 훈련이 엄격하다는 보병 제1연대였다.

– 항구로 간다.

바다를 향하는 것은 그 때문이다. 후타바와 신지로는 이미 배를 탔을 무렵이다. 이로하와 항구에서 만나고, 운이 좋으면 교진과도 합류.

그후, 야마테 거류지, 야마테 공원을 가로질러, 네기시 경마장 쪽으로. 다키가시라 부두를 횡단하여, 도쓰카 역참을 향하여 도카이도로 복귀한다. 이것이 슈지로가 그린 애초의 계획이었다.

"이대로."

슈지로는 자기 자신에게 말했다. 바다에 맞닥뜨린 곳에서 오른쪽으로 꺾어져 항구로 간다. 사실은 큰길을 지나가는 편이 가깝지만, 그러면 상관없는 사람들을 말려들게 하기 쉽고, 자칫하다가는 군인들을 바다에 빠뜨리게 될 수도 있다. 지금 강을 따라가는 것도 그것이 이유였다.

등대가 보였다. 요코하마 정차장을 이용하는 자도 있기 때문에 이 주변은 아무래도 사람들이 많이 지나다닌다. 항상 주위 경계를 게을리하지 않도록, 북진을 계속 쓰고 있다. 그 눈이 멀리, 그가 꺾어지려고 하는 모퉁이에서 나타난 자를 포착했다.

"후타바…."

틀림없다. 왜 여기에 있는 건가? 배를 타지 못한 건가? 그러나 신지로의 모습은 없다. 한편, 이로하, 교진은 있다. 어떻게 된 상황인지 알 수가 없다.

이로하의 귀는 이미 조금 전의 중얼거림까지도 잡아낸 모양으로, 이쪽을 바라보는 것을 알았다. 교진도, 후타바도 알아차렸다.

"슈지로 씨!"

그를 불렀다는 것을 입 모양으로 알았다. 아니, 확실히 들렸다.

"후타바! 도망쳐!"

뒤에서 군인들이 쫓아온다. 지금이라면 휘말리는 것을 피할 수 있다.

들렸을 것이다. 적어도 이로하에게는. 그러나 모두는 도망치긴 고사하고, 이쪽을 향하여 똑바로 달려오는 것이 아닌가!

서로 간의 거리는 100미터. 50, 30, 10. 재회는 벤텐바시의 끝자락에서 이루어졌다.

후타바는 그대로 슈지로의 품속으로 뛰어들었다.

"다행이다…."

"배에는 못 탄 건가?"

"신지로 씨는 탔어. 내가 결정한 일이야."

후타바는 얼굴을 떼고 씩씩하게 말했다. 사정은 모르지만, 망설임은 느껴지지 않았다.

"오랜만이구먼."

"교진."

"아무튼 서두르는 편이 좋을 거시여."

교진은 턱짓을 했다.

"그래, 가자."

방금 전에 후타바 일행이 왔던 길로 가려고 하자, 이로하가 당황한 것처럼 말렸다.

"아니야. 이쪽!"

"거기는…."

슈지로는 흰 벽의 호화스러운 건물로 눈길을 향했다.

"마에지마가 준비해줬어. 도쿄까지 단숨에 간다."

"알겠다."

슈지로는 대충 이해하고 고개를 끄덕였다. 도쿄까지의 최고속 이동 수단, 증기기관차를 이용하는 것이다. 벤텐바시를 건너기 시작하자마자 바로 이로하가 옆으로 와서 물었다.

"진로쿠는…?"

"미안하다. 이미…. 나에게 뒷일을 맡겼다."

이로하는 그 말만으로 모든 것을 알아차린 모양이다. 구하지 못한 것을 질책당할 각오는 했다. 그러나 이로하는 한 마디도 따지지 않고 조용히 물었다.

"무슨 말 했어…?"

"울지 말라고."

"그렇구나."

이로하는 중얼거리듯 대답하더니, 슬픔을 눌러 참는 것처럼 입술을 깨물었다.

군인들은 포기하지 않고 계속 오고 있다. 동료의 안내로 도망치는 것이라고 본 모양으로, 이쪽을 가리키면서 뭔가 외치고 있다. 그때, 북진이 깃든 눈이 이물을 포착했다.

"교진, 후타바를 부탁한다."

"응…. 뭐시여?"

교진은 의아해한다.

"목패를 맡기겠다. 최악의 경우, 이것으로 세 사람은 도쿄에 들어갈 수 있다."

슈지로는 냉정하게 말하더니, 품에서 꺼낸 16점을 교진에게 건넸다.

"이로하, 냉정해져라."

슈지로는 말을 이었다.

"설마."

이로하는 반사적으로 소리를 찾으려고 했으나, 잡아낼 수 없었다. 지금은 지장보살 동상처럼 전혀 움직이지 않기 때문에 당연. 움직이지 않으면서 확실하게 다가오고 있는 것이다.

"저기다."

슈지로가 시선을 향한 것은 다리 밑. 오오카가와의 흐름을 따라 바다로 나가는 나룻배. 사공은 협박당하고 있는 건지 안색이 창백했다. 선미에 바로 그 남자, 오카베 환도재가 음산하게 서 있다.

"온다."

다음 순간, 환도재는 배에서 뛰어내렸다. 강기슭의 철책에 내려서더니, 가느다란 난간 위를 원숭이처럼 달려온다. 그 기이한 모습에 양산을 쓴 귀부인이 놀라 몸을 젖혔고, 인력거를 탄 부호가 괴상한 소리를 질렀다.

"가로막힌다!"

교진이 말했다. 우리는 둘째치고, 후타바의 다리와 비교하면, 환도재 쪽이 훨씬 빠르다. 벤텐바시 건너편에 먼저 도착할 것이다.

"이대로 달려. 내가–"

슈지로가 말을 채 끝내기도 전에, 이로하가 다리를 빨리 움직였다. 조금 전에 진로쿠 이야기를 한 참이다. 냉정해지라고 말해봤자 무리. 내가 반대 입장이었어도 그랬을 것이다.

"교진, 후타바와 그대로 달려서 빠져나가 줘."

"알았다!"

교진의 응답을 듣고 튕겨 나가듯이, 슈지로도 다리를 움직이는 속도를 높인다.

"환도재!!"

"…기누가사 이로하."

이로하가 이도를 뽑아들고 가열차게 외치자, 환도재는 철책에서 춤추듯 달리며 탁한 목소리로 부른다. 벤텐바시 끝자락, 세 개의 흰 날이 교차했다. 높은 소리가 울려 퍼지고, 주위의 놀란 비명이 절규로 변한다.

이로하는 문곡으로 궤도를 변화시켰다. 그러나 환도재도 뼈가 없는 것처럼 목을 꺾어 피한다. 서로 불가능한 곡선을 그리면서 응수. 슈지로는 그 가운데로 뛰어들었다.

"사가 슈지로."

환도재는 주문처럼 이름을 부르더니 이쪽으로 칼날을 향한다. 2대 1 싸움이 시작된 가운데, 교진과 후타바가 옆을 빠져나가 다리를 건넜다.

“이로하, 무리다. 시간이 부족해.”

비술 세 개 보유자와 두 개 보유자여도 상대가 안 되었다. 이번에도 같은 구도이며, 게다가 공격에 특화된 시쿠라가 없다. 만약 원수를 갚는 데 성공한다 해도, 시간이 너무 걸릴 것이다. 바로 뒤에 군인들이 다가와 있어 시간은 이제 얼마 남지 않은 것이다.

“여기에서 –”

“시쿠라도 포함해서 다 함께 치는 거다.”

이로하는 반론하려고 했으나, 애써 말을 삼켰다.

“젠장….”

이로하는 이도를 휘두르면서 분하다는 듯이 중얼거렸다.

“내가 막는다.”

통상 철도는 정해진 시간에 출발한다. 출발까지 앞으로 시간이 얼마나 필요할까? 마에지마가 뭔가 수를 썼다고 해도, 기관차를 움직이려면 석탄을 땔 필요가 있으며, 그 준비 때문에 늦어질지도 모른다. 누군가는 남아서 시간을 벌 필요가 있다.

“출발할 때는 기적 소리를 울려달라고 해. 반드시 쫓아가겠다. 후타바를 부탁한다.”

슈지로가 반론을 허용치 않는 단호한 어조로 말하자, 이로하는 두 손을 휙 거두더니, 몸을 돌려 정차장을 향해 달려갔다.

“보낼 수는 없지.”

환도재가 쫓아가려고 했으나, 슈지로가 그사이에 들어가 가로막았다.

"내가 할 말이다."

"방해만 하고 앉아서… 기대를 받을 만하다 이건가?"

"무슨 이야기냐?"

"시마다에서 사슬 낫 사내가 그랬지. 아는 사이겠지?"

"요마…."

"사가에게는 이길 수 없다고, 죽기 직전에 지껄였지."

도발에 일부러 응하는 형태로, 슈지로는 소용돌이처럼 발 걸기를 내질렀다. 환도재는 폴짝 뛰어 피하더니, 허공에서 몸을 돌려 반격해 왔다. 돌아본 것이 아니다. 하반신은 정면을 향한 채로, 상반신만 이쪽으로 틀어서.

너무나도 의표를 찌른 일격. 예전이었다면 당했을 것이다. 그러나 용솟음친 칼날이 참격을 튕겨버렸다.

"탐랑… 계승한 건가?"

"계승한 것은 그뿐만이 아니다."

교차하는 날 끝, 업보가 새겨진 것 같은 주름진 얼굴. 슈지로는 노려보면서 심혼(心魂)을 불태웠다.

–남은 인원, 10명.

제11장

여행의 끝

1

요코하마 정차장의 전신기에 공부성(工部省. 메이지 정부가 1870년 설치한 중앙관청으로 광산, 철도, 조선, 전신 등 근대 기반 정비를 담당했다)의 특별 명령이 도착한 것은, 오후 4시 11분의 일이었다.

특별 명령은 공부경으로부터 철도국장을 거쳐 발신된다. 즉, 지금 같은 경우는 이노우에 가오루로부터 이노우에 마사루를 거쳐 발신된 것이다. 같은 성이지만, 형제는 아니다. 둘 다 조슈번 출신이기 때문에 친척일 가능성은 있지만, 그 부분은 정확하지 않다. 단, 함께 유학도 한 사이라서 서로 마음을 터놓고 지낸다고 들은 적이 있다. 안 그래도 신속하게 전달되는 특별 명령이지만, 이번에는 2, 30분 만에 발신되었을 가능성도 있다.

그 무엇보다 최우선으로. 해제 명령이 떨어질 때까지는 다른 성, 국, 청, 어떠한 조직의 간섭도 받지 않고, 온갖 역경을 물리치고 수행한다. 그것이 바로 특별 명령이다.

요코하마 정차장이 받은 것은 처음 있는 일. 장내에 긴장감이 일고, 전원이 곧바로 준비에 착수하기 시작했다.

화부(火夫)인 히라노 헤이자에몬도 그중 한 명으로, 이마에서 땀을 흘리면서 석탄을 운반하고 있었다. 화부란, 증기기관을 운전하기 위한 보일러의 불을 다루는 직업이다. 통칭 '가마다키(가마때기)' 등으로 불리는데, 정식 명칭은 '기관조사(機關助士)'라고 한다. 한자 뜻 그대로 기관사의 조수인데, 장래의 기관사 후보라는 측면도 있다.

"특별 명령은 처음이잖아. 정말로 누군가 올 거라고 봐?"

동료인 오치아이 우시마쓰가 석탄을 때면서 묻는다.

"모르지."

헤이자에몬은 뚝뚝 떨어지는 땀을 닦으면서 대답했다. 요코하마 정차장 설치 이후로 처음인 특별 명령. 그 내용은 기묘한 것이었다.

어떤 사람이 곧 이 정차장으로 올 것이므로, 임시로 도쿄까지 증기기관차를 운행해라. 그 사람에게는 암호를 알려줬으니, 그것을 듣고 판단할 것. 그 암호는 – . 이라고, 개요는 이랬다.

"온다면 누굴까? 어느 성의 경(대신)… 혹은 황족일 수도…."

"우시마쓰, 입만 놀리지 말고 손을 더 움직여."

주의를 시킨 것은, 같은 화부인 야마시타 구마키치. 고지식한 남자로, 언제나 까불대는 우시마쓰를 이렇게 곧잘 꾸짖는다. 헤이자에몬과 구마키치, 우시마쓰 세 사람이 이 일을 하게 된 것은 같은 시기. 나이도 엇비슷해서 사이가 좋다.

평소에도 함께 일하지만, 지금은 특히 거의 한 달 내내 함께 지내고 있다. 현재 증기기관의 기관사는 전부 외국인 고용자다. 철도국은 일본인 기관사를 만들어내고자, 내년에 기관조사 중에서 선발하기로 결정했다. 이 세 사람은 모두 기관사를 희망하고 있으며, 지금은 한창 엄격한 연수를 받는 중인 것이다.

"기관사는 아직인가?"

헤이자에몬은 보일러 상태를 보면서 중얼거렸다.

"응. 4시 11분이라니, 너무 애매한 때에 오네."

구마키치가 혀를 찼다. 신바시와 요코하마 사이를 운행하는 열차 수는, 오전 7시부터 12시까지 한 시간 15분 간격으로 다섯 대, 오후에는 1시 15분부터 11시 20분까지 여덟 대, 합계 하루에 13대다. 2시 30분에 신바시를 출발하여 58분 후에 요코하마에 도착. 오후 3시 45분에 막 되돌아간 참이다.

예의 '어떤 사람'이 만약 오후 5시 전에 도착한다면, 정시 운행하는 열차를 타도 될 테지만, 일이 그렇게 원활히 진행된다는 보장은 없겠지.

기관사는 계속 열차를 타고 있지 정차장에 있는 것이 아니다. 임시편을 운행하기 위해서는, 비번인 외국인 기관사를 호출해야만 한다. 이미 불러오도록 사람을 보냈지만, 외국인은 비번일 때는 놀러 다니는 일이 많아, 좀처럼 붙잡지 못하고 있을 것이다.

"좋아, 나는 바퀴 점검을 한다."

헤이자에몬이 말하자,

"제대로 기합이 들어갔네."

라고 우시마쓰가 놀리는 것처럼 배웅해준다.

헤이자에몬은 가에이 2년(1849년)에 에도 시바로게쓰초에서 태어났다. 올해로 30세가 된다. 조상 대대로 가가번에 속한 도검상이었으나, 폐도령이 내려져 더는 영업을 할 수 없게 되었다. 헤이자에몬이 새로운 직업을 찾아다니다가, 신바시역에서 '한눈에 반해서' 지원하여, 신바시 화부 견습생으로 채용되었다. 지금으로부터 4년 전인 메이지 7년(1874년)의 일이었다.

헤이자에몬이 반한 것은 증기기관이 아니었다. 아니, 그것도 좋아하기는 하지만, 그때 매료된 것은 다른 것. 신바시역에서 열차를 내려오는 사람들이었다.

가고 싶은 곳으로, 보고 싶은 사람 곁으로 다가가고 있다는 고양감, 증기기관 그 자체에 대한 흥분, 모든 사람이 반짝반짝 빛나 보였다. 나도 언젠가는 이렇게 사람들을 실어 날라주고 싶다. 그 일념으로 지금도 기관사 공부에 힘쓰는 것이다.

"바퀴 양호함."

헤이자에몬은 제대로 확인했다.

현재 준비하고 있는 임시 열차는, 영국의 샤프 스튜어트사 제조, 관철 160형 후기형 증기기관차. 처음에는 여러 회사에서 열차 10대를 들여와서 운영했었는데, 그중에서 가장 우수했기 때문에, 메이지 7년(1874년)에 새롭게 2대를 더 수입했다. 즉, 헤이자에몬과 동기인 차량이다. 수입한 순서대로 번호가 매겨졌다. 이 차량의 번호는 '23'이다.

"뭐지…?"

헤이자에몬은 눈살을 찌푸렸다. 바로 지금 밖에서 비명이 들린 것

이다. 잠시 후에 젊은 신인 화부가 큰 소리로,

“왔습니다!!”

라고 고했다

“좋아, 언제든지 출발할 수 있다. 주행 중인 기관차에 타전을-”

헤이자에몬이 말하는 것을 가로막고, 화부가 괴로운 표정으로 말을 이었다.

“정말로 태워도 되는 건지… 장내에서 의견이 엇갈리고 있습니다.”

의미를 모르겠다. 명령은 떨어졌다. 헤이자에몬이 역사로 가는 도중, 바깥의 소란은 더욱 커졌다. 이것과 관계 있는 걸까?

역사에는 이미 우시마쓰, 구마키치도 돌아와 있었다. 차장, 전신원, 차표 판매원까지, 철도에 관련된 모든 직원이 모여 있고, 그 중심에서 소리치는 남자가 한 명 있었다.

이자가 ‘어떤 사람’이라는 말이겠지. 입은 옷은 빈말로도 아름답다고는 할 수 없고, 여행 동안 쌓인 먼지와 때가 묻은 것처럼 보이기까지 한다. 아무리 봐도 특별 명령이 내려올 만한 요인으로는 보이지 않는다.

그러나 모두가 판단하기를 주저하는 것은, 그것이 이유는 아닌 모양이다. 차표 판매원이 또 한 명, 밖에서 뛰어들어와서,

“역시 군대가 쫓아오는 것 같습니다! 밖에서는 난투도!”

라고 보고했다. 이것이 이유다.

“됐으니께 출발해! 암호는 이미 댔구먼!”

남자는 가미가타 사투리로 소리쳤다.

"그건 이쪽 아이가…."

차장이 두 손을 들어 그를 진정시키면서 말했다. 그래서 깨달았다. 남자 혼자가 아니었다. 한 명 더, 여자애가 있었다. 나이는 12, 13세쯤 일까? 여자아이는 다시 암호를 말했다.

"경단 꼬치가 부탁한다. 부탁합니다. 교진 씨도… 이분도 동행입니다!"

"거봐, 그렇게 말했구먼! 두 명 더 올 거다! 서둘러줘!"

남자가 침을 튀겨가며 말했을 때였다. 또 관사로 들어오는 자가 있어서 일동에게 긴장감이 일었다. 모르는 여자였다. 그 뒤, 또 한 명, 양복을 입은 남자가 뛰어들어왔다.

"이로하 씨!"

여자아이가 부르는 걸 보고, 이 여자도 동료라는 것을 알았다.

"갈 수 있어?!"

"그게…."

"경단 꼬치가 부탁한다. 빨리해!"

암호가 전해지지 않았다고 생각한 모양으로, 여자도 또 암호를 말했다. 명령을 받았을 때부터 느꼈지만, 기묘한 암호다.

– 역체국인가?

헤이자에몬은 퍼뜩 깨달았다. 역체국의 깃발은 통칭 '경단 꼬치'라고 불린다. 이자는 그렇게 보이지는 않지만, 역체국에 관련된 사항이 아닐까? 라고 예측할 수 있었다.

"쓰루바미…, 왜 당신이?"

이로하라고 불린 여자가, 뒤에 온 남자에게 묻는다.

"철도로 갈 것 같은 눈치였기 때문에,"

"고독에서는 금지인가?"

"아니요. 도중에 시나가와를 통과합니다. 철도일 경우, 시나가와 정차장. 거기에서 최후의 목패 확인을 하겠습니다."

"그래. 방해는 하지 마."

"그것은 알고 있습니다."

이로하가 대응하고 있는 와중에, 차장이 열심히 교진이라 불린 남자에게 사정을 들으려고 했다.

"어째서 군에게 쫓기고 있는 것입니까?"

"아니, 쫓기는 것은 우리가 아니야. 밖에 있는 남자구먼."

"그 남자는…?"

"동료여."

"그럼 안 되잖아요!"

차장은 비통한 목소리를 내고, 다시 설득을 시도했다.

"어차피 아직 출발할 수 없습니다."

"아직 불이 들어오지 않았다는 거로군. 얼마나 더 걸리지?"

증기기관의 구조는 알고 있는 모양으로, 이로하가 그렇게 단정 짓고 물었다.

"아니, 불은 이미 들어왔다. 언제든지 출발할 수 있어."

일이 더디다고 여겨지고 싶지는 않은 것이겠지. 우시마쓰가 불퉁한 표정으로 끼어들었다.

"그럼, 왜 출발할 수 없는 거야?"

"기관사가 오지 않았습니다."

차장은 울 것 같은 얼굴로 대답했다. 사실은 출발해도 되는 건지 망설이고 있지만, 이 이유라면 납득할 거라고 생각한 모양이다.

"도와주세요. 꼭 가야 합니다. 저희를 데려가 주세요…. 부탁입니다."

여자아이는 눈에 눈물이 그렁그렁해서 필사적으로 애원했다.

"아가씨. 신바시까지 가는 건가?"

그 순간, 헤이자에몬은 자기도 모르게 물었다. 모두가 아연한 얼굴로 그를 본다. 그러나 두 명만은 아니었다. 우시마쓰는 히죽 웃었고, 구마키치는 어이없다는 듯이 한숨을 내쉰다.

"네!"

"우리가 운전한다. 도쿄까지 달릴 거야."

헤이자에몬은 의심하지 않고 우리라고 말했다. 실제로 두 사람도 그를 말리기는커녕 힘주어 고개를 끄덕이고 있다.

"헤이 씨, 그건 좋지 않아요."

차장은 울 것 같은 얼굴로 말렸지만, 헤이자에몬은 고개를 저었다.

"할 수 있는 온갖 방법을 다 동원해서 모든 문제를 해결하고 수행하

라. 그 누구의 간섭도 허용치 마라. 공부경 이노우에 가오루…."

타전의 내용을 다시 소리 내 읽더니 헤이자에몬은 말을 이었다.

"이렇게 될지도 모른다는 것을 알고 계셨던 거다. 분명 뭔가 피치 못할 사정이 있는 거야. 책임은 져주실 터. 우리는… 철도를 필요로 하는 사람을 운반한다. 그것만 생각하면 돼."

헤이자에몬이 말하자, 요코하마 정차장 직원 일동의 눈빛이 변했다. 헤이자에몬은 다시 한번 큰 소리로 외쳤다.

"23번 차, 신바시까지 달린다!"

모두가 확 흩어지더니 준비에 착수한다. 누군가는 지휘를 해야 했기 때문에, 헤이자에몬은 자기가 하겠다고 나섰다.

"우시, 구마, 차량을 부탁해!"

"3분이면 출발할 수 있어!"

두 사람은 고개를 끄덕이고 달려서 기관차 밑으로 돌아갔다.

"9번 차가 오후 3시 45분에 신바시를 출발하여 이쪽으로 오고 있다. 이대로 가면 정면충돌이다. 이제 가와사키 정차장에서 스쳐 지나가는 건 불가능해. 쓰루미 정차장 옆 선로로 들어갈 수 있도록 타전을 부탁한다!"

"알겠습니다!"

전신 담당이 허겁지겁 달려갔다.

"정차장을 봉쇄한다!"

"하고 있어!"

차장이 울 것 같은 얼굴로 정차장 문을 닫는다. 아슬아슬했던 모양으로, 바로 문을 격렬하게 두드리는 소리가 났다.

"금방 철책을 넘어 선로에서부터 들어올 거시여. 아저씨, 부탁하겠구먼!"

"돌을 던지는 건 못 참지."

중년의 청소원들이 빗자루를 들고 선로 옆 철책으로 달려갔다.

"저기…."

여자아이는 눈물을 참으면서 빤히 쳐다본다.

"손님, 갑시다. 곧 출발합니다."

헤이자에몬이 의연하게 말하고는, 세 명의 승객을 데리고 기관차로 향했다.

"와아…."

여자아이가 감탄해서, 헤이자에몬은 마치 자기가 칭찬받은 것처럼 기뻤다. 우시마쓰, 구마키치가 서두르라고 한마디씩 했고, 다 함께 열차에 탔다.

"상등 객차…, 가급적 앞으로 이동해주십시오."

객차는 하등 30전, 중등 60전, 상등 1엔으로 구분되어 있고, 상등이 가장 승차감이 좋고, 제일 앞에 연결되어 있다.

"처음에는 천천히 갑니다."

헤이자에몬은 말했다. 증기기관차는 출발한 후 서서히 가속하기 때문에, 금방 최고 속도로 달릴 수 있는 것이 아니다. 이미 역사 문은 부

서진 모양으로, 군인들의 고함에 섞여,

"차표가 없는 손님은 들어갈 수 없습니다!"

라는 차장의 비통한 외침이 들렸다. 직원들은 필사적으로 들여보내지 않으려고 했으나 이미 시간문제였다. 더욱이 예상했던 대로 철책을 넘어오려는 군인도 있어 청소원들이,

"선로에 들어가면 안 돼!"

라며 빗자루로 머리를 퍽퍽 치며 방해하고 있었다.

"분명 올라탈 겁니다."

헤이자에몬은 단언했다. 지금 상황을 보니, 군인은 증기기관차를 따라잡고, 제일 후미인 하등 차량에 올라탈 것 같다.

차량 사이에 문이 있는 것은 아니고, 차량 밖으로 나가서 연결부를 건너와야만 한다. 주행 중인 증기기관차에서 그것을 하는 것은 곤란하다. 애초에 초보자는 공포로 발이 얼어붙어 버려서 밖으로 나갈 수조차 없을 것이다. 상등 차량에 타면, 적어도 신바시까지는 군인들이 따라잡지 못할 것이다.

"또 한 명은?!"

헤이자에몬은 여자아이의 말을 떠올리고 물었다.

"기적 소리로 알려줘. 반드시 타겠다고 했으니."

"어차피 울릴 거다. 우시마쓰!"

"알았다!"

160형이 포효한다. 투박한데도 품위가 있다. 몇 번을 들어도 다시

반하는 소리다.

"출발 진행!!"

헤이자에몬은 앞뒤를 확인하고 소리 높여 선언했다. 기관의 운동이 서서히 바퀴에 전달된다. 이때 힘 조절을 잘못하면 기관차는 움직이지 않는다. 최악의 경우, 고장의 원인이 되기도 한다.

처음에는 바퀴로 선로를 밟는 것처럼 신중하게, 이윽고 매끄럽게, 서서히 가속이 시작되었다.

"헤이자! 큰일!"

구마키치가 몸을 내밀고 뒤를 가리킨다. 역사를 돌파한 모양으로, 군인들이 우르르 승강장으로 들어왔다. 선로로 뛰어내려 쫓아오더니, 하등 차량에 속속 올라탄다.

"역시… 이쪽으로 넘어오는 간 큰 놈이 없으면 좋으련만."

"만약 온다고 해도 걱정 없다."

이로하는 태연히 말했고,

"건너는 도중에 떨어뜨릴 거구먼."

이라며 교진은 거만하게 웃는다. 이 자신감은 도대체 어디에서 오는 것일까? 고개를 갸웃거리자마자 청소원들이 철책 앞에서 벗어나는 것이 보였다. 넘어오려는 사람들의 무게 때문에 철책에 부담이 가서, 우르르 넘어진 것이다. 그쪽에서도 군인들이 한꺼번에 밀어닥친다.

"저것은…?"

헤이자에몬은 정신이 멍해졌다. 철책과 함께 넘어진 군인들 위를 뛰어 올라가더니, 새처럼 날아올랐다가 내려앉아 이쪽으로 똑바로 달려오는 남자가 있었다. 승강장으로 들어온 군인들이 붙잡으려고 했지만, 그들을 밀쳐버리면서 발을 멈추지 않는다.

"슈지로 씨!"

여자아이가 소리쳐서, 이 황당한 남자가 마지막 승객이라는 것을 알았다.

"우와…."

교진이 갑자기 얼굴을 찡그렸다.

"…환도재."

이로하는 이를 악문다.

"뭐야? 저건!"

구마키치가 비명 비슷한 소리를 냈다. 헤이자에몬도 동감이었다. 슈지로라는 남자 뒤를, 노인이 쫓아오고 있는 것이다. 그 속도, 도저히 늙은 사람의 것이 아니다. 그 풍모도 더하여 요괴를 방불케 했다.

슈지로가 손으로 뿌리치기도 하고, 다리를 베기도 하며, 군인을 죽이지 않도록 애쓰고 있다는 것은 헤이자에몬이 봐도 알 수 있었다. 그러나 노인은 가차 없이 군인을 베어 죽이면서 달린다. 그 탓에 서서히 거리가 좁혀지고 있다.

"헤이자, 저것…."

우시마쓰가 승강장을 가리킨다. 또 군인이 밀려 들어온 건가? 그러나 지금은 그걸 신경 쓸 때가 아니다. 슈지로가 탈 수 있을지 없을지, 그것뿐이다.

"와라… 와라… 와라!!"

헤이자에몬이 기도하는 것처럼 외친 그때, 훌쩍 슈지로가 날아올랐다.

"좋았어!!"

차량에서 몸을 내밀며 헤이자에몬은 주먹을 불끈 쥐었다. 슈지로가 연결부를 힘차게 박차고 뛰어, 하등 차량 지붕을 꽉 붙잡는 것이 보였기 때문이다.

"이렇게 과격하게 타는 손님은 처음이다."

지붕으로 몸을 끌어 올리는 슈지로를 보고 헤이자에몬은 쓴웃음을 지었다. 우리끼리, 일본인들만으로 처음 운행하는 이때, 마침 태운 것이 희한한 손님이었다는 것은 평생 잊지 못하겠지.

그러고 보니, 여자아이의 이름만은 듣지 못했다. 헤이자에몬이 물어보자, 여자아이는 홍조 띤 얼굴로 보며,

"후타바입니다."

라고 말했다. 그때 기관차도 또한 뒤늦은 인사를 하는 것처럼, 석양이 지기 시작한 하늘을 향하여 기적을 울렸다.

2

슈지로는 이를 악물면서 차량 가장자리에 걸친 손가락에 힘을 주었다. 아슬아슬하게, 간신히 늦지 않았다.

환도재와 대치하고 바로, 군은 벤텐바시를 건너 난입. 사람들을 말려들게 할 수는 없으므로 발포하지는 않았으나, 총검, 사벨 등을 휘두르며 달려든다. 슈지로와 환도재 둘 다 상대방과 싸움을 계속하면서, 우르르 밀려드는 군인도 물리친다. 오늘 요코하마 각지에서 빈발한 수많은 사변, 그것들의 총 마무리라고도 할 수 있는 혼란의 절정이었다.

기적 소리를 듣고 슈지로는 증기기관차로 향했다. 역사는 이미 군인에게 점령당해서 돌파하는 데 시간이 필요하다.

선로 철책에도 군인들이 쏟아졌다. 거기를 뛰어넘어 가려고 하자마자, 사람들의 압력을 버티지 못하고 철책이 붕괴. 군인들 무더기를 뛰어넘어, 선로에서 방해하는 자를 배제하고, 간신히 이렇게 붙잡을 수 있었던 것이다.

선두 부근에서 몸을 내미는 사람이 보였다. 거기에 후타바 일행도 있겠지. 뒤쪽 차량에는 군인들이 잔뜩 있으니 지붕을 타고 가는 것이 좋다. 몸을 일으키려고 한 그때, 슈지로의 다리가 납처럼 무거워졌다.

"환도재-"

슈지로는 숨을 헉 들이켰다. 환도재가 자기 오른쪽 다리에 달라붙어 있다.

"내려가자."

환도재가 웃는다. 그 입안은 석류를 쪼개놓은 것처럼 빨갛다.

뛰어서 군인들 무리를 빠져나갔다, 기관차 연결 부분을 박차고 날아올랐다. 탐랑과 무곡을 동시에 낼 필요가 있어서, 안 그래도 상성이 나쁜 북진을 쓸 여유는 없었다. 환도재가 어디 있는지, 끝까지 보지 못한 결과였다.

"놔라."

슈지로는 한 손으로 검을 휘둘렀으나, 환도재는 뱀 같은 신음 소리를 내며 피한다. 또한 환도재도 한 손으로 칼을 휘두른다. 그것을 막아내는 게 고작이었다.

−틀렸다.

탐랑을 쓸 수 없다. 진로쿠는 얼마 남지 않은 시간 속에서 탐랑의 제약에 관해서 간략하게 알려주었다. 탐랑은 자기에게 쏟아지는 공격을 쫓는다. 그런데 이때 몸에 닿아 있는 것이 있으면, 그것도 '내 일부'라고 판단한다. 단, 지키는 범위가 커진 만큼, 탐랑이 쫓을 수 있는 공격의 숫자가 줄어든다. 몸이 닿는다는 것이 탐랑의 열쇠다.

이렇게 적이 몸에 닿아 있을 때는, 그 또한 몸의 일부라고 탐랑은 판단해버린다. 자기 자신을 상처입히는 행위 때는 탐랑은 기능하지 않으므로, 적에게 붙잡힌 지금 같은 상황에서는 일절 쓸 수 없게 되는 것이다.

"너는… 도대체 뭐냐!"

떨어져. 방해하지 마. 그 일념으로 검을 휘두르려고 했기 때문인지, 입을 뚫고 나온 것은 근원적인, 가장 초보적인 것. 오카베 환도재란 도대체 무엇인가? 라는 의문이었다.

"그저 추적자다."

"이런 시대다! 너만 해치우면 어차피 그 뒤는 없겠지!"

교하치류와 오보로류. 어떠한 시대도 다음 대로 계승해왔다고 한다. 그러나 이 메이지라는 시대의 변혁은, 지금까지의 모든 시대의 그것을 능가한다. 교하치류가 붕괴해가는 것처럼, 오보로류도 분명 바람 앞의 등불. 진로쿠는 그렇게 추리했기 때문에, 지금의 환도재만 해치우면 모든 것이 끝날 거라고 생각했던 것이다.

아주 약간의 동요라도 불러일으킬 수 있다면. 그런 의도로 내뱉은 말은 의외의 성과를 초래했다. 환도재가 찌르기를 내지르면서,

"고로 이 몸이 해야만 하는 것이다."

라고 중얼거린 것이다. 진로쿠의 추리가 맞았다는 것, 환도재 본인이 인정했다는 것. 이 늙은 요괴만 쓰러뜨리면, 다음대 환도재는 없고, 오보로류는 종언을 맞이한다는 것이다.

"도쿄로 와라!"

슈지로는 다리를 흔들어 찌르기를 피했다. 피할 수는 있었으나, 떨쳐낼 수는 없다. 기관차는 이제 꽤 빠른 속도가 되었고, 발밑을 땅이

힘차게 흘러간다.

"우선은, 너만이라도 –"

슈지로는 숨을 들이켰다. 발밑만 보고 있었기 때문에, 다가오는 것조차 깨닫지 못했다. 어째서, 이 남자가 여기에 –.

"영감, 비켜."

멀리서 울리는 천둥 같은 낮은 목소리. 안대. 황황히 빛나는 애꾸눈. 환도재의 등을 향해 야수처럼 덤벼든다. 난자, 간지야 부코쓰였다.

그 순간, 갑자기 다리가 가벼워졌다. 환도재가 손을 놓고 허리를 틀어 부코쓰의 일격을 간신히 막아낸 것이다.

"이놈을 죽이는 것은 나다."

"네 이놈…."

허공에서 칼을 맞부딪친 자세. 서로가 거의 동시에 신음한다. 슈지로는 낙하를 끝까지 지켜보지 않고, 단숨에 차량 지붕 위로 몸을 끌어올렸다.

"위다!"

차창으로 몸을 내밀고 보고 있던 군인이 있었던 모양이다. 그 목소리를 계기로, 차량 좌우에서부터 발을 붙잡으려고 무수한 손이 솟아난다. 주행 중임에도 불구하고, 차창에 발을 걸고 지붕 위로 올라가려는 담 큰 자도 있었다.

"앞으로!"

기관사겠지. 남자가 열심히 팔을 흔들며 재촉한다.

먹으로 줄을 긋는 것처럼, 슈지로는 지붕 중심을 똑바로 달려가, 앞 차량으로 날아올랐다.

요코하마 정차장을 출발하여 한동안 가다 보면 기관차는 바다 위를 지난다. 엄밀하게 말하자면, 바다를 메우고 건축한 석조 방파제 위를 달리는 것이다.

슈지로가 앞에서부터 두 번째 차량으로 옮겨 뛰었을 때, 석양빛을 받아 주황색으로 번지는 바다로 나왔다. 바다 냄새가 물씬 풍겨온다.

"대단한 사내다."

아까 손짓을 했던 남자가, 1차량에서 이쪽을 올려다보며 감탄의 목소리를 흘렸다.

"당신은?"

"히라노 헤이자에몬… 아니, 이름은 상관없나. 이 기관차를 움직이는 사람 중 하나다."

"고맙소. 덕분에 살았다."

"본래는 다섯 군데의 정차장에 서지만, 이것은 임시 특별편이다. 신바시까지 무정차로 달린다. 오오모리 정차장이 생긴 후로 통상은 58분 걸리지만, 47분 만에 도착할 예정이다."

"알겠다. 히라노 씨, 부탁한다."

"맡겨줘."

헤이자에몬이 자기 가슴을 통 두드렸을 때, 옆에서 또 한 사람의 얼굴이 불쑥 튀어나왔다.

"후타바, 무사해서 다행이다."

"슈지로 씨야말로."

후타바는 빛나는 바다를 등지고 미소지었다. 경치가 흘러간다. 지금, 이 순간에도 도쿄에 다가가고 있는 것이다.

"…정말로 괜찮은 거지?"

슈지로는 다시 한번 물었다. 도쿄까지 가겠다고 결정한 일 말이다. 구체적인 방법을 생각한 것은 아니다. 그러나 시나가와를 넘어가 버리면, 이제 돌이킬 수는 없다. 빠지려면 지금이 최후의 기회다.

"모두와 함께 갈 거야."

"가자."

두 사람의 시선이 바람 속에서 마주쳤다. 그날 덴류지에서 손을 잡았다. 그리고 지금, 후타바가 있었기에 여기까지 올 수 있었다고, 진심으로 그리 생각했다.

"앗…."

후타바가 작은 목소리를 낸다. 슈지로는 고개만 돌려 뒤를 보았다.

누군가가, 시험해보니 의외로 가능했다고 말하기라도 한 모양이다. 군인들이 속속 지붕 위로 올라오고 있었다.

지붕뿐만이 아니다. 연결부를 타고, 창틀을 이용해서, 앞 차량으로 오는 자들도 있었다. 도대체 몇 명이 올라탄 것인가? 30, 아니, 50은 되나? 상당한 숫자라는 것만은 틀림없다. 이 기관차를 멀리서 봤다면,

유충에 개미 떼가 몰려든 것 같겠지.

“아－ 피곤한디. 하는 수밖에 없나.”

객차 안에서 교진의 짜증스러운 목소리만 들렸다.

“당신은 아무것도 안 했잖아.”

이로하도 모습은 보이지 않았지만, 어이없어한다는 것만은 알겠다.

“아니, 내는 계속 니들을 찾아다녔는디.”

“알았으니까. 한다.”

“네에.”

교진, 이로하가 첫 차량 좌우에서 모습을 보였나 싶더니, 재빨리 몸을 돌려 2량 안으로, 슈지로 바로 아래로 이동했다.

슈지로가 천천히 일어섰을 때, 등 뒤에서 목소리가 들렸다.

“사가 님, 바쁘신 와중에 실례합니다.”

“쓰루바미… 너도 있었나?”

슈지로는 돌아보지도 않고 대답했다.

“방금 전에 흑패가 나왔습니다.”

“그런가.”

제일 후미가 하코네 역참을 통과했다는 뜻. 그러나 이 상황에서는 이미 그다지 흥미는 없었다.

“222번, 덴묘 도야 님입니다.”

“도야….”

처음 듣는 이름이다. 줄곧 마주치지 못했던 나머지 한 명일 테지.

어떤 한자를 쓰는지는 모른다. 그러나 아들과 같은 이름이라는 사실에 약간 놀랐다.

“그리고 목패를 확인해야 합니다. 다른 분께 이미 전해드렸습니다만, 오카조키로 이동하게 되면 시나가와 정차장을 관문으로 하겠습니다.”

쓰루바미는 흔들리는 와중에도 계속 말을 이었다.

“알겠다.”

“가쓰키 님, 쓰게 님, 기누가사 님은 이미 30점을 갖고 계신 모양이지만, 사가 님은 23점밖에 갖지 못하셨을 터. 시나가와까지는 앞으로 40분 정도… 이대로 정차장을 지나가면 실격이 되어버립니다.”

“꽤 친절하잖아.”

슈지로가 비꼬면서 대답했다. 아주 짧은 무언의 순간 후, 쓰루바미는 파도 소리 사이로 말했다.

“오카조키 안에 다른 패는 없습니다. 사가 님이 세 분에게서 빼앗는 일은 없겠지요…. 시나가와 정차장 전에 뛰어내리시는 걸 추천드립니다.”

“그럴 필요는 없을 것 같다.”

“그것은 도대체 무슨…?”

슈지로가 말하는 의미를 모르겠다는 듯이, 쓰루바미의 목소리에는 곤혹의 색이 섞여 있었다.

지붕 위에는 군인이 20명 정도. 지금 이 틈을 노려, 허리를 낮추고 진동에 대비하면서 서서히 이쪽으로 다가오고 있다. 이미 중간쯤, 4차량 객차까지 도달한 자도 있다.

"도움이 필요한겨?"

발밑, 차량 천장을 통해 교진이 물었다.

"아니, 나 혼자서도 괜찮다."

슈지로는 먼 곳을 응시하고 있었다. 군인들 무리 앞, 제일 후미의 차량. 조금 전에 올라온 남자가 있었다. 허리에서 칼집째로 칼을 빼더니, 천천히 하얀 날을 뽑아낸다. 모든 것이 끝날 때까지는 다시 넣을 생각은 없다는 의지의 표명인가? 칼집을 발밑에 내던지는 것처럼 버렸다.

숨 막힐 정도의 살기를 온몸에서 발산하면서, 상대방도 또한 나를 꿰뚫듯이 쳐다보고 있다.

떼구름이 바람에 흘러가고, 멀리 당당하게 솟아 있는 후지산이 보였다.

흰 파도가 친다. 노을이 물든다. 일정한 율동으로 선로의 이음새를 넘어가는 소리가 울린다. 마치 충돌까지 남은 시간을 헤아리는 것처럼.

"가나가와 정차장 통과!"

바다가 끝난 직후였다. 헤이자에몬이 큰 목소리로 고하고, 기적이 웅장하게 울려 퍼졌다.

그것이 신호가 되었다.

슈지로는 달려나간다. 군인들의 총이 일제히 불을 뿜고, 흩어지는 초연이 풍경과 함께 흘러간다. 그것과 거의 같은 속도로, 슈지로는 발부터 미끄러지며 스쳐 지나가는 사이에 두 사람의 허벅지를 베었다.

절규는 2인분이 아니었다. 발밑에서도 흐릿한 비명이 날아다닌다. 차량 안에서도 싸움이 시작된 것이다. 밑에서 총성이 울린 순간, 교진이 창틀을 잡고 밖으로 뛰어나왔다. 벽에 발을 딛고 몸을 지탱하는 교진에게,

"손을 빌려줄까?"

라고, 슈지로는 쏟아져 내리는 사벨을 튕겨내면서 물었다.

"바보. 여유구먼."

교진은 쓴웃음 짓더니, 또 발부터 차 안으로 스륵 들어갔다. 바깥 상황을 살피려고 하던 군인의 얼굴을 걷어차서 날려버리면서.

"한 명 해치우는데 시간이 너무 걸려."

이로하의 잔소리. 아까부터 자잘한 금속음, 신음, 외침, 탄식이 끊임없이 들렸다. 좁은 차량이라서, 문곡이 맹위를 떨치고 있다.

"이쪽부터구먼."

교진의 가벼운 위협과 함께, 두세 명의 절규가 동시에 소용돌이쳤다.

좁은 차량 안에서도 혼전이 펼쳐지는 가운데, 슈지로는 그사이에도 네 명을 잠재우고 앞으로 전진하고 있었다. 사벨을 감아서 날려버리고, 옆구리를 가볍게 베어버린다. 눈앞으로 겨눠진 총구를 움켜잡아 조준을 빗나가게 하여 총알은 다른 군인의 어깨에 맞는다. 마침 저수

지로 접어들었을 때, 총검을 피하며 연속으로 두 명을 발로 차서 떨어뜨렸다.

3

절규가 소용돌이치는 것은 내 주위와 차량 안쪽뿐만이 아니다.

기차 제일 후미에서부터 이쪽으로 다가오고 있다. 그쪽은 절규의 영역을 훨씬 넘어섰고, 단말마라고 하는 편이 적합하다.

가능한 한, 목숨은 빼앗지 않으려고 하는 나와는 다르다. 아무런 주저도 없이, 오히려 꼼꼼하게 하나하나 들꽃을 꺾는 것처럼 지워버린다.

"고쿠슈!"

간지야 부코쓰가, 떠오르자마자 바로 흘러가 버리는 피바람 속에서 외쳤다. 달리기 시작한 기차를 따라잡아 환도재에게 덤벼들었고, 같이 떨어졌다.

그러나 놓치지 않겠다는 집념이, 나와 싸우는 일에 대한 갈망이, 아슬아슬하게 따라잡게 만들었겠지. 그리고 제일 후미 차량에서부터 기어 올라왔다.

싸움이 시작되기 전에도, 싸우는 와중에도, 지금 이 사이에도, 계속 눈이 마주친 상태다. 군인이라는 장벽을 양쪽부터 잘라내 버리듯, 두 사람 사이의 차량을 하나, 또 하나, 줄여간다.

"쓰루미 정차장! 시나가와까지 앞으로 28분!!"

쓰루바미와의 대화를 들었던 것이겠지. 뭔지는 몰라도, 시나가와까지의 시간이 중요하다는 것을 알아차린 것이다. 헤이자에몬이 알려주려고 필사적으로 외쳤다. 신바시에서부터 이쪽으로 오던 기관차가 교차에 대비하여 옆 선로로 들어오고 있다.

스쳐 지나가는 기관차를 향해, 부코쓰가 거한 군인을 통렬하게 차서 날려버렸다. 팔다리를 허우적거리며 허공을 떠돈 것도 잠시, 견고한 쇳덩어리에 충돌. 황소개구리 같은 신음이 눈 깜짝할 사이에 흘러간다.

부코쓰는 고개를 흔들어 총격을 피하고, 또 앞으로, 간격을 좁혔다. 서로의 사이에 남은 것은 이제 한 차량뿐. 막부 말기에서 되살아난 두 사람의 자객에게 압도당해, 스무 명 남짓한 군인들이 빽빽하게 몰려 있었다. 뒤를 향해, 합계 세 명이 날았다. 그러나 그중 두 명은 허공에서 목이 베여 절명하고, 한 명도 발이 땅에 닿자마자 쓰러졌다. 앞, 이쪽에는 두 명. 어깨와 허벅지를 찢기고 턱을 칼집 끝에 맞아 순식간에 침몰한다.

여기는 정차장 간격이 가깝다. 다리로 접어들어 슈지로가 하사관 또 한 명을 강에 내던져버렸을 때,

"가와사키 정차장! 앞으로 20분!!"

이라고, 헤이자에몬이 외쳤고, 기적 소리가 울렸다. 증기가 머리 위를 넘어간다. 그것은 과거로 돌아가는 한줄기 구름처럼 보였다.

문명의 선율이 사라져가기 전에, 이미 같은 차량으로. 막말의 교토, 미야 역참, 하마마쓰 우체국. 네 번째 만에, 이것이 최후－.

“너를 죽인다.”

“끝내자.”

서로의 선서와 함께 칼날이 해후했다.

칼을 맞대자마자, 슈지로는 뒤로 뛰어 손목 부분을 노린다. 시건방지다는 듯이, 부코쓰는 칼을 돌려 튕겨내면서, 오로지 앞으로 내지른다.

허리를 동강 낼 기세의 몸통 후려치기를 막아내고, 그 기세 그대로 몸을 돌려, 슈지로는 질풍처럼 발 걸기를 내질렀다.

“같은 수는 그만 쓰시지!”

부코쓰는 가볍게 뛰어넘어 철퇴 같은 일격을, 간발의 차이로 낙뢰 같은 두 번째 공격을 처박는다. 간신히 막긴 했으나, 너무나 큰 압력에 무릎이 꺾일 것 같아, 슈지로는 다시금 잠자리처럼 돌아 맹위를 떨쳐냈다.

일진일퇴, 두 자루의 하얀 칼날이 춤추는 것처럼 교차하고, 제법 많이 기울어진 태양이 칼날을 비춘다. 그동안에 남아 있던 군인들도 그저 잠자코 보고만 있던 것은 아니다. 우리를 제압하려고 했으나 소용돌이에 휘말린 것처럼 쓰러져갔다. 그리고 최후의 한 명이 전의를 잃고 기어가듯이 도망쳤다.

"의안은 없나?"

"처음부터 전력이다."

부코쓰는 의안을 하지 않았다. 어디에서 입수한 건지, 대신에 칠흑의 안대를 했다. 의안을 빼면 강해진다. 어떤 원리인지는 모른다고 본인도 말했다. 애초에 이 남자에게 논리 같은 것은 없다.

"겨우 그 정도인가!"

부코쓰의 검이 가속한다.

난자. 이 남자가 그렇게 불리게 된 것은, 적이고 아군이고 닥치는 대로 베어버리기 때문이 아니다. 방심하지 않고 쏟아내는 압도적인 공격 횟수. 부코쓰는 장맛비처럼 참격을 퍼붓는다.

그러나 거기에 일일이, 한순간일지라도 정신을 빼앗겼던 하마마쓰 때와는 다르다. 지금은 생각하는 것보다 먼저 느끼고, 사지가, 탐랑이 대응한다.

"그건, 네 동생인지 뭔지, 그 남자의 기술… 너 이놈, 전에는 대충 했던 건가!!"

전에는 보이지 않았다가 지금에서야 쓴다. 부코쓰가 보기에는 그래 보이겠지. 참격에 격앙된 감정이 실려 한층 더 무게감을 낳았다.

"믿지 않겠지만, 물려받은 거다."

"뭐야. 더 강해졌다는 뜻인가!"

부코쓰는 어이없을 정도로 순순히 믿었다. 비스듬히 베기, 밑에서부터 위로 베어 올리기, 위에서부터 아래로 베기, 찌르기. 이 와중에 부코쓰의 공격 횟수가 더욱 늘어난다. 마치 환희를 공격으로 바꾸는 것처럼.

이 남자는 역시 논리의 범위 밖에서 살고 있다. 1분 1초마다 강해진다.

한편 남은 시간은 시시각각 줄어든다. 방어하는 것만으로는 결판이 나지 않는다. 슈지로는 무곡으로 다리를 움직이면서, 부코쓰의 목덜미를 뚫어버리려고 내질렀다.

"뭐…?"

부코쓰는 종이 한 장 차이로 피했다. 목의 살갗이 찢어져 피가 배어 나올 뿐. 열파보다도 빠른 몸통 후려치기로 대응해왔다. 간신히 막긴 했으나 칼날이 미끄러지면서 팔을 베였다.

여기에서 행동을 개시하게 하면 불리하다. 북진으로 보인다. 등 뒤는 연결부라서 도망칠 곳이 없다. 슈지로는 앞으로 내디뎌 부코쓰 옆을 지나 빠져나갔다. 다시금 공격이 날아왔지만, 되돌아온 탐랑이 이것을 잡아먹어버린다.

서로의 위치가 뒤바뀐 모양새였다. 슈지로는 돌아보지도 않고 그대로 제일 후미를 향했다. 사지에 큰 상처를 입은 상태로 이길 수 있는 상대가 아니다. 팔의 상처를 확인할 여유가 필요했던 것이다.

"역시. 공격으로 전환할 때는 쓸 수 없는 거지?"

부코쓰는 낄낄 웃었다.

진로쿠는 부코쓰와 싸웠던 적이 있다고 했다. 탐랑의 약점을 알아차렸을지도 모른다고도. 그렇다고 해서 노린다고 금방 할 수 있는 것은 아니다. 천부적인 재능이 있다고밖에는 말할 수가 없다.

–할 수 있을까?

슈지로는 달리면서 상처를 봤다. 출혈은 심했으나, 다행히 뼈에는 닿지 않았다.

조금이라도 후타바에게서 떨어지고 싶었다는 이유도 있었다. 슈지로는 제일 후미의 차량까지 가서, 숨을 고르면서 몸을 돌렸다. 부코쓰는 희열에 찬 것처럼 유유히 다가온다.

"…목패를 원하나?"

"어? 아아… 상관없어. 너랑 싸우고 싶을 뿐이다."

정말로 잊어버리고 있던 모양. 소박하다고 할 정도의 싸움에 대한 집념만이 부코쓰를 움직이게 하는 것 같다. 부코쓰는 생각을 바꿨다는 듯이 말했다.

"도쿄에 가면 강한 놈과 싸울 수 있을지도. 너야말로 다 채웠냐?"

"23점이다."

"어이, 어이. 너야말로 모자라잖아. 안심해…. 잔뜩 갖고 있으니까."

부코쓰는 목깃을 벌려 가슴께를 보였다. 부코쓰의 목에 있는 것은 최초의 1점뿐만이 아니었다. 더욱 호적수를 찾기 위함이겠지. 파란색과 흰색 목패에도 일부러 구멍을 뚫어, 언제든지, 누구든지 빼앗아보라는 듯이, 마치 이것 좀 보라는 듯이 목에 찼다.

멀리에서도 북진으로 알았다. 27점 있다는 것을. 그래서 도중에 내릴 것을 권한 쓰루바미에게,

–그럴 필요는 없을 것 같다.

라고 대답했던 것이다.

기관차는 다리 위를 간다. 다마가와를 건넜다. 요코하마를 나가면 바로 있는, 바다 위를 한일자로 똑바로 달리는 석조 방파제. 도쿄까지 연결하는 최후의 길. 그 바로 뒤에 조그맣게 시나가와 마을이 보였다.

"합쳐도 두 명은 무리로군."

부코쓰는 진심으로 기쁜 듯이 웃었다.

"그래."

"빼앗아 봐."

부코쓰가 손바닥을 위로 올리고 손짓했을 때,

"오오모리 정차장! 남은 시간… 7분!!"

이라고 헤이자에몬이, 시나가와 전의 최후의 정차장 통과를 고했다.

본래 싸우지 않아도 될 자들을 싸우게 만든다. 여기에 와서, 고독의 원점으로 되돌아간다.

거기에 계속 저항하는 여행이었다.

거기에 계속 저항해온 사람이, 나를 부르는 목소리가 들렸다.

"가자."

슈지로는 대답하더니, 여행의 끝을 향해 발을 내디뎠다.

난무하는 칼날 밑을 빠져나간다.

칼날의 선율 속, 두 남자가 춤추는 것처럼 약동한다. 흘러가는 풍경 속에서, 어리석으면서도 아름다웠던, 스쳐 지나간 시대가 보인 것 같은 느낌이 들었다.

지금 부코쓰에게서는 신기할 정도로 광기는 느껴지지 않았다. 그저 순수하게 놀이를 즐기는 어린아이 같은 눈동자로 보였다.

서로의 몸에 무수한 작은 상처가 생기고, 핏방울이 바람에 날린다. 그 안에서 부코쓰의 검은 더욱 날카로워지고,

"소타… 역시 멈출 수 없어."

라고, 어디의 누구인지도 모를 이름을 중얼거렸다.

이런 부코쓰에게도 여기까지 살아온 여행이 있는 것이라고, 지금에서야 깨달았다. 짊어진 것을, 살아온 길을, 서로 확인하려는 것처럼 칼을 맞댄다.

기적이 몇 번이나 울린다. 알리고 있다. 남은 시간이 얼마 없다는 것을. 이 싸움이 곧 끝난다는 것을.

슈지로가 베어 올리고, 부코쓰가 비스듬히 베고, 허공에서 튕겨 나가 높은 소리를 울렸다. 오쿠보가 준 검, 여행의 무사함을 기원하는 검, 단바노카미요시미치가 두 쪽으로 부러졌다.

"고쿠슈, 끝이다."

부코쓰는 아쉬운 듯한 목소리와 함께 칼을 다시 돌려 휘둘렀다.

협차를 뽑을 여유는 없다. 뒤로 물러날 틈도.

슈지로는 앞으로 더 내디뎠다.

부코쓰의 칼 밑을 빠져나가, 땅을 박차고 허공으로 날아오른다.

북진은 또렷하게 회전을 포착했다. 탐랑은 떨어지는 속도를 느끼고 있다. 찰나, 북진을 지우고, 가장 오래 함께해온 기술에, 남아 있는 모든 것을 담았다.

"무곡…."

선로를 달리는 소리만이 울린다.

부코쓰의 목 끈이 끊어지고, 건조한 소리와 함께 목패가 떨어졌다.

"…대단하네."

부코쓰는 하늘을 올려다보고 있었다.

그 가슴을 깊숙이, 부러진 요시미치 끝이 꿰뚫고 있었다.

하늘을 춤추는 칼끝의 회전을 아슬아슬한 순간까지 북진으로 보고, 탐랑으로 떨어지는 속도를 포착하고, 무곡으로 하늘로 날아올라, 발꿈치로 쑤셔박은 것이다.

"고쿠슈… 사가 슈지로였던가?"

부코쓰는 눈을 가늘게 뜨고 조용히 불렀다. 입에서 쉴 새 없이 피가 흘러나온다.

"그렇다."

"그래서야… 도쿄… 즐길 수 있겠어?"

슈지로의 손, 부러진 요시미치를 보면서, 부코쓰는 속삭이는 것처

럼 묻더니,

"무라마사(村正)다. 갖고 가."

라며 자기 검을 휙 던졌다.

슈지로가 허공에서 받았을 때, 부코쓰는 이미 크게 고개를 끄덕이고 있었다. 지나가는 바람을 온몸으로 좇는 것처럼.

"아아…, 즐거웠다."

만족스러운 목소리만을 남기고, 부코쓰의 모습은 사라졌다.

기차는 모든 것을 다 뒤에 남기고 나아간다. 선로에 큰대자로 뻗은 모습은, 역시 놀다 지쳐 잠든 천진한 어린아이 같았다.

"120번 가쓰키 후타바 님, 두 번째로 도쿄 도착입니다!"

쓰루바미의 목소리가 들렸다. 선두 차량이 시나가와 정차장에 들어섰다. 이어서,

"168번 기누가사 이로하 님, 세 번째로 도착. 99번 쓰게 교진 님, 네 번째로 도착!"

이라고 말을 이었다.

쓰루바미가 차량에서 몸을 쑥 내밀고 똑바로 이쪽을 응시한다. 슈지로는 지붕 위에 떨어진 목패 쪽으로 점프했다.

시나가와 정차장 승강장으로 돌입한 것은, 목패를 움켜쥔 순간이었다.

교토에서부터 125리. 493킬로미터. 덴류지를 출발한 지 15일. 5월 20일, 오후 5시 17분—.

"108번 사가 슈지로 님… 고독, 도쿄에 다섯 번째로 도착했습니다!"

쓰루바미가 소리 높여 선언했다.

시나가와 정차장을 지나, 다시금 바다 위를 가는 제방으로 들어간다.

굴뚝에서 뭉게뭉게 솟아오르는 연기 너머로 대도시 도쿄의 끝이 보이지 않는 거리가 펼쳐져 있다.

몸을 내밀고 이쪽을 보고 있다. 슈지로는 바닷바람을 뺨에 맞으면서, 이 여행을 함께 걸어온 소녀에게 웃음으로 응답했다.

―남은 인원, 9명.

(인(人)의 권 완)

본 작품은 문고를 위해 새로 집필한 작품입니다.

이쿠사가미

전쟁의 신3 |人인|

2026년 1월 20일 1판 1쇄 인쇄
2026년 1월 30일 1판 1쇄 발행

지은이 이마무라 쇼고 | 옮긴이 이형진 | 그린이 이시다 스이

발행인 황민호
콘텐츠4사업본부장 박정훈
책임편집 김선림 편집기획 신주식 최경민 윤혜림
마케팅 이승아 국제판권 이주은 김연
제작 최택순 성시원

디자인 ALL
발행처 대원씨아이(주)
주소 서울특별시 용산구 한강대로 15길 9-12
전화 (02)2071-2017
팩스 (02)749-2105
등록 제3-563호
등록일자 1992년5월11일

www.dwci.co.kr

ISBN 979-11-423-4098-7 04830